2ETo

ire

BOITE A LIVRES
Ham-sur-Heure - Nalinnes
! Ne peut être vendu !

Le secret des Hightower

Jusqu'au bout de la passion

EMILIE ROSE

Le secret des Hightower

éditions Harlequin

Titre original : BEDDING THE SECRET HEIRESS

Traduction française de ROSELYNE AULIAC

HARLEQUIN®
est une marque déposée par le Groupe Harlequin

PASSIONS®
est une marque déposée par Harlequin S.A.

Photos de couverture
Maison : © PETER GRIDLEY/GETTY IMAGES
Couple : © ROYATY FREE/GLOWIMAGES/GETTY IMAGES
Réalisation graphique couverture : V. ROCH

Si vous achetez ce livre privé de tout ou partie de sa couverture, nous vous signalons qu'il est en vente irrégulière. Il est considéré comme « invendu » et l'éditeur comme l'auteur n'ont reçu aucun paiement pour ce livre « détérioré ».

Toute représentation ou reproduction, par quelque procédé que ce soit, constituerait une contrefaçon sanctionnée par les articles 425 et suivants du Code pénal.

© 2009, Emilie Rose Cunningham. © 2010, Harlequin S.A.
83-85, boulevard Vincent-Auriol 75646 PARIS CEDEX 13.
Service Lectrices — Tél. : 01 45 82 47 47
www.harlequin.fr
ISBN 978-2-2802-1253-3 — ISSN 1950-2761

- 1 -

Que me veut-il encore ? se demanda Lauren, exaspérée, en appuyant sur le bouton du dernier étage de l'ascenseur.

Etre appelée — ou plutôt convoquée — dans le bureau de son demi-frère ne laissait présager rien de bon.

Trent ne voulait pas d'elle à Hightower Aviation Management Corporation. Il le lui avait clairement fait savoir depuis le jour où, six semaines auparavant, leur mère avait usé de son influence en sa qualité de présidente du conseil d'administration et principale actionnaire de la compagnie pour l'obliger à engager Lauren comme pilote de ligne.

Faute de pouvoir la licencier, Trent avait cherché par tous les moyens à la dégoûter pour la forcer à démissionner, notamment en lui assignant des missions dont personne ne voulait : clients odieux, vols de nuit et atterrissages dans des aéroports de deuxième voire troisième zone. Sa convocation d'aujourd'hui devait être du même acabit. Mais Lauren était bien décidée à lui prouver qu'elle était capable de gérer *toutes* les situations, même les pires.

L'ascenseur s'arrêta au troisième étage, et deux femmes vêtues du tailleur de rigueur et arborant le badge de la HAMC, pénétrèrent dans la cabine. Leurs regards réprobateurs s'attardèrent sur sa tenue de motard, et elle se prit à regretter de ne pas être passée chez elle pour se changer et endosser son uniforme de pilote. Mais elle avait voulu parer au plus pressé, et si ces deux-là n'étaient pas contentes, c'était du pareil au même ! A moins que son demi-frère ne leur ait donné la consigne de la snober et de lui pourrir la vie. Avec lui, elle s'attendait toujours au pire.

C'était la première fois qu'elle était confrontée à la haine tenace de quelqu'un — celle de Trent et de ses trois autres demi-frères et sœurs dont elle venait de faire la connaissance. Mais comment les en blâmer ? Elle était la preuve vivante de l'infidélité de leur mère, l'enfant que Jacqueline Hightower avait eu de son amant pilote de ligne, alors qu'elle était mariée à leur père — un secret embarrassant que Jacqui avait réussi à cacher pendant vingt-cinq ans.

L'ascenseur s'arrêta au dixième étage, et les deux pimbêches en sortirent, au grand soulagement de Lauren. Tandis que les portes se refermaient, elle faillit appuyer sur le bouton du rez-de-chaussée. Elle n'avait qu'une envie : retourner en Floride et tirer un trait sur sa nouvelle famille. Dommage que ces Hightower, qui avaient un porte-monnaie à la place du cœur, soient ses seuls frères et sœurs ! Mais pour la mémoire de son père et la sauvegarde de Falcon Air, elle devait prendre sur elle — du moins, jusqu'à ce qu'elle obtienne les informations concernant la mort de son père, que Jacqui était seule à détenir.

Son père s'était-il suicidé aux commandes de son

appareil ? S'agissait-il d'un accident ? Sa mère avait été la dernière personne à lui parler, et s'il avait envisagé de commettre un acte aussi désespéré, il le lui aurait sûrement laissé entendre. Hélas, Jacqui refusait de dire quoi que ce soit sur ce sujet. Et tant que la Federal Aviation Administration (FAA) et la compagnie d'assurance n'auraient pas terminé leurs enquêtes, Lauren en serait réduite à faire des conjectures en attendant leurs conclusions.

Elle avait du mal à croire que son père ait délibérément mis fin à ses jours, mais alternative était encore plus terrifiante. En effet, elle avait participé, aux côtés de son père et d'oncle Lou, à la construction de l'avion expérimental qui s'était écrasé. Et si cet accident était dû à un défaut mécanique, elle en était en partie responsable.

Le chagrin et un sentiment de culpabilité la submergèrent, lui broyant la poitrine comme un étau. Dans un sursaut de volonté, elle finit par se ressaisir, et quand les portes de l'ascenseur s'ouvrirent à l'étage de la direction, elle était prête à affronter une nouvelle bataille.

« C'est uniquement pour toi que je fais tout ça, papa. »

Fourrant ses gants dans le casque de moto qu'elle tenait à la main, elle sortit de la cabine, la tête haute. Ses bottes Harley s'enfoncèrent dans l'épaisse moquette, lui rappelant, si besoin était, qu'elle ne se trouvait plus à Daytona Beach. La luxueuse tour de Hightower Aviation était sans commune mesure avec le hangar métallique au sol en béton, véritable nid de courants d'air, où elle avait grandi.

Tout en se dirigeant vers le bureau du « Sphinx », elle déboutonna sa veste en cuir et se força à sourire. Depuis le premier jour, la secrétaire de son frère arborait un visage impénétrable en sa présence, et Lauren s'était fait un devoir de lui arracher une expression quelconque. Peine perdue cette fois encore.

— Bonjour, Becky. Le patron m'attend.

La dénommée Becky — un prénom bien trop charmant pour une personne aussi froide — regarda ostensiblement sa montre.

— Je vais lui dire que vous êtes *enfin* arrivée.

Lauren se mordit la langue pour ne pas répliquer vertement. Trent avait eu de la chance qu'elle ait reconnu son numéro et pris l'appel. Elle s'exhorta au calme et se contenta d'examiner la composition florale posée sur une crédence en attendant le feu vert de Becky. Le bouquet, superbe au demeurant, avait dû coûter une petite fortune — une dépense inutile selon elle.

— Vous pouvez entrer.

Le ton dépourvu d'aménité de Becky la ramena à la réalité. Ces fleurs au parfum entêtant lui avaient rappelé les funérailles de son père — une cérémonie empreinte de solennité et de tristesse. De retour à la maison après l'enterrement, elle s'était rendue en toute confiance dans le bureau que partageaient son père et son oncle Lou. Pourquoi en aurait-il été autrement puisque les deux hommes n'avaient jamais eu de secret pour elle… Du moins, c'était ce qu'elle croyait.

— Merci.

Lauren poussa la lourde porte à panneaux qui ouvrait sur ce qu'elle appelait avec un brin d'irrévérence « la salle du trône ». Son demi-frère, assis dans un imposant fauteuil en cuir derrière un bureau tout aussi impressionnant, arborait son expression habituelle — un mélange d'arrogance et d'hostilité.

— Tu m'as appelée ? lança-t-elle depuis le seuil.

Il avait même interrompu sa virée en moto aux abords de Knoxville, le long des petites routes sinueuses et pentues qui la changeaient agréablement des rues désespérément plates et rectilignes de Daytona. C'était son plaisir et sa façon à elle de décompresser. Mais elle se garderait bien de lui révéler qu'il lui avait gâché sa journée. Il en serait trop content !

Il eut un rictus désapprobateur en voyant sa mise décontractée.

Elle ressentit un curieux picotement dans la nuque. Comme mue par un pressentiment, elle se tourna sur sa droite et aperçut un homme d'une trentaine d'années, aux cheveux de jais, installé dans le fauteuil réservé aux visiteurs. Il se leva aussitôt et plongea son regard sombre et vif dans le sien avant d'examiner sa tenue de motard. Il la détailla littéralement de la tête aux pieds : veste, pantalon et bottes en cuir noir, sans même oublier le casque qu'elle tenait dans sa main gauche. Il émanait de lui une étrange énergie et un charisme qu'elle ne put s'empêcher de sentir. En d'autres circonstances, tout cela l'aurait sûrement séduite.

Nullement impressionnée par l'examen auquel il la soumettait, elle en profita pour l'étudier à son tour. Il était grand, large d'épaules et avait un visage à la fois avenant et volontaire. D'après la coupe parfaite de son costume noir, cet homme devait être un client de la HAMC. Et si elle était ici à cause de lui, nul doute qu'il s'agissait d'un crétin prétentieux, aussi beau soit-il. Ce genre de client, les plus pénibles, manquait encore à son actif, et son frère avait trouvé le moyen d'y remédier !

Prenant l'initiative, elle lui tendit la main.

— Je m'appelle Lauren Lynch. Et vous êtes…

— Gage Faulkner.

Sa main se referma sur la sienne et lui imprima une pression à la fois ferme et chaude qui fit courir un frisson le long de son dos. Une réaction bien trop troublante qui la surprit et l'effraya en même temps. Le cœur battant, elle tenta de se dégager en douceur. En vain.

Il s'adressa à son demi-frère par-dessus son épaule, l'air contrarié.

— Elle est beaucoup trop jeune pour être pilote de ligne !

— Voyons, tu sais très bien que je ne t'aurais pas choisi quelqu'un d'inexpérimenté, protesta Trent.

Irritée qu'ils parlent d'elle comme si elle n'était pas là, elle se dégagea d'un coup sec de l'étreinte de Faulkner.

— Au cas où ça vous intéresserait, j'ai vingt-cinq ans. J'ai décroché mon brevet de pilote à l'âge de seize ans et j'ai plus de dix mille heures de vol à mon actif.

Le regard froid de Faulkner se posa sur elle, et elle remarqua les paillettes dorées qui dansaient dans l'iris marron de ses yeux. Un mince sourire étira ses lèvres. Des lèvres sensuelles, faites pour les baisers.

Elle regretta aussitôt cette réflexion. Que lui arrivait-il ? Cet homme était un client, il était tout à fait hors de propos de s'intéresser à ses lèvres, sensuelles ou pas. Avoir une liaison avec un client était un motif de licenciement. Trent lui tendait-il un piège en mettant cet homme superbe sur son chemin ? Elle n'en serait pas étonnée outre mesure, puisque toutes ses autres stratégies pour la virer avaient échoué.

Elle considéra son frère d'un œil soupçonneux. S'il se figurait qu'elle était incapable de résister à la vue d'un beau mâle, il se trompait sur toute la ligne. Il ignorait qu'elle avait appris dès l'adolescence à repousser les avances masculines. Non qu'elle ait un physique de rêve, mais elle était tout de même assez jolie ; et compte tenu du faible nombre de femmes travaillant dans les petits aéroports, elle avait été une proie idéale pour les hommes esseulés en quête d'aventure. Certes, son père et son oncle Lou avaient monté une garde vigilante autour d'elle, mais ils n'avaient pas toujours été derrière son dos pour l'empêcher de se brûler les ailes.

Trent lui décocha un regard glacial.

— Gage, tu voudras bien excuser Lauren pour son... accoutrement. Comme tu le sais, nous avons un code vestimentaire très strict...

A ces mots, elle sentit la moutarde lui monter au nez.

— Aujourd'hui, c'est mon jour de repos. Et j'avais mieux à faire que de rester chez moi, en uniforme, à côté du téléphone. Quand tu m'as dit que c'était urgent, je suis venue directement pour éviter de te faire poireauter.

En entendant Faulkner étouffer un petit rire, elle lui lança un regard noir. Il mit aussitôt sa main devant sa bouche, mais ne put dissimuler la lueur d'amusement qui brillait dans son regard. Cela ne fit qu'augmenter l'irritation de Lauren. Après tout, leur querelle familiale ne le regardait pas.

— Assieds-toi, Lauren.

Le ton supérieur de Trent la fit grincer des dents. Un de ces jours, quelqu'un allait lui rabattre son caquet, et elle espérait être là pour le voir mordre la poussière. Hélas, il y avait peu de chances pour qu'elle ait ce plaisir puisqu'elle envisageait de quitter Knoxville — et sa nouvelle famille — dès que sa mère lui aurait donné les réponses à ses questions.

Ravalant sa contrariété, elle prit donc place dans un fauteuil à côté de Faulkner. Un effluve subtil d'eau de Cologne lui chatouilla agréablement les narines. Mais ce n'était pas le moment de se déconcentrer, et elle reporta son attention sur Trent qui la fixait avec son arrogance habituelle.

— Qu'y a-t-il de si urgent qui ne puisse attendre demain ?

— Gage a besoin d'un pilote. Je te charge de cette mission.

Certes, c'était son boulot — le boulot de tous les pilotes de la HAMC. Pourtant, elle avait la désagréable impression qu'il ne s'agissait pas d'une mission ordinaire.

— Quelle est ma feuille de route, et quel appareil vas-tu me confier ?

Sans doute un vieux coucou qu'elle devrait poser sur une piste boueuse, pleine de nids de poule, dans un trou perdu infesté de moustiques. A moins qu'il ne s'agisse d'un avion-cargo dépourvu de chauffage à destination du pôle Nord ou de la Sibérie, si son frère s'en tenait à ses bonnes habitudes.

— Gage utilisera plusieurs types d'avion en fonction de la distance et du nombre de passagers qui l'accompagneront. Tu seras donc amenée à piloter aussi bien un jet de taille moyenne qu'un hélicoptère ou un Cessna.

Elle sentit l'excitation la gagner, mais bien vite, sa nature méfiante reprit le dessus. Le descriptif de sa mission était trop beau pour être vrai, notamment parce que Hightower Aviation obligeait ses pilotes à ne voler que sur un seul type d'avion afin de les familiariser aux commandes de l'appareil. Cette contrainte avait été une terrible déception pour elle, d'autant qu'elle était habituée à tester les capacités d'appareils très différents et qu'elle adorait ça.

Son frère serait-il prêt à contourner le règlement de la compagnie pour ses beaux yeux ? Etait-ce une façon de se racheter après les tours pendables qu'il lui avait joués ? Elle examina son visage impassible, incapable de croire une seule seconde qu'il soit capable d'altruisme, du moins à son égard.

— Trent m'assure que vous êtes en mesure de répondre à tous mes besoins.

La voix veloutée de Faulkner la tira de sa méditation. Il parlait sûrement de ses capacités de pilote…

— Je suis habilitée à voler sur presque tous les appareils civils dotés d'ailes ou de pales. J'ai toujours eu la passion d'apprendre à piloter des engins très différents.

Le secret des Hightower

Une passion qui tournait à l'obsession.

— Quel est le revers de la médaille ? ajouta-t-elle.

Faulkner eut un léger haut-le-corps — du moins, elle eut cette impression. Toujours est-il qu'il pinça ses belles lèvres charnues avant de répondre :

— Si vous acceptez cette mission, vous serez d'astreinte vingt-quatre heures sur vingt-quatre et sept jours sur sept à partir de demain matin 5 heures.

Là encore, c'était la procédure habituelle. Tous les pilotes de la compagnie volaient avec un préavis de quatre heures, voire moins. Quelque chose clochait, mais quoi ?

— Et ? insista-t-elle.

— Tu travailleras exclusivement pour Gage.

La nouvelle lui fit l'effet d'une bombe, et elle se retourna vivement vers Trent.

— En somme, tu m'exclus du planning.

— Je te confie une mission spéciale, rectifia-t-il d'un ton mielleux.

Qui croyait-il tromper ? Cet abruti avait tout simplement trouvé le moyen de se débarrasser d'elle en la confiant à Faulkner, et elle ne pouvait pas protester devant le client sous peine d'être virée pour insubordination. Trent n'attendait que cette occasion. Mais elle ne tomberait pas dans le panneau.

Les dents serrées, elle se força à maîtriser sa colère grandissante. Etre exclue du planning équivalait à une mise à pied temporaire pour faute grave. Or, Dieu sait si elle n'avait rien fait pour mériter un pareil traitement. Qui plus est, le fait de travailler pour un seul client limiterait ses heures de vol et donc son salaire. Sa mère ne permettrait jamais…

Non. Il n'était pas question d'aller trouver sa mère. Leurs relations étaient trop récentes et trop fragiles pour qu'elle demande à Jacqui de choisir entre son fils aîné et sa fille cadette. Qui plus est, elle ne pouvait pas se permettre de s'aliéner sa mère tant qu'elle n'aurait pas obtenu les renseignements qu'elle était venue chercher. C'était un conflit entre elle et Trent, et elle ne lui laisserait pas le plaisir de triompher.

Resserrant sa prise sur la jugulaire de son casque, à défaut de tordre le cou de son frère, elle le dévisagea froidement.

— Je serai commandant de bord ou copilote ?

Jusqu'à présent, Trent l'avait reléguée au rang de subalterne. Pourtant, cela faisait des années qu'elle ne s'était pas assise dans le siège du copilote, et les commandants de bord avec lesquels elle était amenée à voler avaient souvent des qualifications inférieures aux siennes. Néanmoins, elle avait accepté de rentrer par la petite porte afin de se former à des types d'appareils et à des équipements nouveaux pour elle. Elle était prête à avaler toutes sortes de couleuvres — et à faire un effort d'amabilité envers sa mère — à condition d'y trouver son compte.

Trent posa son stylo sur son buvard.

— Aucun des avions que Gage a demandé ne requiert la présence d'un copilote.

Cette concession était sans doute destinée à faire passer l'exclusion du planning.

— Tes autres pilotes ne travaillent jamais pour un client unique.

— Ils n'ont pas tes... compétences diverses et variées.

Dans sa bouche, ce compliment ressemblait fort à une insulte.

« Garde ton sang-froid. Il cherche à te pousser à bout. »

— Quelle est la durée de cette mission ?

— Aussi longtemps que Gage aura besoin de toi. Becky a préparé ton plan de vol pour les jours à venir.

Trent se leva et lui indiqua la porte, lui faisant comprendre que l'entretien était clos.

Elle avait appris à ses dépens que toute tentative de discussion avec son frère était une perte de temps. Désireuse d'échapper à la présence des deux hommes et de découvrir ce qui l'attendait, elle se leva à son tour. La HAMC possédait quelques bijoux de la technologie moderne qu'elle rêvait de piloter. Avec un peu de chance, elle aurait l'occasion d'assouvir sa passion.

En voyant Faulkner déplier ses longues jambes, elle eut soudain une conscience aiguë de sa haute stature et de son corps souple et athlétique. Il s'inclina légèrement en lui tendant la main.

— J'ai hâte de voler avec vous, Lauren.

Son visage fermé démentait l'amabilité de ses propos. Ce maudit Trent avait dû raconter des horreurs sur elle ! A contrecœur, elle mit sa main dans la sienne. Et, de nouveau, ce curieux frisson lui parcourut l'échine. Une petite lueur dansa dans le regard de Faulkner. Etait-il possible qu'il ressente la même chose ? Elle ne s'attarda pas sur cette question. Elle n'était certainement pas prête à faire ce genre de voyage-là avec lui.

— Tout le plaisir sera pour moi, riposta-t-elle d'un ton tout aussi ironique.

Elle pivota sur ses talons, pressée de sortir de ce bureau où l'air devenait irrespirable. Contre toute attente, Trent la suivit jusqu'au bureau du Sphinx.

— Lauren, Gage est mon meilleur ami, gronda-t-il à voix basse. Ne t'avise pas de bâcler cette mission sinon je te vire.

A ces mots, elle fit volte-face. C'était donc cela, le piège ! Trent lui fourrait un espion dans les pattes — quelqu'un à sa solde, qui l'aiderait à trouver un motif valable pour la licencier.

Elle faillit lui dire ses quatre vérités mais se ravisa. Quoi qu'il lui en coûte, il valait mieux qu'elle ravale sa rancœur jusqu'à ce qu'elle ait obtenu ce qu'elle voulait. Il ne perdait rien pour attendre !

— Ne crains rien, grand frère. Je m'occuperai très bien de ton ami.

Elle jubila en voyant un rictus déformer la bouche de Trent à l'énoncé du mot « frère ». Un point pour elle ! Mais ce n'était pas une raison pour baisser sa garde. La bataille ne faisait que commencer.

Ange ou démon ? se demanda Gage en regardant Lauren sortir du bureau. Avec ses grands yeux d'un bleu tirant sur le vert, son teint de pêche et sa tenue en cuir noir moulant ses courbes minces, elle était une véritable énigme.

La drôle de sensation qu'il avait éprouvée à son contact

l'avait désagréablement surpris. Même si elle n'avait pas été la sœur de Trent, elle était trop jeune pour lui, et il n'avait ni le temps ni l'envie de se compliquer l'existence en se lançant dans une liaison, surtout maintenant qu'il touchait au but : faire de Faulkner Consulting le numéro un du secteur du conseil aux entreprises et se constituer des économies de six millions de dollars en placements sûrs.

— Ton annonce était prématurée, fit-il remarquer à Trent quand il eut refermé la porte de son bureau. Tu ne m'as pas encore convaincu de choisir Hightower Aviation pour mes déplacements d'affaires.

— J'y réussirai.

Peut-être. Ou peut-être pas. Mais il écouterait ses arguments. Il lui devait bien cela.

— Ainsi, Lauren te mène la vie dure.

— Oui. Mais elle est suffisamment intelligente pour ne jamais franchir la ligne jaune. Je n'ai donc aucun motif de licenciement contre elle. Le pire, c'est qu'elle a embobiné ma mère qui ne peut rien lui refuser.

— Vraiment ? Pourtant, Jacqueline est très perspicace. Si je me souviens bien, c'est grâce à elle que Hightower Aviation a évité la faillite quand son père est mort et que le tien n'a pas été à la hauteur. Et c'est aussi elle qui a permis à la compagnie d'acquérir une renommée internationale en convainquant ses amies de la jet-set d'emprunter vos appareils pour leurs déplacements privés.

Trent se rassit derrière son bureau.

— Oui. Mais cette fois, maman s'est fait avoir comme une débutante.

— En quoi vos histoires de famille me concernent-elles ? Dans ton message, tu disais que tu avais besoin de mon aide, sans autre précision.

— Il y a dix-huit mois, maman s'est rendue à Daytona. Peu après, elle a commencé à faire d'importants retraits d'argent — de l'ordre de 20 000 à 30 000 dollars — à intervalles réguliers. Depuis lors, elle est retournée à Daytona deux fois par mois.

— C'est l'argent de la compagnie ?

Un détournement de fonds risquait de mettre la HAMC en péril.

— Non, c'est le sien. Mais, vu l'importance des sommes, le comptable a préféré me mettre au courant. Je lui ai demandé de me prévenir s'il remarquait une transaction inhabituelle. Tu te rappelles ce qui est arrivé à mon père ? Et au tien ?

Gage eut l'impression qu'une main d'acier lui serrait la poitrine.

— Bien sûr.

Il avait dix ans quand son père s'était surendetté pour développer ses activités, hypothéquant sa maison et son entreprise, jusqu'au jour où il avait tout perdu. Gage n'avait eu d'autre choix que de vivre dans la voiture familiale pendant six mois. Ce souvenir cuisant était gravé au fer rouge dans sa mémoire, et Trent était le seul à qui il en avait parlé.

— Pourquoi Jacqueline se conduirait-elle soudain de façon aussi insensée ?

— C'est ce que je m'efforce de découvrir. Si maman devient sénile, ou si son jugement n'est plus ce qu'il était, je me verrai forcé de la débarquer du conseil d'administration avant qu'elle ne mette la compagnie en danger.

— Pour cela, il te faudra plus que des suppositions.

Trent jeta un coup d'œil aux documents étalés sur son bureau.

— Les dépenses de maman et la fréquence de ses déplacements ont augmenté durant les mois qui ont précédé la venue de Lauren à Knoxville. Or, Lauren vit à Daytona. D'après moi, elle a découvert que sa mère biologique était très riche et elle a décidé de s'immiscer dans ses bonnes grâces pour lui soutirer un maximum d'argent.

— Lauren n'a pourtant rien d'une aventurière.

— Ne te fie pas à ses grands yeux innocents et à son air de sainte-nitouche. Si je n'avais pas de bonnes raisons de croire à sa cupidité, je ne t'aurais pas appelé.

A l'instar de Gage, Trent n'était pas du genre à quémander de l'aide pour un oui ou pour un non. Si son ami avait fait appel à lui, c'était en désespoir de cause.

— Si ta mère transfère de l'argent à ta sœur...

— *Demi*-sœur, rectifia Trent. Je le sais grâce au test ADN que j'ai fait faire avant de l'embaucher.

— Est-ce légal ? L'as-tu fait à l'insu de Lauren ? s'étonna Gage.

— Je doute qu'elle le sache. Mais elle a signé une décharge nous permettant de procéder à tous les tests que nous jugerions nécessaires. Et je ne m'en suis pas privé.

— Je suppose qu'il n'y a rien à retenir contre elle ?

— Hélas non. Il m'aurait été beaucoup plus facile de me débarrasser d'elle si le dépistage de la toxicomanie s'était révélé positif, ou si le contrôle des antécédents avait fait apparaître quelque chose de compromettant. Même ses antécédents de crédit sont irréprochables, conclut Trent, dépité.

Certes, son ami était très remonté contre Lauren, mais il n'était pas homme à réagir de manière excessive ou à tirer des conclusions hâtives. Compte tenu de l'immense fortune de sa famille, Trent avait toujours été une proie idéale pour les aventurières, et il avait un flair infaillible pour les repérer. Il devait donc avoir de bonnes raisons d'être soupçonneux à l'égard de Lauren.

— As-tu demandé des explications à ta mère concernant ses retraits d'argent ?

— Oui, mais dès que j'aborde ce sujet, elle se ferme comme une huître. Si elle n'a rien à cacher, à quoi riment toutes ces cachotteries ?

— Evidemment..., remarqua Gage évasif.

Tout en comprenant le point de vue de son ami, il partageait celui de Jacqueline. Moins on en disait, mieux on se portait !

— Et Lauren ? T'a-t-elle dit pourquoi elle est venue s'installer ici ?

— Elle m'a raconté que son père voulait qu'elle fasse la connaissance de ses frères et sœurs Hightower. Et elle prétend tout ignorer à propos de l'argent.

— Pourquoi ta mère aurait-elle attendu vingt-cinq ans pour lui en donner ?

— Elle ne savait peut-être pas où se trouvait Lauren. A moins qu'au fil du temps, elle lui ait remis des petites sommes qui n'ont pas attiré l'attention du comptable. Toujours est-il qu'on ignorait tout de « l'incident de parcours » de maman jusqu'au jour où l'enfant prodigue s'est présentée chez nous, son brevet de pilote et ses références en poche, espérant sans doute qu'on l'engagerait sur sa bonne mine. Tu sais combien nous sommes exigeants en matière de recrutement ?

— Et je parie que Lauren a répondu à tous les critères de sélection.

Trent se renfrogna un peu plus.

— Elle les a même surpassés — hormis le fait qu'elle n'a pas de diplôme universitaire. Mais elle est bien trop jeune pour avoir une pareille expérience ! J'ai eu beau passer son CV au crible et lui faire subir une batterie de tests tant physiques que psychologiques, je n'ai pas trouvé le moindre prétexte pour la recaler. Je l'ai même obligée à suivre des heures d'entraînement sur un simulateur de vol avant de l'autoriser à monter dans un cockpit. Mais cette petite peste ne s'est pas découragée pour autant et elle a réussi tous les tests haut la main.

Gage ne put s'empêcher d'éprouver un certain respect pour Lauren.

— Peut-être est-elle tout simplement un bon pilote.

— Personne ne peut être aussi doué à son âge !

— Toi, tu l'étais.

A ces mots, Trent se raidit, et Gage regretta ses paroles. Son ami avait pour ainsi dire été élevé dans un cockpit. Une fois son diplôme universitaire en poche, il était sur le point de s'enrôler dans l'armée de l'air, en qualité de pilote, quand son père avait déjoué ses plans en contractant d'énormes dettes de jeu qui avaient failli ruiner Hightower Aviation. Trent avait mis entre parenthèses son projet de carrière militaire pour se consacrer au redressement de la compagnie aux côtés de sa mère. Une fois son objectif atteint, il avait jugé préférable de demeurer à son poste de directeur général, mettant ainsi un terme définitif à son rêve d'enfant.

— Excuse-moi. Je n'aurais pas dû aborder ce sujet.

— Ça ne fait rien. C'est du passé.

Trent se racla la gorge, mal à l'aise, quoi qu'il en dise.

— Voilà ce que je sais, poursuivit-il. A l'époque, ma mère a dissimulé sa grossesse, puis a préféré faire adopter Lauren par son père naturel plutôt que d'avouer à son mari qu'elle s'était faite engrosser par un de ses amants.

— Ton père devait forcément être au courant, remarqua Gage. En tant qu'époux de Jacqueline, il aurait été le père légal de Lauren à défaut d'être son père biologique. A ce titre, il a bien fallu qu'il renonce à ses droits pour permettre l'adoption de Lauren.

D'un geste las, Trent se passa une main dans les cheveux. Gage nota qu'ils étaient d'une teinte un peu plus claire que ceux de Lauren.

— Papa prétend qu'il ne se souvient pas de cet « incident » ni d'avoir signé le moindre document. Connaissant sa passion du jeu, je présume qu'il a dû souscrire à tout ce qu'on lui demandait moyennant finances. Rappelle-toi, à l'époque, la HAMC n'était qu'une petite entreprise qui fonctionnait essentiellement grâce à la fortune de la branche maternelle. Grand-père a dû donner de l'argent à mon père pour qu'il ne fasse pas de vagues.

— Ton raisonnement se tient.

Pourtant, Lauren ne lui avait pas donné l'impression d'être une aventurière de haut vol, mais plutôt une jeune femme volontaire qui n'avait pas sa langue dans sa poche.

— A voir Lauren, on ne dirait pas qu'une généreuse bienfaitrice la couvre de cadeaux. Elle ne porte ni bijoux ni vêtements de marque. Elle ne se maquille même pas.

— Et si je te disais qu'elle possède une Harley Davidson de 20 000 dollars, un pick-up de 60 000 dollars et un avion coûtant la bagatelle d'un quart de million de dollars ?

Cette fois, il n'en revenait pas ! Trent avait donc vu juste. Elle l'avait bien eu avec son petit air innocent. Pourtant, l'expérience aurait dû lui apprendre qu'un joli minois dissimulait souvent une âme sournoise et cupide. Une bouffée de colère lui monta au visage.

— Je dois admettre qu'elle cache bien son jeu. Mais, encore une fois, qu'ai-je à voir dans tout ça ?

— J'ai besoin que tu tiennes Lauren éloignée de ma mère et de moi jusqu'à ce que je réussisse à stopper l'hémorragie.

— Et en contrepartie, je voyage à l'œil sur les avions de ta compagnie ?

Trent hocha la tête en signe d'assentiment.

— Tu gagneras du temps en utilisant un jet privé plutôt qu'un avion de ligne commerciale. N'as-tu pas annulé nos trois derniers dîners sous prétexte que tu devais te trouver à deux endroits à la fois parce que deux de tes collaborateurs étaient en congé parental ?

— Exact.

Depuis que ses deux meilleurs consultants avaient vu leur famille s'agrandir, ils avaient l'air de vrais zombies à force d'être privés de sommeil. Encore une bonne raison de ne pas vouloir d'enfants. S'il en avait, il n'aurait plus la tête au travail. Or, il ne voulait pas risquer de perdre de vue son objectif principal : se constituer une fortune personnelle qui le mettrait définitivement à l'abri du besoin. Et il ne voulait pas que quelqu'un — femme ou enfant — dépende de lui. Qui sait ce qui pouvait arriver dans la vie.

— Nous pouvons nous aider mutuellement, ajouta Trent. Si ma mère continue de jeter l'argent par les fenêtres, elle risque d'être tentée de puiser dans les caisses de la compagnie, comme l'a fait mon père. Il faut donc que j'y mette bon ordre. Durant les deux ou trois prochains mois, tu vas souvent être amené à voyager pour tes affaires. Et si Lauren est ton pilote attitré, j'aurai le champ libre.

Gage se sentit soudain pris au piège. Certes, avoir un jet à sa disposition était tentant, mais il répugnait à profiter de la situation, et Trent le savait pertinemment.

— Faulkner Consulting a les moyens de s'offrir les

services de ta compagnie. Je préfère que tu établisses un contrat en bonne et due forme.

— Pas question. Tu as un budget dépenses très serré, et j'ai besoin de ton aide. Ainsi, chacun y trouve son compte.

— Je refuse d'être de nouveau ton débiteur.

— Bon sang, Gage, ce que tu peux être susceptible ! Combien de fois faut-il te répéter que tu ne me dois rien, et à ma famille non plus. Crois-moi, si tu parviens à écarter Lauren de mon chemin pendant deux mois, c'est *moi* qui te serai redevable de m'avoir ôté une sacrée épine du pied.

Toujours un peu mal à l'aise, Gage serra les dents. Durant son adolescence, il n'avait que trop profité des libéralités de la famille Hightower, mais maintenant, c'était terminé !

— Trent...

— J'ai besoin de toi, Gage. Ne m'oblige pas à te supplier.

Dubitatif, Gage frotta sa nuque endolorie.

— Entendu. Mais nous ferons les choses à *ma* façon. Tu vas établir un contrat à court terme. Si j'économise du temps et de l'argent en utilisant les services de ta compagnie, je renouvellerai le contrat pour la suite de mes voyages. Dans le cas contraire, je saurai au moins que je n'aurai pas abusé de votre argent.

Trent haussa un sourcil interrogateur.

— Je ne vois pas l'intérêt de procéder de cette manière.

— Moi, je le vois.

Trent ouvrit la bouche… et la referma, visiblement à bout d'arguments.

— Bon. Puisque tu y tiens. Et si, dans la foulée, tu pouvais t'arranger pour découvrir les intentions de Lauren, ce serait la cerise sur le gâteau.

Gage se raidit sur son siège. Cela faisait treize ans qu'il attendait l'occasion de rembourser sa dette à son ancien camarade d'université, mais il y avait des limites qu'il n'était pas décidé à franchir, même pour son meilleur ami.

— Je refuse de jouer les espions !

— Voyons, Gage ! Je ne te demande pas de coucher avec elle ou de l'épouser pour lui soutirer des informations ! J'ai juste besoin de savoir combien de temps encore elle compte me pourrir l'existence.

— S'il s'avère que Lauren est une intrigante, comme tu le prétends, je te dirai ce que tu dois savoir pour te permettre de protéger les intérêts de ta société. Mais ça n'ira pas plus loin.

Visiblement un peu perplexe, Trent considéra son offre.

— Marché conclu, finit-il par dire.

- 2 -

Le frôlement d'une jambe contre son épaule déconcentra Lauren, occupée à entrer des données dans son écran de navigation. Elle leva les yeux au moment où Gage se faufilait dans l'étroite ouverture aménagée entre le cockpit et la cabine réservée aux passagers.

— Monsieur Faulkner, nous n'allons pas tarder à décoller. Veuillez retourner à votre place et boucler votre ceinture.

— Appelez-moi Gage. Je préfère être installé à l'avant.

Ce disant, il s'assit dans le siège du copilote, à sa droite.

— Et moi, je préfère que vous restiez dans la cabine passagers.

Au lieu de s'exécuter, il attacha sa ceinture et lui décocha un sourire narquois.

— Auriez-vous peur que je remarque si vous sautez une étape dans vos vérifications préalables au décollage ?

Furieuse, Lauren serra les dents. Ce type lui avait porté sur les nerfs dès l'instant où il avait insisté pour s'occuper de ses propres bagages. Or le règlement de la compagnie spécifiait qu'en sa qualité de pilote, elle se devait d'accueillir les passagers et prendre en charge leurs bagages. Elle n'avait aucune envie de donner à Trent un prétexte pour la sanctionner, voire la virer.

— Je ne saute jamais d'étape, riposta-t-elle.

— Tant mieux. Auriez-vous un second casque ?

Et puis quoi encore ! Ce Gage Faulkner commençait sérieusement à lui échauffer les oreilles.

— Nous nous trouvons à bord d'un Cessna Mustang parce que vous vouliez disposer d'une cabine spacieuse pour pouvoir travailler à tête reposée, le temps d'arriver à Baton Rouge. Vous avez même refusé la présence d'un steward à bord pour ne pas risquer d'être interrompu à tout moment.

Il soutint son regard sans broncher, faisant naître en elle une étrange tension.

— Ce matin, je me suis réveillé plus tôt que prévu et j'ai fini le travail que je comptais faire dans l'avion. Dans ces conditions, je préfère être installé à l'avant où la vue est imprenable.

Malgré l'entorse au règlement et l'envahissement de son espace vital, elle s'arma de patience et se força à sourire.

— Dois-je vous rappeler qu'il y a six hublots à l'arrière ? Par ailleurs, le temps est couvert, et il n'y aura pas grand-chose à voir puisque nous volerons au-dessus des nuages.

— Je tente ma chance.

Elle compta jusqu'à trois pour tâcher de maîtriser la colère sourde qui montait en elle.

— Dans la cabine, les sièges sont inclinables et très

confortables. Vous pourriez en profiter pour faire un petit somme durant le vol.

— C'est inutile.

Ce maudit Trent avait sûrement demandé à son espion de la pousser à bout. Et, à en juger par la lueur espiègle qui brillait dans le regard sombre de Gage, celui-ci avait compris qu'il était sur la bonne voie.

— Si vous nous aviez fait part, avant le décollage, de votre souhait d'être assis à l'avant, nous aurions opté pour un avion plus petit, moins gourmand en carburant.

— Mais aussi moins rapide.

Il avait raison sur ce point. Mais elle ne s'avoua pas battue pour autant.

— La présence de passagers dans le cockpit est interdite par le règlement.

— Dans ce cas, appelez votre frère.

— *Demi*-frère. C'est impossible. Comme vous le savez sûrement, il assiste à un conseil d'administration qui doit durer toute la matinée. Et le dragon qui lui tient lieu de secrétaire refusera de me mettre en relation avec lui.

— Il ne vous reste donc plus qu'à supporter ma présence près de vous jusqu'à Baton Rouge.

Soit. Mais elle ne manquerait pas d'en référer à Trent dès son retour. Se souvenant de la règle numéro un de son père : le client a toujours raison, sauf si la sécurité est en jeu, elle finit par se résigner de mauvaise grâce.

— Il y a un casque supplémentaire sous votre siège.

Comme elle, la plupart des pilotes utilisaient leur

propre matériel, même si Hightower Aviation leur fournissait tout ce dont ils avaient besoin. Elle devait en convenir, la compagnie était aux petits soins tant pour ses passagers que pour son personnel navigant — un luxe que Falcon Air ne pouvait pas se permettre.

Gage sortit le casque de son emballage et le brancha dans la prise adéquate, comme s'il avait fait ça toute sa vie. Puis il se cala dans son siège, les mains posées sur ses cuisses.

Des cuisses musclées qui tendaient le tissu de son pantalon...

Mais où avait-elle la tête ?

Elle se ressaisit avant de s'adresser à Gage comme à un élève récalcitrant.

— Si vous avez des lunettes de soleil, mettez-les. Ne parlez pas tant que je n'en aurai pas fini avec la tour de contrôle, et ne touchez à aucun bouton. Vous avez la chance de pouvoir vous détendre pendant le vol, mais moi, je dois rester vigilante pour continuer à voler.

C'était préférable à l'alternative. Le crash. Comme son père.

A cette pensée, son cœur se serra. Elle s'efforça de contenir son chagrin et s'appliqua à entrer les données de son plan de vol dans l'ordinateur de bord. Il lui fallut vingt minutes pour procéder aux vérifications d'usage, obtenir l'autorisation de décollage et s'élancer enfin sur la piste et dans les airs — vingt minutes durant lesquelles Gage observa chacun de ses mouvements comme un chat guettant sa proie.

Quand elle se trouvait aux commandes d'un appareil, elle concentrait toute son attention sur le bon déroulement du vol — la seule façon pour un pilote de faire des vieux os, selon son père. Elle se sentait aussi à l'aise dans le cockpit qu'un poisson dans l'eau, et elle connaissait son affaire sur le bout des doigts. Mais, la présence de Gage la déstabilisait l'obligeant à réfléchir à deux fois avant d'effectuer une manœuvre au lieu de la faire instinctivement.

Elle n'était que trop consciente de la petite note épicée de son eau de Cologne et de sa poitrine qui montait et descendait au rythme de sa respiration, même si son casque antibruit l'empêchait de percevoir le moindre son.

Sous le regard attentif de cet homme, elle en venait presque à regretter sa coiffure trop stricte, l'absence de maquillage et de vernis sur ses ongles coupés court. Curieusement, auprès de lui, elle se sentait femme... sans être féminine. Un constat plutôt déplaisant.

Après avoir atteint son altitude de croisière, elle s'autorisa à jeter un coup d'œil dans sa direction. Quand elle croisa son regard de braise, elle ressentit une étrange sensation, comme si l'avion heurtait un trou d'air et chutait brutalement.

— Vous pouvez parler, maintenant. Il est inutile de crier. Je vous entendrai parfaitement grâce aux écouteurs.

— Pourquoi avez-vous choisi ce métier ? demanda-t-il tout à trac.

La question classique. Elle haussa les épaules.

— J'ai grandi aux abords d'un aéroport, et j'ai toujours rêvé de piloter des avions.

— Que faisiez-vous avant de rejoindre la HAMC ?

Son demi-frère avait sans doute demandé à son ami de la cuisiner. Côté professionnel, elle n'avait rien à cacher — rien qu'elle ait omis de mentionner dans son CV. Toutefois, ne sachant pas trop quels motifs animaient Gage, elle choisit ses mots avec soin.

— La moitié du temps je suis instructeur de vol, et l'autre moitié, je pilote des charters pour le compte de Falcon Air.

— Falcon Air ?

Son intérêt était-il aussi réel qu'il y paraissait ? En tout cas, il avait l'art de lui tirer les vers du nez.

— La compagnie de charters de mon père.

— Il la dirige en votre absence ?

Elle tressaillit sous le coup de la douleur. Son chagrin s'estomperait-il un jour ?

— Non. Il est... mort récemment. C'est mon oncle qui en assume la direction.

— Mes condoléances.

Des mots froids, dépourvus de toute émotion.

— Et vous faites quoi au juste, monsieur... Gage ?

Elle s'en fichait éperdument, mais elle ne tenait pas à rester sur la sellette par crainte de révéler sans le vouloir une information qui pourrait se retourner contre Falcon Air. Si le bruit courait que son père s'était suicidé — ce qui restait à démontrer —, Falcon Air risquait de se retrouver en fâcheuse posture. Les clients se détourneraient de la compagnie de peur d'emprunter des avions mal entretenus ou, pire encore, d'engager un pilote dépressif qui leur ferait faire le grand saut au-dessus des Everglades. Et les finances s'en ressentiraient par la même occasion.

— Je dirige une société de conseil aux entreprises. J'évalue les sociétés qui font appel à mes services et je leur fais des recommandations pour améliorer leur situation financière, notamment en éliminant les dépenses inutiles et en augmentant leur productivité.

— Vous travaillez à l'échelle internationale ?

— Oui... Vous avez décidé de rechercher votre mère biologique après la mort de votre père, c'est bien ça ?

Elle réprima un soupir d'agacement en constatant qu'il n'avait pas abandonné son interrogatoire.

— Non. Elle est venue à moi.

— Vous avez dû être surprise de faire sa connaissance après tant d'années.

— Comment cela ? s'étonna Lauren. J'ignore ce que Trent vous a raconté, mais je connais Jacqui depuis toujours. Au début, je la prenais pour la petite amie de mon père, même s'ils ne se voyaient pas souvent. Et c'est seulement le jour de mon dix-huitième anniversaire que j'ai appris qu'elle était ma mère. De même, Jacqui a attendu les obsèques de mon père pour me révéler qu'elle était mariée à un autre homme dont elle avait eu des enfants, et que mon père souhaitait que je fasse leur connaissance.

Gage la dévisageait, l'air sceptique.

— Vous connaissiez Jacqui depuis toujours ?

— Oui.

— Quel genre de mère était-elle ? Probablement très généreuse.

Encore une autre insinuation malveillante ! Excédée, elle ne répondit pas immédiatement et reporta son attention sur les écrans de contrôle. Elle s'était heurtée à la même attitude soupçonneuse de la part de ses demi-frères et sœurs. Ils semblaient convaincus qu'elle était venue chercher sa part de l'héritage, alors qu'en réalité, ce qu'elle attendait de Jacqui ne risquait pas de mettre en péril leur précieux argent.

— Je viens de vous dire que Jacqui n'a pas été une mère pour moi. Et elle ne m'a pas couverte de cadeaux coûteux, comme vous semblez le croire. Mon père ne l'aurait pas accepté, et moi non plus.

L'incrédulité qui se peignait sur le visage de Gage l'irritait au plus haut point. Cet homme se permettait de porter un jugement hâtif sur elle sans même la connaître. La faute à ce maudit Trent qui avait dû raconter n'importe quoi sur son compte ! Qu'il la déteste, passe encore. Mais qu'il s'abaisse à répandre des horreurs à son sujet, c'était abject de sa part. Et il l'avait calomniée publiquement ; sinon, les autres employés de la compagnie ne la traiteraient pas en pestiférée.

— C'est à la demande de Jacqui que vous avez rejoint les effectifs de Hightower Aviation ? insista-t-il.

— Il s'agit d'un job temporaire. Jacqui sait que je compte retourner chez Falcon Air dans quelques mois.

— Pourquoi dans quelques mois ?

— Pourquoi toutes ces questions ? riposta-t-elle.

— Simple curiosité. La plupart des gens ne renonceraient pas facilement au niveau de vie élevé des Hightower.

— Monsieur Faulkner, je ne suis pas « la plupart des gens » et je ne fais pas partie du clan Hightower. Si nous devons travailler ensemble, vous feriez bien de vous en souvenir. Et si Trent est l'instigateur de cet interrogatoire en règle, dites-lui de venir me poser ses questions lui-même.

Non qu'elle ait l'intention de lui révéler les vraies raisons de sa présence à Knoxville. Cela ne le regardait pas. Et Gage Faulkner non plus. Les deux hommes étaient ligués contre elle, et elle devait jouer serré pour ne pas mettre en péril l'avenir de Falcon Air. Sinon, il ne lui resterait plus que ses yeux pour pleurer.

Gage devinait que Lauren lui cachait quelque chose, et son instinct ne le trompait jamais.

Elle s'était fermée comme une huître au moment où la conversation au sujet de sa mère devenait intéressante. Il avait eu beau tenter de ramener le sujet sur le tapis, plus ou moins habilement, elle n'avait pas mordu à l'hameçon.

Il montra le badge que Hightower Aviation lui avait remis à l'agent de sécurité en faction devant l'entrée. L'homme lui fit signe de franchir les portes en direction du tarmac.

— Je vous souhaite un bon voyage, monsieur Faulkner.

Après l'avoir remercié d'un signe de tête, Gage sortit du terminal du petit aéroport suburbain et se dirigea vers le jet. Trent avait raison. Il gagnait à utiliser les services d'une compagnie privée plutôt que d'emprunter les lignes commerciales. La souplesse des formalités administratives et des horaires lui permettait de consacrer davantage de temps à son travail, et donc d'être plus efficace — son maître mot.

Fatigué mais satisfait des premières informations qu'il avait récoltées sur la société qu'il était venu évaluer à Baton Rouge, il vérifia sa montre. Grâce à la rapidité des procédures d'enregistrement, il était en avance d'une heure. Quand il avait quitté Lauren, sept heures auparavant, elle n'avait pas semblé contrariée à l'idée de se retrouver désœuvrée toute une journée. Bien au contraire. Le regard brillant, elle avait presque piaffé d'impatience dans sa hâte à le voir déguerpir. Voilà qui était nouveau pour lui ! D'habitude, les femmes — quand il avait du temps à leur consacrer — appréciaient sa compagnie.

Mais pas Lauren.

Elle lui avait demandé de l'appeler sur son portable dès qu'il aurait fini son travail, prétendument pour lui laisser le temps de faire les vérifications préalables au décollage avant son arrivée. Mais il s'était bien gardé d'appeler. Il comptait la surprendre dans ses activités, quelles qu'elles soient. Cela lui donnerait peut-être une indication sur ses intentions.

La porte du Cessna était ouverte et la passerelle mise en place, comme si elle attendait des visiteurs en cette chaude soirée d'octobre. Il grimpa prestement à bord, faisant tanguer légèrement l'appareil sous son poids. A sa vue, Lauren, assise en tailleur sur un des sièges passagers, se redressa aussitôt et rectifia sa position. Un ordinateur portable reposait sur ses cuisses.

— Vous êtes de retour, constata-t-elle, surprise.

— J'interromps quelque chose ?
— Non. Je... tuais le temps en vous attendant.
En tout cas, elle semblait mal à l'aise, à en juger par son regard tendu et sa bouche crispée.
Le soleil couchant pénétrait dans la cabine par le hublot situé derrière Lauren et jetait des reflets cuivrés dans la masse de ses cheveux châtain clair qui retombaient sur ses épaules en boucles quelque peu désordonnées. Son béret était posé sur une table près d'elle, et sa veste drapait le dossier d'un siège. Elle boutonna en hâte le haut de son chemisier, dissimulant une échancrure de peau d'une très jolie couleur dorée, eut-il le temps de noter.
— Je vous avais demandé de m'appeler avant de venir. Cela nous aurait permis de décoller plus tôt.
Elle semblait troublée. Lui cachait-elle quelque chose ?
— J'avais l'esprit au travail.
Ce demi-mensonge s'avérait nécessaire s'il voulait jouer les Sherlock Holmes. Il déposa son attaché-case dans le casier qui lui était réservé.
Elle le considéra d'un air sceptique, puis se mit à tapoter sur son clavier. Bientôt, les coins de sa bouche s'affaissèrent.
— Vous avez le bonjour de Jacqui.
Un signal d'alarme se déclencha dans le cerveau de Gage.
— Vous étiez en ligne avec votre mère ?
— Oui.
Une lueur d'irritation brilla dans le regard de la jeune femme.

— Via la messagerie instantanée, précisa-t-elle à contrecœur.

Lauren ferma son ordinateur et le glissa dans une sacoche en cuir posée à ses pieds. Puis elle se leva et tordit ses cheveux qu'elle attacha avec une barrette avant de les emprisonner sous son béret.

— Elle se souvient de vous à l'époque où vous étiez étudiant avec Trent.

Et pour cause ! La famille Hightower l'avait souvent invité durant les vacances scolaires — sûrement parce que Trent avait dit à ses parents que Gage n'avait nulle part où aller lorsque la résidence universitaire fermait ses portes. C'était la triste vérité : son père vivait dans un foyer pour sans-abri quand ce n'était pas dans la rue. Et sa mère était partie sans laisser d'adresse. Des années après, la vieille humiliation était toujours aussi cuisante.

— J'aurais plutôt cru que Jacqueline était de la vieille école.

— Détrompez-vous. Elle est passionnée par les nouvelles technologies.

Voilà une nouvelle qui risquait de lui compliquer la tâche. A quoi cela servait-il d'empêcher les deux femmes de se voir si elles restaient en contact grâce à Internet ? Pour comble d'ennui, tous les appareils de la compagnie étaient équipés de points d'accès sans fil. Ni lui ni Trent n'avaient prévu cette éventualité. Il leur faudrait trouver une parade au plus vite.

Lauren rangea son ordinateur dans le compartiment situé derrière son siège et le verrouilla.

— Ce matin, après l'atterrissage, j'ai refait le plein

de carburant, mais les vérifications d'usage vont me prendre une petite demi-heure.

— Je ne suis pas pressé... Au fait, pourquoi ne dînerions-nous pas avant le décollage ?

A ces mots, Lauren s'arrêta brusquement d'enfiler sa veste d'uniforme et lui lança un regard méfiant.

— Dîner ?

C'était l'occasion rêvée de découvrir à quel point la mère et la fille étaient proches l'une de l'autre.

— En revenant, je suis passé devant un restaurant brésilien qui avait l'air sympa.

Elle se passa la langue sur les lèvres, visiblement tentée, et il ne put s'empêcher de suivre le mouvement de ce petit bout de langue rose, excitant au possible. Les muscles de son bas-ventre se contractèrent, et il maudit sa réaction.

Ce n'était pas le moment de perdre son sang-froid ! L'intelligence qui brillait dans le regard de Lauren et sa calme assurance aux commandes d'un appareil valant une petite fortune indiquaient clairement qu'il ne fallait pas se fier à son apparence de jeune femme toute simple.

Elle prit le temps d'enfiler sa veste avant de dire :

— Je me ferai un plaisir de différer le décollage jusqu'à ce que vous ayez dîné. Cela me permettra de...

— Venez dîner avec moi, Lauren.

Elle secoua la tête en signe de dénégation.

— Le règlement m'interdit de sortir avec les clients.

— Qu'à cela ne tienne. Je vais appeler Trent pour lui expliquer la situation.

Elle battit des paupières, quelque peu déconcertée. Comment se faisait-il qu'il n'ait encore jamais remarqué la longueur de ses cils ?

— Merci, mais j'ai déjà dîné.

Il n'en croyait pas un mot.

— Qu'avez-vous mangé ?

Elle hésita avant de répondre :

— Un sandwich, à la cafétéria du terminal.

— Alors, je prendrai la même chose. Vous me tiendrez compagnie.

Un moyen comme un autre de l'empêcher de joindre sa mère de nouveau. Mais hélas, elle ne voulut rien savoir.

— Non, merci monsieur Faulkner. Je préparerai l'avion pendant que vous dînerez.

Il avait la nette impression qu'elle ne voulait pas se retrouver seule avec lui. Pourquoi ? Et quel secret cachait-elle ? A lui de le découvrir.

Le crissement d'une chaussure derrière elle, sur l'asphalte du parking sombre et brumeux, fit grimper en flèche l'adrénaline de Lauren. Elle pivota sur ses talons, prête à frapper un éventuel assaillant avec son trousseau de clés.

Un homme s'avança dans la lumière chiche d'un réverbère et s'arrêta net en voyant son attitude menaçante.

Trent !

Lauren fut à la fois soulagée et irritée de le voir. Après un vol aller-retour au cours duquel elle avait dû jouer au chat et à la souris avec Gage, elle était trop fatiguée pour une nouvelle confrontation avec Trent. Elle n'avait qu'une envie : rentrer chez elle pour appeler sa mère et son oncle. L'espace d'un instant, elle faillit planter là son demi-frère et grimper dans sa voiture. Mais ce n'était pas dans ses habitudes de battre en retraite devant l'ennemi.

Elle laissa retomber sa main tenant les clés.

— Ton parking est mal éclairé. Heureusement pour toi que je n'ai pas de bombe lacrymogène, sinon, à l'heure qu'il est, tu serais plié en deux de douleur.

Le regard de Trent se posa sur son pick-up, puis sur elle.

— J'en ferai part à la sécurité.

— Tu as quelque chose à me dire ? demanda-t-elle en réfrénant à grand-peine son impatience.

— Oui. Si Gage veut s'asseoir dans le cockpit ou t'inviter à dîner, accède à sa demande — à *toutes* ses demandes.

Son ton impérieux lui hérissa le poil, et un sentiment de malaise s'empara d'elle.

— Je sais bien que le client est roi. Mais y a-t-il des limites à ce que Gage peut exiger de moi ?

Piqué au vif, Trent rejeta la tête en arrière, les narines frémissantes.

— Que vas-tu chercher là ? Je ne te demande rien d'immoral ni d'illégal.

— Tu me demandes ni plus ni moins d'enfreindre le règlement intérieur. Dans ces conditions, je veux que tu écrives noir sur blanc ce que tu attends de moi. Tant qu'à faire, le document devra être dûment signé et authentifié.

— Quoi ? Tu n'as pas confiance en moi, petite sœur ? ironisa-t-il.

— *Demi*-sœur, rectifia-t-elle en mettant son sac en bandoulière. Tu m'as clairement fait comprendre dès le premier jour que j'étais *persona non grata* ici. Alors, ne compte pas sur moi pour te faciliter les choses en te donnant carte blanche pour me virer.

— Un chèque en blanc ferait-il l'affaire ?

Quel culot ! Elle faillit s'étrangler de rage.

— Espèce de salaud…

Elle s'interrompit en entendant un autre bruit de pas. Quelqu'un s'approchait d'eux. Elle reconnut Gage presque tout de suite. Décidément, ce n'était pas son jour de chance !

— On en rediscutera demain, lança-t-elle à l'intention de Trent.

— Tu peux parler devant Gage. Il fait pour ainsi dire partie de la famille.

Cette remarque eut le don d'accroître son irritation.

— Contrairement à moi qui en fais *vraiment* partie. Ah, c'est beau, l'amitié !

— Quel est ton prix, Lauren ? insista Trent sans se démonter.

Elle mourait d'envie de lui envoyer un coup de pied bien placé, mais elle s'était déjà heurtée à des types pires que lui sans pour autant recourir à cette extrémité.

— Je ne suis pas à vendre, *grand frère*. Tu as profité de notre mère pendant plus de trente ans. Maintenant, c'est mon tour de passer un peu de temps avec elle. Mais ne t'inquiète pas. Je te la rendrai.

— Allons donc ! Tu la connais depuis toujours.

Ecœurée, elle fusilla du regard Gage, posté à côté de Trent.

— Je vois que ton espion a fait son rapport.

Gage fronça les sourcils.

— Lauren, notre conversation n'avait pas un caractère confidentiel.

— Inutile de gaspiller votre salive, Faulkner. J'ai tout de suite su à qui allait votre loyauté.

Trent carra ses épaules et la domina de toute sa hauteur. S'il croyait l'intimider, il se trompait lourdement !

— Si tu connais notre mère depuis toujours, pourquoi est-ce seulement maintenant que nous entendons parler de toi ?

— Parce que c'était la volonté de *nos* parents de nous laisser dans l'ignorance. Jacqui ne m'a jamais parlé de vous non plus.

Elle s'apprêtait à faire volte-face quand elle se ravisa.

— Sais-tu que mon père fut l'un des fondateurs de Hightower Aviation ?

Un silence de mort s'ensuivit, et Trent se renfrogna un peu plus.

— Je n'ai jamais entendu dire une chose pareille !

— Moi non plus, jusqu'à ce que je trie les papiers de papa. Mon père et le tien étaient pilotes de l'armée de l'air. J'ai des photos de l'époque qui l'attestent. Ils ont créé la HAMC après avoir été démobilisés. Leur compagnie marchait tant bien que mal, par manque de liquidités, jusqu'au jour où notre grand-père Bernard Waterman leur a proposé de les renflouer en participant à hauteur d'un tiers dans le capital de la société. En revanche, j'ignore comment notre mère s'inscrit dans ce tableau.

— Je vérifierai tes dires auprès de maman.

— Je te souhaite bonne chance. Avec moi, elle est muette comme une carpe.

Pourquoi diable d'ailleurs se murait-elle dans le silence ? Et pourquoi son père avait-il emporté son secret dans la tombe ? Elle ne partirait pas d'ici tant qu'elle n'aurait pas obtenu de réponses à ces questions.

— Ne t'inquiète pas, grand frère. Je ne compte pas exiger ma part du gâteau. Il se trouve que mon père a cédé ses actions à Jacqui quand elle était enceinte de moi. Et, pour autant que je sache, il en a obtenu un bon prix. C'est grâce à cet argent qu'il a fondé Falcon Air avec mon oncle Lou, qui travaillait lui aussi pour la HAMC.

La suspicion se peignit sur le visage de Trent.

— Ton oncle ?

— Oh, rassure-toi. Il s'agit du frère de mon père. Il ne viendra pas te solliciter pour un emploi et ne mettra pas ton précieux héritage en péril.

Gage fourra ses mains dans les poches de son pardessus avant de prendre enfin la parole :

— Trent et moi allons prendre un verre. Vous devriez vous joindre à nous et nous en dire un peu plus sur cette histoire pour le moins surprenante.

Trent se raidit, comme si l'invitation de son ami le surprenait.

A l'évidence, ils avaient tous les deux décidé d'unir leurs efforts pour la piéger et la mettre hors d'état de nuire. Elle déverrouilla sa portière à l'aide de la télécommande et rangea son sac à l'intérieur du pick-up avant de riposter :

— C'était bien essayé, Faulkner, mais je ne mords pas à l'hameçon. Comme vous le savez, demain matin je suis d'astreinte pour vous conduire à Lancaster. Or, le règlement intérieur stipule que les pilotes ne doivent pas absorber d'alcool dans les douze heures précédant un vol, sous peine de licenciement.

— Ce Dodge est une petite merveille, poursuivit Gage derrière son dos. Beau châssis, moteur surpuissant.

— Vous voulez dire, trop puissant pour une fille ? Ne vous en déplaise, j'ai besoin de ses dix cylindres pour remorquer les avions dans le hangar.

Ce Dodge Ram SRT-10 faisait sa fierté et sa joie. Elle avait consacré la plupart de ses loisirs à la remise en état de ce pick-up, aidée de son père et d'oncle Lou — le dernier projet auquel tous trois avaient participé.

— Ecoutez, si vous en avez fini avec vos questions, je rentre chez moi. Je suis au boulot depuis 4 heures du matin, et demain je dois remettre ça.

Trent approuva d'un hochement de tête.

— Bonne nuit.

Gage se tourna alors vers Trent.

— Pars devant. Je te rejoindrai au restaurant.

Après une seconde d'hésitation, Trent se dirigea vers sa BMW, la laissant seule avec Gage.

— Vous n'avez pas confiance en moi, Lauren, c'est le moins qu'on puisse dire !

— Je ne vous connais pas assez pour me fier à vous.

— Tant que vous ne chercherez pas à nuire aux intérêts des Hightower, vous n'aurez rien à craindre de moi.

Comment pouvait-il imaginer qu'elle allait croire un tel mensonge ?

— Je m'en souviendrai, assura-t-elle en se glissant derrière le volant.

Elle s'apprêtait à fermer sa portière quand il s'interposa et se pencha à l'intérieur, à quelques centimètres de son visage. Son haleine mentholée lui chatouilla les narines. A sa grande honte, elle sentit sa bouche devenir sèche et son pouls s'accélérer plus que de raison.

— Que les choses soient claires. Je n'ai pas besoin que Trent joue les mères maquerelles pour mon compte. Si je vous ai invitée à dîner, c'est uniquement parce que je n'aime pas manger seul. Pour le reste, vous n'êtes pas mon type.

— Tant mieux. Parce que vous ne l'êtes pas non plus.

Il n'empêche, sa rebuffade l'avait piquée au vif.

Il se redressa et fit un pas en arrière.

— A demain matin.

Sur ce, il tourna les talons et se dirigea vers son SUV noir.

Quel était son type de femme ? La question surgit inopinément dans l'esprit de Lauren, alors qu'elle mettait le moteur en marche.

« Peu importe. Oublie ça. »

Mais c'était plus facile à dire qu'à faire…

- 3 -

Mal à l'aise, Lauren dansait d'un pied sur l'autre sur le seuil du somptueux manoir des Hightower. Toute femme sensée serait rentrée chez elle après une journée harassante au lieu de se jeter dans la gueule du loup. Mais puisque Trent avait projeté de dîner avec Gage, cela lui donnait une chance, aussi minime soit-elle, de discuter avec sa mère sans être dérangée.

La porte s'ouvrit, livrant passage à Fritz, le majordome.

— Bonsoir mademoiselle.
— Bonsoir Fritz.
— Madame vous attend au salon.

Il pivota sur ses talons pour lui montrer le chemin, tel un majordome de cinéma, *so british*.

Intimidée malgré elle, elle ne se lassait pas d'admirer l'immense entrée décorée d'objets d'art, d'où s'élançait un majestueux escalier. Ses talons résonnaient sur les dalles de marbre, et le son répercuté par les murs lui donnait presque l'envie de marcher sur la pointe des pieds. Comment pouvait-on vivre dans une demeure qui ressemblait davantage à un musée ou à la résidence d'un gouverneur qu'à une simple maison d'habitation ?

Fritz s'effaça et lui désigna la porte ouverte, aux boiseries délicatement sculptées.

— Désirez-vous une boisson ? Un en-cas, peut-être ?

— Non, merci Fritz.

Comment aurait-elle pu avaler quoi que ce soit alors que chaque rencontre avec sa mère s'apparentait à une paix armée ?

Fritz s'inclina avant de se retirer, et elle eut de nouveau cette étrange impression de débarquer sur une planète inconnue.

— Tu es venue directement de l'aéroport.

La voix de sa mère la tira de sa rêverie. Arborant un élégant tailleur-pantalon noir, des escarpins assortis et des bijoux en diamants, Jacqui trônait, telle une reine, dans un fauteuil près de la cheminée.

— L'uniforme te va à ravir. Je me félicite d'avoir imposé le port de la jupe aux femmes pilotes.

— Hum... Oui. Merci de me recevoir à l'improviste.

— Je suis toujours heureuse de te voir, Lauren.

Hélas, comme toujours, ces paroles de bienvenue ne s'accompagnèrent d'aucune démonstration de tendresse maternelle. Alors que son père et Oncle Lou l'auraient serrée sur leur cœur à l'étouffer, sa mère se contenta d'un semblant d'accolade et d'un baiser dans le vide. Décidément, tous ces Hightower étaient d'une froideur à vous glacer le sang !

— Viens t'asseoir.

Lauren alla se percher sur le bord d'un canapé recouvert de brocart et bordé de franges. Comment n'avait-elle pas compris plus tôt que Jacqui était sa mère ? Elles avaient la même carrure et les mêmes traits. Toutefois, sa mère se faisait faire des mèches pour aviver l'éclat de sa chevelure relevée en chignon et elle se maquillait avec le plus grand soin. Pour sa part, Lauren, en fervente adepte du naturel, s'en tenait aux produits de base : eau, savon et shampoing aux plantes, sans oublier l'indispensable écran solaire.

— J'ai quelques questions à te poser à propos de papa.

Jacqui soupira à fendre l'âme.

— Je ne peux pas parler de lui. C'est trop tôt. Il me manque tellement !

Son émotion semblait sincère. Mais cela faisait déjà deux mois que son père était mort — deux mois de vains bavardages qui laissaient Lauren sur sa faim. Elle en avait plus qu'assez de l'attitude fuyante de sa mère.

— A moi aussi, il me manque. Mais j'ai besoin de connaître son état d'esprit avant l'accident.

Jacqui se leva et se dirigea vers le minibar où elle se servit elle-même à boire, au lieu de sonner Fritz, comme elle l'avait fait lors des précédentes visites de Lauren.

— Comment pourrais-je savoir ce que ton père avait en tête à ce moment-là ?

— Tu as été la dernière personne à lui parler. T'a-t-il semblé bouleversé ? Distrait ? Déprimé ?

Sa mère fit volte-face.

— Déprimé ? Que veux-tu dire par là ?

Lauren prit une profonde inspiration avant de répondre. Son oncle était la seule personne avec qui elle avait discuté d'une certaine rumeur concernant la mort de son père.

— Selon deux de ses amis, il ne s'agirait pas d'un accident. Papa leur aurait confié que, s'il venait à mourir, sa police d'assurance-vie rembourserait les dettes de Falcon Air.

Jacqui se raidit et devint blême. Elle pressa une main manucurée et ornée de bagues sur son cœur.

— Oh, mon Dieu, non ! Kirk ne m'aurait jamais quittée de son plein gré. Ni toi non plus, d'ailleurs. Dès l'instant où tu es née, tu as été la lumière de sa vie. Il a organisé toute son existence autour de toi.

Une vague d'émotion submergea Lauren, et sa poitrine se serra douloureusement.

— Moi aussi, j'ai du mal à y croire. Il me semble que s'il avait été bouleversé au point d'en arriver à cette extrémité, je m'en serais aperçue. Certes, depuis quelque temps, il était préoccupé, mais il ne semblait pas malheureux.

A moins qu'elle ne soit passée à côté de quelque chose ? se demanda-t-elle avec angoisse, avant d'enchaîner :

— Toujours est-il que la compagnie d'assurance refuse de payer tant qu'elle n'a pas terminé son enquête et exclu la thèse du suicide.

— Je te donnerai ce dont tu as besoin. Combien te faut-il ?

Lauren secoua la tête.

— Encore une fois, je ne veux pas de ton argent. Dis-moi plutôt de quoi vous avez parlé, toi et papa, ce dernier jour, avant que tu ne le quittes *une fois de plus*. Ça pourrait m'aider à y voir plus clair.

Les yeux de Jacqui se remplirent de larmes. Mais était-elle sincère ?

— Tu crois que j'ai quelque chose à voir avec son accident ?

— Comment le saurais-je puisque tu refuses de parler ?

— Lauren..., il m'est impossible... d'aborder ce sujet.

— Mais...

— Je sais que tu ne me crois pas, mais j'adorais Kirk. Il est le seul homme que j'aie jamais aimé, et l'idée que je ne le reverrai plus...

Sa voix se brisa. Elle posa son verre d'une main tremblante et se couvrit la bouche.

Lauren se raidit pour ne pas succomber à l'émotion qui l'étreignait à son tour. Jacqui lui dissimulait quelque chose. Mais quoi ?

— Et ton mari, dans tout ça ?

— C'était un mariage de convenance. Mon père avait promis d'investir dans Hightower Aviation si William m'épousait.

— Et tu as accepté ?

— A l'époque, j'étais une jeune fille un peu... difficile. Mon père espérait que le mariage m'assagirait. Il a menacé de me couper les vivres si je n'obtempérais pas. En ce temps-là, William était un pilote brillant et plein d'avenir. J'ai cru que je parviendrais à l'aimer. Mais je me suis trompée.

Pourtant, elle était toujours mariée avec lui.

— Et papa, à quel moment a-t-il fait irruption dans ta vie ?

— William avait deux passions : l'aviation et le jeu. A la mort de mon père, j'ai découvert que mon mari avait perdu beaucoup d'argent au jeu, au point de mettre la compagnie en grande difficulté. Comme William passait le plus clair de son temps au casino, j'ai dû apprendre à diriger la HAMC. Ton père m'a été d'un grand secours. Notre... amitié s'est rapidement transformée en un lien plus étroit. Je savais que c'était une erreur, mais nous étions fous amoureux l'un de l'autre.

Lauren s'agita sur son siège, mal à l'aise à l'idée que son père avait eu une liaison avec une femme mariée.

— Quand je suis tombée enceinte de toi, ton père m'a lancé un ultimatum : quitter William, sinon c'était lui qui me quittait. Mais je ne pouvais pas abandonner le domicile conjugal. Mon père avait stipulé dans son testament que si je quittais mon mari, je perdais tout : mon fonds spécial, mon héritage et mes parts de la compagnie. Il fallait aussi que je pense à mes autres enfants. Je ne pouvais pas me résoudre à les laisser aux mains de ce... de leur père.

— Tu n'as pas eu autant de scrupules quand il s'est agi de m'abandonner !

— Ne dis pas ça, Lauren ! J'étais prise entre deux feux. William voulait que je renonce à t'élever, et Kirk insistait pour t'adopter. J'ai accepté sa proposition à la condition expresse que je puisse venir te voir. De son côté, ton père a exigé que nous te cachions la vérité à mon sujet. Il voulait éviter que tu te sentes rejetée.

Cela n'avait pas empêché Lauren de se demander pourquoi sa mère n'avait pas voulu d'elle.

— Si tu aimais papa autant que tu le dis, comment as-tu pu accepter de ne le voir qu'une fois par an ?

— Parce que William ne m'a pas laissé le choix. Toute l'année, je vivais pour cette semaine.

Son père aussi. En revanche, les visites de Jacqui provoquaient chez Lauren une réaction ambivalente, faite d'amour et de haine. Durant le séjour de Jacqui, son père était le plus heureux des hommes, mais après son départ, il était malheureux comme les pierres et avait un mal fou à remonter la pente.

Elle examina la pièce au décor luxueux.

— Et, bien sûr, le reste du temps, tu te morfondais dans ce palais des mille et une nuits, ironisa Lauren.

— J'aurais préféré être avec vous deux, protesta Jacqui, piquée au vif.

Malgré ses efforts, Lauren n'éprouvait aucune compassion pour cette femme qui avait fait passer son confort personnel avant l'amour d'un homme qui était prêt à tout pour elle.

— Alors, d'après toi, papa ne s'est pas suicidé ?

Jacqui tressaillit de nouveau.

— Ton père aimait trop la vie pour commettre un tel acte. Il avait des projets plein la tête.

Lauren ne demandait qu'à la croire, mais le regard fuyant de sa mère la mettait mal à l'aise et éveillait ses soupçons.

La porte d'entrée s'ouvrit, et des voix masculines

résonnèrent dans le hall. Lauren se figea sur place. Gage et Trent ! N'étaient-ils pas censés dîner ensemble ?

Elle jeta un coup d'œil en direction de l'entrée, priant pour que les deux hommes passent leur chemin sans la voir. Mais elle n'eut pas cette chance. En l'apercevant, Trent s'arrêta net, l'air furieux.

— Maman, j'ignorais que tu attendais quelqu'un.

— Tu sais que Lauren est toujours la bienvenue, protesta mollement sa mère.

Gage ne disait mot, se contentant de l'observer avec méfiance. Décidément, ce n'était pas dans cette maison qu'elle trouverait un peu de chaleur humaine !

C'était fichu pour ce soir, elle le savait. Aussi désireuse soit-elle d'obtenir des réponses à ses questions, elle ne pouvait pas risquer de voir Trent surprendre sa conversation avec Jacqui et apprendre les circonstances suspectes de la mort de son père. Le milieu des compagnies de charters était un microcosme où la concurrence était rude. Il suffisait d'un mot glissé à la mauvaise personne pour que les avions de Falcon Air restent cloués au sol. Définitivement.

Lauren se leva.

— J'étais justement sur le point de partir. Bonne nuit, Jacqui. Messieurs, à demain.

— As-tu des nouvelles ? demanda Lauren à son oncle dès qu'il eut décroché, une vingtaine de minutes plus tard.

Tout en parlant, elle déverrouilla la porte de son appartement et alla poser son sac et ses clés sur une table.

— Aucune, hélas.

Déçue de son insuccès auprès de sa mère, Lauren éprouvait le besoin de parler à quelqu'un qui la comprendrait.

— Pourquoi est-ce si long ? Ça fait deux mois que papa est mort.

— Lauren, mon cœur, le cas de ton père est prioritaire pour nous, mais les enquêteurs voient les choses d'un autre œil. Pour eux, il s'agit simplement d'un énième pilote mort au cours d'un vol d'essai à bord d'un avion expérimental.

— Mais Lou…

— Les accidents d'avion qui sont survenus entre-temps sont d'une tout autre ampleur et mobilisent les efforts des enquêteurs, trancha-t-il. Dis-moi, ma chérie, quand comptes-tu rentrer ?

Elle dénoua ses cheveux, tâchant de soulager le léger mal de tête qu'elle sentait poindre. La faute à ce maudit Trent et à son « meilleur ami » !

— Je l'ignore. Jacqui continue de jouer les veuves éplorées. Demain, je tâcherai de rappeler les enquêteurs.

— Non, mon petit. Je les ai appelés aujourd'hui pour m'assurer qu'ils avaient tes nouvelles coordonnées. Ils m'ont promis de t'envoyer leur rapport dès qu'ils l'auraient établi. Termine ce que tu as à faire et reviens vite. J'ai besoin de toi ici. Et tu me manques.

Son cœur se serra. Lou était un second père pour elle. Son départ pour Knoxville, peu après l'enterrement, avait été un véritable crève-cœur. C'était un peu comme si elle perdait les deux hommes.

— Tu me manques aussi, Lou.

— Appelle-moi dès que tu reçois ce fameux rapport.

— Entendu. Et laisse ton téléphone branché.

— Je tâcherai de m'en souvenir.

Lauren leva les yeux au ciel.

— Fais un effort, Lou. Je t'embrasse. A bientôt.

Avec un peu de chance, la prochaine fois qu'elle l'appellerait, elle aurait toutes les réponses à ses questions, et ils pourraient reprendre le cours normal de leur vie et concentrer leurs efforts sur le redressement de Falcon Air.

— Elle a recommencé !

La voix irritée de Trent résonna dans l'oreillette de Gage.

— Qui a fait quoi ? demanda-t-il, les mains crispées sur le volant de sa berline de location, en cette fin d'après-midi.

— Ma mère vient de retirer près de 200 000 dollars de l'un de ses comptes.

Gage siffla doucement entre ses dents. Jacqueline Hightower avait vraiment des goûts dispendieux.

— Elle s'est acheté combien de voitures pour ce prix-là ?

— Je doute qu'il y ait le moindre concessionnaire sur l'île d'Anguilla. C'est là où se trouve maman à l'heure actuelle. Un de nos appareils l'y a déposée ce matin. Je suppose que cette escapade aux Caraïbes a un rapport avec cette sangsue de Lauren. Sinon, que serait-elle venue faire à la maison, hier soir ? Est-elle avec toi en ce moment ?

Gage se pinça l'arête du nez dans l'espoir de calmer le mal de tête lancinant qui prenait racine entre ses yeux. Le responsable avec qui il avait passé la journée ne s'était pas montré coopératif. A la fin, Gage avait même dû décliner la proposition de travail et était parti.

Il avait toujours du mal à refuser une mission. Cela équivalait à un manque à gagner pour sa société — et une occasion perdue d'arrondir ses revenus. Mais, en ce moment, il était débordé, et le nombre de clients réclamant son aide était suffisamment important pour lui permettre de choisir ceux qui étaient prêts à écouter ses suggestions plutôt que de perdre son temps et son énergie à tenter de convaincre les récalcitrants, comme cela avait été le cas aujourd'hui.

— Non. Je viens juste de quitter mon site de travail. Je suis en route pour l'aéroport.

— Dis à Lauren de passer à mon bureau dès qu'elle aura verrouillé l'avion.

Gage scruta l'épais brouillard que les phares de sa voiture peinaient à percer.

— Tu devrais regarder les prévisions météo. A moins de voler à l'aveuglette, je ne pense pas que nous soyons de retour ce soir.

L'instant d'après, Trent proféra un chapelet de jurons.

— Pas de panique, Trent. Cette situation n'a pas que des inconvénients. Pendant que Lauren sera coincée ici toute la nuit, essaie plutôt de savoir ce qu'il est advenu de cet argent. De mon côté, je tâcherai de lui soutirer des informations.

Certes, il répugnait à jouer les espions de service, mais il voulait avant tout protéger les intérêts de Trent. Et pour cela, il devait s'assurer que Lauren n'était pas une aventurière sans scrupules capable de détruire ce que son ami avait mis des années à bâtir.

Lauren s'agita nerveusement sur le siège passager de la berline, regardant tour à tour son uniforme de pilote et le restaurant huppé qui se profilait dans le brouillard.

Décidément, elle avait le chic pour tomber sur des hommes qui s'obstinaient à lui prouver qu'elle n'était pas à sa place dans leur monde à eux ! Tout compte fait, c'était une bonne chose que sa liaison avec Whit ait fait long feu. Si elle l'avait épousé — non qu'il le lui ait demandé —, elle aurait eu le plus grand mal à s'intégrer dans le milieu aisé qui était le sien. De la même façon, chaque fois qu'elle se rendait dans la luxueuse demeure des Hightower, elle se sentait aussi déplacée qu'un éléphant dans un magasin de porcelaine.

— On ne pourrait pas aller dans un endroit moins...

Tout en roulant au pas dans l'allée réservée au service de voiturier, à la suite de trois autres véhicules, Gage lui jeta un coup d'œil interrogateur.

— Moins quoi ?

— Moins select. Vous êtes sans doute habitué à fréquenter ce genre d'établissement, mais je préfère des endroits plus simples où on sert des plats consistants et où on n'est pas toujours à se demander quelle fourchette utiliser.

Malgré les ordres de son demi-frère, elle n'aurait jamais dû accepter de dîner avec Gage. Mais, vu les circonstances, elle n'avait guère eu le choix. Contre toute attente, ils s'étaient retrouvés cloués au sol dans ce petit aéroport de campagne en raison d'un épais brouillard. Gage n'ayant pas opté pour un service de restauration à bord, il n'y avait pas la moindre nourriture dans l'avion. Pour couronner le tout, l'aéroport ne possédait ni restaurant ni cafétéria. Et elle n'avait pas voulu gaspiller son argent en prenant un taxi pour se rendre en ville.

La vue d'un couple élégamment vêtu sortant des portes à tambour du restaurant la conforta dans son opinion.

— Je ne suis pas habillée pour la circonstance.

— Qu'est-ce qui vous fait croire que c'est mon genre d'établissement ?

Il suffisait de voir son costume sur mesure qui ne faisait pas un pli sur lui. Même après une longue journée, Gage s'arrangeait pour avoir l'air d'une gravure de mode !

— Vous êtes l'ami de Trent. J'ai donc tout lieu de penser que vous êtes né avec une cuiller d'argent dans la bouche.

Gage sourit, amusé — un sourire qui lui plissa le coin des yeux et découvrit une rangée de dents nacrées. Le cœur de Lauren bondit dans sa poitrine. Cet homme était d'une beauté à couper le souffle !

Dommage qu'il soit totalement hors d'atteinte.

Mais, même s'il ne l'avait pas été, en ce moment, sa vie était trop compliquée pour qu'elle se lance dans une liaison. D'ailleurs, après sa mésaventure avec Whit, elle s'était juré de renoncer à tout jamais aux hommes riches. Leur esprit de classe et leur façon de croire que tout leur était permis la mettaient hors d'elle. Et le comportement de sa nouvelle famille ne risquait pas de la faire changer d'avis.

Le visage de Gage redevint sérieux.

— Contrairement à ce que vous pensez, je ne suis pas issu d'un milieu favorisé. Je me suis élevé à la force du poignet. Mais cela ne m'empêche pas d'apprécier un bon repas et un service de qualité.

Sceptique, elle scruta son visage à la lueur du tableau de bord. Se pouvait-il qu'il dise la vérité ?

— Vos parents n'étaient pas riches ?

— Non.

— Pourtant, vous avez fréquenté la même université que Trent.

Il haussa les épaules.

— Grâce à des bourses et des petits boulots.

Il s'arrêta devant le bureau du voiturier et défit sa ceinture. Il s'apprêtait à ouvrir sa portière, mais elle posa sa main sur son bras comme pour l'arrêter. La chaleur de son corps musclé lui réchauffa la paume, et elle retira précipitamment sa main, comme si elle craignait de se brûler.

— Gage, je ne me sentirai pas à l'aise dans ce restaurant.

Il l'examina avec attention.

— Soyez sans crainte. Votre tenue est tout à fait décente.

Malgré ces paroles rassurantes, son appréhension ne fit que croître. Elle fronça le nez et désigna du menton le couple qui descendait de la voiture les précédant.

— De quoi aurai-je l'air en uniforme à côté de cette femme en robe habillée, escarpins et collier de perles à triple rang ?

Il suivit son regard. Puis, visiblement convaincu, il boucla sa ceinture de sécurité et mit le moteur en marche.

— Bon. Autant nous rendre à l'hôtel.

Il ajouta non sans malice :

— Avec un peu de chance, on trouvera un restaurant *à votre convenance* en cours de route.

— Votre sollicitude me touche !

Après avoir attendu deux heures sur la piste une autorisation de décoller qui leur fut refusée pour cause de mauvais temps, ils avaient été tous deux trop affamés pour se présenter à leur hôtel avant de dîner. Si les petits aéroports permettaient aux pilotes d'éviter les embouteillages sur la piste, ils présentaient l'inconvénient de cesser toute activité dès que les conditions météo n'étaient pas optimales. Dommage, elle adorait voler par mauvais temps.

Une fois qu'ils eurent repris la route, Gage se tourna vers Lauren.

— Je vous ai entendue passer un coup de fil, tout à l'heure. Vous envisagiez de faire une virée à moto demain ?

Il avait dû avoir une oreille qui traînait tout en réservant leurs chambres d'hôtel.

— J'ai informé ma propriétaire que je ne rentrerai pas ce soir. Elle transmettra le message aux personnes avec qui j'avais rendez-vous demain.

— Vous avez des comptes à rendre à votre propriétaire ?

— Je loue l'appartement au-dessus de son garage.

Désireuse d'en finir avec les questions personnelles, elle se hâta de descendre de voiture dès que Gage se fut garé devant le restaurant mexicain qu'ils venaient de repérer. Mais le regard inquisiteur qu'il posa sur elle tandis qu'ils pénétraient dans l'établissement lui fit comprendre qu'il ne comptait pas en rester là.

— Quel genre de randonnée aviez-vous prévu de faire ?

L'odeur alléchante de fajitas grillées et de hamburgers la fit saliver, et son estomac se mit à gargouiller. Il est vrai que son sandwich de midi remontait à loin maintenant.

— Une virée à moto avec mes voisins. Ils me font découvrir Knoxville durant mes jours de repos. J'étais avec eux quand Trent m'a convoquée l'autre jour au bureau.

Il garda le silence pendant qu'un serveur les conduisait à leur table. Mais le répit fut de courte durée.

— Vos voisins sont des motards ?

— Ne prenez pas cet air dégoûté. Ce sont des gens très bien. J'ai fait leur connaissance en me connectant sur le site Internet de leur club. Et quand je leur ai fait part de mon intention de m'installer à Knoxville, ils m'ont aussitôt adoptée. L'un d'eux m'a même mis en relation avec ma future propriétaire. Son appartement est confortable et le loyer abordable. Le jour de mon arrivée, mes nouveaux amis m'attendaient devant chez moi pour m'aider à emménager.

— Ils devaient plutôt chercher à repérer d'éventuels objets de valeur sur lesquels faire main basse à l'occasion.

— Vous êtes du genre méfiant, à ce que je vois.

— Là où j'ai grandi, si on ne mettait pas ses affaires sous clé, on pouvait faire une croix dessus.

— Vous aviez de drôles de voisins !

L'espace d'un instant, il la considéra, l'air hésitant.

— Durant une partie de ma jeunesse, mon père et moi avons subsisté grâce aux prestations sociales. Nous en étions réduits à vivre dans sa voiture.

Cette confidence inattendue la laissa sans voix. Elle refusait de l'imaginer en enfant pauvre et famélique, ou de voir en lui un être humain tout compte fait accessible. Elle préférait croire qu'il était un gosse de riches et un crétin prétentieux, comme Trent, Brent et Beth, ses trois demi-frères et sœurs. Seule Nicole, la benjamine, semblait avoir des qualités qui faisaient oublier le fait qu'elle était une Hightower.

— Je suis désolé, Gage. Ce n'est pas une façon de vivre.

Il pinça les lèvres, comme s'il regrettait ses propos.

— Je ne recherche pas votre compassion. Je veux simplement dire qu'on ne mérite que ce qu'on obtient par son travail.

La sécheresse de son ton lui fit comprendre que c'en était fini des confidences, et qu'il se retrancherait dorénavant derrière sa réserve habituelle.

— Je suis d'accord. Moi aussi, j'ai travaillé dur pour me payer ce que j'ai.

L'incrédulité se peignit sur son visage.

Cependant, il garda le silence, le temps que le serveur prenne leurs commandes. Après son départ, il l'examina longuement par-dessus la table, comme s'il essayait de lire en elle, et ce regard inquisiteur la mit mal à l'aise.

— Vous m'avez dit que vous aviez grandi aux abords d'un aéroport. En général, ce n'est pas le quartier le plus huppé d'une ville, quelle qu'elle soit.

Voilà qu'il remettait ça ! Mais, compte tenu de l'aveu qu'il venait de lui faire, il méritait qu'elle réponde à sa question.

— Nous vivions dans une maison, petite mais confortable, près de Daytona International Airport. Sans être riches, nous ne manquions de rien. Pour autant, je ne sors pas d'une prestigieuse école privée, je ne fais pas partie du country club local et je ne dispose pas des commodités — domestiques, piscine et autres — que les Hightower jugent indispensables à leur bonheur.

— Vous n'enviez pas les autres enfants de votre mère qui, eux, bénéficient de tous ces avantages ?

— Non, au contraire. Je suis atterrée de constater à quel point ils dépendent d'autrui, y compris pour les choses les plus simples. Ne vous méprenez pas. Je suis habituée à côtoyer des gens riches. Après tout, ce sont eux qui louent mes services. Mais les Hightower, avec leur mode de vie fastueux, me semblent déconnectés de la réalité. J'ai l'impression de voir évoluer des personnages sortis tout droit de vieux feuilletons, comme « Dynastie » ou « Dallas ». Regardez mes demi-frères et sœurs, ils ont commencé à travailler uniquement après avoir terminé leurs études. Et ils ont été embauchés dans l'entreprise familiale, ce qui les met à l'abri d'un éventuel licenciement, même en cas d'incompétence notoire.

— Vous-même, ne travaillez-vous pas pour votre père ? demanda-t-il perfidement tout en sirotant son bourbon.

Il marquait un point.

— Pas au début. J'ai commencé par faire des petits boulots pour d'autres pilotes ou d'autres patrons : balayer les hangars, laver les avions... A l'époque, mon père m'avait clairement fait comprendre que si je bâclais mon travail, sa propre réputation en souffrirait.

Elle but une gorgée d'eau avant de poursuivre :

— Depuis l'âge de seize ans jusqu'au jour où j'ai décroché mon diplôme d'instructeur, j'ai travaillé comme serveuse dans la restauration rapide. Certes, ça n'avait rien de folichon de demander à longueur de temps : « Voulez-vous des frites avec votre hamburger ? », mais, au moins, j'ai appris la valeur de l'argent et l'importance d'un bon contact avec la clientèle.

Malgré son attitude détendue, il ne cessait pas de l'observer par-dessus le bord de son verre.

— Vous n'avez pas fait d'études supérieures, me semble-t-il ?

— Cette indiscrétion ne peut venir que de Trent !

Ce salaud ne perdait rien pour attendre !

— J'ai un diplôme universitaire du premier cycle et...

Elle se mordit les lèvres et détourna les yeux. Elle suivait les cours à distance dispensés par la University of Central Florida, en vue de décrocher une licence. Mais si la compagnie d'assurance-vie refusait de payer, elle n'aurait sans doute pas les moyens de terminer ses études. Et dire qu'elle était à la fois si près du but et si loin de son objectif ! L'obtention de son diplôme s'avérait plus que jamais nécessaire. En effet, si elle échouait à redresser Falcon Air, faute de liquidités, elle se verrait contrainte de travailler pour un autre employeur ; or, les grandes compagnies aériennes exigeaient de leurs futurs pilotes qu'ils soient titulaires d'un diplôme universitaire sanctionnant quatre années d'études.

Et puis, il y avait son oncle Lou. A son âge, il aurait du mal à trouver du travail. Sans compter qu'il avait investi toutes ses économies dans Falcon Air. Elle devrait s'arranger pour subvenir à leurs besoins à tous deux.

— Et ? insista Gage.

Il était hors de question de parler de ses soucis d'argent à un homme qu'elle ne connaissait pas — et qui s'empresserait de tout raconter à son demi-frère. La précarité de sa situation ne ferait que renforcer Trent dans l'idée qu'elle était ici pour réclamer sa part d'héritage.

Il était grand temps de braquer le projecteur sur Gage.

— On dirait que vous avez l'habitude d'occuper le siège du copilote.

Gage tarda à répondre, son regard de braise fixé sur elle. Elle commençait à croire qu'il ne la laisserait pas changer de sujet, mais il finit par hausser une épaule.

— Il m'est souvent arrivé de voler avec Trent.

Avait-elle bien entendu ?

— Trent a son brevet de pilote ? Pourtant, il ne prend jamais les commandes de l'appareil quand il voyage.

Elle le savait pour l'avoir eu comme passager lors de ses douze premiers vols — un passager particulièrement critique.

— Il en profite pour travailler.

— S'il lui arrivait de prendre le manche à balai, il serait moins stressé. Pour ma part, je serais incapable rester tranquillement assise à l'arrière pendant que quelqu'un d'autre s'éclate aux commandes de l'appareil.

Les yeux de Gage se rétrécirent.

— Vous avez touché juste. Il adorait voler.

— Faites-lui part de mon conseil la prochaine fois que vous le verrez.

L'arrivée du serveur avec leurs salades le dispensa de répondre. Après son départ, il lâcha tout à trac :

— Demain, nous louerons deux Harley Davidson et nous irons nous balader dans les environs.

Sa proposition était excitante au possible, mais… était-ce une invitation ou un ordre ?

— Je ne peux pas me permettre de jeter l'argent par les fenêtres.

— Vous n'aurez rien à débourser.

— Au cas où vous l'ignoreriez, le permis moto est indispensable.

— Je l'ai, même si ça fait des années que je n'ai pas enfourché une bécane.

Elle le contempla, l'air sceptique. Avec ses costumes hors de prix et sa coupe de cheveux impeccable, Gage semblait trop raffiné pour monter sur un bolide. Certes, ce moyen de locomotion était utilisé par de nombreux cadres dynamiques, mais il impliquait une certaine décontraction qui faisait défaut à Gage. Cet homme semblait perpétuellement sous tension, à croire qu'il ne décompressait jamais.

— Je demande à voir.

Il sortit son permis et le lui tendit.

— Quand j'étais étudiant, je roulais en moto, à défaut de pouvoir m'acheter une voiture.

Elle examina le document. Au temps pour elle ! Au passage, elle nota son âge — trente-cinq ans — et jeta un coup d'œil à la photo. Les plis de part et d'autre de sa bouche et le sillon qui barrait son front le faisaient paraître plus âgé.

Elle était sur le point de lui rendre son permis quand son regard tomba sur l'adresse indiquée.

— Vous habitez non loin de chez moi, constata-t-elle, étonnée. Ce n'est pas un quartier chic, loin s'en faut.

— Je ne gaspille pas mon argent en frivolités.

— Comme les jets privés ?

Cette remarque lui avait échappé.

Les sourcils froncés, Gage s'empressa de remettre son permis dans son portefeuille.

— Il se trouve que deux de mes collaborateurs

sont en congé parental. Je dois donc faire leur travail en plus du mien, ce qui m'oblige à voyager davantage. Ainsi aujourd'hui, si j'avais emprunté un avion de ligne commerciale, soit j'aurais raté mon vol pour pouvoir terminer mon travail, soit j'aurais dû quitter mon client plus tôt et revenir un autre jour pour parachever ma mission. Dans les deux cas, ça m'aurait coûté de l'argent. A terme, l'affrètement d'un jet privé s'avère plus rentable dans la mesure où c'est mon temps et mon savoir-faire que mes clients achètent.

Elle eut une moue contrite.

— Désolée, je suis allée trop loin. Mais quand je vois les dépenses somptuaires des Hightower, ça me met hors de moi.

— Il ne vous arrive jamais de dépenser sans compter ?

— Oh, non ! Je suis plutôt du genre fourmi.

Gage eut un petit rire incrédule qui la mit mal à l'aise.

— Pourtant vous possédez une Harley Davidson, un pick-up et un avion — dans les trois cas, des modèles haut de gamme et hors de prix.

Encore ce maudit Trent ! Elle s'efforça de refouler la colère qui montait en elle.

— Mon frère a encore craché son venin ! Bien que cela ne vous regarde pas, sachez néanmoins que j'ai acheté ce pick-up dans une casse auto pour une bouchée de pain. Je l'ai remis en état avec l'aide de mon père et de mon oncle. Certes, il consomme beaucoup d'essence, mais j'en ai besoin pour travailler. Du coup, pour mes déplacements personnels, j'ai choisi la moto, plus économique. Son propriétaire me l'a cédée pour la moitié de son prix en échange de cours de pilotage — un marché parfaitement équitable. Quant à mon avion, c'est aussi une bonne affaire. Son propriétaire était pris à la gorge et il cherchait à s'en débarrasser au plus vite. Il en a parlé autour de lui à l'aéroport, et mon père m'a transmis l'information. J'ai obtenu un prêt financier de ma banque car ce Cirrus est mon gagne-pain et non un joujou.

Un lent sourire éclaira le visage de Gage, plissant ses yeux et dévoilant des dents d'une blancheur éblouissante. Dieu, que cet homme était beau quand il souriait ainsi ! Elle se recula sur sa chaise, mettant le plus de distance possible entre eux sans pour autant se lever de table. D'où venaient cette soudaine légèreté et cet étrange vide qu'elle sentait en elle ? Mieux valait croire que la faim en était responsable, car elle ne pouvait pas se permettre une autre explication.

— Vous êtes la contradiction personnifiée, Lauren Lynch. Pardonnez-moi d'avoir tiré des conclusions hâtives.

Pour le coup, elle l'aurait presque trouvé sympathique !

« Ne t'y trompe pas. Gage est ton ennemi juré, un espion à la solde de Trent et un homme riche de surcroît ! »

Trois mauvais points pour lui.

Le serveur déposa leur plat principal devant eux et s'éloigna rapidement. Mais cette interruption, aussi courte fût-elle, permit à Lauren de recouvrer pleinement ses esprits. Pourquoi Gage ferait-il soudain assaut d'amabilités envers elle si ce n'était pour mieux la piéger ? A n'en pas douter, il était de mèche avec Trent.

— Ça ne prend pas, Gage.

— Quoi donc ? demanda-t-il en levant les yeux de son steak de saumon.

— Votre numéro de charme.

Il haussa un sourcil interrogateur.

— Pardon ?

— Avec Trent, vous comptiez me faire tomber dans un traquenard en jouant de votre charme. Mais j'ai déjà été échaudée par un type comme vous, qui se croyait tout permis parce qu'il était riche et séduisant. Ça m'a servi de leçon et...

— Vous me trouvez séduisant ?

Ses yeux pétillants de malice se plissaient d'une délicieuse façon, et elle en fut toute chavirée. Quelle idiote elle faisait !

Elle le foudroya du regard et ignora sa question, au demeurant superflue.

— Je n'ai nulle intention d'enfreindre le règlement intérieur de la compagnie en ayant une aventure avec vous. Alors, cessez de sourire bêtement et de flirter avec moi.

— Je ne flirte pas avec vous.

— Oh, ne prenez pas cet air innocent ! Je ne suis pas dupe. Vous voulez louer des motos et jouer au touriste avec moi uniquement dans le but de m'amadouer.

Son expression redevint sérieuse.

— Si je n'étais pas arrivé en retard à l'aéroport, nous aurions décollé avant que le brouillard ne tombe, et vous seriez chez vous à l'heure actuelle. A cause de moi, vous perdez un jour de repos. La virée en moto que je vous propose est censée remplacer celle que vous aviez prévu de faire demain avec vos copains.

Surprise, mais toujours aussi soupçonneuse, elle examina Gage avec attention pour tâcher de lire en lui. Son offre paraissait équitable et tentante. *Trop tentante ?*

Après tout, pourquoi faire la fine bouche ? Elle avait toujours rêvé de découvrir le pays Amish. Autant suivre le conseil de son père : « Garde avec toi un peu de chaque région que tu visites, ne serait-ce que dans ton cœur. » Elle n'aurait qu'à se tenir sur ses gardes pour éviter de succomber au charme ravageur de Gage et être tentée de lui révéler des informations qui risquaient de se retourner contre elle. Elle se sentait de taille à relever ce défi, surtout après sa mésaventure avec Whit. Elle s'était juré qu'on ne l'y reprendrait plus, et elle comptait bien tenir sa promesse.

— C'est d'accord, Faulkner. Mais, comme je suis la plus expérimentée des deux, je prends la direction des opérations ; c'est la règle chez les motards. Si vous y voyez un inconvénient, il vaut mieux le dire tout de suite.

Une moue amusée releva le coin de ses lèvres.

— Je n'en vois aucun. Bien au contraire…

Campée sur sa moto, Lauren ressentit une poussée d'adrénaline en apercevant Gage qui traversait le parking à sa rencontre.

Un blouson moulant en cuir noir faisait ressortir ses larges épaules et sa taille fine. Des jambières, également en cuir, montaient à l'assaut de ses cuisses. Il était incroyable ! Sexy, viril. Elle allait avoir bien du mal à s'en tenir à ses bonnes résolutions.

Il s'arrêta près de sa moto pour mettre son casque et ses gants avant d'enfourcher sa Harley.

Le regard de Lauren s'attarda sur son dos droit, ses longues jambes et ses pieds bottés posés bien à plat sur l'asphalte. Elle tâcha de se persuader que cet examen attentif était destiné à vérifier la forme physique de Gage, et donc son aptitude à conduire ce bolide, mais c'était un mensonge éhonté, elle le savait.

Toujours est-il qu'il avait fière allure sur sa Harley Night Rod. Il était craquant et sexy au possible... trop sexy pour sa propre tranquillité d'esprit !

Par chance, la veille, elle était venue à l'aéroport en Harley et avait rangé sa tenue de motard dans l'avion. Ce n'était pas le cas de Gage qui avait dû s'équiper de pied en cap. Sa tenue de motard lui seyait aussi bien voire mieux que ses costumes taillés sur mesure. Dieu merci, il avait la bonne idée de porter un casque, même si ce n'était pas obligatoire au regard de la législation pennsylvanienne.

Elle s'arracha à sa contemplation et reporta son attention sur son GPS. Après avoir vérifié une dernière fois l'itinéraire, elle replia la béquille de sa moto.

Ce fut au tour de Gage de l'examiner de la tête aux pieds. Et sous son regard brûlant, un flot de chaleur envahit tout son être. Dieu merci, elle aussi portait un casque, et il ne la verrait pas rougir comme une écolière ! Elle desserra le col de sa veste polaire et prit une profonde inspiration pour calmer son émoi.

Inconscient de l'effet qu'il lui faisait, Gage remonta la fermeture Eclair de son blouson et abaissa la visière de son casque. Puis il démarra sa moto et tourna la poignée des gaz pour faire ronfler le moteur. En le voyant fléchir les cuisses pour contrebalancer le poids de sa Harley, elle songea à d'autres activités tout aussi ludiques au cours desquelles ces mêmes cuisses musclées… Bon sang ! Rien que d'y penser, elle en avait les mains moites et les joues brûlantes. Elle avait intérêt à se ressaisir si elle ne voulait pas tomber — et se couvrir de ridicule par la même occasion.

Elle s'éclaircit la gorge.

— Prêt ?
— Prêt.

Sa voix était ferme et assurée.

Oh, oui ! Il était bien trop sûr de lui pour être un débutant. Et cette confiance en soi le rendait encore plus sexy.

Allons, rien de tel qu'une petite virée dans le froid automnal pour lui éclaircir les idées !

— Restez derrière moi et faites attention aux signaux que je vous ferai de la main.

— Contentez-vous de rouler, Lauren. Je vous suis comme votre ombre.

Elle abaissa la visière de son casque, mit les gaz et sortit du parking. Gage aurait sûrement préféré faire la course en tête, mais il avait perdu l'habitude de rouler en moto et, pour leur sécurité à tous deux, mieux valait que ce soit elle qui prenne la direction des opérations. Falcon Air ne pouvait pas se permettre de perdre un autre de ses membres.

- 4 -

Le pouls de Gage résonnait dans ses tympans et son adrénaline grimpait en flèche, aiguisant ses sens et stimulant ses muscles, tandis que le vent plaquait son blouson contre son torse et sifflait à travers les orifices de son casque intégral.

Devant lui, Lauren négociait un virage, le corps incliné sur le côté et ne faisant qu'un avec la machine. Il l'imita, savourant la puissance et la capacité de réaction de sa Harley. Il lui avait fallu presque une heure pour que ses automatismes reviennent et qu'il se sente à l'aise sur sa moto. Comme si elle l'avait anticipé, Lauren avait choisi la facilité pour cette première étape de leur randonnée. Mais maintenant, elle lui mettait la pression, accélérant le rythme et empruntant des routes plus sinueuses, ce qui l'obligeait à se pencher chaque fois un peu plus dans les tournants.

Comment avait-il pu oublier cette sensation grisante de fendre l'air tel un missile ?

Etudiant, il avait choisi la moto non par plaisir mais par nécessité, faute de pouvoir se payer une voiture, comme ses camarades — une situation particulièrement vexante. Aussi, dès que ses finances s'étaient améliorées, il s'était empressé de remiser sa moto, se jurant qu'à l'avenir, il ne roulerait plus qu'en voiture. Mais aujourd'hui il songeait à revenir sur cette promesse.

Il se concentra sur les courbes de Lauren. Qui était réellement cette femme devant lui ? A l'évidence, elle éprouvait un plaisir contagieux à filer comme l'éclair sur les routes en lacets au milieu d'un paysage bucolique émaillé de silos à grains, de troupeaux de chèvres et de balles de foin, à doubler des bogheis tirés par des chevaux et à passer sous des ponts couverts dans un grondement assourdissant. La simplicité des choses qu'elle lui désignait du doigt ne cadrait pas avec l'image de l'intrigante venue faire main basse sur la fortune des Hightower.

En fait, à ce stade de leurs relations, tout ce qu'il avait appris sur Lauren contredisait la théorie de Trent. Et pourtant, son ami avait toujours été excellent juge en matière de caractère. Ainsi, il avait été le seul à prévenir Gage qu'Angela mentait en assurant ne pas vouloir d'enfant, et que tout ce qu'elle cherchait, c'était une rente à vie.

Dommage qu'il l'ait épousée malgré les mises en garde de Trent. Mais il avait été aveuglé par le désir et l'amour, et il avait cru naïvement Angela quand elle lui avait juré qu'il suffisait à son bonheur. Un an plus tard, voyant qu'il s'entêtait à ne pas vouloir d'enfant, elle l'avait supplié et menacé avant de le quitter, le délestant au passage d'une bonne partie de son patrimoine lors du règlement du divorce. Que n'avait-il inséré une clause concernant son souhait de ne pas avoir d'enfant dans le contrat de mariage ! Il s'efforça de chasser ce pénible souvenir de son esprit.

Trent faisait-il fausse route à propos de Lauren ? C'était peu vraisemblable. En tout cas, une chose était sûre : l'attirance qu'il éprouvait pour la jeune femme obscurcissait son jugement.

Lauren lui fit signe de tourner à gauche avant de pénétrer sur le parking d'un petit restaurant. Il ralentit, puis il s'arrêta près d'elle et coupa le contact. Impressionné par le silence absolu de la campagne environnante, il resta quelques secondes immobile.

Entre-temps, elle avait relevé la visière de son casque.

— On va manger un morceau avant de prendre la route du retour.

— Bonne idée, fit-il en mettant pied à terre et en ôtant ses gants et son casque.

Curieusement, quelque chose en lui semblait différent. Il fit rouler ses épaules pour détendre ses muscles et constata avec soulagement que la douleur récurrente qu'il ressentait ces derniers mois au niveau de la nuque et du haut du dos avait disparu.

L'air vif lui mordait les mains et les joues, mais c'était une sensation délicieuse. En fait, il se sentait divinement bien, et il avait hâte d'attaquer la prochaine étape de leur virée. Il en oubliait même sa journée gâchée de la veille.

Depuis combien de temps n'avait-il pas pris un jour de congé ? Il ne s'en souvenait pas. Certes, il lui arrivait de partir pour de courtes vacances avec Trent, mais dernièrement, tous deux avaient été débordés au point d'annuler leur dîner mensuel.

Après avoir ôté son casque, Lauren peigna sommairement ses cheveux avec les doigts et pivota lentement sur elle-même, admirant la campagne alentour qui formait un étonnant patchwork dans les tons bruns.

— N'est-ce pas magnifique ? s'exclama-t-elle.

Elle aussi était magnifique ! Son attitude défensive avait disparu. Ses joues étaient délicatement colorées et ses yeux bleu-vert étincelaient de joie, de vitalité et d'excitation — tout ce qui faisait défaut à Gage ces temps-ci. S'il avait pu absorber son énergie, il l'aurait fait sans hésiter. Il fut tenté d'essayer et s'avança vers elle jusqu'à la frôler.

De la main, il lui caressa la joue. Elle le contempla, les yeux agrandis par la surprise, et frissonna.

Sa fragrance — un mélange de cuir, de fleurs et d'odeurs champêtres — emplit ses narines et envahit tout son être.

Il ne pouvait quitter des yeux la bouche rose et humide de Lauren. Il mourait d'envie de l'embrasser ; pourtant, compte tenu des soupçons de Trent, mieux valait ne pas succomber à cette alchimie qui existait entre eux. Mais la tentation était trop forte, et il se pencha en avant. Elle rejeta la tête en arrière, entrouvrant ses lèvres et abaissant ses longs cils dorés. Son souffle chaud lui chatouilla délicieusement le menton, faisant battre son cœur à coups redoublés.

Le contact de ses lèvres, aussi douces que la soie, lui fit l'effet d'une décharge électrique qui se propagea dans tout son être. Désireux de la savourer pleinement, il caressa la lèvre inférieure de Lauren avec la langue. Mmm ! Elle fleurait bon la pommade Rosat et... Lauren.

Elle soupira dans sa bouche et se blottit contre lui. Encouragé par sa réaction, il lui enserra la taille et lui caressa le dos avant de descendre plus bas, sur ses courbes pleines, pour la presser contre lui.

Mais soudain, elle se figea entre ses bras, ouvrit les yeux et croisa son regard par-dessus leurs lèvres jointes. Puis elle plaqua ses paumes sur sa poitrine et le repoussa sans ménagement avant de s'écarter et de s'essuyer la bouche d'un revers de main.

— Bel essai. Mais vous ne me ferez pas perdre mon job.

Une rafale de vent ponctua ces mots, éteignant d'un coup la flambée de désir qu'elle avait fait naître en lui.

Il examina son visage rouge de colère. Qui était la vraie Lauren Lynch ? La jeune femme qui mettait de la pommade Rosat et avait le goût des choses simples ? Ou l'aventurière sans scrupules qui tentait de mettre le grappin sur la fortune familiale ? Avec 200 000 dollars évanouis dans la nature, la prudence était de mise.

Par amitié pour Trent, il tâcherait de découvrir les intentions de Lauren. C'était bien le moins qu'il pouvait faire pour rembourser sa dette envers les Hightower.

Mais coucher avec l'ennemie ne faisait pas partie du plan.

Même si Lauren était délectable…

Ce fameux jeudi, une pluie battante, un froid glacial et des vents de travers soufflant en rafales avaient rendu l'atterrissage de nuit à l'aéroport de Knoxville plus problématique, et donc plus excitant pour Lauren. En revanche, elle risquait de moins s'amuser pour rentrer chez elle en moto.

La veille au matin, elle n'avait pas emporté son imperméable, les météorologues n'ayant pas prévu que le front froid descendrait aussi bas dans le sud du pays. Peut-être était-ce sa punition pour avoir oublié tout sens commun pendant l'après-midi en embrassant le meilleur ami de son frère, et son espion.

Son pouls s'accéléra à l'évocation de la bouche de Gage sur la sienne, si impérieuse et si douce, et de la chaleur de ses mains sur ses fesses. Elle inspira et expira lentement pour tenter de calmer son tumulte intérieur.

Dorénavant, elle resterait sur ses gardes et veillerait à ce que Gage ne la prenne pas en traître. Mais le sourire radieux qui avait illuminé son visage au moment où il avait mis pied à terre lui avait fait perdre la raison. Son air de gamin émerveillé — comme s'il venait de faire une découverte inattendue — contrastait tellement avec son sérieux des jours précédents qu'elle en avait été tout attendrie.

Gage Faulkner était dangereux. Plus dangereux que Whit, car elle avait tout de suite compris où celui-ci voulait en venir quand il l'avait invitée dans un restaurant huppé pour leur premier dîner en tête à tête. Gage était plus rusé et plus sournois, car il se servait de leur attirance mutuelle pour mieux la piéger. Dieu merci, elle avait percé à jour son plan diabolique : la séduire, la désarmer et la faire virer.

Sa mésaventure avec Whit avait eu au moins le mérite de lui apprendre qu'il n'y avait pas de perspective d'avenir entre un homme riche et une femme comme elle. Whit s'était contenté de prendre du bon temps avec elle en attendant de trouver une épouse digne de lui, appartenant au même monde et ayant des relations haut placées, en l'occurrence la fille d'un député.

Elle devait donc se débarrasser de Gage. La question était de savoir comment.

Elle verrouilla l'avion avant de foncer tête baissée sous l'averse jusqu'au terminal situé à une centaine de mètres de là. Elle avait déposé Gage le plus près possible du bâtiment tandis qu'un steward l'attendait avec un parapluie au pied de la passerelle. Puis elle avait garé le Cessna Mustang à l'emplacement qui lui était assigné sur le tarmac.

L'eau glacée s'infiltrait le long de sa nuque et de son dos, trempait son uniforme et éclaboussait ses jambes. Elle aurait bien pris un taxi pour rentrer chez elle, mais elle habitait à l'autre bout de la ville et la course risquait de lui coûter les yeux de la tête. Or, elle voulait envoyer le plus d'argent possible à son oncle Lou pour payer sa quote-part des dépenses et celle de son père — désormais la sienne.

Trempée et claquant des dents, elle se précipita à l'intérieur du terminal où régnait une douce chaleur. Mais la vue de Gage qui l'attendait dans le hall la stoppa net dans son élan. Et dire qu'elle avait pris tout son temps pour verrouiller l'avion dans l'espoir d'éviter son encombrant passager !

— Y a-t-il un problème ? demanda-t-elle.

— Non. Je vous ramène chez vous. Allez garer votre Harley dans le hangar.

Le secret des Hightower

Elle ouvrit la bouche pour refuser ce qui ressemblait plus à un ordre qu'à une offre de service. Mis à part les intempéries, le vol s'était déroulé sans encombres, Gage ayant eu le bon goût de s'installer dans la cabine qui lui était réservée.

Dieu sait si elle n'avait aucune envie de passer plus de temps en sa compagnie ; sa présence à son côté ne ferait que la troubler davantage en lui rappelant sans cesse ce malencontreux baiser. Mais elle avait assez de bon sens pour mettre sa fierté de côté et accepter son offre généreuse.

— Merci. Auparavant, je dois déposer mon carnet de bord.

— Bon. Je vais chercher la voiture. Je vous attendrai devant l'entrée.

Une fois prête, elle se dirigea vers le SUV Chevrolet noir que Gage avait garé sous l'auvent abritant l'accès à la salle d'embarquement privée de la HAMC.

Il s'avança pour lui ouvrir la portière. Leurs doigts se frôlèrent au moment où il lui prit son sac de voyage des mains pour le jeter sur le siège arrière. Ce simple contact eut pour effet d'accélérer les battements de son cœur et de la troubler au point qu'elle trébucha en grimpant dans la voiture. Il s'empressa de poser une main secourable sur son coude, ce qui ne fit qu'accroître son tumulte intérieur.

Le puissant véhicule, dont l'habitacle fleurait bon le cuir et l'eau de Cologne, lui seyait à merveille. Il se glissa derrière le volant et attacha sa ceinture. Avec un peu de chance, durant le trajet, elle parviendrait à le convaincre de parler à Trent pour qu'il la décharge de cette mission. Mais le mauvais temps et la densité du trafic la firent changer d'avis. Mieux valait attendre une occasion plus propice.

La pluie ruisselait le long des vitres, les isolant du reste du monde. Les sourcils froncés et la mâchoire crispée, Gage concentrait toute son attention sur la route. Quel contraste avec le sourire éclatant qu'il avait affiché en mettant pied à terre sur le parking du petit restaurant !

Elle s'attarda sur ses épais cheveux bruns qui bouclaient légèrement à cause de l'humidité, le faisant paraître plus accessible. Il devait être encore plus craquant au saut du lit…

Cette pensée la fit grimacer. Décidément, elle avait intérêt à se débarrasser de lui au plus vite avant de se laisser aller à l'embrasser, ou pire encore, et risquer de se faire virer !

Pourtant, elle n'avait jamais été esclave de ses sens, même avec Whit. Cependant, ce dernier l'avait tant et si bien embobinée qu'elle avait fini par se prendre pour Cendrillon. Hélas, la vilaine fée Carabosse était venue jouer les trouble-fête…

Elle se pencha en avant pour tenter de distinguer la route. L'obscurité ambiante, les phares aveuglants des voitures et la buée insidieuse compliquaient la tâche de Gage.

Au moment où elle tendait la main pour mettre en marche le dispositif antibuée, Gage en fit autant, et leurs doigts se frôlèrent de nouveau. Une onde de choc se propagea dans tout son être, et elle retira précipitamment sa main, laissant le champ libre à Gage.

— Prenez la prochaine sortie, puis la deuxième rue à droite, dit-elle au bout d'un moment. C'est la troisième maison sur la gauche.

Il suivit ses instructions, s'arrêta devant le garage et coupa le contact. Sans attendre, elle sauta à bas du véhicule et se hâta de récupérer son sac de voyage avant que Gage ne le fasse. Mais en se retournant, elle faillit buter sur lui.

Il posa ses mains sur son bras, comme pour la retenir. Décidément, rien ne lui serait donc épargné !

— Désolée, bafouilla-t-elle en se libérant. Merci de m'avoir ramenée.

La douce sensation de chaleur perdurait dans ses membres alors même qu'elle s'était écartée de lui. Il était temps qu'elle arrive, sinon elle ne répondait plus de rien !

— Je vous accompagne jusqu'à votre porte.

— Pourquoi ? riposta-t-elle, méfiante, en essuyant une goutte de pluie glacée sur sa joue.

— Le coin est sombre.

Elle n'était pas habituée à ce qu'un homme prenne soin d'elle — en dehors de son père et son oncle Lou —, et sa sollicitude la toucha malgré tout.

— N'ayez crainte. Le quartier est tranquille.

— Je veux m'assurer que vous êtes en sûreté chez vous.

Son ton inflexible indiquait clairement que rien ne le ferait changer d'avis. Il valait mieux se résigner et se mettre au sec rapidement.

Une fois parvenue en haut des marches de son petit escalier, elle déverrouilla sa porte et alluma une lampe en verre remplie de coquillages qu'elle et son père avaient ramassés sur les plages de Floride. La vue de cette lampe lui rappela opportunément la raison de sa venue à Knoxville. Il n'était pas question de laisser Gage torpiller la mission qu'elle s'était fixée.

— Vous voyez, il n'y a pas lieu de vous inquiéter. Tous les motards ne sont pas des voyous.

Gage s'avança sur le seuil pour se protéger de la pluie, la forçant à pénétrer plus avant dans le salon. Il ferma la porte derrière lui et examina la pièce avec attention, comme s'il évaluait le prix de chaque objet qui s'y trouvait.

— C'est agréable, finit-il par dire.

Elle laissa échapper un grognement incrédule. Qu'est-ce qu'il croyait ? Qu'elle vivait au milieu d'œuvres d'art, comme les Hightower ? Sans être grand ni luxueux, son appartement de deux pièces n'en était pas moins confortable et propre. Sachant qu'elle ne resterait pas longtemps ici, elle avait apporté le strict nécessaire, au grand dam de sa mère qui déplorait la simplicité de son intérieur et la piètre réputation du quartier.

Jacqui insistait pour lui offrir des cadeaux ou lui prêter de l'argent, mais elle s'entêtait à tout refuser. Si Jacqui avait voulu lui prouver son affection, elle aurait mieux fait de se comporter en véritable mère au cours des vingt-cinq dernières années plutôt que de chercher à acheter son amour aujourd'hui. Mais, tout au long de ces années, elle avait choisi d'être une mère pour ses autres enfants uniquement, et ce parti pris était impardonnable aux yeux de Lauren.

Allons, ce n'était pas le moment de s'apitoyer sur son sort !

— L'appartement est fonctionnel, riposta-t-elle.

— Bon. Alors, bonne nuit.

Elle contempla de nouveau la lampe et s'arma de courage.

— Gage…

Il la dévisagea avec curiosité.

— Vous devez demander à Trent qu'il vous affecte un autre pilote.

— Pourquoi ? fit-il, étonné.

— Je ne tiens pas à ce que l'incident d'aujourd'hui se reproduise.

Il croisa les bras, l'air déterminé.

— N'ayez crainte. Il ne se reproduira pas.

Et pourtant, au moment même où il prononçait ces mots, ses yeux aux pupilles dilatées se posèrent sur les lèvres de Lauren.

Elle ne put réprimer un frisson.

— Je vous en prie, parlez-en à Trent. Moi, il ne m'écoutera pas.

— En l'occurrence, moi non plus. Vous êtes à mon service pendant la durée du contrat, Lauren, que cela vous plaise ou non.

Sur ce, il pivota sur ses talons et sortit de l'appartement, faisant craquer les marches en bois de l'escalier.

Elle laissa échapper une exclamation de dépit et ferma la porte d'un geste rageur.

Tout cela finirait mal, c'était évident.

*
* *

Elle aurait mieux fait de dire qu'elle était souffrante, songea Lauren en descendant la passerelle de l'avion et en se dirigeant vers le terminal.

Mais elle n'avait pas pour habitude de fuir ses responsabilités, n'en déplaise à son frère et à toute sa clique.

Dans d'autres circonstances, la mission qu'il lui avait confiée ce matin l'aurait comblée de joie. Trois jours à San Francisco *et* l'occasion de piloter un modèle de jet nouveau pour elle... N'était-ce pas ce dont elle avait toujours rêvé ?

Sauf que le mauvais sort continuait de s'acharner contre elle.

Elle jeta un coup d'œil plein de regret au Sino Swearingen SJ30-2 — une petite merveille de technologie — qu'elle ne serait pas en mesure d'étrenner à moins de dénicher rapidement un mécanicien. Elle poussa un soupir exaspéré. Quelle poisse !

Ce long séjour à San Francisco était une véritable aubaine. Elle aurait le temps de finir son devoir d'économie et de découvrir la ville. Encore fallait-il faire réparer cette fichue radio ou, à défaut, emprunter un autre avion.

Alors qu'elle s'approchait du bâtiment, la porte de la salle d'embarquement s'ouvrit, et Gage fit son apparition, avec trente minutes d'avance. Il ne manquait plus que cela !

Son regard s'attarda sur sa veste ajustée, sa jupe droite et ses chaussures à talons plats. Elle n'avait jamais considéré l'uniforme de la HAMC comme particulièrement sexy, mais la lueur admirative qui brillait dans les yeux de Gage fit battre son cœur à coups redoublés. Puis il fixa son attention sur sa bouche, et elle eut l'impression de revivre leur baiser de la veille, ce qui ajouta à son trouble. Elle avait rêvé de ce baiser toute la nuit…

Elle pinça les lèvres comme pour chasser ce souvenir brûlant.

— Bonjour monsieur Faulk…

Il se figea sur place, son regard lançant des éclairs.

— Gage, s'empressa-t-elle de rectifier.

Visiblement, il ne semblait pas apprécier sa tentative de rétablir une certaine distance protocolaire entre eux.

— Vous êtes en avance, poursuivit-elle. Il me reste encore quelques détails à régler. Pourquoi n'iriez-vous pas prendre un café ou un petit déjeuner dans la salle d'attente ?

La HAMC proposait toujours un petit déjeuner continental à ses clients.

Avec un peu de chance, lors du trajet, il resterait dans la cabine réservée aux passagers, comme la veille. Elle n'avait aucune envie de lui faire la causette et de surveiller chacune des paroles qu'elle prononcerait.

— J'ai déjà déjeuné.

Il jeta un coup d'œil à l'avion derrière elle, puis son regard revint se poser sur elle.

— Y a-t-il un problème ?

— La connexion Internet ne fonctionne pas. Il s'agit sans doute d'un câble débranché au niveau de l'émetteur. J'allais justement chercher un mécanicien. Si la panne ne peut pas être réparée rapidement, j'exigerai un autre appareil. Notre Cessna Mustang est en révision aujourd'hui.

Il afficha un air buté qui n'augurait rien de bon.

— Je n'aurai pas besoin d'Internet sur ce vol.

Mais elle, si ! Elle devait rendre son devoir au plus tard lundi matin à 8 heures. Or, il lui restait quelques recherches à faire et à relire son travail avant de l'envoyer par e-mail à son professeur. Sans le Web, c'était mission impossible. Pour comble de malchance, elle ignorait s'ils logeraient dans un hôtel offrant un service d'accès à Internet. Car elle devait aussi joindre sa mère qui avait disparu sans un mot, destination les Caraïbes.

Elle commençait à se lasser de jouer au chat et à la souris avec Jacqui. Cela faisait deux mois que Lauren s'efforçait d'obtenir des réponses à ses questions. En vain. C'était à croire que sa mère cherchait à l'éviter.

— Je n'en ai pas pour longtemps, assura-t-elle.

Elle fit quelques pas en avant pour passer en force et entrer dans le bâtiment, mais il ne bougea pas d'un pouce, la forçant à s'arrêter net, épaule contre épaule. Une étincelle d'électricité statique la fit frissonner de la tête aux pieds tandis que l'eau de Cologne de Gage envahissait ses sens.

— Est-ce que tout le reste fonctionne ? demanda-t-il.

Son haleine mentholée lui caressa le visage.

— Oui, mais…

— Et tous les deux, nous savons que vous procédez avec ordre et méthode aux vérifications préalables au décollage.

— Bien sûr, mais…

— Alors, tenons-nous-en là, d'autant que je suis pressé. D'après Trent, cet appareil est capable de tenir la distance jusqu'en Californie sans escale pour refaire le plein, et il peut se poser sur le petit aérodrome qui nous intéresse.

— Oui, mais...

— Inutile de discuter, Lauren.

Il la prit par le coude pour l'obliger à faire demi-tour. La chaleur de sa main se propagea dans tout son corps à travers le tissu de sa veste, faisant naître en elle un tourbillon de sensations fortes. Toutefois, l'attitude autoritaire de Gage lui remit les idées en place.

— Je préfère avoir un avion totalement satisfaisant. Nous sommes en avance et...

— Si cet appareil est sûr — et je ne peux pas croire qu'il ne le soit pas puisque c'est l'avion personnel de votre frère —, alors prenons-le.

Il lui indiqua la direction de la piste, mais elle s'obstina.

— Gage...

— Ça suffit, Lauren. Je refuse d'en entendre davantage.

Il la planta là et se dirigea à grands pas vers le tarmac.

Elle aurait voulu discuter, insister, trépigner de rage. Mais elle n'était pas libre de son temps. La compagnie la payait pour qu'elle se tienne à la disposition des clients et qu'elle les achemine à bon port, et non pour qu'elle fasse son travail scolaire. Que leur importait aux uns et aux autres si elle n'était pas en mesure de postuler pour un autre emploi, faute d'avoir décroché son diplôme ?

« Le client a toujours raison, sauf si la sécurité est en jeu. »

Les paroles de son père résonnèrent dans sa tête, lui rappelant la raison de sa venue ici. Elle ravala sa colère et emboîta le pas à Gage, bien décidée, durant ces trois jours, à ne mettre en péril ni son travail ni ses études.

Dénicher un hôtel n'ayant pas d'accès à Internet dans une métropole comme San Francisco relevait du parcours du combattant. Mais Gage avait réussi, tout comme il était parvenu à convaincre Trent de désactiver la connexion Internet sur son jet pour empêcher Lauren d'entrer en contact avec sa mère.

Encore, Please, le petit Bed and Breakfast situé dans le quartier huppé de Haight-Asbury lui avait été chaudement recommandé par un de ses clients. Il ne possédait ni piscine, ni salle de sport ni boutiques et encore moins l'accès au Net — tout le contraire des établissements que Gage avait l'habitude de fréquenter. Mais il devait bien reconnaître que la maison d'hôtes avait un certain charme malgré son absence de commodités.

Certes, la décoration intérieure, dans les tons lavande, pourpre et framboise, était un peu trop efféminée et tarabiscotée à son goût. Il n'en demeurait pas moins que la maison victorienne était un petit bijou d'architecture bien entretenu et en parfaite harmonie avec les maisons adjacentes.

S'il avait été un simple touriste, il n'aurait pas manqué

d'apprécier la vue superbe que l'on avait depuis chacune des fenêtres. Mais le moyen de se détendre quand il fallait abattre le travail de trois consultants !

— Un autre verre, mon chou ? demanda Esmé, la maîtresse de maison. Prenez donc une autre crevette et un champignon farci.

— Non, merci. C'est excellent, mais je dois m'arrêter là si je veux faire honneur au délicieux dîner que vous nous préparez.

Il fut un temps où il ne refusait jamais de la nourriture, faute de savoir quand son prochain repas aurait lieu. Dieu merci, cette époque était révolue.

En rentrant de son travail, il n'avait eu aucune envie de s'attarder en compagnie d'Esmé, une ex-vedette de feuilletons télévisés dotée d'une curiosité insatiable et d'un flair redoutable, et de son ami Leon, âgé comme elle d'une soixantaine d'années. Mais le couple l'avait littéralement poussé sous le porche et forcé à s'asseoir dans un rocking-chair avant de le gaver d'amuse-gueule et de lui faire ingurgiter une piquette faite maison par Leon. Depuis une trentaine de minutes, ses hôtes tentaient de lui tirer les vers du nez avec une subtilité digne des meilleurs agents du FBI. Il n'y aurait vu que du feu s'il n'avait été lui-même un professionnel du renseignement à sa manière. Et si ses réponses évasives les laissaient sur leur faim, ils n'en faisaient rien paraître... et ne s'avouaient pas vaincus pour autant.

Gage estimait peu probable que le B&B soit rentable, compte tenu de la qualité des mets qu'Esmé préparait pour ses rares clients. Mais, à en juger par les magnifiques bijoux qu'elle arborait, elle tenait cette maison d'hôtes plus par plaisir que par nécessité. Elle avait intérêt à avoir une bonne assurance pour toute cette quincaillerie !

Après tout, peu importait ; il avait d'autres choses en tête ! Il devait éplucher les comptes de l'usine de pièces détachées pour ordinateurs qui payait ses services, et surtout localiser Lauren. Selon le couple, elle était partie le matin peu de temps après qu'ils se soient présentés au B&B. Où diable était-elle allée ?

— Voilà la gamine qui arrive ! s'exclama soudain Leon.

Il sentit son pouls s'accélérer avant même d'avoir repéré Lauren, à mi-hauteur de la colline. La brise marine ébouriffait ses cheveux que le soleil couchant striait de nuances cuivrées. Son jean et son blouson ajustés mettaient en valeur sa silhouette élancée. Elle s'arrêta pour changer son sac d'épaule puis se tourna vers le Golden Gate Park, comme pour admirer la vue une dernière fois avant de réintégrer leur B&B. Son jean délavé moulait délicieusement ses fesses rebondies — encore mieux que son pantalon de motard. Bon sang ! Pourquoi fallait-il qu'elle lui fasse cet effet-là ? Son célibat forcé de ces derniers mois y était sans doute pour beaucoup… Du moins, il l'espérait.

Toute la journée, le souvenir de leur fameux baiser et de son corps pressé contre le sien l'avait déconcentré à tel point qu'il avait dû emporter une liasse de documents pour les étudier ce soir.

Lauren fit volte-face et se remit en route. Qu'avait-elle bien pu faire toute la sainte journée ?

Elle avait dû repérer Esmé qui agitait frénétiquement

le bras dans sa direction puisqu'elle leva la main pour lui répondre. Gage sut exactement à quel moment elle s'aperçut de sa présence car sa démarche et son geste amical devinrent plus hésitants et son sourire radieux chavira quelque peu. Ses doigts se crispèrent et son bras fléchit. Même son pas élastique devint laborieux, comme si elle peinait à gravir les derniers mètres qui la séparaient de la demeure… et de lui. Cette réaction le blessait d'une certaine façon. Mais, après tout, il ne comptait pas se lier d'amitié avec elle. Encore moins devenir son amant.

Certes, il admirait son assurance, sa compétence et son intelligence. Toutefois, ces qualités, qui faisaient d'elle un pilote expérimenté et une recrue de choix pour Trent, étaient insuffisantes pour bâtir une relation durable puisqu'il manquait l'essentiel : la confiance.

Alors que Lauren grimpait les marches du perron, Esmé et Leon se levèrent d'un bond pour l'accueillir avec effusion.

Esmé passa un bras autour de la taille de Lauren et l'entraîna de force vers le rocking-chair placé à côté de celui de Gage.

— Avez-vous trouvé facilement le cybercafé que je vous ai indiqué ? Et avez-vous pu terminer votre travail ?

— Oui, merci. Je l'ai même envoyé à mon professeur avec deux jours d'avance !

Elle avait réussi à se connecter à Internet ?

— Quel travail ? demanda-t-il d'un ton abrupt.

Lauren se mordit la lèvre, visiblement mal à l'aise.

— Un devoir d'économie que je devais rendre au plus tard lundi matin.

— Vous suivez des cours ?

Elle hésitait à lui répondre. Allait-elle lui raconter des craques ?

— Oui, des cours à distance dispensés par la University of Central Florida. Vous n'aviez pas besoin de moi, n'est-ce pas ? Sinon vous m'auriez appelée sur mon portable.

Elle semblait sincère. Il n'empêche, elle avait trouvé le moyen de déjouer ses plans ! Il ne lui restait plus qu'à mettre au point une nouvelle stratégie pour demain.

— Non, en effet. Je n'ai pas eu besoin de vous.

Leon la débarrassa de son sac et lui mit un verre de vin dans la main.

— Goûtez-moi ça. C'est ma dernière cuvée.

Elle le remercia en souriant, pour le plus grand bonheur de leur hôte.

— Quel genre de cours suivez-vous ? demanda Gage qui n'entendait pas en rester là.

— Une licence sur quatre ans en gestion d'entreprises. Dans le contexte économique actuel, il vaut mieux avoir plusieurs cordes à son arc.

Elle était donc ambitieuse. Mais était-elle du genre à prendre des raccourcis et à se servir des autres pour arriver plus vite à ses fins ? Quelque chose clochait. Il y avait un trop grand décalage entre la théorie de Trent et ce qu'il constatait par lui-même. Encore heureux qu'il soit patient car Lauren était un vrai casse-tête !

Esmé tapota affectueusement l'épaule de la jeune femme.

— Brave petite. Et votre mère, vous avez pu la joindre ? Vous a-t-elle donné ce que vous vouliez ?

Si Gage n'avait pas observé Lauren avec autant d'attention, il n'aurait pas remarqué la petite grimace qu'elle dissimula derrière son verre après avoir bu une gorgée de vin. Ainsi, elle non plus n'appréciait pas la piquette de Leon, laquelle avait un goût métallique prononcé. Toutefois, elle décocha un sourire charitable au bonhomme en assurant :

— Il est bon.

C'était un mensonge éhonté, mais comment l'en blâmer puisque lui aussi avait menti à Leon pour ne pas le vexer.

Lauren se cala dans son fauteuil, un pied glissé sous son autre jambe.

— J'ai réussi à joindre maman, mais je n'ai pas pu lui parler. Visiblement, elle était pressée. Je ferai une nouvelle tentative demain.

Pour ça, on pouvait lui faire confiance ! Il retint à grand-peine un chapelet de jurons. Et dire qu'il s'était donné tout ce mal pour rien.

— Qu'attendez-vous de votre mère ? demanda-t-il d'un ton si âpre qu'elle sursauta sous le coup de la surprise.

Elle détourna les yeux avant de lâcher à contrecœur :

— Des réponses.

Dans le genre évasif, on ne faisait pas mieux !

— Quelles réponses ? insista-t-il.

Elle reporta son regard bleu-vert sur lui.

— Pendant vingt-cinq ans, elle a choisi de ne pas

être une mère pour moi. Je voudrais savoir pourquoi elle a changé d'avis tout récemment.

Ce n'était pas tout, il en aurait mis sa main au feu. Il suffisait de voir sa mine circonspecte pour deviner qu'elle lui dissimulait quelque chose. Mais quoi ? Et comment découvrir son secret ?

— Pourtant, vous disiez qu'elle avait toujours fait partie de votre vie.

— Pas en tant que mère. Elle était… l'amie de mon père. Elle venait à Daytona une fois par an, la semaine de mon anniversaire. Mais elle passait le plus clair de son temps avec mon père. Ça m'était égal parce que, durant son séjour, il était le plus heureux des hommes. Il adorait Jacqui. Dommage qu'elle ne l'ait pas autant aimé.

Etait-ce une pointe d'amertume qu'il percevait dans la voix de Lauren ? Alors qu'elle semblait perdue dans ses pensées, elle se tourna soudain vers lui, l'air soupçonneux.

— Au fait, cet après-midi, j'ai parlé au mécanicien. D'après lui, quelqu'un a ôté le fusible du récepteur qui fournit l'accès au Net sur l'avion. Ce fusible n'a pas sauté ni fondu. Il a été *retiré* intentionnellement. Je me demande qui avait intérêt à faire une chose pareille.

— Bonne question.

Toutefois, il se garderait bien d'y répondre puisque c'était à son instigation que le « sabotage » avait eu lieu.

- 5 -

Malgré sa légère fatigue, que la douche n'avait pas réussi à dissiper complètement, Lauren avait hâte de partir à la découverte de San Francisco. Elle resserra la ceinture du peignoir court et moelleux que le B&B mettait à la disposition de ses clients et rangea ses affaires de toilette dans sa trousse.

Elle avait dormi jusqu'à 6 heures du matin — une heure tardive par rapport aux autres jours, d'autant que le décalage horaire lui était favorable. Sa torpeur était sans doute due au fait qu'elle avait eu un mal fou à s'endormir. Sa chambre était contiguë à celle de Gage, et il s'était couché tard car elle l'avait entendu aller et venir à plusieurs reprises ; de même, sa voix profonde lui était parvenue à deux occasions à travers la mince cloison, derrière la tête de lit. A qui avait-il bien pu parler à une heure aussi indue ?

Au moment où elle sortait de la salle de bain, la porte de la chambre de Gage s'ouvrit, et il s'avança sur le palier. La surprise la cloua sur place. Elle avait oublié qu'ils partageaient la même salle de bain.

Malgré elle, son regard s'attarda sur ses cheveux en broussaille, ses yeux lourds de sommeil, ses joues couvertes d'une ombre de barbe et son torse dénudé, puissamment musclé.

Son pantalon noir, sans doute celui de la veille, flottait assez bas sur ses hanches, coupant à l'horizontale une ligne de poils sombres qui descendait le long de son torse jusque sous le nombril. Ses pieds nus dévoilaient des orteils allongés aux ongles coupés court. Comme elle, il tenait une trousse de toilette à la main.

Avec une telle silhouette de rêve, il aurait pu poser nu pour un magazine sexy ou un calendrier coquin. Elle se reprocha aussitôt cette réflexion absurde et triviale. Mais elle dut faire un effort surhumain pour s'arracher à sa contemplation.

— Bon... bonjour, bafouilla-t-elle.

Elle était d'autant plus troublée qu'elle sentait le regard de Gage posé sur elle. Il semblait tout détailler, de la tête jusqu'aux pieds. Elle eut honte soudain de ses cheveux humides et de son visage sans la moindre trace de maquillage, et de ce maudit peignoir à la fois trop épais et surtout beaucoup trop décolleté. De quoi avait-elle l'air ? Mis à part la légère dilatation de ses pupilles, l'expression de son visage demeurait impénétrable. Il est vrai qu'avec son physique de play-boy et sa fortune, il devait être habitué à fréquenter des top-modèles et des reines de beauté plutôt que des garçons manqués comme elle. Après tout, pour ce qu'elle en avait à faire ! Mais elle avait beau essayer de s'en persuader, elle se sentait tout de même vexée de ne pas correspondre aux critères de beauté de Gage.

— Bonjour.

Sa voix traînante la fit frissonner.

Soudain consciente de sa quasi-nudité, elle plaqua sa trousse de toilette contre sa poitrine.

— Je... J'ai fini. Je vous cède la place.

Le palier était étroit, et il ne put faire autrement que de la frôler pour accéder à la salle de bain. Elle respira au passage un soupçon d'eau de Cologne et surtout son odeur mâle, légèrement musquée et ô combien troublante. Malgré elle, un brusque flot de chaleur envahit tout son être, durcissant ses mamelons et la laissant moite de désir au point ne plus pouvoir supporter le contact du peignoir sur sa peau brûlante.

— Excusez-moi, marmonna-t-elle en se hâtant de rejoindre sa chambre et de verrouiller sa porte avant de s'affaisser contre le panneau de bois.

Pourquoi lui ? Pourquoi fallait-il que Gage Faulkner, entre tous les hommes, ait le pouvoir de réveiller la moindre parcelle de féminité qui sommeillait en elle, au risque de l'embraser tout entière et de la conduire au désastre ? Un désastre qu'elle devait éviter à tout prix. Dieu merci, elle avait suffisamment de bon sens pour se reprendre en main.

Tout en enfilant en hâte ses vêtements, elle guettait les bruits en provenance du palier. Elle n'eut pas plus tôt entendu Gage réintégrer sa chambre qu'elle récupéra son blouson, son sac à main et sa sacoche contenant son ordinateur avant de dévaler l'escalier.

Elle croisa Esmé dans l'entrée.

— Bonjour mon petit. J'ai dressé le buffet dans la salle à manger. Vous n'avez plus qu'à vous servir.

Lauren aurait préféré sauter le petit déjeuner pour

éviter de tomber sur Gage, mais son estomac criait famine.

— Merci.

— Si vous avez besoin de moi, je suis à la cuisine.

Lauren hocha la tête et se dirigea vers la salle à manger richement décorée dans les tons bordeaux. La veille au matin, après le départ de Gage, Esmé et Leon lui avaient fait faire le tour du propriétaire en lui donnant une foule de détails passionnants sur l'historique de la demeure et le projet de restauration grandiose qui leur tenait tant à cœur.

C'est seulement après son départ pour le fameux cybercafé qu'elle avait pris conscience que ses hôtes lui avaient soutiré plus de renseignements personnels qu'elle n'en avait jamais confié à quiconque durant toute son existence. Elle s'était fait avoir comme une débutante ! Mais bon, ses hôtes étaient des braves gens inoffensifs qui garderaient pour eux ce qu'elle leur avait dévoilé, contrairement à Gage pour qui le moindre renseignement qu'il parvenait à grappiller était une arme de plus dans son arsenal.

Elle chassa ces pensées importunes et pénétra dans la salle à manger. Contre toute attente, elle aimait cette demeure malgré la profusion de napperons en dentelle, de coussins et autres fanfreluches. Le contraste avec la maison paternelle, au décor spartiate et utilitaire, était frappant. Il est vrai que ni elle ni son père n'avaient eu le temps, le goût ou les moyens de rendre leur intérieur plus coquet.

Ce côté pratique et raisonnable qui caractérisait son

père était une des raisons qui l'empêchaient de croire à la thèse du suicide... à moins qu'il ait vraiment cru que l'argent de son assurance-vie remettrait Falcon Air à flot.

« Oh, papa, pourquoi a-t-il fallu que tu contractes autant de dettes ? »

Faisant un effort pour surmonter son chagrin, elle prit une assiette sur la desserte. Il ne servait à rien de se ronger les sangs. Et même si sa mère se décidait à jouer franc jeu avec elle, le fin mot de l'histoire reviendrait à la FAA. C'est sur la base de ses conclusions que la compagnie d'assurance déciderait de débloquer ou non l'assurance-vie de son père.

L'idée de perdre Falcon Air lui était insupportable. Elle n'osait même pas envisager son avenir ou celui d'oncle Lou s'ils étaient contraints de mettre la clé sous la porte. Depuis la naissance de Lauren, Lou n'avait jamais travaillé ailleurs que chez Falcon Air et il y avait pris ses habitudes. Repartir de zéro à soixante ans n'avait rien d'évident, si tant est qu'il puisse retrouver un emploi.

Elle en avait des crampes d'estomac rien que d'y penser. A moins que ce ne soit la faim... Elle ne put résister au large choix de mets succulents qui s'offraient à elle : tranches de bacon croustillantes, saucisses arrosées de sirop d'érable, mini-omelettes aux légumes et larges crêpes fourrées à la compote de pommes aromatisée à la cannelle.

Après s'être servie copieusement, elle prit place à table. Elle s'apprêtait à attaquer la montagne de nourriture empilée sur son assiette quand Gage fit son entrée. Il portait un de ses élégants costumes sur mesure, celui-ci couleur anthracite, accompagné d'une chemise grise et d'une cravate noire, imprimée ton sur ton.

Il l'examina de la tête aux pieds avant de lâcher :

— Il va falloir vous changer.

Le ton de sa voix lui déplut souverainement.

— Pourquoi ?

— Parce que vous allez m'accompagner.

C'était bien la dernière chose qu'elle avait envie d'entendre, alors qu'elle n'avait eu qu'un bref aperçu de San Francisco.

— Je croyais que nous devions rester ici jusqu'à lundi.

— Nous allons nous rendre ensemble à l'usine de composants pour ordinateurs que je suis chargé d'évaluer. Puisque vous étudiez la gestion d'entreprises, ce sera l'occasion rêvée de mettre vos connaissances en pratique.

L'idée la séduisait et lui déplaisait tout à la fois. Mais elle était avant tout désireuse d'en apprendre le plus possible pour être en mesure de redresser les finances de Falcon Air dès son retour à la maison. La veille, au cybercafé, elle avait fait une recherche en ligne sur Gage. Selon trois grandes revues économiques, il était l'un des meilleurs experts en entreprises du pays.

Peut-être pourrait-il la conseiller pour remettre Falcon Air sur les rails ?

Non. En lui proposant de l'accompagner, il cherchait sûrement un moyen de la discréditer. Et il était l'espion de Trent. S'il apprenait que Falcon Air était au bord du gouffre, il en informerait son ami, et le pire risquait de se produire.

L'alchimie qui existait entre eux ne faisait que compliquer les choses, surtout maintenant qu'elle avait vu Gage à moitié nu ! Déjà qu'elle revivait leur baiser chaque fois qu'elle fermait les yeux, il y avait fort à parier qu'elle allait se repasser en boucle cette fameuse scène sur le palier !

Passer toute une journée en sa compagnie était bien trop risqué.

— Votre idée est intéressante, mais j'ai d'autres projets.

— Autant faire une croix dessus.

Il commençait à lui échauffer les oreilles avec son ton comminatoire et ses airs supérieurs !

Elle contempla tour à tour son assiette, qui ne la tentait plus, et cet homme qu'elle aurait voulu envoyer au diable. Etait-ce encore un de ces ordres auxquels elle était censée obéir ?

— A vous entendre, je n'ai pas le choix.

— Exact, lâcha Gage en se dirigeant vers la desserte.

Pendant qu'il se servait, elle faillit appeler son demi-frère pour décharger sa colère sur lui. Non que cela serve à quelque chose ; Trent prendrait le parti de son ami. Mais elle se sentirait mieux après coup. Hélas pour elle, crier et tempêter n'était pas dans sa manière d'être.

Il n'empêche, son demi-frère la mettait dans une situation impossible. Suivre les clients comme leur ombre ou se tourner les pouces en les attendant ne

Le secret des Hightower

faisait pas partie de ses attributions. En temps normal, elle aurait laissé son passager à San Francisco, serait rentrée à sa base pour effectuer d'autres missions avant de revenir chercher Gage trois jours plus tard.

— Et si je refuse de venir avec vous ?

— Pourquoi laisseriez-vous passer une chance d'approfondir vos connaissances ? A moins que vous ne soyez pas aussi intéressée que vous le dites par vos études.

Sa remarque désobligeante la piqua au vif.

— Qu'insinuez-vous ?

— Peut-être jouez-vous à l'étudiante en attendant qu'une meilleure chance se présente.

— Quel genre de chance ?

— Une mère riche. Un travail assuré. Un amant fortuné.

Cette fois, c'en était trop, elle laissa échapper une exclamation de rage.

— Je vois que mon demi-frère n'a pas perdu son temps.

Les yeux de Gage se rétrécirent.

— Vous avez un amant qui vous attend en coulisses ?

Bon, d'accord. Trent n'avait peut-être pas fouillé dans son passé et découvert l'existence de Whit. C'était une chance, car elle n'avait aucune envie que l'on sache à quel point elle avait été stupide de croire que Whit épouserait une fille comme elle sous prétexte qu'ils avaient été amants pendant un certain temps. Ce goujat n'avait pas hésité à la laisser tomber dès qu'il avait pu mettre le grappin sur une jeune femme bien sous tous rapports.

— Ma vie privée ne regarde que moi, sauf si elle affecte mes capacités professionnelles, ce qui n'est pas le cas.

Elle se leva d'un bond, les poings serrés, bien décidée à mettre le plus de distance possible entre elle et ce maudit Gage.

— Vos accusations sont infondées, poursuivit-elle d'une voix blanche. Je suis mieux qualifiée que la plupart des autres pilotes de la HAMC. Demandez donc à votre copain Trent. Il sera bien forcé de l'admettre, même si ça l'étouffe de me reconnaître une quelconque qualité… Et pour ce qui est de jouer à l'étudiante, vous avez tout faux. Depuis la mort de mon père, Falcon Air m'appartient pour moitié, et je compte apprendre tout ce qui me sera utile pour gérer au mieux ma compagnie. En revanche, je ne vois pas à quoi ça me servira de vous suivre docilement comme un caniche.

— Parce que je suis le meilleur dans mon domaine.

Elle laissa échapper un ricanement.

— Et modeste, avec ça !

— C'est l'hôpital qui se moque de la charité, remarqua-t-il, un petit sourire narquois aux lèvres.

Le mufle ! Elle serra les dents pour ne pas lui hurler d'aller au diable.

— C'est samedi, aujourd'hui, argua-t-elle.

— Justement, nous ne serons pas dérangés. Le P.-D.G. et une équipe réduite seront présents et se tiendront à notre disposition.

Il s'assit en face d'elle et se mit à manger comme si de rien n'était.

La porte de la cuisine s'ouvrit, et Esmé s'avança vers eux, un pot de café à la main, coupant toute possibilité de retraite à Lauren.

— Oh, mon petit, je suis si heureuse que vous ayez un solide appétit. J'adore cuisiner et ça me fend le cœur d'être obligée de jeter le fruit de mon travail. De nos jours, les jeunes femmes sont tellement obnubilées par leur ligne qu'elles ne savent plus ce qui est bon.

Se sentant prise au piège, Lauren se résigna à avaler le contenu de son assiette, au risque d'en attraper une indigestion.

Lauren contempla avec humeur la pile de bons de commande que Gage avait posée devant elle.

Son travail consistait à classer les documents par fournisseur et à retracer l'historique des achats de l'usine. En somme, une occupation digne d'un gamin de douze ans. Il cherchait sans doute à l'humilier. Mais elle se garderait bien de récriminer. Ça lui ferait trop plaisir !

Installé à l'autre extrémité de la longue table qui occupait presque toute la salle de conférence, il semblait plongé dans la lecture de documents autrement plus intéressants. Furieuse, elle faillit chiffonner une feuille de papier et lui lancer la boulette au visage ; ça lui apprendrait ! Mais elle se contenta sagement de pivoter sur sa chaise de façon à lui tourner le dos. Elle croisa les jambes, son pied battant rageusement la mesure.

Et dire qu'à cette heure-ci elle aurait dû être en train d'arpenter les rues de San Francisco !

Mieux valait qu'elle en finisse au plus vite pour obliger Gage à lui confier une autre tâche un peu plus intellectuelle.

Elle tria, empila et établit un tableau récapitulatif tout en ajoutant des commentaires sur un bloc-notes. Quand elle eut terminé, elle repoussa le tout et regarda sa montre. Deux heures de travail. Quel gâchis !

— J'ai fini, claironna-t-elle.

Il lui décocha un de ces regards intenses dont il avait le secret — un de ceux qu'elle avait sentis peser sur elle pendant qu'elle travaillait, et qu'elle avait tenté d'ignorer —, puis il fronça les sourcils en contemplant les piles de documents soigneusement agrafées.

— Déjà ? s'exclama-t-il, étonné.

— Oui. Vous avez autre chose à me donner ?

— Laissez-moi voir, dit-il en posant son stylo et en se levant.

Elle lui céda la place et s'éloigna en s'étirant pour éviter de se retrouver près de lui. La direction leur avait laissé des rafraîchissements dans un minibar. Elle opta pour un soda allégé, riche en caféine. Elle avait bien besoin d'un coup de fouet pour l'aider à tenir jusqu'au soir !

Non qu'elle détestât la paperasse, mais elle préférait être aux commandes d'un appareil plutôt que de rester assise derrière un bureau. Son père aussi avait été un homme de terrain. Dieu merci, grâce à oncle Lou, un as des chiffres, ils avaient pu se consacrer à leur passion...

— C'est vous qui avez rédigé ces notes ?

Elle fit volte-face et vit que Gage brandissait le bloc-notes sur lequel elle avait écrit.

— Oui.

— Vos remarques sont pertinentes. Faute d'avoir établi une relation suivie avec un seul fournisseur, notre client se voit facturer des prix très différents pour des produits identiques et ne bénéficie donc pas de remises de fidélité.

— *Votre* client, rectifia-t-elle. Ces ristournes sont monnaie courante dans tous les corps de métier.

Ainsi Falcon Air commandait toujours ses pièces détachées et son carburant aux mêmes fournisseurs.

— Je vais vous confier un autre travail.

Il alla récupérer une épaisse chemise en papier kraft dans une armoire.

— Vous trouverez cela plus intéressant.

Elle feuilleta le dossier.

— La société possède un portefeuille de placements ?

— Oui. Vous me direz quels sont ceux que la société devrait garder et ceux dont elle devrait se défaire.

Il retourna à sa place, à l'autre bout de la table.

— Mais Gage, si la société est à court de liquidités, pourquoi détient-elle ces placements ? Elle n'a pas besoin d'avoir un compte épargne retraite, contrairement à un particulier. Par ailleurs, aucun de ces placements ne rapporte de gros dividendes. En fait, certains d'entre eux ont même subi de lourdes pertes.

Lorsqu'elle croisa le regard de Gage, elle constata

non sans surprise que le respect et l'admiration avaient remplacé l'antipathie et la méfiance.

— Bien vu. Pour terminer la journée, je vous passerai les notes que j'ai rédigées à ce stade du projet, ainsi que la transcription de mon entretien initial avec le P.-D.G. Vous les lirez attentivement et vous établirez deux listes : les renseignements complémentaires que vous souhaiteriez avoir, et les options que la société devrait envisager.

Elle haussa un sourcil interrogateur. Cela ressemblait fort à un travail d'équipe. Etait-ce encore une façon de la tester ? Ou avait-il vraiment envie de connaître son avis sur la question ? Elle le dévisagea d'un œil soupçonneux.

— Pourquoi voulez-vous avoir mon opinion ?

— Parce que vous voyez les choses avec un œil neuf, sans a priori. Contrairement à un consultant chevronné, vous n'êtes pas influencée par les choix qui ont été faits par le passé dans des situations analogues.

Cela avait tout l'air d'un compliment.

— Entendu.

Puisqu'il y tenait, elle lui donnerait son avis. Ensuite, avec un peu de chance, elle aurait quartier libre pour visiter San Francisco.

Mais s'il continuait de la regarder ainsi — comme s'il lui découvrait des qualités et se mettait à apprécier sa compagnie —, elle risquait d'aller au-devant des ennuis. Pour sa propre tranquillité d'esprit, il valait mieux qu'il la déteste cordialement... et qu'elle lui rende la pareille.

*
* *

Il avait sous-estimé l'adversaire, admit Gage en poussant la porte d'entrée en verre biseauté du B&B, ce samedi soir.

— Montrez-moi votre devoir d'économie.

Lauren pivota sur ses talons.

— Mon devoir ? Pourquoi ?

Elle portait sa jupe d'uniforme noire et un chemisier blanc uni. Cette tenue classique aurait dû la faire paraître sévère et guindée, mais, à un moment donné, elle avait tordu ses cheveux en chignon et y avait glissé un crayon pour les maintenir en place, ce qui lui donnait un petit air coquin. Décidément, elle avait tout pour elle : la jeunesse, la fraîcheur, l'intelligence. Bref, une tête bien faite dans un corps de rêve.

Durant cette journée, elle avait grimpé dans son estime et gagné son respect, il ne pouvait le nier. Il s'était attendu à ce qu'elle soit un poids mort, un véritable boulet à traîner derrière lui. Mais, malgré son programme chargé et sa répugnance à jouer les baby-sitters, il n'avait rien trouvé de mieux pour l'empêcher de joindre sa mère.

Pour avoir la paix, il avait donné à Lauren de quoi l'occuper plusieurs heures — un travail pas vraiment folichon. Pourtant, elle s'y était mise sans rechigner et lui avait même fait part de plusieurs remarques judicieuses. En définitive, elle lui avait fait gagner du temps et lui avait ouvert des perspectives nouvelles. Certes, ils avaient fait du bon boulot ensemble, mais cette trêve était problématique.

Esmé s'avança vers eux, deux verres à la main, sa jupe ample virevoltant autour d'elle.

— Vous rentrez juste à temps, mes chéris. La nuit va bientôt tomber. Prenez donc un mojito pendant que je finis de préparer le dîner.

Elle leur tendit à chacun un grand verre rempli d'un liquide ambré et glacé. Des feuilles de menthe et des rondelles de citron vert reposaient dans le fond tandis que des cristaux de sucre garnissaient le rebord.

— Rendez-vous dans la salle à manger d'ici vingt minutes.

Sur ce, elle pivota sur ses talons et se dirigea vers la cuisine, toutes voiles dehors.

Gage reporta son attention sur Lauren, laquelle regardait son verre d'un air hésitant.

— Je n'ai pas à prendre les commandes du Sino avant lundi, n'est-ce pas ?

— Non, en effet.

— Dans ce cas, j'ai le droit de boire ce cocktail. Ça tombe bien, j'adore les mojitos.

Elle avança les lèvres et but une gorgée de liquide. Puis elle ferma les yeux, la mine gourmande.

— Mmm ! Ce mojito est parfait !

Elle se passa la langue sur les lèvres, récupérant au passage un grain de sucre qui s'y était accroché. Il dut faire un effort pour s'arracher à la contemplation de cette bouche aussi tentante que le péché. Le gémissement qu'elle venait de pousser en savourant son apéritif s'apparentait presque au plaisir sexuel. Malgré lui, une image s'imposa à son esprit : celle du visage de Lauren, les joues empourprées, non par la colère qu'il avait délibérément provoquée au matin, mais par le désir...

Bon sang, qu'est-ce qui lui prenait ? Il cligna des paupières pour s'éclaircir les idées.

— J'aimerais vraiment lire votre exposé.

Elle sirota une nouvelle gorgée de mojito tout en lui coulant un regard soupçonneux par-dessous ses longs cils.

— Pourquoi ? Vous croyez que je vous ai raconté des craques ?

— Non. Pas après l'excellent travail que vous avez fait aujourd'hui, s'empressa-t-il de dire d'un ton apaisant. Je suis simplement curieux de voir où vous en êtes dans vos études.

— Il me reste encore quinze heures de cours avant de décrocher mon diplôme. Je ne peux pas étudier à plein temps à cause de mon travail et... du... manque d'argent.

Cette allusion lui rappela opportunément que Lauren avait tout à gagner en se rapprochant de Jacqueline Hightower. Pourtant, la jeune femme avait démontré à plusieurs reprises qu'elle était très respectueuse des règles établies. Serait-elle prête à enfreindre ces mêmes règles pour atteindre plus vite son objectif ?

— Montrez-moi votre travail, insista-t-il.

Elle le dévisagea, l'air sceptique, puis haussa les épaules.

— Si vous y tenez. J'espère qu'après l'avoir lu, vous direz à mon demi-frère que je ne suis pas aussi stupide qu'il le croit.

— Trent n'a jamais dit que vous étiez stupide. Et,

pour votre gouverne, sachez que je ne lui répète pas tout. Ce que vous me confiez reste entre nous, sauf si ça le concerne directement.

Il distillait en effet au compte-gouttes les informations qu'il relayait à son ami. Jusqu'à présent, il y en avait eu très peu. Mais, du moins, Trent avait quelque chose à se mettre sous la dent, et lui avait le sentiment de remplir sa part du marché.

— De toute façon, mes chers demi-frères et sœurs pensent pis que pendre de moi, et tout ce que vous direz n'y changera rien. Selon eux, je suis une sorcière cupide venue jeter un sort à Jacqui pour capter l'héritage familial.

Il ne se donna pas la peine de nier l'évidence.

— Ce qu'ils refusent de comprendre, c'est que, si j'avais voulu m'attirer les bonnes grâces de Jacqui, j'aurais accepté son hospitalité au lieu de me loger par mes propres moyens.

Il enregistra l'information dans un coin de son cerveau.

— Pourquoi ne l'avez-vous pas fait ?

— Parce que je ne supporte pas l'idée que des domestiques s'occupent de tout à ma place, comme si j'étais une gamine. Par ailleurs, j'aime mon indépendance.

Ceci dit, elle pivota sur ses talons et se mit à grimper l'escalier.

Il lui emboîta le pas, se tenant à trois marches derrière elle, avec une vue imprenable sur son postérieur. Il s'efforça de baisser pudiquement les yeux. En vain. Le spectacle était trop tentant ! Elle possédait une silhouette élancée, avec des courbes aux bons endroits et de longues jambes fuselées. Dans la salle de conférence, chaque fois qu'elle avait eu l'esprit ailleurs, elle avait machinalement croisé ses jambes hypersexy, faisant remonter un peu plus sa jupe sur ses cuisses. Pas moyen de se concentrer dans de telles conditions ! Certes, elle l'avait distrait dans son travail, mais il ne regrettait rien ; bien au contraire, il en redemandait !

Il poussa un soupir lugubre. Bon sang, pourquoi fallait-il qu'il se sente attiré par cette femme sur qui pesaient de lourds soupçons ? Après tout, qui sait si elle n'avait pas joué les coquettes avec lui et si son jeu de jambes n'était pas une tentative de séduction déguisée ?

Pourtant, au fond de lui, il n'y croyait pas. Avant même d'avoir gagné son premier million, il était devenu une proie idéale pour les intrigantes en quête d'un riche mari. Et, depuis sa mésaventure avec Angela, il était passé maître dans l'art de déjouer les ruses féminines. Or, Lauren n'avait rien d'une prédatrice. En fait, il avait souvent eu le sentiment qu'il l'importunait plus qu'autre chose — une nouveauté en soi, et pas des plus agréables.

La théorie de Trent devenait de moins en moins crédible. Gage se promit d'appeler son ami pour savoir s'il avait retrouvé la trace des 200 000 dollars. Après tout, il se pouvait que Jacqui soit allée faire son shopping aux Caraïbes. Ce ne serait pas la première fois qu'elle dépenserait sans compter sur un coup de tête.

Il avala une autre gorgée de son cocktail, doux et rafraîchissant à souhait après une longue journée de travail, même si Esmé avait un peu forcé sur le rhum. Il aurait préféré un verre de bourbon Knob Creek, mais ce mojito se laissait boire. Il lécha un grain de sucre resté collé sur sa lèvre. Ce geste lui rappela celui de Lauren, autrement plus érotique, et il sentit un brusque désir le submerger. Bon sang, il avait intérêt à se ressaisir !

— Ce matin, quand j'ai fait allusion à un éventuel amant fortuné, vous avez dit que Trent n'avait pas perdu son temps.

Arrivée à la porte de sa chambre, Lauren lui jeta un regard interloqué par-dessus son épaule.

— Pardon ?

— Avez-vous un amoureux qui vous attend en Floride ?

Quel homme s'aviserait de laisser partir une femme comme elle plusieurs mois d'affilée ?

— Non... Pas depuis un certain temps.

Elle fit la moue, comme si elle regrettait d'en avoir trop dit. Puis elle déverrouilla sa porte et, après un moment d'hésitation, elle finit par le laisser entrer dans sa chambre.

— Je n'ai pas imprimé mon document. Vous serez obligé de le consulter sur mon ordinateur, à moins que vous n'ayez une imprimante portable.

— Non, pas cette fois-ci.

Il posa son attaché-case près de la porte et examina la pièce avec curiosité. Les fleurs, coussins et autres fanfreluches constituaient la note dominante du décor. Rien d'étonnant à cela puisque la demeure tout entière en regorgeait, à croire qu'elle avait été touchée de plein fouet par l'explosion d'une fabrique de colifichets.

— Allumez votre ordinateur.

Elle dansait d'un pied sur l'autre et se mordillait la lèvre inférieure, visiblement mal à l'aise à l'idée de le savoir dans sa chambre. Elle finit par se résigner et alla s'asseoir derrière le bureau à cylindre, foulant, au passage, un magnifique tapis d'Aubusson. Pendant qu'elle mettait en route son ordinateur, il chercha des yeux une seconde chaise, mais, comme dans sa chambre, il n'y en avait pas.

Il aurait préféré deux suites avec salles de bain attenantes ; malheureusement, il s'y était pris à la dernière minute, et elles étaient déjà réservées par deux couples en voyage de noces. Il n'avait pas encore eu l'occasion de les rencontrer, même si, la nuit précédente, il avait eu quelques échos sonores particulièrement éloquents à travers la cloison. Quand son assistant écouterait l'enregistrement pour retranscrire ses notes, il se demanderait sûrement ce que son patron avait fabriqué pendant qu'il dictait !

— Sur quoi avez-vous planché aujourd'hui ?

La question de Lauren le ramena à la réalité. Il s'assit sur le bord du lit, à quelques centimètres d'elle, et tâcha de rassembler ses idées. Il est vrai que le travail ne faisait pas partie de ses priorités quand il se trouvait dans la chambre d'une femme.

— Sur les moyens à mettre en œuvre pour augmenter l'efficience et la rentabilité de l'usine. La réduction des dépenses inutiles constitue généralement la première étape.

— Il doit y en avoir beaucoup, vu la quantité de notes que vous avez prises.

— J'en suis encore au stade de l'assimilation des données.

— Ah, oui ! Evaluer, assimiler, communiquer et appliquer, fit-elle en reprenant les termes exacts qu'il avait utilisés le matin, pendant qu'ils se rendaient à l'usine.

— Vous avez une bonne mémoire.

— Oui.

Son sourire, aussi malicieux qu'inattendu, eut pour effet d'accélérer les battements de son cœur.

— Dans l'aviation, tout est affaire de sigles, ajouta-t-elle. J'en ai donc concocté un pour résumer votre politique : EACA. C'est simple comme bonjour… Hum, et comment aborderez-vous l'étape suivante ?

— De retour au bureau, je transmettrai toutes les données à mes collaborateurs ; nous les examinerons ensemble et rechercherons des stratégies en vue d'améliorer la situation du client.

— C'est drôle, je vous imaginais plutôt travaillant en solo.

Elle avait deviné juste.

— Le fait d'avoir une équipe de spécialistes à mes côtés me permet d'élargir ma clientèle.

Plus de clients signifiait plus de recettes, donc plus de placements, et donc, *in fine*, une meilleure chance de sécurité financière au cas où sa société ferait faillite. La déconfiture financière et personnelle de son père lui avait servi de leçon et l'avait incité à mettre en place une série de plans de rechange opérationnels à la moindre alerte.

Lauren pivota sur sa chaise pour ouvrir le document

sur son ordinateur, révélant ainsi une minuscule marque de naissance en forme de fer à cheval sur sa nuque, à la racine des cheveux. Trent avait la même. Gage l'avait remarquée le jour où son copain, alors étudiant, avait étrenné une coupe de cheveux tout ce qu'il y avait de plus militaire.

Il ne parvenait pas à détourner le regard de cette nuque vulnérable qui s'offrait à ses caresses. Pour ne pas succomber à la tentation, il ôta le crayon toujours planté dans son chignon, faisant cascader sa chevelure sur ses épaules. L'envie de plonger ses doigts dans cette masse soyeuse le démangeait, mais il se retint à temps.

L'espace de quelques secondes, Lauren se figea sur place avant de se détendre peu à peu.

— Oups ! Je l'avais complètement oublié. J'espère que votre client ne va pas porter plainte pour vol de fournitures. Ça vous ferait une publicité déplorable !

Le clin d'œil espiègle qu'elle lui décocha par-dessus son épaule fit courir un délicieux frisson sous sa peau.

— Vous irez le rendre demain.

Elle s'empara de son verre et y trempa les lèvres avec délectation, telle une chatte lapant un bol de crème.

— Demain, c'est dimanche, objecta-t-elle.

Il s'arracha à la contemplation de ces lèvres sensuelles.

— Ce n'est pas un jour chômé pour autant.

— Ne le prenez pas mal, Gage. Cette expérience du terrain a été très formatrice. Mais c'est la première fois que je viens à San Francisco, et je préférerais découvrir les différentes facettes de la ville plutôt que de décortiquer les comptes de votre client. Mon père me disait toujours : « Garde avec toi un peu de chaque région que tu visites, ne serait-ce que dans ton cœur », et je compte bien suivre son conseil.

S'il la lâchait dans la nature, elle ne manquerait pas de retourner dans ce maudit cybercafé.

— Voici ce que je vous propose : nous nous rendrons demain matin à l'usine, nous aurons quartier libre l'après-midi pour visiter la ville et, le soir, je vous emmènerai dîner dans un restaurant du Fisherman's Wharf. Cela suppose que nous retournions à l'usine lundi matin et que nous ne décollions qu'après le déjeuner.

— Nous ?

La méfiance et l'excitation se lisaient dans son regard.

— Je suis déjà venu plusieurs fois à San Francisco. Je vous servirai de guide, mais, en échange, vous m'accompagnerez à l'usine.

Lauren battait nerveusement la mesure avec son pied, laissant le silence s'éterniser entre eux.

— Je suppose que c'est encore un ordre, finit-elle par grommeler.

— Disons plutôt une requête personnelle. Vous m'avez été d'une aide précieuse aujourd'hui.

— Bon. Dans ce cas, c'est d'accord.

Elle reporta son attention sur l'écran.

— Voilà le document. Je vous cède la place.

Elle s'apprêtait à se lever quand il posa une main sur son épaule, l'obligeant à rester assise. La fermeté de ses muscles le surprit. Pourtant, à la réflexion, il fallait une certaine force pour manœuvrer une moto avoisinant les quatre cents kilos ou un avion pesant plusieurs tonnes.

— Ne bougez pas. Je vais lire par-dessus votre épaule. Comme ça, si j'ai des questions, vous saurez à quoi je fais allusion.

— O... kay.

Après avoir posé son verre sur le bureau, il s'appuya d'une main sur la surface polie du meuble et, de l'autre, sur le dossier de la chaise. Puis il se pencha en avant, humant au passage la senteur florale ténue qui émanait de Lauren — sans doute celle de son shampoing. Il était si troublé qu'il lui fallut plusieurs secondes avant de pouvoir se concentrer sur le sens des mots figurant à l'écran. Mais, une fois lancé dans la lecture du document, il fut littéralement captivé par son postulat de départ ainsi que par la logique et la pertinence de son raisonnement.

Chaque fois qu'il appuyait sur la touche de défilement, son avant-bras frôlait celui de Lauren, et sa chaleur se répandait en lui. Il tâchait de ne pas y prendre garde, mais c'était quasiment impossible ! Arrivé à la conclusion, il hocha la tête d'un air approbateur.

Son respect et son admiration pour la vive intelligence de Lauren grimpèrent d'un cran. Décidément, elle n'avait pas fini de l'étonner ! Il se tourna vers elle et chercha son regard.

— Votre argumentation est rondement menée. Est-ce votre professeur qui a eu l'idée du sujet ?

— Non, c'est moi. J'adore le café et je vais souvent en boire un quand je fais mes courses hebdomadaires. A dire vrai, je n'ai jamais à aller bien loin pour trouver une cafétéria. Mais la plupart d'entre elles mettent rapidement la clé sous la porte.

Elle marqua un temps d'arrêt avant de poursuivre.

— Dans leur hâte à ouvrir des boutiques adaptées à chaque consommateur, la plupart des franchiseurs autorisent l'implantation de cafétérias trop proches les unes des autres, les condamnant par avance à voir leurs recettes péricliter, jusqu'à la faillite finale. Même certaines épiceries ont désormais un coin cafétéria, c'est tout dire ! Ce raisonnement s'applique aussi aux chaînes de restaurants et aux enseignes de détail. Moralité, trop de commerces tuent le commerce.

Elle se mordit la lèvre inférieure, comme si elle s'attendait à ce qu'il la contredise. Mais il n'avait pas lieu de le faire, car elle avait raison : le mieux était l'ennemi du bien. Toutefois, en la voyant douter d'elle-même, alors qu'habituellement elle faisait preuve d'une assurance insolente, il découvrait en elle une certaine vulnérabilité qu'elle avait pris soin de lui cacher.

Cette femme était-elle vraiment une intrigante sans scrupules, comme le prétendait Trent ? Elle semblait trop intelligente, trop capable et trop bosseuse. Certes, Trent avait vu juste à propos d'Angela, mais depuis le départ fracassant et onéreux de son ex-épouse, il y avait dix ans de cela, Gage était devenu meilleur juge en matière de caractère. Et aucune des femmes qu'il avait fréquentées depuis son divorce n'avait réussi à lui passer la corde au cou.

Lauren s'humecta de nouveau les lèvres, attirant inévitablement son attention sur sa bouche. Le souvenir du baiser qu'ils avaient échangé lui revint en mémoire.

Elle dut lire la force de son désir sur son visage, car elle laissa échapper un petit soupir et ses yeux s'agrandirent.

— Lauren Lynch, vous êtes une femme formidable. Si vous n'étiez pas un aussi bon pilote, vous auriez fait un sacré consultant !

— Gage...

Ignorant la note d'avertissement dans la voix de Lauren, il se pencha en avant et la fit taire d'un baiser. Elle se figea sur place sans pour autant le repousser. Au bout d'un moment, elle finit par se détendre et répondit avec ferveur à son baiser. Quand il caressa sa lèvre inférieure, elle mêla sa langue à la sienne en un ballet sensuel. Elle fleurait bon le sucre et le mojito, mais c'était surtout la saveur même de Lauren qui l'enivrait au point d'en vouloir davantage.

Une onde de désir courait le long de ses veines, le mettant sens dessus dessous. Il saisit Lauren par le bras et la souleva de son siège, l'attirant contre lui jusqu'à ce que ses seins reposent contre son torse et que ses cuisses fermes se collent aux siennes.

Dieu, qu'elle embrassait bien ! Elle s'impliquait totalement dans son baiser, comme dans tout ce qu'elle faisait. Ses bras lui encerclèrent la taille et ses ongles tracèrent un sillon le long de sa colonne vertébrale, exacerbant son désir. Il lui caressa les cheveux et plongea ses doigts dans la masse soyeuse tout en approfondissant son baiser.

Sa bouche était chaude, humide et lisse. Il ne parvenait pas à se rassasier d'elle, c'était comme une sorte de drogue. Soudain, le contact du matelas contre ses mollets le tétanisa ; voilà ce qu'il voulait : voir Lauren allongée sur le lit, nue sous lui.

Il la fit pivoter sur le côté de façon à ce que tous deux se tiennent près du lit. Ses mains tremblaient en cherchant à tâtons les boutons de son chemisier. Il défit le premier, puis le deuxième. Il s'apprêtait à faire un sort au troisième quand les mains de Lauren emprisonnèrent les siennes. Elle releva la tête, les yeux clos, avant de les ouvrir lentement. Elle le dévisagea à travers ses longs cils, tandis que le son de leurs respirations emplissait la pièce.

La passion assombrissait les yeux de la jeune femme et faisait palpiter ses lèvres. Puis soudain, avec une détermination farouche, elle s'empara des mains de Gage, lui écarta les doigts et les plaqua sur ses seins, son regard rivé au sien. Son geste l'enflamma tout entier, et il se mit à caresser les doux renflements en un lent mouvement circulaire des plus sensuel, la faisant gémir de plaisir. Ses mamelons durcis lui chatouillaient délicieusement la paume des mains à travers son chemisier et son soutien-gorge. Au diable ces maudits vêtements ! Il voulait sentir sa peau contre la sienne, se perdre en elle…

Son désir était si intense qu'il en devenait douloureux. Luttant pour retrouver le contrôle de lui-même, il enfouit son visage dans le cou de Lauren, humant avec délice sa fragrance féminine. Puis il déposa une série de petits baisers le long de son cou et lui mordilla le lobe de l'oreille, lui arrachant un râle de plaisir.

La ferveur de la jeune femme l'électrisa. Il s'empara avidement de ses lèvres, sa langue pénétrant profondément dans sa bouche, de la même façon qu'il mourait d'envie de s'enfouir dans sa chaleur. Elle répondit à son assaut en plaquant ses hanches contre son érection. Malgré l'intensité de son désir, il s'écarta légèrement pour tenter de maîtriser l'incendie dévastateur qui courait dans ses veines et menaçait d'exploser. Bon sang ! Ils n'en étaient encore qu'aux prémices, et il devait brider son impatience, quoi qu'il lui en coûte.

Une cloche tinta au loin. Il l'ignora superbement et écarta le chemisier de Lauren, enfermant les triangles satinés de son soutien-gorge dans ses paumes. Ses pouces plongèrent dans les bonnets, au contact direct de sa peau soyeuse et de ses mamelons durcis. Elle frissonna sous sa caresse et poussa un petit cri de dépit avant d'interrompre leur baiser.

— Le dîner, murmura-t-elle contre sa bouche.
— Au diable le dîner !

Elle laissa échapper un petit rire rauque. Puis elle se dégagea lentement de son étreinte tout en promenant ses ongles autour de la taille de Gage et sur son ventre qui se contracta involontairement. Un sourire mutin étira ses lèvres enflées.

— Vous ne voulez quand même pas briser le cœur de cette pauvre Esmé !

Par l'échancrure de son chemisier, il apercevait d'adorables courbes pâles au-dessus du tissu satiné de son soutien-gorge. Frustré, il fit un pas en avant, mais elle se recula, les mains levées.

— Non, Gage.
— Lauren…
— Nous ne pouvons pas aller plus loin, Gage. Du

moins, pas avant que vous m'ayez promis de n'en rien dire à Trent. Je tiens à mon job, figurez-vous.

Trent. Son devoir. Sa dette envers son ami. Il prit brusquement conscience d'avoir tout oublié dans le feu de l'action. Mais, pour l'heure, il s'en fichait éperdument.

— Vous me désirez autant que je vous désire, protesta-t-il.

Elle prit une profonde inspiration et leva une main, comme pour caresser le visage de Gage, mais elle la retira précipitamment et la mit derrière son dos.

— Oui, j'ai envie de vous. Mais je ne peux pas me permettre pour autant d'aller au bout de mes désirs.

- 6 -

Grands dieux, où avait-elle la tête ? Furieuse contre elle-même, Lauren se hâtait vers la salle à manger. Certes, elle était aventureuse au plan professionnel, mais elle était la prudence personnifiée dans sa vie personnelle, et notamment sexuelle. Comment Gage avait-il réussi à lui faire oublier tous ses principes ?

Elle s'arrêta net sur le seuil de la salle à manger, surprise de voir quatre autres convives déjà installés autour de la table ronde. Gage, qui la suivait de près, buta contre elle, son grand corps s'encastrant dans le sien. Elle faillit perdre l'équilibre, mais il la retint vivement par la taille. A son contact, un brusque flot de chaleur envahit Lauren. Ses seins et ses lèvres la brûlaient, comme s'ils espéraient — ou plutôt, *exigeaient* — que Gage poursuive ses savantes caresses si malencontreusement interrompues par la cloche du dîner.

Comme cet homme embrassait divinement ! Jamais auparavant — y compris avec Whit dont elle s'était pourtant crue amoureuse —, elle n'avait ressenti quelque chose d'aussi puissant et excitant que cette passion dévorante que Gage avait fait naître en elle.

Elle avait beau être consumée de désir pour lui, elle n'avait nullement l'intention de succomber à la tentation.

C'était trop risqué. Si seulement elle avait pu mettre ce moment d'égarement sur le compte de l'alcool ! Mais elle avait à peine bu la moitié de son verre. Non. Elle ne devait s'en prendre qu'à elle-même et à son célibat forcé qui durait depuis près de treize mois.

— Bonjour ! lança-t-elle à la cantonade, d'une voix exagérément forte et joyeuse.

En l'entendant, Esmé sortit en hâte de la cuisine.

— Ah, vous voilà enfin ! J'étais sur le point d'envoyer Leon vous chercher.

A l'idée qu'ils avaient failli être pris en flagrant délit de frénésie sexuelle, Lauren sentit ses joues devenir toutes rouges. Pourvu que personne ne devine son trouble.

— Je vais faire les présentations. Voici Sue et Rob ; ils sont originaires de l'Utah.

Ce disant, Esmé désigna d'abord un couple d'une trentaine d'années, se tenant étroitement par le bras, puis un autre couple plus jeune que Lauren, visiblement très affairé sous la table, à en juger par la mine un peu trop innocente et les joues cramoisies des deux tourtereaux.

— Tracy et Jack vivent dans les environs d'Austin. Jeunes gens, je vous présente Lauren et Gage.

Lauren aurait deviné qu'il s'agissait de jeunes mariés, même si Esmé ne l'en n'avait pas informée quand elle lui avait fait visiter la maison. Il suffisait de voir avec quelle adoration ils se regardaient et se touchaient, comme s'ils ne supportaient pas d'être séparés physiquement l'un de l'autre, ne serait-ce que par quelques centimètres.

Le secret des Hightower

Les seules chaises disponibles se trouvaient côte à côte. Gage repoussa un siège pour permettre à Lauren de s'asseoir et prit place auprès d'elle. Leurs bras et leurs épaules se frôlèrent tandis qu'ils dépliaient leurs serviettes, et ce simple contact fit courir un frisson le long de son dos. Comme si Esmé n'avait pas pu mettre une rallonge pour leur donner un peu plus de place et lui épargner ce supplice !

Le couple en face d'elle n'arrêtait pas de se faire des mamours. Et dire qu'à cet instant précis, elle aurait pu être en train de faire l'amour avec Gage si elle n'avait pas craint d'être virée — et si elle avait pu ignorer le fait qu'elle avait détesté cet homme jusqu'à... tout récemment.

D'ailleurs, à quel moment avait-elle compris que Gage ne lui était plus antipathique ? Ce n'était sûrement pas ce matin, sur le chemin de l'usine, tandis qu'il lui expliquait d'un air supérieur la façon dont il procédait et ce qu'il attendait d'elle. Le changement avait dû se produire un peu plus tard, dans la salle de conférence, quand elle avait surpris la lueur de respect et d'admiration dans ses yeux de braise. A moins que son antipathie ne se soit évanouie dès l'instant où il lui avait proposé un travail plus intéressant et qu'il l'avait considérée comme une partenaire à part entière.

Avant que Lauren ait pu refuser, Esmé servit une autre tournée de mojitos. Ce n'était pourtant pas le moment de céder à la gourmandise ; l'alcool ne ferait que diminuer ses inhibitions. Déjà que sa volonté était plus que chancelante ! Leon arriva, les bras chargés d'un grand plateau contenant plusieurs plats de *chiles rellenos*, de riz à l'espagnole et de *frijoles charros* qu'il disposa au centre de la table. L'odeur entêtante des poivrons farcis et des haricots rouges épicés servis avec des saucisses la fit saliver. Elle avait toujours eu une prédilection pour la cuisine mexicaine. Esmé ajouta divers bols remplis de guacamole, de *pica de gallo*, de crème fermentée et de feuilles de laitue coupées en lanières.

— Servez-vous. Ici, nous sommes en famille, précisa Esmé avant de retourner à ses fourneaux.

Lauren tendit le bras pour prendre le plat le plus proche… et Gage en fit autant.

— Laissez-moi vous servir, dit-il obligeamment en s'emparant de la cuiller.

Elle fixa son regard sur les mains de Gage — ces mêmes mains qui avaient caressé ses seins avec une efficacité si redoutable qu'ils en étaient encore douloureux.

Après s'être lui-même servi en poivrons farcis, il passa le plat au nouveau marié assis à sa gauche. En dépit de ses efforts pour garder la tête claire, la proximité de Gage lui était insupportable. Ils étaient trop près l'un de l'autre, ne cessaient de se toucher, de s'effleurer.

La promesse de la passion qu'elle lisait dans les yeux de Gage, à chaque fois que leurs regards se rencontraient, la plongeait dans une sorte de langueur. Elle ne se reconnaissait plus, jamais elle n'avait éprouvé une pareille attirance pour un homme.

Et la situation n'allait certainement pas l'aider à garder son sang-froid. En effet, à mesure que les mets circulaient autour de la table, la cuisse et les doigts de Gage s'attardaient un peu plus contre les siens, la mettant dans tous ses états. Son appétit pour la nourriture diminuait alors que sa faim dévorante pour l'homme assis à son côté laissait un vide douloureux en elle.

Soudain, un soupçon l'assaillit. Se pouvait-il que Gage le fasse exprès ? Pour la tourmenter ? La provoquer ? L'exciter ?

Il n'était pas homme à faire quoi que ce soit par hasard. Et il y avait fort à parier que les frôlements répétés sur et sous la table avaient pour objet de la séduire.

Peut-être devrait-elle cesser de lutter contre elle-même et prendre le plaisir que Gage lui promettait, aussi éphémère soit-il. De toute façon, Trent finirait un jour ou l'autre par trouver une raison de la virer, et elle commençait à croire qu'elle ne tirerait rien de sa mère, celle-ci étant aux abonnés absents depuis leur conversation de l'autre soir.

« Allons, ne sois pas idiote ! » se dit-elle dans un sursaut de bon sens.

Gage lui coula un regard oblique, l'air narquois, comme s'il devinait son débat intérieur.

Mais il jouait avec le feu en osant la défier de cette façon. Pourtant, il savait pertinemment qu'elle adorait relever les challenges. Alors, était-ce encore une autre de ses manœuvres pour la pousser dans ses retranchements ?

Une idée lui vint à l'esprit, et elle réprima à temps un petit rire coquin. Ah, il voulait jouer à ce petit jeu avec elle ? Soit, il allait être servi ! Elle savait se montrer bonne actrice. Voyons voir comment il allait réagir à sa provocation.

Sous la table, elle ôta discrètement une chaussure,

tâtonna un peu et finit par poser ses orteils sur la cheville de Gage. Son sursaut de surprise la vengea de tous les désagréments qu'il venait de lui faire subir. Hélas, il se contenta de retirer son pied sans même tourner la tête vers elle, et il continua de manger comme si de rien n'était.

Déçue, elle l'imita. Elle recherchait à tâtons sa chaussure quand, soudain, le pied de Gage — en chaussette — recouvrit le sien et le cloua au sol. Elle se figea sur place, puis elle tenta de se ressaisir. Mais c'était trop tard.

Une lame de feu courait déjà sous sa peau, grimpait le long de sa jambe prisonnière et envahissait peu à peu tout son être. Elle tenta de se dégager discrètement. En vain. Elle était bel et bien piégée, à moins de lutter comme une forcenée. Mais elle ne ferait pas ce plaisir à Gage !

Le regard fixé sur son assiette, elle ruminait sa vengeance tout en mastiquant machinalement ses aliments. Quelques bouchées plus tard, elle ôta son autre chaussure, croisa sa jambe libre sur son genou et promena la pointe de ses orteils le long de la cuisse de Gage en un va-et-vient sensuel. Il s'y attendait si peu qu'il faillit s'étouffer avec son riz, pour son plus grand plaisir. Il glissa sa main sous la table, comme pour s'emparer de sa serviette. Mais, contre toute attente, ce fut son pied à elle qu'il attrapa et qu'il maintint fermement contre sa cuisse. Tel est pris qui croyait prendre, semblait-il dire, un sourire moqueur aux lèvres.

Celui de Lauren chavira. Elle ne maîtrisait plus rien. Elle regarda avec inquiétude les autres convives.

Le secret des Hightower

Dieu merci, les deux couples étaient bien trop occupés à roucouler et à manger pour remarquer leurs manigances.

La conversation s'engageait autour de la table, mais elle n'y prêtait pas attention. Elle ne pouvait penser à rien d'autre qu'aux caresses de Gage.

Elle tenta de se dégager mais sans succès. Il lui frottait la plante du pied en effectuant de lents mouvements circulaires qui lui procuraient une exquise sensation de bien-être. C'était si bon qu'elle faillit gémir de plaisir ! On ne lui avait encore jamais fait de massage des pieds, et c'était tout simplement merveilleux. Et diabolique aussi, mais Gage ne perdait rien pour attendre…

Puisqu'elle ne pouvait se libérer de son étreinte sans attirer l'attention des autres convives, elle glissa la main sous la table et commença à caresser doucement le bras de Gage. Elle ne cherchait plus à le repousser, ce qu'elle voulait, c'était le voir se troubler, éveiller en lui les mêmes sensations brûlantes. A sa grande satisfaction, elle le vit frissonner imperceptiblement, ce qui l'encouragea à réitérer sa caresse. Elle en fut récompensée par un regard enflammé.

Elle n'aurait jamais imaginé que d'aussi simples effleurements puissent être aussi érotiques. Le doux contact de son doigt le long de sa cheville la mettait hors d'elle !

Elle qui adorait les défis, elle était servie ! Gage ne cessait de la provoquer, l'obligeant à réagir au quart de tour et à faire preuve d'inventivité pour le battre sur son propre terrain. En fait, jamais elle ne s'était sentie plus vivante depuis la mort de son père.

Mais la situation n'était pas aussi simple. Pouvait-elle se permettre de passer à l'étape suivante, à savoir coucher avec Gage ? Un seul mot à Trent et elle perdait son emploi. Pouvait-elle faire confiance à Gage ? Rien n'était moins sûr.

Elle reporta son attention sur la bouche de Gage — une bouche charnue et sensuelle, qu'elle mourait d'envie de sentir sur ses lèvres, ses seins, son corps en feu…

Levant les yeux, elle croisa son regard pétillant de malice. Il savait. Il savait qu'elle le désirait de tout son être ! Et ce sentiment était réciproque, à en juger par la légère coloration de ses pommettes, le frémissement de ses narines et la promesse du plaisir qu'elle lisait dans ses pupilles dilatées.

Il continuait de la caresser, ses mains s'attardaient sur ses chevilles, remontaient dangereusement le long de ses jambes, éveillant sur leur passage une série de petits frissons à la fois délicieux et dévastateurs. Et le fait de savoir que les autres convives ne se doutaient de rien rendait la situation encore plus excitante.

Dans ces conditions, comment lui résister ? D'autant qu'il avait tout pour plaire : l'intelligence, la beauté et l'ambition.

La perspective de faire l'amour avec Gage faisait naître en elle la même exaltation qu'elle ressentait avant d'effectuer un vol d'essai. Toutefois, *au cas où* elle se déciderait à sauter le pas, elle n'aurait pas la naïveté de croire que leur aventure déboucherait sur une relation sérieuse et durable. Tout se liguait contre eux. La fortune de Gage. Son amitié avec Trent. Son propre attachement viscéral à Falcon Air. Le fait de vivre dans des Etats différents...

Elle contempla son assiette à moitié pleine. Et ce dîner qui n'en finissait pas ! Elle ingurgita une bouchée de poivron, garni d'une délicieuse farce à base de fromage crémeux et de viande de porc — un de ses plats préférés. Mais ce soir, c'était l'homme assis à son côté qui la faisait fantasmer.

— Et vous, Lauren ?

La voix de Tracy la fit sursauter, et elle faillit avaler de travers. Le rouge aux joues et le corps en feu, elle balbutia :

— Pardon ?

— D'où êtes-vous ? demanda la blonde pulpeuse.

— De Daytona, en Floride.

— Vos parents vivent-ils encore là-bas ?

Le sentiment de perte la frappa de nouveau, tel un orage assombrissant un ciel d'été.

— Non. Mon père est mort récemment.

A ces mots, Gage libéra le pied de Lauren. Elle en profita pour se rechausser à tâtons.

— Et votre mère ?

Pourquoi fallait-il qu'on lui pose toujours cette question !

— J'ai été élevée par mon père et son partenaire.

— Votre père est gay ? demanda la blonde, horrifiée, sous le regard gêné de son mari.

Lauren fit la moue.

— Désolée. Je voulais dire son partenaire en affaires.

— Vous n'avez pas eu droit au chassé-croisé de petites amies ?

— Non. Mon père n'a aimé qu'une seule femme. Et puisqu'il ne pouvait pas être avec elle, il a choisi de vivre seul.

Lauren sentait le regard de Gage posé sur elle, mais elle ne tourna pas la tête de son côté.

— Pourquoi ne pouvait-il pas être avec elle ? Elle est morte, elle aussi ?

— Voyons, Tracy ! protesta son mari. Excusez-nous. Nous venons d'une petite ville où chacun connaît tout de son voisin.

— Ça ne fait rien, le rassura Lauren. Ma mère était mariée à un autre homme, et elle l'est toujours. Mais elle ne m'a pas manqué pour autant.

Ce n'était pas l'entière vérité. A l'école, certaines de ses amies n'avaient pas de pères, mais toutes avaient une mère. Et cette différence l'avait profondément marquée. Quand elle en parlait à son père, il lui répondait invariablement : « Ta maman ne peut pas être avec nous, ma chérie. » Elle avait dû se contenter de cette explication laconique jusqu'au jour où elle avait eu dix-huit ans et où elle avait enfin appris la vérité. Trop tard.

Adolescente, elle avait inventé une histoire à dormir debout à propos de sa mère prétendument morte en couches. Mais la réalité était plus sinistre puisque Jacqui lui avait préféré ses autres enfants. Malgré les années, cette blessure était toujours à vif.

— Est-ce que vous deux... vous êtes ensemble ? demanda Sue en désignant Gage et Lauren.

— Non ! répondirent-ils en chœur.

— Quel métier exercez-vous, Lauren ? insista Sue.

— Je suis pilote de ligne. Gage est client de la compagnie qui m'emploie.

Sous la table, Gage se remit à lui caresser le genou de la paume de la main, ce qui eut pour effet de la déconcentrer.

— Je pilote des avions et des hélicoptères, bafouilla-t-elle.

« Que pourrais-tu piloter d'autre ? Des cerfs-volants ? »

Pourquoi était-elle aussi sensible à la présence de Gage ? Ce n'était vraiment pas charitable de sa part, il savait qu'elle risquait de perdre tous ses moyens. Elle lui décocha un regard furibond, mais il se contenta de lui faire un clin d'œil coquin et de poursuivre ses caresses.

Bien décidée à reprendre l'avantage dans cette petite lutte qui les opposait depuis le début du dîner, elle se tourna vers Sue.

— En fait, c'est Gage qui exerce un métier passionnant. Figurez-vous que, d'après un magazine économique de renom, il est l'homme des situations désespérées.

Tous les regards convergèrent vers Gage. Sa main se figea sur la cuisse de Lauren.

— Je suis consultant en entreprises, expliqua-t-il en se redressant.

— En quoi consiste votre travail ? demanda Tracy.

— Evaluation. Amélioration. Stratégies.

De toute évidence, Gage n'appréciait pas d'être le centre de l'attention et se contentait du strict minimum.

— Je suis sûre que tout le monde autour de cette table meurt d'envie d'en savoir davantage, susurra Lauren en tambourinant des doigts sur la cuisse de Gage et en lui décochant une œillade provocante.

Mais il en fallait plus pour le déstabiliser. Il s'empara de la main de Lauren et la plaqua contre sa jambe tout en reprenant le fil de son discours d'une voix raffermie.

— J'évalue les besoins de mon client et je l'aide à mettre en place des stratégies pour atteindre les objectifs souhaités — le plus souvent des objectifs financiers.

— Je l'ai vu à l'œuvre tout à l'heure. Il est vraiment excellent, ironisa Lauren en jetant un regard appuyé sur la bouche de Gage.

A sa grande surprise, sa phrase à double sens eut le don d'amuser Gage.

— Lauren est également très... douée, assura-t-il, ses yeux rivés aux siens. J'avoue qu'elle m'a beaucoup impressionné, et je suis curieux de savoir ce qu'elle me réserve. La frénésie qu'elle met dans *tout* ce qu'elle entreprend est stupéfiante.

Lui non plus ne parlait pas de ses capacités professionnelles ! Lauren sentit une intense vague de désir l'envahir et la laisser tout étourdie.

— Comme j'ai déjà eu l'occasion de vous le dire, j'ai la passion d'apprendre à piloter des... engins très différents. Et je suis prête à relever tous les défis que vous me lancerez. Après tout, la maîtrise d'un avion n'est qu'une simple affaire de portance, de poussée et... de point de rupture.

Gage la contemplait, les narines palpitantes et les yeux brillants. A l'évidence, il avait compris le message et était prêt à relever le défi.

Cette audace ne lui ressemblait pas et elle la regretta presque aussitôt. Qu'est-ce qui lui avait pris de faire de tels sous-entendus ? Elle n'allait tout de même pas coucher avec Gage ? Elle n'arrivait pourtant pas à penser à autre chose.

Le silence pesant qui régnait dans la pièce attira son attention. Elle détourna les yeux de Gage et s'aperçut que tous la dévisageaient, l'air éberlué. Avaient-ils deviné le double sens de leur dialogue ? Dans son trouble, elle était allée beaucoup trop loin.

Esmé fut la première à reprendre ses esprits.

— Bon. Je vais apporter la dernière touche à mon flan.

Rob, le jeune marié qui était resté silencieux jusque là, s'éclaircit la gorge.

— Esmé, je… crois que nous nous passerons de dessert. N'est-ce pas mon cœur ? demanda-t-il en lançant un regard suppliant à sa femme.

— Oui, acquiesça Sue. Le dîner était excellent. Mais nous avons besoin de… nous reposer. Demain, nous avons un programme chargé.

Ils s'empressèrent de quitter la pièce, et leurs rires résonnèrent tandis qu'ils grimpaient l'escalier.

— Euh… Nous aussi, nous allons monter, déclara Tracy en décochant un regard brûlant à son mari. Notre avion décolle de bonne heure, demain.

Gage et Lauren se retrouvèrent seuls avec leurs hôtes. Leon secoua la tête, l'air dépité.

— Ah, ces jeunes mariés ! Ils sont tous les mêmes. Il n'y a pas moyen de les obliger à rester à table jusqu'au dessert !

Lauren aurait voulu disparaître dans un trou de souris.

— Je suis désolée. J'ai vraiment le chic pour casser l'ambiance. Généralement, mes interlocuteurs s'enfuient dès que je me mets à parler hydraulique et taux de compression.

L'expression de Gage se fit ironique.

— Les hommes auraient-ils peur de vous ?

Elle fit la grimace.

— Ils apprécient rarement qu'une femme soit plus calée qu'eux en mécanique. Tout le monde prétend que c'est une affaire exclusivement masculine.

Leon se mit à rire tout en récupérant les assiettes vides des jeunes mariés.

— Ne vous en faites pas pour ça, mon chou. Si un homme s'enfuit, ne cherchez pas à le retenir : ce n'est pas le bon.

Esmé approuva d'un hochement de tête.

— Je vais laisser le café sur la desserte et le flan au réfrigérateur. Vous vous servirez quand vous en aurez envie.

— Merci Esmé. Le dîner était succulent, répondit Gage.

La porte de la cuisine se referma derrière leurs hôtes. Visiblement, ils s'attendaient à les voir filer au lit, à l'instar des jeunes mariés. Le pire, c'était que Lauren en mourait d'envie, tout en sachant qu'elle risquait de commettre une énorme sottise. Dans le silence qui s'ensuivit, sa nervosité ne fit que croître, et elle sentit son pouls s'accélérer.

— Vous jouez avec le feu, dit Gage d'une voix rauque, brisant ainsi un pesant silence.

— Vous aussi.

Il se tourna vers elle et son genou effleura sa cuisse.

— Si nous montons maintenant, il ne sera pas question de flan ou de café. Je vous déshabillerai séance tenante et vous ferai l'amour jusqu'au petit matin.

La franchise brutale de ses propos — et les images érotiques qu'elles suscitèrent dans son esprit — la fit suffoquer. Désormais, elle était au pied du mur. Devait-elle tout risquer ou jouer la prudence ? Quoi qu'il en soit, dans les deux cas, elle en viendrait à regretter sa décision. Alors…

- 7 -

Le cœur de Lauren battait à tout rompre, exactement comme le jour où elle avait fait son premier saut en parachute.

Seuls les meilleurs pilotes volaient à l'instinct, quelles que soient les mesures indiquées par les instruments de bord, et elle était un de ceux-là. Son sixième sens ne l'avait jamais trompée, et aujourd'hui, il lui conseillait d'aller de l'avant. Pourtant, ce n'était pas dans ses habitudes de coucher avec un parfait inconnu, ou presque. Le risque existait bel et bien — un risque qu'elle mourait pourtant d'envie de prendre.

Gage Faulkner. L'espion de son frère. Son ennemi jusqu'à ce matin. Et bientôt, son amant.

Levant les yeux vers lui, elle rassembla son courage et franchit la dernière étape avant le point de non-retour.

— De toute façon, le flan n'est pas mon dessert préféré.

Ses mots firent naître une lueur sauvage dans le regard de Gage.

Elle frémit en la voyant, mais il cligna des yeux et la lueur farouche disparut aussitôt. Peut-être avait-elle rêvé.

Il repoussa sa chaise avec une lenteur calculée avant de se lever, puis il l'aida à se mettre debout. Une aide qu'elle accepta de bon cœur, car ses jambes la soutenaient à peine.

Tandis qu'il la guidait hors de la pièce, la paume de Gage effleura sa colonne vertébrale avant de se poser sur sa taille. Sa chaleur s'insinua en elle à travers ses vêtements, un prélude torride à ce qui l'attendait si elle se décidait… à moins qu'elle ne se ressaisisse immédiatement.

Non. Sa décision était prise, et elle s'y tiendrait contre vents et marées. Elle avait trop envie de lui, envie de vivre jusqu'au bout cette passion dévorante que lui seul avait été capable de faire naître en elle. Ce n'était sûrement pas un hasard s'il faisait irruption dans sa vie au moment où elle était plongée dans l'affliction et l'incertitude de l'avenir. Il y avait une raison à cela, et ce n'était pas en cherchant à fuir les sentiments qu'il lui inspirait qu'elle la découvrirait.

Quand ils arrivèrent sur le palier, elle avait la bouche sèche et les muscles crispés par une tension insoutenable. Elle inspira profondément sans parvenir à chasser cette impression d'irréalité et de griserie que leur petit jeu et leurs sous-entendus avaient suscitée en elle. L'anticipation faisait trembler ses mains tandis qu'elle glissait sa clé dans la serrure. Elle ouvrit la porte et fit un pas en avant.

La saisissant par le coude, Gage l'arrêta sur le seuil.

— Vous êtes sûre ?

Ces simples mots la confortèrent dans sa décision. Le

fait qu'il lui ait donné l'occasion de changer d'avis était tout à son honneur. La plupart des hommes n'auraient pas eu ce genre de scrupule. Toutefois, il restait un point à éclaircir.

— Ceci est uniquement entre vous et moi. Pas un mot à Trent, n'est-ce pas ?

Le regard pailleté d'or de Gage soutint résolument le sien.

— Non, Trent n'en saura rien.

Elle s'humecta les lèvres avant de capituler.

— Bon. Alors, entrez et faites-moi l'amour, Gage.

La faim dévorante qu'elle lut sur son visage la transporta de joie. Les yeux rivés aux siens, elle s'avança à reculons dans la chambre, et il la suivit, s'arrêtant seulement pour fermer la porte.

Debout devant son lit et le cœur battant la chamade, elle attendit qu'il franchisse la distance qui le séparait d'elle. Quand il se tint à quelques centimètres seulement, elle fit glisser la veste de son costume sur ses larges épaules. Puis elle s'attaqua à sa cravate, qui subit le même sort que la veste.

Gage se laissait déshabiller, mais elle n'était pas dupe. Il ne lui abandonnait pas la maîtrise des opérations, bien au contraire. Il émanait de lui une énergie contenue. Ses poings se serraient et se desserraient sous l'effet de la tension, et ses yeux de braise braqués sur elle semblaient lui promettre une récompense passionnée pour chaque bouton de chemise qu'elle défaisait.

Elle résista aussi longtemps qu'elle put à l'envie de le toucher. Au cinquième bouton, n'y tenant plus, elle traça du bout des doigts un grand V sur son torse hâlé.

Le secret des Hightower

Elle frissonna au contact de cette peau chaude, souple et soyeuse, et se laissa enivrer par son odeur masculine à laquelle se mêlait un soupçon d'eau de Cologne.

Sous sa caresse, la respiration de Gage s'accéléra, tout comme la sienne. Elle se hâta de libérer les pans de sa chemise et de défaire les derniers boutons pour mieux absorber la chaleur de son corps et sentir les battements désordonnés de son cœur. Bientôt, le léger tissu atterrit sur le sol, et elle put le caresser à loisir.

Ses doigts suivaient la ligne de ses muscles, explorant la moindre parcelle de peau. La vue de ses minuscules mamelons la fascinait au point qu'elle éprouvait le besoin irrésistible de les toucher, de les taquiner. Mais leur contact râpeux sur sa paume s'avérait insuffisant. Il fallait qu'elle les savoure avec la langue. Elle se mit à les lécher avec gourmandise, les mordillant et les suçant tour à tour. Les mains de Gage fourrageaient dans ses cheveux quand soudain un gémissement rauque monta du plus profond de sa gorge et résonna contre les lèvres de Lauren. La vibration se répercuta le long de sa colonne vertébrale jusqu'au cœur de sa féminité, déjà moite de désir.

Gage desserra son étreinte, puis il s'empara de sa bouche et la dévora sans la moindre retenue, à coups de lèvres, de langue et de dents. Ses bras musclés l'encerclaient et la plaquaient contre lui. Mais c'était encore insuffisant. Elle voulait qu'ils soient peau contre peau, bras et jambes emmêlées, et surtout, qu'il remplisse ce vide béant qu'elle sentait en elle.

Elle glissa ses mains entre leurs corps enlacés pour défaire la boucle de sa ceinture. Tout en l'embrassant avec frénésie et en gémissant de plaisir sous sa bouche, elle réussit non sans mal à abaisser la fermeture Eclair de son pantalon. A son tour, il s'attaqua aux vêtements de Lauren avec une fébrilité qui l'électrisa.

Sa jupe glissa sur le tapis en un doux bruissement. Elle l'écarta du bout du pied, sans se soucier le moins du monde d'où elle atterrirait. L'ourlet de son chemisier lui chatouillait les reins. Sa peau était si sensible que le contact du tissu ressemblait à une caresse. Elle s'apprêtait à défaire le bouton du haut quand il interrompit leur baiser et lui écarta les mains.

— Laisse-moi faire.

Contrairement à elle, il opérait avec dextérité. Quand son chemisier tomba sur le sol, elle regretta, l'espace d'un instant, de ne pas porter de dessous affriolants.

Mais s'il trouva que son soutien-gorge et son mini-slip en satin blanc, sans dentelle, n'étaient guère sexy, il n'en laissa rien paraître. Au contraire, son regard affamé la détailla avidement — d'abord un rapide coup d'œil depuis sa poitrine jusqu'à ses orteils, avant de remonter plus lentement. Ses mamelons se durcirent sous son examen attentif tandis qu'un désir intense s'épanouissait dans son ventre. Comme elle avait hâte qu'il pose ses mains et sa bouche sur elle !

Ils étaient maintenant face à face, vêtus de leurs seuls sous-vêtements. Tout pouvait encore s'arrêter, songea-t-elle, le cœur battant à tout rompre. Mais elle savait au fond d'elle qu'il était déjà bien trop tard.

Comment aurait-elle pu encore résister ? Elle n'avait jamais vu un homme aussi beau, aussi sexy que Gage. A moitié nu, dans son caleçon bleu marine, il était

Le secret des Hightower

l'incarnation même de la virilité. Ivre de désir, elle l'embrassa avec force. Il lui répondit avec une fougue qui la laissa pantelante et en proie à une intense excitation, et ils enlevèrent la dernière barrière de tissu qui les empêchait encore d'être l'un à l'autre.

— Gage, j'ai tellement envie de toi !

A ces mots, il plongea son regard brûlant dans le sien.

— Pas autant que moi !

Il se pencha vers elle pour l'embrasser, doucement, presque avec tendresse. Ses lèvres se posèrent d'abord sur ses joues, et il se mit à tracer un chemin de baisers, aussi doux et légers qu'une plume, le long de son cou et de sa clavicule. Grisée par ses caresses, elle essaya de se débattre pour lui rendre la pareille, ou au moins pour lui montrer ce qu'elle souhaitait. Mais il lui emprisonna les poignets et elle cessa de lutter. Qu'il fasse comme il voulait, pourvu qu'il la conduise au septième ciel ! Ses lèvres suivirent la pente douce d'un sein avant de remonter de l'autre côté. Elle se cambrait de plaisir sous lui, l'adjurant silencieusement de prendre ses tétons dans sa bouche. Mais il ignora sa supplique. Quelle torture !

Quand enfin son pouce se mit à titiller tour à tour chaque mamelon, elle ferma les yeux et rejeta la tête en arrière, submergée par une vague de plaisir sans précédent. Bientôt, elle sentit son souffle chaud sur sa gorge et sa bouche se posa enfin sur sa poitrine.

Elle gémit sous sa caresse et tenta de libérer ses mains. Sans succès. Pourtant, elle mourait d'envie de le toucher à son tour, mais les dents de Gage agrippèrent gentiment un de ses mamelons, l'incitant à rester tranquille. Puis il se mit en devoir de lécher sa chair captive, ce qui eut pour effet immédiat d'attiser le feu qui couvait au fond de son être.

Quand il releva la tête, elle faillit crier tant sa déception était grande. Un sentiment de gêne s'empara d'elle tandis qu'il la contemplait, les lèvres entrouvertes, le souffle court. Certes, elle faisait du sport, et son corps était souple et musclé, mais elle n'avait rien d'une beauté fatale. Et si elle n'était pas à son goût ?

Elle posa ses mains sur les larges épaules de Gage pour l'attirer contre elle et mettre un terme à cet examen. Il lui effleura alors la taille de ses paumes avant de prendre de nouveau ses seins en coupe, ses pouces décrivant des petits cercles autour de ses mamelons dressés.

Il s'inclina pour sucer un téton, l'aspirant goulûment pendant que ses doigts taquinaient et titillaient l'autre mamelon. En proie à une avalanche de sensations exquises, elle exhala un râle de plaisir. C'était bon, trop bon même.

Lorsque Gage se redressa pour l'embrasser, elle prit conscience de son érection, tout contre son ventre. Il était dur, si dur... Elle avait eu quelques amants, mais aucun ne lui faisait cet effet-là, aucun n'avait été aussi... viril.

Brusquement ramenée à la réalité et en proie à une soudaine timidité, elle tourna le dos à Gage pour tâcher de reprendre son sang-froid. Elle lissait la couverture du lit d'une main tremblante pour se donner une contenance quand elle sentit ses bras lui encercler la taille. Il plaqua son corps contre son dos, son érection lui brûlant les reins. Il prit ses seins en coupe, tandis qu'il lui mordillait l'épaule, le cou et le lobe de l'oreille, faisant naître de délicieux petits frissons dans leur sillage.

Contre toute attente, il la fit basculer en avant, l'obligeant à s'allonger sur le matelas. Cette position, qui la laissait vulnérable, la surprit et la mit mal à l'aise. Mais avant qu'elle ait eu le temps de protester, les ongles de Gage lui effleurèrent le dos et les fesses. C'était si exquis qu'elle en avait la chair de poule.

Puis il la couvrit de son corps, mais sans la pénétrer. Ainsi, elle ne pouvait pas le voir, mais elle sentait sa bouche dans son cou, sur ses épaules, sur la peau si sensible juste derrière l'oreille. Alors qu'elle commençait à se laisser aller, il s'écarta sans crier gare.

Déconcertée par sa retraite, elle se redressa et se tourna juste à temps pour le voir sortir un préservatif de la poche de son pantalon.

Et dire que, dans le feu de l'action, elle avait failli oublier qu'ils devaient se protéger !

Non qu'elle soit imprudente, bien au contraire. Elle en avait un paquet non entamé dans son sac de voyage. Elle l'avait acheté un an plus tôt, après sa rupture avec Whit, bien décidée à sortir et à s'amuser avec d'autres hommes pour se prouver qu'elle était une femme libre et indépendante. Mais, à l'évidence, elle n'était pas faite pour les relations d'un soir avec un inconnu. Il fallait qu'elle aime et respecte un homme pour coucher avec lui. Depuis que Whit l'avait laissée tomber, aucun homme ne l'avait attirée... jusqu'à sa rencontre avec Gage.

Cette idée l'enflamma. Elle lui prit le préservatif

des mains et le posa sur le lit. Cela faisait longtemps qu'elle n'avait pas fait l'amour, et elle comptait donc bien savourer chaque instant. C'était son tour de découvrir et d'explorer. Elle s'empara de la main de Gage et mit un de ses doigts dans sa bouche, encerclant l'extrémité du bout de la langue. Elle le vit se raidir sous sa caresse, ses muscles tendus à l'extrême, mettant en valeur son corps sculptural. Le regard rivé au sien, elle passa d'un doigt à l'autre jusqu'à ce que Gage lui saisisse le poignet et demande grâce.

Mais elle n'en avait pas fini avec lui. Elle enroula ses doigts autour de son sexe dressé. Un gémissement contenu s'échappa des lèvres de Gage. Il posa sa main sur la sienne pour lui montrer comment il aimait être caressé. Le contact de cette peau chaude et satinée, qui recouvrait pourtant une érection dure comme le roc, exacerba le désir de Lauren. Il était en son pouvoir et c'était un sentiment intense, merveilleux. L'air mutin, elle frotta son pouce sur le bout de son sexe.

— Décidément, tu aimes jouer avec le feu, protesta-t-il d'une voix rauque. Mais tu ne perds rien pour attendre !

Il la saisit par la taille, la fit asseoir sur le lit et se positionna entre ses genoux. Ils se défièrent du regard l'espace d'un instant, jusqu'à ce qu'il s'empare de ses mains et la fasse basculer en arrière. Elle se retrouva allongée sur le lit, les jambes écartées, les mains emprisonnées. Elle était à sa merci.

Loin de la révolter, cette position l'excitait au plus au point. Qu'allait-il lui faire ? Elle frémissait d'anticipation. Elle n'eut pas longtemps à attendre. Il se pencha sur elle pour prendre un mamelon dans sa bouche tout en la caressant. Ses mains épousaient les lignes de son corps tandis que sa langue passait d'un sein à l'autre, ne lui laissant aucun répit. Il continua d'effleurer par petites touches sa peau brûlante, en descendant sur sa taille, son ventre et ses cuisses, la laissant gémissante et pantelante.

Une lame de feu courait sous sa peau et convergeait vers son sexe déjà humide, prêt à le recevoir. N'y tenant plus, elle enroula ses jambes autour des hanches de Gage et l'attira contre elle pour qu'il la prenne sur-le-champ, mais, à son grand désespoir, il se contenta de frotter son membre érigé contre elle — un membre si chaud, si dur, si lourd de promesses...

A chaque caresse, ses doigts magiques se rapprochaient de plus en plus de son sexe, mais pas assez vite à son goût. Pourquoi la faisait-il languir ainsi ? Frustrée, elle se cambrait et tendait son corps vers sa main jusqu'à ce qu'enfin, il accède à son désir et glisse ses doigts entre ses lèvres brûlantes. La vague de plaisir qu'elle ressentit fut si intense qu'elle laissa échapper un cri.

— Oh, c'est si bon !

Il trouva presque tout de suite son rythme et traça de délicieux petits cercles sur son clitoris dressé et dans les profondeurs humides de sa chair, sans pour autant cesser de lécher, sucer et mordiller ses mamelons. Elle se retrouva entraînée dans un tourbillon de sensations plus exquises les unes que les autres. Sa jouissance fut si intense que chaque cellule de son corps semblait crépiter, dans une explosion de plaisir.

Elle venait à peine de se remettre de ses émotions

que les lèvres de Gage tracèrent un sillon brûlant le long de son ventre en direction de l'endroit que ses doigts venaient d'abandonner.

— Gage, tu n'es pas obligé de…

— Je veux te savourer tout à loisir, murmura-t-il.

Ce grognement rauque, plein de promesses, la remua jusqu'au tréfonds de son être, mais ce ne fut rien comparé à son premier coup de langue. Divin… Elle aspira l'air à pleins poumons et ferma les yeux pour mieux se concentrer sur la magie des émotions que la bouche et les doigts de Gage faisaient naître en elle. Il l'agrippa par les fesses et la souleva pour lui faire l'amour avec sa langue. L'empreinte de ses doigts et de ses lèvres lui brûlait la chair.

Jamais elle n'avait connu de torture plus exquise.

C'était si bon et si rapide, trop rapide…

Elle enfonça ses ongles dans les draps, tâchant de retarder l'extase qu'elle sentait monter en elle à une vitesse vertigineuse. Ses muscles se tendaient à l'extrême. Ses sens s'aiguisaient. Elle percevait avec une acuité accrue l'odeur de Gage mêlée à la sienne. Elle respirait avec délice l'arôme musqué de son excitation. Mais le coup de grâce, le déclic qui acheva de lui faire perdre tout contrôle, ce fut le contact râpeux de son ombre de barbe sur sa chair tendre tandis qu'il enfouissait son visage entre ses cuisses.

Le spasme de l'orgasme la frappa de plein fouet, et les vagues de plaisir se succédèrent en elle. Elle avait l'impression de flotter en apesanteur.

Elle mit du temps à reprendre ses esprits. Anéantie par le plus violent orgasme qu'elle ait jamais ressenti, elle souleva avec effort ses paupières lourdes pour voir Gage se pencher de nouveau sur elle et déposer une série de baisers et de caresses sur ses hanches, son ventre, sa taille et ses seins avant de s'emparer goulûment de sa bouche.

— J'adore ta saveur, murmura-t-il contre ses lèvres.

Ces mots ranimèrent la flamme de son désir. Pourquoi fallait-il que cet homme, entre tous, ait le don de la mettre en transe ? Mais elle n'eut pas le temps de s'appesantir sur cette question, car déjà Gage s'emparait du préservatif, l'enfilait. La vision de Gage, nu au-dessus d'elle, dans toute la force de son désir eut pour effet de la sortir de sa torpeur et elle noua ses bras et ses jambes autour de lui. Le contact de son membre à l'entrée de son sexe et l'attente de sa première poussée la faisaient frémir d'anticipation. Elle ne fut pas déçue quand il la pénétra enfin d'un vigoureux coup de rein, s'enfonçant profondément en elle.

— Mmm ! C'est divin ! chuchota-t-elle contre son cou, tout en caressant les muscles tendus de son dos.

— Toi aussi, tu es divine.

Tandis que son souffle saccadé lui emplissait l'oreille, elle avait une conscience aiguë du poids de Gage sur elle, de sa présence en elle, de sa fragrance musquée. Soudain, contre toute attente, il se retira. Elle laissa échapper un gémissement de frustration. Etait-ce encore un de ses jeux ? Elle l'attira de nouveau contre elle. Impatiemment, avidement. Il se laissa faire, mais lui imposa sa cadence, lente et régulière, et elle s'y conforma, répondant à chacun de ses assauts, tout en l'embrassant et lui mordillant le cou.

Elle ressentit de nouveau cette fameuse tension qui faisait trembler chacun de ses muscles. Une tension qui ne cessait d'augmenter à chaque poussée, et dont elle connaissait maintenant l'issue. Dans sa hâte à jouir une nouvelle fois, elle enfonça ses ongles dans les fesses de Gage pour l'inciter à accélérer le rythme. L'extase était proche, si proche... quand soudain elle la submergea avec une violence qui lui arracha un cri étranglé et l'obligea à s'arc-bouter contre Gage. Après une dernière poussée, il se laissa lui aussi porter par la jouissance, et son râle de plaisir se répercuta contre les murs de la chambre.

Quelques battements de cœur plus tard, et le souffle rauque, Gage s'affalait doucement sur elle. Elle lui encercla la taille, savourant le contact de sa joue sur la sienne et la pression de son torse contre ses seins.

Pourquoi fallait-il que Gage soit l'homme qui réduise à néant ses illusions de jeune fille ? Elle avait toujours cru que l'amour, la confiance et la loyauté étaient seuls capables de créer ce lien magique qui venait de les unir, elle et Gage. Or, elle le connaissait à peine et n'était pas du tout amoureuse de lui. Quant à avoir un avenir avec lui, cette idée ne lui avait jamais traversé l'esprit.

La brume du désir commençait à s'évaporer, laissant la porte ouverte à ses doutes. Ses idées se faisaient bien plus claires maintenant. Ce qu'elle venait de vivre avec Gage ne pouvait être que temporaire, et elle espérait de tout cœur que ce souvenir ne reviendrait pas la hanter.

Elle espérait aussi ne pas avoir commis une erreur en faisant l'amour avec l'homme qui, jusqu'à aujourd'hui, avait été son ennemi juré.

Gage avait conscience d'avoir passé les bornes en couchant avec la sœur — la *demi*-sœur — de son meilleur ami. Son propre code éthique et moral lui interdisait de franchir ce genre de frontières. Or, il venait d'enfreindre cette règle avec Lauren. Malgré ses efforts, il avait été incapable de lutter contre le désir irrépressible qui s'était emparé de lui.

Il s'écarta de la jeune femme et s'allongea sur le dos, le souffle court. Leurs deux corps se frôlaient sur le lit, et il ressentait un besoin urgent d'enrouler ses doigts autour des siens. Il résista non sans peine à la tentation. C'était d'autant plus bizarre qu'il n'était pas du genre à tenir la main d'une femme.

Les yeux au plafond, il fit un rapide examen de conscience, mais ne découvrit pas le moindre semblant de regret pour ce qu'il venait de faire. Une fois qu'il se serait remis de ses émotions, peut-être finirait-il par éprouver une pointe de remords. Et encore…

Lauren gisait à côté de lui, les yeux clos, mais elle ne dormait pas, à en juger par sa respiration soigneusement contrôlée et par la tension qui émanait d'elle.

Ses cils épais se soulevèrent lentement, et elle tourna la tête vers lui. L'expression de satisfaction qu'il perçut dans son regard fit battre son cœur à coups redoublés.

— C'était…

— Fabuleux, précisa-t-il, terminant sa phrase inachevée.

Il ne se rappelait pas avoir eu des aventures aussi époustouflantes et aussi intenses avant ce soir.

Un sourire contrit étira les lèvres enflées de Lauren.

— Oui. Mais je doute que nous ayons eu une bonne idée.

C'était aussi son avis.

Elle fronça les sourcils.

— Il vaudrait mieux oublier ce qui vient de se passer.

Quoi ? C'était bien la première fois qu'une femme regrettait d'avoir couché avec lui ! Et il n'aimait pas du tout cette idée.

— On parie ?
— Pardon ?

Il roula sur le côté, ses muscles endoloris protestant contre l'effort qu'il leur demandait. Elle fit de même, exhibant la courbe d'une hanche et le doux renflement d'une cuisse qui lui cachaient la vue de son sexe. Mais il n'avait pas besoin de le voir pour se souvenir de sa saveur ineffable.

Il était irrésistiblement attiré par la vue de ce corps magnifique et d'une délicate pâleur, plutôt étonnante pour une fille vivant en Floride. Il promena sa main sur son épaule et le long de son bras avant de la poser sur sa hanche. Le frisson qu'il sentait courir sous la peau de Lauren provoqua un regain de désir.

— Je te mets au défi d'oublier ce qui vient de se passer entre nous, dit-il d'une voix rauque.

Les joues de Lauren s'empourprèrent et ses pupilles se dilatèrent.

— Gage, ce ne sera pas facile de cacher notre aventure à Trent. J'ai beau le traiter de tous les noms d'oiseau, il est loin d'être stupide. Et je ne peux pas me permettre d'être virée.

Elle avait raison. Il n'avait jamais menti à Trent auparavant, et il n'avait aucune envie de commencer maintenant.

— Tu comptes travailler encore longtemps pour la HAMC ? Si je me souviens bien, il s'agit d'un job temporaire.

Certes, il n'envisageait pas une liaison de longue durée, mais il n'était pas prêt à laisser partir cette femme, du moins pas avant d'avoir compris pourquoi elle lui faisait un tel effet.

Elle détourna le regard et attrapa un coin du drap pour s'en couvrir.

— Je l'ignore. Je ne partirai pas avant de...
— Avant de... quoi ?
— D'avoir obtenu quelque chose de ma mère.

Cette réponse lui fit l'effet d'une douche froide, et lui rappela la raison pour laquelle Trent avait fait appel à lui. Un sentiment de malaise et de regret l'envahit. Se pouvait-il que son ami ait vu juste lorsqu'il prétendait que Lauren n'était qu'une intrigante aux dents longues ?

— De l'argent ? lâcha-t-il d'un ton abrupt.

A ces mots, elle tressaillit et le fixa droit dans les yeux.

— Je t'ai déjà dit que je ne voulais pas de l'argent des Hightower. Et si tu ne me crois pas, surtout après ce qui vient de se passer entre nous, il est inutile que je perde mon temps à discuter avec toi.

Son indignation sonnait juste, et il comprit qu'elle disait la vérité. Mais, par le passé, il avait déjà commis une grossière erreur de jugement qui avait failli le ruiner. Que se passerait-il s'il laissait de nouveau ses désirs raisonner à la place de son cerveau et s'il se faisait mener en bateau par cette femme ?

Non. Pas cette fois. Tout ce qu'il avait appris à propos de Lauren contredisait la théorie de Trent.

— Je te crois, finit-il par dire.

Même si leur liaison ne les menait nulle part, il ferait son possible pour prouver l'innocence de Lauren, quitte à lui consacrer tout son temps libre. En somme, une mission des plus agréable.

- 8 -

Lauren contemplait Gage assis en face d'elle à une petite table près d'une fenêtre, dans un restaurant du Fisherman's Wharf. Jamais auparavant, elle n'avait été en aussi totale harmonie physique avec un homme. Pourtant, Gage était riche. Il était l'ami de Trent. Et il vivait à Knoxville.

Trois inconvénients majeurs.

Voir quatre, si on tenait compte du fait qu'elle le connaissait depuis une semaine à peine.

Alors, comment se faisait-il qu'elle continue de le désirer de tout son être, sachant que leur liaison était vouée à l'échec ?

Elle s'efforçait de croire qu'il ne s'agissait que d'une passade. Qu'elle finirait par se lasser...

On pouvait toujours espérer.

Après un après-midi passé en sa compagnie à jouer les touristes, à monter et descendre les rues escarpées à bord des trolleys et à flâner sur le quai, Gage était souriant et complètement détendu. On aurait dit un autre homme.

Un homme dont elle ne parvenait pas à se rassasier.

Il leva les yeux de son assiette vide et croisa son regard.

— Et dire que j'ai souvent déjeuné sur le Fisherman's Wharf, dans des restaurants choisis par mes clients, sans jamais remarquer celui-ci.

— Il n'y a rien d'étonnant à cela, coincé comme il est entre deux pièges à touristes tape-à-l'œil.

Il eut une moue amusée.

— Il ne me serait jamais venu à l'idée de demander aux habitants du cru où on déguste les meilleurs fruits de mer.

Elle jeta un coup d'œil au décor minimaliste de la salle à manger. Avec ses meubles en bois blanc et son plancher rayé, l'établissement ne payait pas de mine, mais la vue sur les docks était imprenable et la nourriture excellente. C'était le genre d'endroit que son père et son oncle adoraient. En revanche, sa mère aurait été horrifiée à l'idée de manger ici, à en juger par les restaurants huppés où elle la traînait de force chaque fois qu'elle venait la voir.

Elle chassa ces souvenirs déplaisants.

— C'est mon habitude quand j'atterris dans des villes que je ne connais pas. Les autochtones sont plus soucieux de la qualité des mets que de la présentation des plats.

— Après un tel festin, je fais amende honorable.

Il semblait surpris d'avoir apprécié cette journée, comme il l'avait été après leur virée en moto. Qu'est-ce qui empêchait cet homme de profiter pleinement de la vie ?

Depuis qu'ils avaient fait l'amour la veille, ils ne s'étaient presque pas quittés. Pourtant, malgré cette intimité, c'est à peine si elle le connaissait. Leurs conversations avaient essentiellement porté sur les attractions qu'il n'avait pas vues lors de ses séjours précédents.

— Gage, que fais-tu quand tu as du temps libre ?

— J'en ai rarement, s'empressa-t-il de dire.

— Tu ne travailles quand même pas en continu ?

— J'ai bâti Faulkner Consulting de mes propres mains et, crois-moi, ce n'est pas une sinécure.

Pas étonnant qu'il fasse plus vieux que son âge !

— Mon père avait accroché deux maximes au-dessus de son bureau. La première précisait : « Gagner sa vie ne signifie pas construire sa vie. » Et la seconde : « Aime ce que tu fais, et fais ce que tu aimes. » Il disait toujours que, s'il mourait…

Elle buta sur les mots et avala une gorgée de citronnade avant de reprendre.

— Il disait que, s'il mourait, il aurait eu une vie bien remplie. Et ce fut le cas.

Gage se carra contre le dossier de sa chaise, le visage fermé.

— L'idéalisme n'a jamais nourri son homme. Poursuivre une chimère est aussi vain que de vouloir décrocher la lune.

— Je ne suis pas d'accord. Nous devrions tous nous efforcer de réaliser nos rêves.

Il fallait qu'elle y croie. Sinon, la vie et la mort de son père n'auraient servi à rien.

Pourquoi diable sa mère s'obstinait-elle à garder le silence sur son ultime conversation avec Kirk ? Elle serra les poings, furieuse contre Jacqui. Dès qu'elle serait de retour à Knoxville, elle s'arrangerait pour la coincer et la forcer à parler.

— Je préfère ne pas avoir à me demander si je mangerai à ma faim les jours suivants.

— Comme quand tu étais enfant ?

— Oui. Mais ne parlons plus du passé. J'ai tourné la page.

Il posa sa main sur la sienne.

— Sortons d'ici.

La voix rauque de Gage et la promesse sensuelle qu'elle lisait dans son regard eurent pour effet d'accélérer les battements de son cœur et de provoquer un afflux de chaleur dans tout son être. S'ils partaient maintenant, ils retourneraient tout droit au B&B... et au lit. En revanche, si elle s'entêtait à le questionner, elle risquait d'éteindre la petite flamme de désir qui brillait dans ses yeux.

Or, ce n'était pas du tout ce qu'elle souhaitait. Son célibat forcé durait depuis plus d'un an, et elle était bien décidée à rattraper le temps perdu. Elle avait tellement hâte de se retrouver dans les bras de Gage qu'elle aurait volontiers parcouru toute la distance qui la séparait du B&B en courant !

Mais le sexe, aussi époustouflant soit-il, n'était pas tout dans la vie. Et en voyant Gage aussi détendu et heureux, elle sut qu'elle avait encore une chose à faire avant de quitter Knoxville.

Quelqu'un devait lui apprendre à profiter de l'existence avant qu'il ne soit trop tard, et elle était la candidate idéale pour relever ce défi. Elle avait eu la chance d'avoir un père philosophe qui lui avait enseigné que le plus important dans la vie, ce n'était pas la destination finale mais le voyage — un concept que, selon toute évidence, Gage méconnaissait.

Dès que Gage eut quitté la salle de conférence en fin de matinée pour faire le point avec le P.-D.G. de l'usine, Lauren s'empara de son sac à dos qu'elle avait fourré sous la table.

Elle voulait profiter de son absence pour se connecter à Internet et payer en ligne la traite mensuelle de son Cirrus avant qu'ils retournent au B&B pour faire leurs bagages. Elle avait dû attendre le versement de son salaire avant de pouvoir transférer les fonds à sa banque. Elle comptait faire le nécessaire ce matin à la première heure, mais… Gage avait eu une autre idée en tête. Et ils avaient dû se dépêcher pour ne pas arriver en retard !

Elle ferma les yeux et appuya sa tête sur le dossier de sa chaise pendant que l'ordinateur se mettait en route. Le souvenir de leurs ébats la remplit d'une douce chaleur tandis qu'une vague de désir s'épanouissait dans son ventre.

A la fois épuisée et euphorique, elle en arrivait presque à détester l'idée que ce voyage touchait à sa fin. Une fois qu'elle et Gage auraient atterri à Knoxville, la vie reprendrait son cours, et les Hightower accapareraient de nouveau son attention. Combien de temps s'écoulerait-il avant que Trent découvre leur liaison et la vire comme une malpropre ?

Les sourcils froncés, elle se redressa et se connecta à sa banque pour transférer les fonds de son compte courant à son compte d'emprunt.

Elle eut un sursaut en constatant que le solde de son emprunt était à zéro !

Elle eut beau scruter l'écran, c'était bien un zéro qui s'affichait, en chiffre et en lettres. Pourtant, elle devait encore plus de 200 000 dollars à sa banque. Elle cliqua sur l'historique de son compte et s'aperçut que son emprunt avait été entièrement remboursé le vendredi.

C'était impossible !

Il devait s'agir d'une anomalie informatique. Mais, tôt ou tard, la banque finirait par découvrir son erreur, et elle ne tenait pas à risquer son avion et sa réputation en ne procédant pas, comme prévu, au paiement de sa traite. Elle s'empara de son téléphone portable et composa le numéro du service consommateurs. Evidemment, ce fut une voix préenregistrée qui lui répondit.

Tandis qu'une musique horripilante se déversait dans son oreille, elle vérifia sa montre avec impatience. Gage allait bientôt être de retour, et il leur faudrait partir.

— Bonjour. Rena à votre service. Que puis-je pour vous, madame Lynch ? demanda une voix agréable.

Lauren se redressa aussitôt.

— Bonjour Rena. J'essaie de faire un paiement en ligne, mais il semble qu'il y ait un problème avec votre page Web. Il y est précisé que mon compte d'emprunt est à zéro.

Au bout du fil, lui parvint le léger cliquetis des touches d'un clavier.

— C'est effectivement le cas.

Le cœur de Lauren bondit dans sa poitrine.

— Ce n'est pas possible ! Je dois encore beaucoup d'argent à votre banque !

— Non madame. Votre emprunt a été remboursé en totalité vendredi par chèque certifié. Le service intéressé vous enverra les documents justificatifs dans les cinq jours ouvrables, et vous pourrez contacter la FAA pour faire mettre l'avion à votre nom. Avez-vous encore besoin de mes services, madame Lynch ?

— Mais… c'est impossible. Je n'ai pas cet argent. Aucune personne de ma connaissance n'a une… telle somme…

Jacqui !

Il ne pouvait s'agir que de sa mère ! Cette pensée fit naître en elle une colère froide. Suffoquant d'indignation, elle serra les dents pour se forcer à rester polie. Après tout, ce n'était pas la faute de Rena si Jacqui avait tenté d'absoudre son sentiment de culpabilité avec de l'argent.

— Merci pour votre aide, Rena.

Elle s'empressa de raccrocher et composa dans la foulée le numéro de Jacqui. La sonnerie n'en finissait pas de résonner à son oreille. Elle était sur le point de laisser un autre message sur la boîte vocale de sa mère quand elle l'entendit s'exclamer :

— Hello, Lauren !

Comment Jacqui pouvait-elle être aussi calme ?

— C'est toi qui as remboursé mon emprunt ? demanda-t-elle sans autre préambule.

Le silence s'éternisa sur la ligne.

— Je voulais t'aider.

Ces mots eurent le don d'attiser sa colère et son sentiment de frustration. Ses doigts serrèrent le téléphone à le briser.

— Nous en avons déjà discuté auparavant. Je te le redis encore une fois, *je refuse* que tu me fasses la charité.

— Mais ma chérie…

— Il n'y a pas de chérie qui tienne ! Je suis peut-être

ta fille biologique, Jacqui, mais tu n'as jamais été une mère pour moi. Tu m'as abandonnée ! Alors, garde ton argent pour tes *vrais* enfants.

Elle détestait les paroles horribles qu'elle prononçait sous le coup de la colère et de la douleur, mais c'était plus fort qu'elle. Elle ne parvenait pas à accepter le fait que sa mère lui ait préféré ses enfants d'un premier lit.

— Comment peux-tu dire une chose pareille, Lauren ? Tu es *mon* enfant au même titre que les autres, et ils ont déjà tout ce qu'il leur faut. En revanche, tu as des fins de mois difficiles. Kirk aurait été heureux que je te vienne en aide.

Elle avait touché le point sensible. Son père avait aimé cette femme au point d'accepter toutes les miettes d'affection qu'elle lui avait jetées. Mais Lauren était loin de partager ce sentiment. En fait, il lui arrivait même de détester Jacqui pour tout le mal qu'elle avait fait à son père.

— S'il y a une chose que papa m'a apprise, c'est que je devais travailler pour me payer ce que je voulais, au lieu de compter sur la charité d'autrui. Dès mon retour, je demanderai un nouveau prêt à ma banque et je te rembourserai, au centime près.

— Je m'y opposerai.

Au comble de la frustration, Lauren se leva et se mit à tourner comme une lionne en cage. Pourquoi fallait-il que tous les Hightower s'imaginent qu'ils pouvaient l'acheter ? Etait-ce l'argent qui leur pervertissait le jugement ? Dans ce cas, elle était contente d'avoir échappé à ce fléau !

— Bon sang, Jacqui, nous en avons discuté des dizaines

de fois ! Tu as laissé passer ta chance d'être une véritable mère pour moi, et maintenant, il est trop tard.

— Tu ne peux pas savoir à quel point je regrette de t'avoir laissée partir, Lauren !

Trop court. Et surtout, trop tard.

— Tu sais ce que j'attends de toi, et je commence à en avoir assez de tes dérobades. Si tu ne me donnes pas ce que je veux, je retournerai à Daytona, et tout sera fini entre nous.

Un bruit la fit se retourner. Gage se tenait sur le seuil et la contemplait, l'air perplexe. Qu'avait-il surpris de sa conversation ? Si jamais il découvrait ce que Jacqui venait de faire, il imaginerait le pire à son sujet, à l'instar de Trent et du reste de la famille Hightower. Tous auraient l'intime conviction qu'elle avait extorqué cette somme astronomique à Jacqui.

A cette simple idée, elle avait l'estomac noué. Elle devait absolument rembourser sa mère. Mais la banque lui accorderait-elle un nouveau prêt, compte tenu de la situation financière actuelle de Falcon Air ?

— Nous reprendrons cette conversation à mon retour de San Francisco. J'espère que tu seras en ville et disponible, dit-elle à sa mère avant de raccrocher.

« Si tu ne me donnes pas ce que je veux, je retournerai à Daytona, et tout sera fini entre nous. »

Ces mots résonnaient comme une menace à l'oreille de Gage. A qui Lauren s'adressait-elle, et quelle était la cause de cette dispute ? Et surtout, pourquoi était-il aussi dépité à l'idée qu'elle songe déjà à partir, puisqu'il savait dès le début que leur liaison serait éphémère ? Certes, ils s'entendaient merveilleusement au lit, mais ce n'était pas une raison pour qu'il remette en cause son sacro-saint principe : éviter de se fourvoyer dans une aventure de longue durée.

Parce qu'elles n'avaient pas obtenu satisfaction, sa mère et son ex-femme avaient choisi de déserter le foyer conjugal, prouvant que l'argent était, à leurs yeux, une valeur plus sûre et plus durable que l'amour. Il avait, en toute logique, tiré la leçon de ces deux expériences malheureuses, à savoir : profiter au mieux d'une liaison, et partir sans états d'âme.

Il avait même bâti sa carrière sur ce principe ; il s'attelait à résoudre les problèmes de ses clients, leur proposait des solutions et passait à autre chose, sans s'engager avec eux sur le long terme et sans prendre part au résultat final. Il s'épargnait ainsi les déconvenues si ses clients échouaient à mettre en place les stratégies qu'il leur avait préconisées.

Lauren traversa la pièce pour fermer son ordinateur et lui sourit. Mais c'était un sourire contraint, et son regard était dépourvu de la petite flamme qui y brillait habituellement.

— Tu en as terminé avec le P.-D.G. ?
— Oui. Tu as un problème ?

Tout en parlant, il désigna du menton le téléphone qu'elle serrait de toutes ses forces dans sa main aux jointures blanchies.

Elle baissa les yeux et fourra l'appareil dans son sac.

— Non. Rien de grave.

Elle se retranchait de nouveau derrière un mur invisible, et il n'aimait pas ça du tout. Contre toute attente, il ressentait un besoin urgent de résoudre le problème qui l'avait bouleversée afin de rétablir la bonne harmonie qui régnait entre eux.

— Nous allons déjeuner avant le décollage, suggéra-t-il.

— Je vais demander à ce que ton repas soit servi à bord. Cela nous permettra de partir plus vite.

Tandis qu'elle rangeait son ordinateur, la tension raidissait ses muscles et donnait une certaine brusquerie à ses gestes.

— Tu mangeras avec moi.

Elle leva les yeux vers lui, prête à discuter, mais elle se ravisa en soupirant.

— Très bien.

— Tu es pressée de rentrer ?

Elle mit son sac en bandoulière.

— Le vol dure plusieurs heures, et nous nous sommes réveillés tôt ce matin. Et puis j'ai hâte de retrouver le jet de Trent. C'est un vrai petit bijou ! précisa-t-elle, les yeux brillants, avant d'ajouter :

— Tu veux que je t'aide à ranger tes dossiers ?

Il ressentit une brusque flambée de désir en se rappelant qu'il s'était effectivement réveillé avant l'heure et qu'il lui avait fait l'amour comme un forcené, non seulement dans le lit mais aussi sous la douche. Des images de leurs corps humides, de la buée sur les parois vitrées de la cabine et de Lauren, le dos au mur, bras et jambes noués autour de lui, s'imposèrent à son esprit. Il cligna des yeux pour s'éclaircir les idées, sans parvenir à chasser les images ni à calmer son feu intérieur.

Des sirènes d'alarme se mirent à sonner dans son subconscient. Cela faisait une éternité qu'il n'avait pas éprouvé un désir aussi intense et persistant pour une femme.

— Non, merci. J'en ai pour une minute.

Il rassembla ses affaires en un tournemain tout en gardant un œil discret sur Lauren. Elle dansait nerveusement d'un pied sur l'autre, le regard dans le vague et l'esprit ailleurs.

— Allons-y.

Lauren demeura étrangement silencieuse pendant que le P.-D.G. et son assistante les raccompagnaient vers la sortie. Ce fut lui qui entretint la conversation, partageant son attention entre son client et Lauren. C'était bien la première fois qu'une femme s'immisçait entre lui et son travail, et ce n'était pas bon signe.

Une fois dans la voiture, il surveilla Lauren du coin de l'œil. Elle regardait obstinément par la vitre de sa portière. Il avait beau la connaître depuis une semaine à peine, il aimait déjà la manière dont elle s'impliquait à fond dans tout ce qu'elle faisait. Il n'avait eu aucune difficulté à travailler avec elle, car ils avaient le même esprit analytique et la même façon méthodique de s'attaquer à un problème jusqu'à ce qu'il soit résolu. Elle savait aussi s'amuser, le moment venu. Mais, pour l'heure, elle semblait préoccupée.

Ils arrivèrent sans encombre sur l'autoroute et il manœuvra habilement entre les voitures.

— Ce coup de fil t'a perturbée. De quoi s'agit-il ?

— Ce n'est rien d'important, je t'assure.

Elle s'empara de son portable.

— Excuse-moi un instant. Il faut que j'appelle le service de restauration pour commander notre déjeuner. Je dois aussi prévenir l'aéroport que nous sommes en route.

Tout en admirant l'efficacité avec laquelle elle gérait les préparatifs administratifs de leur vol, en vraie pro qu'elle était, il se sentait frustré par sa dérobade. Et il comptait user de tout son talent — oratoire ou autre — pour connaître le fin mot de l'histoire.

Une heure plus tard, il en était au même point. Toutes ses tentatives pour avoir avec elle une conversation ouverte et franche avaient échoué ; d'abord elle avait dû refaire le plein de carburant et terminer les vérifications au sol ; puis, une fois à bord, la présence du personnel de restauration avait rendu toute discussion personnelle impossible. A son grand soulagement, Lauren avait enfin verrouillé les portes du jet, et le silence s'était installé dans la cabine.

Il vint se positionner tout près d'elle.

— Quelque chose ne va pas ? demanda-t-elle, perplexe.

Il lui massa le dos, raidi par la tension.

— C'est plutôt à moi de te poser cette question.

Elle détourna le regard, mal à l'aise.

— Ça va. Nous allons décoller d'ici vingt minutes.

Pas s'il parvenait à ses fins. Il était fermement décidé à découvrir ce qui l'avait bouleversée à ce point, quitte à la déshabiller et à lui faire l'amour avec passion pour l'obliger à baisser sa garde. Il promena un doigt le long de sa joue, et il la sentit frissonner sous sa caresse.

— Gage…

Ses pupilles dilatées démentaient la note d'avertissement qu'il percevait dans sa voix.

— As-tu déjà fait l'amour dans un avion ?

Elle s'humecta les lèvres.

— Non.

— Moi non plus. Mais il y a un début à tout.

Elle eut un sourire mutin.

— D'habitude, les membres du High-mile club attendent que l'avion ait pris son envol pour s'envoyer en l'air.

— Voyons Lauren, tu ne songes pas à abandonner les commandes du jet en plein vol pour t'adonner à la bagatelle ! protesta-t-il d'un air faussement outré.

— Bien sûr que non. La menace d'un crash n'a rien d'aphrodisiaque.

— Tu as raison. Il vaut mieux prendre du bon temps tout de suite.

Joignant le geste à la parole, il s'empara de sa bouche et savoura ses lèvres soyeuses au goût délectable. Aurait-il perdu l'esprit ? se demanda-t-il dans un sursaut de bon sens. Il n'avait encore jamais mélangé le travail et le plaisir, mais Lauren était… irrésistible.

Tout en lui griffant doucement la taille avec ses ongles, elle s'abandonna à son baiser, leurs langues mêlées en un ballet érotique. Le cœur de Gage se mit à battre à coups redoublés et une onde de désir le submergea.

Mais il n'eut pas le temps de s'y abandonner car déjà Lauren le repoussait doucement et interrompait leur baiser. Pourtant, quand elle leva les yeux vers lui, la flamme de la passion dansait dans ses prunelles.

— Mon Dieu, où avons-nous la tête ? s'exclama-t-elle d'une voix entrecoupée.

— Au plaisir, murmura-t-il, le souffle court. Je te promets que nous allons faire bon usage de ce fauteuil avant de décoller. Comme tu l'as dit fort justement, une fois que nous serons de retour à Knoxville, nous aurons plus de mal à être ensemble.

Elle se mordit la lèvre et appuya son front contre son épaule.

— Tout va changer, n'est-ce pas ?

Il lui souleva le menton et la regarda droit dans les yeux.

— Non. Du moins, pas dans l'immédiat.

Mais bientôt, elle retournerait à Daytona, et il reprendrait le cours normal de sa vie. Contre toute attente, cette pensée ne le remplit pas de soulagement. Pourtant, il ne pouvait pas se permettre de s'écarter de son objectif initial, surtout maintenant qu'il était en passe de faire de Faulkner Consulting le numéro un du conseil aux entreprises et qu'il avait presque atteint le niveau de vie qu'il escomptait.

Il caressa la joue de Lauren avant de suivre du bout du doigt la ligne de son oreille et de son cou. Elle ferma les yeux et ronronna de plaisir. Il l'embrassa de nouveau, déposant une série de petits baisers sur ses lèvres entrouvertes.

Impatient de la savourer plus avant, il déboutonna la veste de son uniforme et son chemisier. Puis il prit ses seins en coupe dans ses mains et fit glisser les bonnets de son soutien-gorge, révélant les tendres renflements de sa chair et ses tétons durcis. Il se pencha pour en prendre un dans sa bouche tandis qu'il titillait l'autre avec ses doigts.

Le soupir de bien-être de Lauren résonna délicieusement à son oreille. Elle releva les pans de sa chemise et glissa ses paumes le long de son torse avant de lui caresser le dos, la taille et le ventre, le mettant au supplice.

Tout en lui suçant et mordillant les tétons, il suivit le contour de ses hanches avant d'introduire ses mains sous sa jupe pour caresser ses cuisses et ses fesses si douces. Comme la jupe moulante limitait ses mouvements, il l'en débarrassa avec habileté et empressement. Ses sous-vêtements subirent le même sort.

— Mmm ! J'adore la façon dont tu me touches ! murmura-t-elle, ses lèvres lui chatouillant le cou, tandis que sa main se refermait sur son érection et massait son sexe à travers son pantalon.

Ivre de désir, il exhala un grognement guttural. Il la voulait *maintenant*. Ses doigts écartèrent les plis tendres et humides de son sexe, entre ses jambes, et se concentrèrent sur son clitoris. Elle le récompensa en laissant échapper un gémissement de pur plaisir.

Ecartant légèrement les jambes, elle posa une main sur la sienne, comme pour guider ses caresses. Il trouva cette initiative incroyablement sensuelle.

— C'est excitant au possible !

Le soupir ô combien sexy qui accompagna ces paroles le rendit encore plus impatient de se noyer dans sa chaleur. Il titilla un mamelon avec les dents avant de relever la tête et de plonger son regard dans ses yeux brillants de passion.

— Ça risque d'être rapide et brutal. Tu y vois un inconvénient ?

Son rire de gorge se répercuta délicieusement en lui.

— Non, aucun.

Pendant qu'il s'adossait contre son siège, Lauren acheva de le déshabiller, puis il l'agrippa par les hanches et l'attira avidement vers lui.

Il enfouit son visage entre ses jambes, humant son parfum féminin et savourant sa chair onctueuse à petits coups de langue.

— Gage, je n'en peux plus…

— Attends, murmura-t-il sans relever la tête.

Il poursuivit impitoyablement ses caresses de la langue et des doigts jusqu'au moment où Lauren, agrippée à ses épaules, se mit à trembler de tous ses membres et à respirer de façon saccadée. Soudain, elle rejeta la tête en arrière et arqua le dos, le corps secoué par les spasmes de la jouissance. Dans un râle de plaisir, elle finit par s'affaisser sur lui.

Il déposa des baisers légers sur ses hanches, son nombril et sa poitrine en attendant que les répliques de son orgasme s'atténuent.

— J'ai un préservatif dans la poche gauche de mon pantalon.

Le souffle court, elle se redressa, un sourire mutin aux lèvres.

— Tu es toujours aussi sûr de toi ?

— Je savais que nous en aurions envie, tous les deux.

— Quel homme avisé ! Ce n'est pas étonnant que les clients se bousculent à ton portillon !

Elle s'agenouilla à ses pieds et se mit à fouiller dans son pantalon. Elle brandit le paquet d'un air triomphant avant d'en déchirer l'emballage avec les dents et d'enrouler ses doigts autour de son sexe érigé. Mais, au lieu de lui enfiler le morceau de latex, elle lui décocha un sourire malicieux avant de saisir son membre entre ses lèvres chaudes et humides.

Surpris mais ravi, il se rejeta brutalement contre le siège, exhalant un gémissement rauque, tandis qu'un désir fulgurant lui transperçait le bas-ventre. La langue de Lauren n'en finissait pas de caresser sa verge et de s'enrouler autour de son gland, le faisant vibrer d'un plaisir si intense qu'il était à deux doigts de perdre tout contrôle. Les mains agrippées aux accoudoirs et les dents serrées, il luttait contre la vague de désir qui enflait en lui et menaçait d'exploser.

— Lauren ! appela-t-il d'une voix rauque.

Elle leva la tête, le regard moqueur.

— Puisque tu veux que ce soit rapide…

Son souffle chaud taquinait son sexe. Une des qualités qu'il appréciait chez Lauren, c'était son naturel. Elle laissait éclater son désir au grand jour, comme en témoignaient ses yeux brillants, ses lèvres humides et ses joues empourprées, et elle ne boudait pas son plaisir. Son regard malicieux fixé sur lui, elle passa de nouveau sa langue sur toute la longueur de sa verge, en un va-et-vient si sensuel qu'il en tremblait de désir.

Le secret des Hightower

— Mets-moi ce fichu préservatif et grimpe sur moi.

Un sourire coquin étira ses lèvres.

— A vos ordres, chef.

Elle continua de le narguer, prenant tout son temps pour lui enfiler le latex, passant et repassant ses doigts le long de sa verge pour vérifier qu'il était bien positionné, avant de prendre ses testicules gonflés au creux de ses mains. Le contact de ses doigts magiques sur sa peau hypersensible était si excitant qu'il crut défaillir de plaisir.

— Garce ! marmonna-t-il entre ses dents.

Le désir qui transparaissait dans sa voix rauque sembla réjouir Lauren dont le sourire s'élargit.

N'y tenant plus, il l'agrippa par les poignets et la força à se jucher sur lui, un genou planté de part et d'autre de ses cuisses.

Puisqu'elle semblait d'humeur joueuse, il appuya sur le bouton de réglage du siège et bascula en arrière. Depuis sa position allongée, il la guida au-dessus de lui. Avec une lenteur quasi diabolique, elle le prit en elle.

Quand il fut totalement en elle, elle poussa un petit gémissement.

— Mmm ! C'est si bon !

— Le paradis !

Il se souleva légèrement pour mieux jouir du spectacle pendant qu'elle chaloupait au-dessus de lui. Il s'agrippa à ses hanches et l'aida à établir la bonne cadence. Puis il trouva son clitoris et décrivit de petits cercles sur sa chair tendre à l'aide du pouce. A mesure qu'elle s'élevait et s'abaissait sur lui, il voyait les muscles de ses jambes trembler de plus en plus.

La sentant proche de l'extase, il accéléra le rythme de ses caresses et de ses poussées. Lui-même était sur le point d'exploser, mais il ne voulait pas jouir avant elle. En désespoir de cause, il se pencha en avant pour prendre un mamelon entre ses dents.

Et ce fut le coup de grâce pour tous deux. L'extase la balaya dans un cri. Tandis que ses muscles se contractaient et se resserraient sur son sexe, il s'abandonna à la vague de plaisir d'une intensité inouïe qui déferla en lui, tel un raz de marée dévastant tout sur son passage. Craignant que la violence de ses spasmes ne déséquilibre Lauren, il la retint par la taille jusqu'à ce que la déferlante s'apaise, le laissant épuisé et comblé.

Elle s'effondra sur lui, la tête sur son épaule, son souffle entrecoupé lui chatouillant la mâchoire. Puis, elle lui caressa tendrement la joue.

— Ouah !

Son exclamation éblouie le fit s'esclaffer. C'était bien la première fois qu'il lui arrivait de rire pendant ou après l'amour ! A vrai dire, il avait davantage ri au cours de ces quelques jours passés avec Lauren que durant ces dix dernières années. Elle était d'un naturel si rafraîchissant !

Trent avait tort à son sujet. Tort sur toute la ligne.

— Je te retourne le compliment.

En attendant que les battements désordonnés de son cœur s'apaisent, il lui caressa doucement le dos à travers la veste de son uniforme qu'il n'avait pas pris la peine de lui ôter.

Elle se redressa, souriante, échevelée et un peu perplexe. Contre toute attente, il éprouvait un besoin urgent de la prendre dans ses bras et de l'étreindre. Mais les gestes de tendresse n'entraient pas dans ses habitudes. Ils risquaient de le mettre en position de vulnérabilité vis-à-vis d'autrui. Il se contenta donc de jouer avec la mèche soyeuse qui s'était détachée de son chignon.

— Lauren, parle-moi de ce coup de fil.

Elle se raidit et tenta de lui échapper, mais il posa ses mains sur ses cuisses pour la maintenir en place.

— Tu as de la suite dans les idées, railla-t-elle. Mais ne t'inquiète pas pour moi. Je te le répète, ce n'est rien.

Cette réaction défensive lui déplut.

— C'est mon métier de résoudre les problèmes d'autrui. Alors, laisse-moi t'aider.

Elle soutint son regard un long moment, l'indécision se peignant sur son visage. Elle ouvrit la bouche puis la referma et secoua la tête.

— Non. Pas cette fois. Mais je te remercie de ton offre.

Elle se remit à gigoter et, cette fois, il la laissa partir. L'air frais circulant dans l'avion le fit frissonner, tout comme son refus de se confier à lui.

Elle se hâta de remettre en place ses vêtements et se dirigea vers la petite salle de bain et dès qu'elle eut fini, il l'imita. A son retour dans la cabine, elle l'attendait, le dos droit et le menton relevé.

— Une fois dans le cockpit, je n'aurai pas l'esprit ailleurs, si c'est ce qui t'inquiète.

— J'ai une entière confiance dans tes capacités de

pilote. Sinon, je n'aurais jamais mis ma vie entre tes mains, malgré mon amitié pour Trent.

Elle se mordit la lèvre inférieure, visiblement mal à l'aise.

— J'ai une faveur à te demander.

A ces mots, il se raidit. Décidément, les femmes étaient toutes les mêmes ! Avec elles, tout se monnayait.

— Je t'écoute.

— Ne parle pas à Trent de notre… aventure.

— Je t'ai déjà dit qu'il n'en saurait rien.

— Je voulais en être sûre. Merci.

Elle s'avança vers lui, se dressa sur la pointe des pieds et lui donna un baiser léger.

— Il est temps de décoller, fit-elle en pivotant sur ses talons.

En la voyant se diriger vers le cockpit, il se sentit soudain oppressé. Bon sang, que lui arrivait-il ?

Puis il comprit.

Il était amoureux de Lauren. Eperdument amoureux !

- 9 -

Ce jeudi soir, en proie à la plus vive émotion, Lauren laissa échapper le rapport d'expertise dont elle venait de prendre connaissance.

Elle était partagée entre le chagrin, le soulagement et le désespoir. Son père ne s'était pas suicidé. L'accident était dû à un défaut mécanique inhérent à la conception de l'avion.

L'avion qu'elle avait aidé à construire.

Elle avait beau se dire qu'elle n'était pas ingénieur en aéronautique et ne pouvait donc pas prévoir qu'un boulon finirait par casser, elle avait pour ainsi dire été élevée dans le hangar paternel. La structure d'un avion et sa maintenance n'avaient pas de secrets pour elle, et elle avait travaillé sur ce projet aux côtés de son père durant les dix dernières années.

Et dire qu'ils avaient démonté et remonté les différentes pièces un nombre incalculable de fois sans qu'elle remarque le boulon défectueux ! Pour couronner le tout, son père avait piloté cet avion à plusieurs reprises sans le moindre incident.

Au comble de la nervosité, elle faisait les cent pas dans le salon en tortillant une mèche de cheveux. Si seulement son père l'avait autorisée à prendre les commandes de l'appareil ! Peut-être aurait-elle détecté des oscillations inhabituelles ou un manque de réactivité dû à la pièce défectueuse, évitant ainsi le drame. Mais son père s'y était obstinément refusé.

Il fallait qu'elle prévienne Lou. Elle prit son téléphone et vérifia l'heure. Il n'y aurait personne dans les bureaux à cette heure tardive. Elle composa le numéro de portable de son oncle et tomba sur sa boîte vocale dès la première sonnerie. Bon sang, il avait encore oublié d'activer son téléphone ! Elle laissa un bref message avant de raccrocher d'un geste rageur. Son oncle, excellent mécanicien au demeurant, détestait ce qu'il appelait les « bidules » modernes, notamment les téléphones portables et les ordinateurs. Elle le rappellerait plus tard, quand il serait de retour chez lui après sa séance de bowling hebdomadaire.

Entre-temps, il fallait qu'elle se confie à quelqu'un — une personne capable de comprendre les sentiments contradictoires qui l'agitaient.

Gage.

Cette idée s'imposa tout naturellement à elle. Avec cette façon qu'il avait d'aborder un problème et de l'examiner sous tous les angles, peut-être pourrait-il l'aider à canaliser les émotions qui l'assaillaient. Elle ne l'avait pas revu depuis le moment où Trent, arborant une tête d'enterrement, avait accueilli son ami à sa descente d'avion, le lundi soir. Et curieusement, Gage lui avait manqué au cours de ces trois derniers jours.

Pourquoi ne l'avait-il pas appelée ? Ce qu'ils avaient partagé à San Francisco ne signifiait donc rien pour lui ? A moins qu'il ait décidé de la laisser tomber maintenant qu'il avait couché avec elle ? Contre toute attente, cette idée la blessa, même si elle savait pertinemment qu'ils ne pourraient jamais envisager un avenir ensemble. Et pourtant...

Elle avait cru qu'il était différent de tous les Whit de ce monde, lesquels se servaient d'une femme et la jetaient comme un Kleenex dès qu'une meilleure occasion se présentait à eux. Si elle n'en avait pas été persuadée, jamais elle n'aurait eu cette aventure avec Gage.

De toute façon, mieux valait ne pas l'appeler. Si elle lui parlait de la situation financière désastreuse de Falcon Air, il risquait de le répéter à Trent, et cela ne ferait que renforcer la piètre opinion que ses demi-frères et sœurs avaient d'elle.

Restait donc Jacqui, si tant est qu'elle soit de retour à Knoxville. En tout cas, elle était encore absente quand Lauren était revenue de San Francisco. Mais Jacqui était trop déraisonnable pour lui être d'une quelconque utilité. Pourtant, même si Lauren en voulait à sa mère, celle-ci méritait de connaître les conclusions du rapport.

Après avoir récupéré en hâte le document et ses clés, elle dévala l'escalier et se précipita vers son pick-up. La morsure du froid nocturne la surprit, et elle s'aperçut soudain qu'elle avait oublié d'enfiler un manteau. Où avait-elle la tête ?

Elle ne prit pas le temps de remonter et mit le moteur en marche, direction la propriété des Hightower. Avec un peu de chance, Trent serait absent.

Vingt minutes plus tard, elle sonnait à la porte du manoir.

Fritz lui ouvrit.

— Bonsoir mademoiselle Lynch.
— Madame Hightower est-elle rentrée ?
— Oui. Elle est au salon.
— Et Trent, est-il ici ?
— Non mademoiselle.

Tant mieux !

Fritz tourna les talons et la conduisit au salon.

— Mademoiselle Lynch, madame.

Il s'effaça pour la laisser passer, et elle aperçut Jacqui, assise près de la cheminée, vêtue d'un ensemble pantalon bleu-vert, assorti à la couleur de ses yeux. Du plus loin qu'elle se souvenait, Lauren avait toujours vu sa mère habillée, maquillée et coiffée avec le plus grand soin, et cette perfection avait toujours eu un côté intimidant pour la gamine qu'elle était, plus garçon manqué que petite fille modèle.

— Lauren, quelle bonne surprise !

Jacqui se leva et traversa la pièce pour lui donner un de ses fameux baisers dans le vide.

— Excuse-moi. J'aurais dû appeler avant de venir. Je suis surprise que Fritz m'ait laissée entrer.

— Il sait que je suis toujours disponible pour toi.

Dommage qu'elle ne le lui ait pas dit il y avait des années de cela ! Il n'empêche, malgré ses propos bienveillants, elle était toujours aussi froide qu'un glaçon.

— J'ai reçu le rapport de l'accident. Papa ne s'est pas suicidé.

— J'en étais sûre !

Jacqui semblait encore plus tendue qu'à l'habitude.

— Alors pourquoi refuses-tu de me parler de cette discussion que tu as eue avec papa ce fameux après-midi ?

Juste après ton départ, il a filé sur la piste comme s'il avait le diable à ses trousses, sans même établir un plan de vol ni dire où il allait et quand il serait de retour.

— C'est parce que je...

Jacqui détourna brièvement le regard avant de reprendre.

— Excuse-moi. Tu veux boire quelque chose ?

Les atermoiements de sa mère l'exaspéraient. Quand se déciderait-elle à parler ?

— Non, merci. Si papa avait pris le temps de remplir un plan de vol, on aurait retrouvé plus rapidement la trace de son avion dans les Everglades.

Jacqui tressaillit.

— D'après le rapport d'autopsie, Kirk est mort sur le coup. Il n'a pas souffert.

— C'est bien la seule chose qui rende l'idée de sa mort supportable.

Jacqui redressa ses minces épaules, comme pour se donner du courage.

— Que dit le rapport ?

Lauren se remémora les termes très techniques du document.

— Pour dire les choses simplement, la conception même de l'appareil est en cause. Certaines pièces ont subi une pression trop forte quand papa a atteint sa vitesse de décrochage, lors d'un virage abrupt. Un boulon s'est cassé, et papa a perdu le contrôle de l'avion. Il volait à trop basse altitude pour pouvoir stabiliser l'appareil et se poser sur le ventre. C'est l'aile qui a heurté le sol en premier.

Jacqui inclina la tête et posa une main manucurée

devant sa bouche avant de se détourner, les épaules secouées de sanglots.

La vue du chagrin de sa mère mit Lauren mal à l'aise. Ne sachant pas quelle contenance adopter, elle fourra ses mains dans les poches de son jean et s'éclaircit la gorge, nouée par l'émotion. Elle sentait les larmes perler à ses paupières.

« Les pilotes ne pleurent jamais. » Les paroles de son père résonnèrent dans sa tête, comme un rappel à l'ordre.

Elle inspira et expira profondément pour tâcher de recouvrer son sang-froid. « Concentre-toi sur les faits. »

— J'aurais dû remarquer la pièce défectueuse quand nous avons démonté et remonté l'appareil. Si je m'en étais aperçue, papa serait peut-être encore parmi nous.

A ces mots, Jacqui fit volte-face, les poings serrés, ses yeux rougis vrillés sur elle.

— Je t'interdis de dire une chose pareille. Tu n'es *pas* responsable de cet accident. C'est *moi* qui aurais dû empêcher ce drame.

Lauren cilla, surprise par la véhémence de sa mère.

— De quelle façon ?

— Si je ne lui avais pas donné cet argent…

Un autre sanglot étouffé l'empêcha de poursuivre. Seul, le crépitement du feu remplit le lourd silence qui s'ensuivit.

Lauren se redressa, tous ses sens en alerte.

— De l'argent ? Pour quoi faire ?

Jacqui se tordit les mains, accablée de douleur.

— Pour payer l'expertise faite par le cabinet d'ingénierie, pour les aménagements continuels…

Lauren sentit son estomac se nouer.

— Attends une minute. De quelle expertise parles-tu ?

Jacqui se figea sur place.

— Kirk ne t'a rien dit ?

— Dit quoi ?

Sa mère se dirigea vers le minibar, s'empara d'une carafe en cristal et versa un liquide ambré dans un verre assorti. Après avoir bu une gorgée, elle fit face à Lauren.

— Kirk m'a appelée juste avant ton dix-huitième anniversaire. Il avait conçu un avion qui, d'après ses dires, ferait de lui un homme riche. Il savait que quelque chose clochait, mais il ignorait quel était le problème et comment le résoudre. Il m'a demandé d'user de mes relations pour obtenir l'avis d'un ingénieur-conseil indépendant. J'ai accepté à condition de pouvoir te révéler que j'étais ta mère et passer plus de temps avec toi. C'était mon vœu le plus cher depuis des années, mais cela ne faisait pas partie de l'accord initial que j'avais passé avec ton père ou mon mari.

Lauren digéra l'information. Ainsi, sa mère avait bien voulu d'elle ? Elle avait peine à le croire.

— Que vient faire l'argent dans tout ça ?

— Ton père n'était pas en mesure de payer les services de l'ingénieur-conseil que je lui avais recommandé — le meilleur, évidemment. Et je lui ai avancé l'argent.

Elle marqua une pause pour boire une autre gorgée.

Le secret des Hightower

— L'ingénieur a détecté un défaut dans la conception de l'aile en flèche positive, et il a précisé à ton père que cette erreur ne pouvait pas être corrigée car elle était inhérente à la structure. En fait, l'ingénieur lui a carrément déconseillé de piloter l'appareil. Mais, aux yeux de ton père, cet avion était le rêve de sa vie, et il n'a rien voulu entendre. Il m'a convaincue de lui prêter de l'argent pour poursuivre ses travaux. Et j'ai continué à le financer parce que je ne pouvais pas supporter l'idée de briser son rêve.

Tout compte fait, ses demi-frères et sœurs avaient peut-être de bonnes raisons de se méfier d'elle.

— Combien lui as-tu avancé ?

— Là n'est pas la question. Il s'agit de mon argent personnel, et j'ai réussi à brouiller les pistes, du moins jusqu'à ces derniers temps.

— Que veux-tu dire par *ces derniers temps* ?

— Les assistants de Trent ont espionné mes comptes et lui ont révélé mes dernières transactions.

Pas étonnant que son frère la déteste ! Mais elle s'en occuperait plus tard.

— Revenons à papa et à ce fameux jour.

— Si ton père est monté à bord de ce maudit avion, c'est à cause de *moi* et de moi seule.

La voix de Jacqui se brisa.

— Je lui ai demandé d'abandonner, de reconnaître sa défaite. Non pas à cause de l'argent, mais parce que j'avais peur pour lui. Il repoussait sans cesse les limites de cet appareil pour prouver à l'expert qu'il s'était trompé. Et puis, Kirk a fini par admettre qu'il ne pouvait pas se permettre de tout laisser tomber ; qu'il avait besoin de faire breveter son avion et de le vendre pour rembourser ses dettes.

Prise de vertige, Lauren s'agrippa au dossier d'une chaise. Son père savait que l'avion présentait un défaut et il avait néanmoins choisi de risquer sa vie. Pour de l'argent ! Est-ce que tout tournait autour de l'argent, en ce bas monde ?

— Pourquoi ne m'en as-tu pas parlé plus tôt ?

— Parce que, si je ne l'avais pas encouragé, il serait encore en vie. Ne me déteste pas, Lauren. J'ai fait tout ça par amour pour lui. Je voulais qu'il soit heureux !

Lauren secoua la tête, incrédule.

— Tu as financé une mission suicide. C'est une étrange façon de prouver ton amour.

Un mélange de chagrin et de colère envers cette femme et envers son père lui retourna le ventre.

— S'il s'est adressé à toi, c'est sans doute parce qu'il avait épuisé toutes ses possibilités d'emprunt auprès des banques. Falcon Air est endetté jusqu'au cou. Avec l'actuel ralentissement de l'activité économique, le chiffre d'affaires ne cesse de baisser, et nous avons un mal fou à honorer les mensualités de nos emprunts.

Elle marqua une pause, accablée par l'évidence.

— Si jamais la compagnie d'assurance découvre que papa a pris les commandes de l'appareil contre l'avis de l'ingénieur-conseil, elle risque de considérer sa mort comme un acte de négligence volontaire et refuser de payer. Falcon Air se retrouvera dans les pires difficultés. Nous en serons réduits à déposer le bilan ou à trouver un repreneur.

— Je te donnerai tout ce qu'il te faudra.

Cette idée lui répugnait au plus haut point.

— Je t'ai déjà dit que je ne voulais pas de ton argent, Jacqui. Et ce que je veux, tu ne peux pas me le donner.

— Dis-moi ce que c'est, supplia Jacqui. Je m'arrangerai pour te le donner.

— Je veux que papa revienne.

Lauren n'avait pas pour habitude d'esquiver les problèmes, mais, pour l'heure, elle aurait tout donné pour être aux commandes de son Cirrus et planer au-dessus des nuages, ou filer le long de l'autoroute sur sa Harley.

Toutefois, elle était trop perturbée pour conduire quoi que ce soit, y compris son pick-up qu'elle avait garé sur le rebord de la chaussée, le temps de recouvrer son sang-froid.

A la réflexion, elle aurait mieux fait de ne pas décrocher quand Lou l'avait rappelée, quelques minutes auparavant, car elle était encore trop en colère pour faire preuve de tact.

— Tu le savais ! lâcha-t-elle d'une voix étranglée.

Le silence s'éternisa sur la ligne.

— Oui, je le savais, finit-il par admettre.

Ainsi, tout le monde connaissait le fameux rapport de l'ingénieur-conseil, sauf elle ! Au chagrin s'ajouta le sentiment d'avoir été trahie par les siens.

— Lauren, ton père était un as de l'aéronautique. J'ai sincèrement cru qu'il trouverait un moyen de réduire la pression sur l'aile, rendant ainsi cet avion tout à fait fiable. Si quelqu'un en était capable, c'était lui.

Les mains de Lauren tremblaient si fort qu'elle faillit laisser choir le téléphone.

— Mais, selon *l'expert*, la malfaçon n'était pas réparable !

— Tu sais aussi bien que moi comment ton père réagissait quand on lui disait que quelque chose était impossible. Il n'avait de cesse de prouver le contraire à son interlocuteur. Tout comme toi. Tu as beau être le portrait craché de ta mère, tu as hérité du courage et de la ténacité de ton père. Tu peux être une vraie tête de mule quand tu t'y mets !

Elle fit la moue. Certes, on lui avait déjà reproché son… opiniâtreté, mais ce n'était pas un défaut à ses yeux.

— Je n'irais pas jusqu'à mourir pour défendre mon point de vue.

— Il ne l'a pas fait sciemment, Lauren.

La mort de son père lui semblait un véritable gâchis, un accident qui aurait pu être évité.

— Quelqu'un aurait tout de même pu songer à me demander mon avis à propos du risque insensé qu'il prenait.

— Il n'avait pas le sentiment de prendre un risque. Il avait déjà volé une centaine d'heures sur cet appareil quand l'expert l'a examiné.

— Il s'avère que papa a eu tort de ne pas suivre son conseil, riposta-t-elle, les larmes aux yeux. Ecoute, Lou, il faut que je raccroche.

Sinon elle risquait de piquer une crise de nerfs.

« Les pilotes ne pleurent pas. »

Le cœur gros, elle coupa la communication. Elle ne pouvait pas se résoudre à regagner son appartement vide ; et il ne servait à rien de rouler sans but dans les rues de Knoxville.

Gage ! Il saurait l'aider à prendre le recul nécessaire.

Au diable ses demi-frères et sœurs ! Qu'ils pensent ce qu'ils veulent. De toute façon, si la compagnie d'assurance refusait de payer, les difficultés financières de Falcon Air seraient de notoriété publique puisqu'elles aboutiraient tôt ou tard à la liquidation de la société et à la vente aux enchères de ses actifs.

La fatigue rendait les muscles de Gage douloureux, et ses yeux le brûlaient comme si on lui avait jeté du sable. Après avoir passé les dernières trente-six heures sans dormir au chevet de son père hospitalisé, il mourait d'envie de manger un morceau, prendre une douche chaude et aller au lit.

Il faillit ignorer le coup de sonnette intempestif, mais c'était sans doute un de ses employés qui venait aux nouvelles et il n'avait déjà que trop négligé son travail. Il s'était retrouvé injoignable lorsque la batterie de son portable l'avait lâché, deux jours auparavant, et il avait omis de consulter son répondeur en rentrant à la maison, tant il se sentait fourbu.

Il venait de se déshabiller et comptait prendre une douche pour se débarrasser de cette odeur d'hôpital qui lui collait à la peau, mais il se résolut de mauvaise grâce à fermer le robinet. Tout en enfilant en hâte un peignoir, il descendit les marches à pas pesants en direction de l'entrée. Qui diable pouvait bien sonner chez lui à minuit ?

Lauren ! Son cœur bondit dans sa poitrine. Il n'avait

pas eu l'occasion de lui parler depuis que Trent l'avait accueilli à l'aéroport pour lui annoncer la mauvaise nouvelle. Par la suite, alors que son père se trouvait dans le service de réanimation, entre la vie et la mort, l'idée d'appeler quelqu'un ne l'avait même pas effleuré.

A la vue de Lauren, sa fatigue disparut comme par miracle, et ses membres, qui semblaient de plomb l'instant d'avant, devinrent plus légers. Il s'empressa de lui ouvrir.

Elle se tenait sous le porche, sans manteau, frissonnante et pâle, les bras croisés sur sa poitrine. Ses cheveux étaient décoiffés, et un pli soucieux barrait son front. Elle aussi semblait épuisée.

Elle le contempla, quelque peu déboussolée.

— Excuse-moi. Il est tard, mais puis-je entrer ?
— Bien sûr.

Au lieu de la prendre dans ses bras, comme il en mourait d'envie, il s'effaça pour la laisser passer et referma la porte derrière elle, humant la senteur florale ténue qui se dégageait d'elle. Visiblement, elle semblait mal à l'aise.

— Qu'est-ce qui ne va pas, Lauren ?
— Je viens de recevoir le rapport d'expertise concernant la mort de mon père, et je... J'aurais besoin que tu m'aides à y voir clair.

Il était d'autant plus sensible à la vulnérabilité inhabituelle de Lauren qu'il venait lui-même de traverser des moments douloureux. Il prit sa main glacée et la conduisit au salon. Après avoir allumé le poêle à pétrole, il s'installa dans une ottomane, en face de la cheminée, et l'obligea à s'asseoir à son côté.

Le secret des Hightower

La voyant frissonner, il passa un bras autour de ses épaules et l'attira tout contre lui. Aussi étrange que cela paraisse, ce geste lui semblait naturel et rassurant. Elle pressa son visage contre l'échancrure de son peignoir, et la froideur de sa joue contrasta délicieusement avec la chaleur de son souffle sur sa chair. Il songea de nouveau à son lit, mais pas pour y dormir huit heures d'affilée. Toutefois, ce n'était pas de sexe que Lauren avait besoin en ce moment. D'ailleurs, lessivé comme il l'était, il n'était même pas certain d'assurer. Un rude coup pour son orgueil de mâle !

Il lui massa le dos, noué par la tension.

— Que dit le rapport ?

— Mon père ne s'est pas suicidé. Du moins, pas intentionnellement.

Que diable voulait-elle dire par suicide involontaire ?

— Explique-toi.

— Mon père, mon oncle Lou et moi avions construit un avion expérimental. Papa comptait le breveter et le vendre. Mais...

Elle prit une profonde inspiration avant de poursuivre d'une voix raffermie.

— Il y avait une malfaçon au niveau de la conception de l'aile en flèche. Papa le savait. Ma mère et mon oncle aussi. Mais papa a tenu à piloter ce fichu appareil. Il l'a poussé au-delà de ses limites et... il s'est tué.

Les propos de Lauren le ramenèrent à son propre père, lui aussi décidé à poursuivre ses chimères au péril de sa vie.

— Continue.

— Gage, j'ai passé presque autant d'heures que mon père à travailler sur cet avion. J'aurais dû remarquer l'anomalie.

Il comprenait Lauren pour avoir déjà ressenti ce même sentiment d'impuissance et de frustration. Mais à force de vouloir obliger son propre père à reprendre une vie normale contre son gré, il n'avait fait qu'élargir le fossé qui s'était creusé entre eux au fil du temps. C'était à peine s'ils s'étaient parlé durant les dernières années.

— Lauren, tu n'es *pas* responsable de cet accident.

En voyant ses yeux implorants levés vers lui, il regretta de ne pas être un superhéros capable de régler ses problèmes d'un coup de baguette magique.

— Il ne m'a jamais demandé *mon* avis. Dieu sait si j'aurais préféré qu'il reste en vie plutôt que d'inaugurer un avion portant mon nom. J'étais meilleur pilote que lui. Si seulement il m'avait laissée prendre les commandes…

Un sentiment d'accablement s'empara de Gage.

— Tu ne serais plus là à l'heure qu'il est, précisa-t-il sombrement. Mon père aussi est suicidaire à sa façon. Il est prêt à mourir pour défendre ses idées, en l'occurrence, aider les plus démunis. Certes, c'est un objectif admirable en soi, mais il ne mérite pas qu'on mette sa propre vie en danger. Il y a quelques années de cela, j'ai enfin compris que je ne pourrais pas obliger mon père à changer de vie. Pourtant, ce n'est pas faute d'avoir essayé. Mais il n'est plus un enfant. Et je ne suis pas responsable de ses actes. Tout ce que je peux faire, c'est garder un œil sur lui et l'aider à recoller les morceaux quand ça va mal.

Le secret des Hightower

Elle se redressa, le regard brillant de curiosité.

— Que s'est-il passé ?

Il n'avait pas eu l'intention de lever le voile sur son passé, mais il avait déjà partagé plus de choses avec Lauren qu'avec toute autre personne, mis à part Trent. Et encore, si Trent connaissait son histoire, c'est parce qu'il avait été témoin de quelques épisodes particulièrement dramatiques. Il ressentit soudain un besoin urgent de se confier à elle.

— Je t'ai déjà dit que j'avais vécu dans la voiture familiale pendant quelque temps.

Elle hocha la tête en signe d'assentiment.

— Avant d'en arriver là, mon père était un promoteur immobilier à qui tout souriait. Ses rêves, comme ses ambitions, étaient démesurés, et nous menions grand train. Pas autant que les Hightower, mais presque. Quand j'ai eu dix ans, il s'était déjà endetté plus que de raison pour réaliser ses projets grandioses. Malheureusement, il n'a pas su anticiper l'effondrement du marché immobilier qui s'est produit peu après, et il a tout perdu, y compris sa maison. Nous avons vécu dans sa voiture pendant six mois. Quant à ma mère, elle a pris le large au bout de trois mois. Après ça, mon père n'a jamais retrouvé son énergie d'antan. Nous allions de logements sociaux en foyers d'hébergement parce que mon père était incapable de garder un emploi. Il était taillé pour donner des ordres et non pour en recevoir.

La compassion qu'il lisait dans les yeux de Lauren l'émut au plus haut point.

— Et ta mère, qu'est-elle devenue ?

Il eut un haussement d'épaules.

Le secret des Hightower

— Je ne l'ai jamais revue, et je n'ai pas cherché à la revoir.

— Elle perd beaucoup à ne pas te connaître, murmura-t-elle en lui pressant la main. Et ton père, est-il toujours vivant ?

— Oui. Pourtant, Dieu sait s'il a souvent mis sa vie en danger. Il y a sept ans, je lui ai acheté une maison, mais il s'obstine à vivre dans le foyer pour sans-abri du quartier. Il prétend qu'il a trouvé sa vocation en aidant les autres. Le milieu des déshérités est sans pitié ; les rixes sont nombreuses, et papa n'hésite pas à s'interposer quand une bagarre éclate. Il a déjà été blessé à plusieurs reprises, mais cette semaine...

Sa voix se brisa en songeant qu'il avait failli perdre son père.

— Cette semaine, il a tenté d'intervenir dans une bagarre au couteau, et il a été poignardé. Quand je suis arrivé à l'hôpital, il était dans un état critique, mais les médecins ont réussi à le ranimer. Je suis resté là-bas depuis que nous avons atterri.

— C'est donc pour ça que Trent t'attendait ?

— Oui. Ce soir, papa a quitté le service des soins intensifs. Dieu merci, il va s'en sortir. C'est la raison pour laquelle je suis rentré, le temps de prendre une douche et dormir un peu.

— Gage, je suis désolée.

La sincérité qui brillait dans son regard lui fit chaud au cœur. Il n'était pas habitué à ce qu'on s'occupe de lui. Par sa faute, réalisa-t-il soudain. Parce qu'il n'avait jamais permis à quiconque de prendre soin de lui. Il avait tenu tous ses amis à distance et ne les avait jamais autorisés à franchir le mur qu'il avait édifié autour de lui. Seule Lauren ne s'était pas découragée et avait su trouver le chemin de son cœur.

Ebranlé par cette découverte, il peina à reprendre le fil de ses pensées.

— J'aimerais croire que cet incident servira de leçon à papa, mais je suis sûr du contraire. Lauren, nos parents ont fait des choix qui échappent à notre contrôle. Tu ne dois pas culpabiliser à cause de ce qui est arrivé. Il faut laisser nos parents vivre leur vie, de la même façon que nous voulons qu'ils nous laissent vivre la nôtre.

La compréhension, la gratitude et le regret se peignirent tour à tour sur le beau visage de Lauren. Elle finit par se redresser.

— Je te remercie de m'avoir aidée à y voir plus clair. Je vais te laisser te reposer.

L'idée de la voir partir lui parut insupportable.

— Reste.
— Tu as besoin de dormir.
— J'ai encore plus besoin de toi.

Et c'était la vérité! Pourtant, après la descente aux enfers de son père et la désertion de sa mère et de son ex-femme, il s'était juré de ne plus jamais dépendre d'autrui, au plan affectif et financier. Certes, il avait presque atteint le stade de la sécurité financière, et il pouvait donc se permettre d'envisager l'avenir sereinement. Mais, depuis qu'il connaissait Lauren, cela ne lui suffisait plus. Il voulait désormais qu'elle partage cet avenir avec lui.

Et cette idée l'effrayait au plus haut point.

- 10 -

La chaleur du poêle qui réchauffait le corps de Lauren ne soutenait pas la comparaison avec la passion brûlante qu'elle lisait dans le regard de Gage. En le voyant pencher la tête vers elle, son cœur bondit dans sa poitrine.

Les lèvres de Gage effleurèrent les siennes avec une telle tendresse que l'émotion la submergea. Etouffant un sanglot, elle enfouit son visage dans le cou de Gage et noua ses bras autour de sa taille pour se lover contre lui.

Tandis qu'il tâchait de l'apaiser en lui caressant le dos et en déposant des baisers légers sur ses cheveux, sa tempe et sa mâchoire, elle sentit que les douloureux sentiments qui l'agitaient se transformaient peu à peu en quelque chose de très différent. Et quand la bouche de Gage se posa de nouveau sur la sienne, elle ressentit une furieuse envie de faire l'amour avec lui — de tout oublier dans le feu de la passion, ne serait-ce qu'un instant.

Elle glissa une main dans l'échancrure de son peignoir et promena ses doigts sur sa peau chaude et souple, savourant chaque battement de son cœur. Elle se sentait merveilleusement bien dans ses bras, comme si elle avait su, de tout temps, que sa place était ici. Pourtant, ce lien affectif de plus en plus fort qui l'unissait à Gage la déstabilisait. Ce n'était pas du tout ce qu'elle avait prévu au programme. Ils étaient censés vivre une aventure sans lendemain…

Sans cesser de la couvrir de baisers, Gage se leva et l'aida à se mettre debout. D'un habile coup de pied, il déplaça l'ottomane pour faire de la place, puis il lui ôta ses vêtements qui vinrent former un petit tas sur le plancher. Il se recula un instant, comme pour admirer son œuvre, et enfin, après l'avoir couverte d'un long et bouleversant regard, il se débarrassa de son peignoir.

Elle haleta quand il la souleva dans ses bras et qu'il s'agenouilla pour l'allonger en douceur sur le tissu moelleux du tapis. L'espace d'un instant, il la recouvrit de son corps avant de glisser sur le côté, ses mains dessinant les contours de ses membres avec une précision et une douceur exquises.

Alors que les autres fois il lui avait fait l'amour avec frénésie et passion, ce soir, il prenait tout son temps, traçant des cercles langoureux sur sa poitrine, son ventre et ses cuisses, la faisant frissonner de plus belle à mesure qu'il se rapprochait de son sexe.

Folle de désir, elle prit son visage dans ses mains et lui offrit ses lèvres. La langue de Gage plongea dans sa bouche, se faisant tour à tour caressante et possessive, tandis que ses doigts magiques reproduisaient le ballet érotique de sa langue et s'immisçaient dans son sexe, entre les tendres plis humides, pour caresser son clitoris, jusqu'à ce que son corps se cambre sous la montée de son plaisir.

Le secret des Hightower

Une fois de plus, la violence de son orgasme la laissa haletante. Tremblante, gémissante, elle fut traversée de longs spasmes avant de retomber mollement sur le tapis, envahie par une langueur délicieuse.

Il la prit dans ses bras et la couvrit de tendres baisers, le temps qu'elle se remette de ses émotions. Elle se força à soulever ses paupières alourdies par la volupté afin de le regarder. Une faim dévorante se lisait dans le regard de Gage dont le sexe dressé reposait contre sa hanche ; toutefois, il ne fit pas un geste pour s'enfouir en elle, comme elle en brûlait d'envie.

— C'est ton tour, maintenant.

Ce disant, elle tenta de le faire basculer sur le dos, mais il résista.

— Non, mon cœur. Cette soirée t'est entièrement consacrée, murmura-t-il sur ses lèvres.

Elle promena ses doigts le long de son torse en descendant vers son membre rigide qu'elle prit dans sa main.

— Gage, laisse-moi te rendre tout le plaisir que tu m'as donné.

Il caressa doucement son visage.

— Tu me le rends en étant auprès de moi.

A ces mots, elle sentit son cœur se gonfler d'émotion et comprit qu'il n'était plus seulement question de sexe. C'était un moment spécial.

L'aventure sexuelle torride qu'elle vivait avec Gage, et qui était censée ne durer qu'un temps, se transformait à son insu en quelque chose de plus sérieux... L'amour.

Elle était amoureuse de Gage !

« Maintenant que tu as les réponses à tes questions, retourne à Daytona avant qu'il ne soit trop tard. »

Elle repoussa cette idée, même si elle savait par expérience qu'une idylle entre un homme et une femme appartenant à des milieux différents était vouée à l'échec. Sa rupture avec Whit l'avait anéantie ; et pourtant, les sentiments qu'elle avait éprouvés pour lui étaient sans commune mesure avec ce qu'elle ressentait pour Gage.

Cette fois-ci, c'était l'amour, le véritable ! Elle se sentait à la fois terrifiée et grisée par cette découverte. Mais il n'était pas question de fuir pour autant.

Même si cette découverte tombait au pire moment. Elle se trouvait dans une situation impossible, et il valait mieux qu'elle ne mêle pas Gage à ses problèmes personnels. Pourtant, si elle voulait avoir une chance de faire un bout de chemin avec lui, elle devait lui dire toute la vérité, en espérant qu'il la croirait, malgré les racontars de Trent. Et si tout se passait bien, *peut-être* Gage accepterait-il de l'aider à sauver Falcon Air.

Elle ouvrit la bouche, mais se ravisa aussitôt. Le moment était mal choisi. Ce soir, Gage était épuisé. Et maintenant qu'elle savait qu'elle l'aimait, elle brûlait d'envie de dormir dans ses bras.

Demain, il serait toujours temps de savoir si Gage allait la combler de bonheur ou lui briser le cœur.

L'air absent, Gage remuait les œufs tout en tâchant de comprendre ce qui l'avait mis mal à l'aise ce matin, quand il avait fait l'amour à Lauren. L'intermède prolongé, quoique torride et particulièrement satisfai-

Le secret des Hightower

sant, lui avait laissé un étrange arrière-goût, comme s'il s'était agi d'un adieu.

Laisser partir Lauren ? Cette idée lui semblait inconcevable, et il la repoussa avec véhémence. Certes, elle bouleversait son existence et l'obligeait à se remettre en question, mais il devait admettre qu'il ne s'était pas senti aussi vivant depuis des années. Sa présence près de lui, dans son lit, quand il s'était réveillé ce matin, lui avait paru *naturelle* — un peu comme une agréable habitude à prendre.

Comment faire pour concilier leurs deux vies, elle à Daytona et lui ici ? Le transfert du siège de Falcon Air à Knoxville, sur les plates-bandes des tout-puissants Hightower, équivaudrait à un suicide commercial. Mais lui-même avait sué sang et eau pour se constituer une équipe digne de confiance, et il n'était pas disposé à repartir de zéro. L'expérience de ces dernières semaines lui avait prouvé qu'il pouvait se déplacer partout et très rapidement en empruntant des jets privés. Dans ces conditions, combien de temps durerait leur idylle ?

— Gage, appela Lauren, derrière lui.

Le tremblement de sa voix fit de nouveau naître en lui cet étrange sentiment de malaise.

— J'ai quelque chose à te dire.

Avant même d'avoir éteint le brûleur et s'être retourné vers elle, il sut que ce qu'elle s'apprêtait à lui dire allait faire voler en éclats sa bonne humeur.

Elle se tenait sur le seuil de la cuisine, vêtue de l'un de ses T-shirts blancs qui dévoilait ses longues jambes nues et laissait deviner ses aréoles sombres et les pointes de ses mamelons sous le fin tissu. Une onde de désir lui réchauffa le corps, même s'il lui avait fait l'amour à peine une heure plus tôt.

L'inquiétude voilait son regard et creusait un sillon sur son front. Il n'était certainement pas question de sexe. D'un léger signe de tête, il l'encouragea à poursuivre.

— Ma mère a fini par me révéler certaines choses concernant mon père.

L'air contraint, elle triturait l'ourlet du T-shirt, lui dévoilant par intermittence le haut de ses cuisses.

Il s'obligea à détourner les yeux de ses jambes hypersexy.

— Continue.

— Je t'en prie, écoute-moi jusqu'au bout sans tirer de conclusions hâtives.

Ce préambule ne lui disait rien qui vaille, et son malaise ne fit qu'augmenter.

— Jacqui a financé mon père pendant des années, d'abord pour payer une étude menée par un expert en aéronautique, et ensuite pour diverses modifications apportées à l'avion.

Voilà qui répondait à la question de Trent concernant la destination des fonds.

— Combien ?

— Je l'ignore. Elle refuse de me le dire. En outre…

Elle se mordit les lèvres et détourna les yeux. Puis elle prit une profonde inspiration avant de lui couler un regard prudent. Craignant le pire, il s'arma de courage.

— Elle a remboursé le prêt que j'avais contracté pour l'acquisition de mon Cirrus.

Le secret des Hightower

Ces mots lui firent l'effet d'une gifle. Les fameux 200 000 dollars manquants ! Trent avait vu juste.

— Je m'en suis aperçue à San Francisco, quand j'ai voulu effectuer le paiement en ligne de ma traite mensuelle.

« Si tu ne me donnes pas ce que je veux, je retournerai à Daytona, et tout sera fini entre nous. »

Lauren s'était montrée furieuse et insistante avec son interlocutrice. Visiblement, elle était parvenue à ses fins, mais sa méthode ressemblait fort à de l'extorsion de fonds.

— Gage, je ne lui ai pas demandé de le faire.

Comment la croire après les propos menaçants qu'elle avait tenus au téléphone ?

— Je lui ai répété une centaine de fois que je ne voulais pas de son argent. Je me fichais éperdument des cadeaux onéreux qu'elle me faisait. Tout ce que je désirais, c'était une maman qui me chouchoute, soigne mes bobos et m'enseigne ce qu'une mère digne de ce nom apprend à sa fille. En somme, des choses que l'argent n'achète pas. Et tout ce que je voulais en venant à Knoxville, c'était des réponses à mes questions. Elle s'est dérobée jusqu'à la nuit dernière.

Les mots semblaient se bousculer dans sa bouche. Elle en rajoutait, comme si elle cherchait à le convaincre. Mais ses protestations répétées ne faisaient qu'éveiller la méfiance de Gage. Dans son métier, il avait appris que ceux qui avaient quelque chose à cacher avaient tendance à fournir une foule de détails qu'on ne leur demandait pas. Ils parlaient vite et avaient le regard fuyant — exactement comme Lauren.

— Je compte obtenir un prêt pour rembourser ma mère. Enfin, si je peux... Mais...

— Mais quoi, Lauren ?

Tout dans son attitude trahissait le plus grand trouble, depuis ses mains qu'elle serrait convulsivement l'une contre l'autre, jusqu'à ses orteils crispés.

— Falcon Air est en grande difficulté financière. Avant que mon père fasse appel à Jacqui pour qu'elle lui avance des fonds, il s'était lourdement endetté auprès de la banque afin de financer la construction de son avion. Si la compagnie d'assurance découvre qu'il était au courant de la malfaçon et qu'il a décidé de piloter l'appareil contre l'avis de l'expert, elle risque de refuser de payer. Si c'était le cas, je perdrais Falcon Air...

Elle lui lança un regard suppliant.

— A moins que tu ne m'aides.

« Nous y voilà ! » songea-t-il, amer. Trent avait raison. Lauren avait tenté de mettre le grappin sur la fortune des Hightower. Quel imbécile il faisait ! Une fois de plus, il s'était laissé prendre aux mensonges d'une femme.

Qu'est-ce qui clochait chez lui ? C'était à croire que son cerveau cessait de fonctionner dès qu'il se sentait attiré par une femme. Il était hors de question de se laisser humilier par Lauren, comme il l'avait été par Angela — Angela qui l'avait roulé dans la farine avec ses protestations d'amour, sa duplicité et sa trahison.

— Si je comprends bien, toi et ton père avez soutiré de l'argent à Jacqueline pendant des années, et maintenant, tu veux faire la même chose avec moi.

Elle blêmit.

— Non. *Non*, se récria-t-elle, horrifiée. Je souhaite que tu m'aides à remettre Falcon Air sur les rails grâce à ton savoir-faire. Je t'ai vu à l'œuvre, Gage, et je sais que tu es capable de faire des miracles.

— Tu comptes m'engager ?

Elle se mordit la lèvre, embarrassée par sa question.

— Je ne suis pas certaine d'en avoir les moyens, finit-elle par dire. Mais on pourrait… s'arranger.

— Des faveurs sexuelles en échange de mes services ?

Piquée au vif, elle tressaillit. Puis elle redressa les épaules et releva le menton pour le regarder droit dans les yeux.

— Comment oses-tu dire une chose pareille ?

— Ça me semble évident. Tu veux obtenir quelque chose de moi et tu es prête à coucher avec moi pour arriver à tes fins.

Ses joues s'empourprèrent sous l'effet de la colère.

— Je pensais à un échange de bons procédés, par exemple troquer mes talents de pilote contre ta compétence en matière d'entreprises. Tu te déplaces souvent pour affaires, et je possède un avion. Je tiens à sauver ma compagnie et les emplois de mes salariés. Gage, je ne veux pas de ton argent. Tu dois me croire. Je t'aime.

Ces mots lui firent un l'effet d'un coup de poignard en plein cœur. Sa déclaration d'amour prouvait, s'il en était besoin, que les femmes étaient capables de tout pour parvenir à leurs fins. Combien de fois son ex-femme lui avait-elle répété qu'elle l'aimait ? Combien de fois avait-il plongé son regard dans ses yeux ingénus, croyant tout ce qu'elle lui disait ? Combien de fois s'était-il ridiculisé ?

Et puis Angela et ses avocats l'avaient littéralement dépouillé. Dans l'histoire, il avait failli perdre Faulkner Consulting. Toujours est-il qu'elle l'avait dépossédé de tous ses actifs liquides, et il avait dû reconstituer entièrement le bas de laine qu'il avait eu tant de mal à remplir.

Pourtant, Dieu sait s'il mourait d'envie de croire Lauren. Mais il se ressaisit, pris de dégoût pour sa propre faiblesse envers les femmes.

— Non, martela-t-il.

— Non ? Tu veux dire que… c'est non ?

— Débrouille-toi, Lauren. Je n'ai plus besoin de pilote, et encore moins de toi. Je ne te raccompagne pas, tu connais la sortie.

L'espace de quelques secondes, elle le dévisagea, médusée, les lèvres tremblantes, avant de tourner les talons et sortir de la pièce en chancelant. Il était plutôt surpris qu'elle n'ait pas cherché à discuter. En l'entendant grimper l'escalier puis le descendre quelques instants plus tard, il lutta contre l'envie irrépressible de courir après elle. La porte d'entrée s'ouvrit et se referma. Le pick-up de Lauren se mit à ronfler dans l'allée avant de s'éloigner en trombe.

Il l'avait échappé belle, et il s'en félicitait.

Mais alors pourquoi se sentait-il aussi peu soulagé ?

Lauren contempla le chèque de la compagnie d'assurance et recompta les zéros.

Elle leva les yeux vers son oncle.

— C'est suffisant pour rembourser les dettes de papa et nous laisser une marge confortable. Nos problèmes financiers sont résolus.

Elle aurait dû se réjouir de cette bonne nouvelle, mais elle se sentait pourtant terriblement mal.

— Dieu soit loué. Et si nous parvenons à régler tes problèmes personnels, ce sera le paradis sur terre.

Elle eut un haut-le-corps. Elle croyait avoir réussi à cacher ses blessures en se plongeant à corps perdu dans le travail, mais c'était compter sans la perspicacité de son oncle.

— Je n'ai pas de problèmes.

— Foutaises ! Depuis trois semaines, tu fais une tête d'enterrement. Si ton visage continue à s'allonger, tu vas bientôt lui marcher dessus !

— Je fais ma part de travail et celle de papa.

— Je sais, mon petit. Mais comme le précise la maxime derrière toi : « Gagner sa vie ne signifie pas construire sa vie. » A force d'accumuler les heures de vol, tu marches au radar. Je parierais que tu as des comptes à régler à Knoxville, et que ça n'a rien à voir avec ta mère.

— Perdu. Rien ni personne ne me retient à Knoxville.

Dommage que son cœur ne soit pas du même avis.

Elle apposa le cachet de la compagnie au dos du

chèque, accompagné de la mention : « Pour encaissement », puis elle se leva.

— C'est bientôt l'heure de la leçon que je dois donner à Joey. Dis-lui de me rejoindre au hangar dès qu'il sera là.

En passant devant Lou, elle lui tapota le ventre avec le chèque.

— Porte-le à la banque quand tu iras déjeuner.

— Lauren, ça me fait de la peine de te voir comme ça.

En entendant la voix gentiment bougonne de son oncle, elle s'arrêta sur le seuil, émue aux larmes. Son cœur douloureux débordait d'amour pour cet homme si bon. Désormais, il ne lui restait plus que Lou et Falcon Air.

— Ne t'en fais pas pour moi. C'est comme un mauvais rhume. Ça finira par passer.

Elle pivota sur ses talons et se hâta de sortir du bureau, les yeux humides. La faute à ce maudit pollen d'automne !

Elle chaussa ses lunettes de soleil et fit le tour du Cirrus, s'obligeant à faire les vérifications préalables au décollage, même si elle savait qu'elle demanderait à son élève de répéter le processus. Mais la routine avait le don de l'apaiser.

Dès son retour de Knoxville, elle avait demandé un nouveau prêt pour financer son avion. Il lui avait été accordé la semaine précédente, et elle s'était empressée d'adresser un chèque à Trent, accompagné d'une brève explication, sachant que sa mère refuserait de l'encaisser. Son demi-frère ne s'était pas donné la peine

Le secret des Hightower

de lui répondre, confirmant ainsi la piètre estime dans laquelle il la tenait. Mais elle s'en fichait éperdument. Elle aussi était bien décidée à couper les ponts avec ces Hightower de malheur.

Le lendemain, quand le chèque de l'assurance aurait été crédité sur le compte de Falcon Air, elle rembourserait les dettes de la société et serait à jour de ses obligations, excepté pour son Cirrus.

La vie était belle.

Alors pourquoi se sentait-elle aussi triste ?

La dernière fois que Gage avait aperçu Trent, posté au pied de la passerelle, les nouvelles que son ami lui avait apportées étaient désastreuses. A en juger par la mine déconfite de Trent et ses lèvres pincées, ce qu'il avait à lui dire aujourd'hui devait être du même acabit.

Quelle que soit la catastrophe imminente, Gage n'était pas certain d'avoir le courage d'y faire face. Au cours des trois semaines et demie qui avaient suivi le départ de Lauren, il avait mené une vie de fou, travaillant, dormant, se réveillant et se douchant dans l'avion, avant de se rendre au bureau de son client et de recommencer le cycle infernal. Les rares fois où il mettait les pieds dans sa maison vide, il ne pouvait pas s'empêcher de revoir Lauren allongée sur le tapis devant la cheminée, ou dans son lit — une vision déprimante.

Son ami attendait en silence pendant qu'il descendait les quelques marches et remerciait l'équipage. Quand il reporta son attention sur Trent, celui-ci lui tendit un bout de papier. Intrigué, Gage s'en saisit.

Ses yeux fatigués examinèrent le chèque certifié de

200 000 dollars établi à l'ordre de Trent Hightower avant de se poser sur le nom du tireur. Lauren Lynch.

Son cœur se mit à battre à coups redoublés tandis qu'une chape de plomb s'abattait sur ses épaules.

— Qu'est-ce que ça veut dire ?

Quand Trent prit la parole, un petit nuage de vapeur s'échappa de sa bouche avant de se dissoudre dans l'air glacé.

— Lauren m'a envoyé ce chèque en précisant que notre mère refuserait de l'encaisser, mais qu'elle me faisait confiance pour faire parvenir les fonds à qui de droit. En outre, elle a promis de verser 1 000 dollars par mois pour rembourser l'argent que notre mère a donné à son père au cours des sept dernières années. Une somme non négligeable.

Les pensées se bousculaient dans la tête de Gage, mais son cerveau embrumé l'empêchait d'y voir clair.

— Ça va ? demanda Trent devant le mutisme de son ami.

Il s'était trompé sur le compte de Lauren. Quel gâchis !

— J'ai eu peur de lui faire confiance, peur de la force des sentiments qu'elle m'inspirait, lâcha-t-il tout à trac. Je l'ai traitée de menteuse et l'ai fichue à la porte, croyant qu'elle avait l'intention de m'arnaquer, comme Angela l'avait fait. Je me suis conduit comme le dernier des salauds. Comment vais-je pouvoir m'excuser pour tout le mal que je lui ai fait ?

— Attends une minute, s'exclama Trent, incrédule. Toi et Lauren ? Tu ne m'en as jamais parlé !

— Ça ne te regardait pas.

Submergé par un sentiment de culpabilité, Gage passa une main sur ses yeux fatigués.

— Je l'ai traitée de la pire des façons.

— Tu n'es pas le seul, renchérit Trent. J'étais tellement persuadé qu'elle voulait mettre le grappin sur la fortune familiale que j'ai fait tout mon possible pour la dégoûter et l'obliger à partir : les sales boulots, les clients infects, les pires avions... Bon sang, n'importe quel autre employé m'aurait traîné en justice pour harcèlement moral ! Pour couronner le tout, maman a pété les plombs parce que Lauren refuse de répondre à ses coups de fil. Elle a même menacé de se rendre à Daytona, mais l'oncle de Lauren l'a avertie qu'elle n'était pas la bienvenue et qu'elle serait reconduite *manu militari* hors de la propriété.

Comme il avait fallu que Lauren souffre pour prendre des mesures aussi draconiennes !

— J'aime Lauren.

Les mots s'échappèrent de sa bouche avant qu'il ait pu les retenir. Malgré sa douleur, il faillit éclater de rire en voyant l'air médusé de Trent.

— Bon sang, tu aurais pu me le dire !

— Il faut que je trouve un moyen d'arranger les choses. Je suis sûr d'y arriver. Après tout, c'est mon métier, n'est-ce pas ?

Qui essayait-il de convaincre ? Il aurait de la chance si Lauren ne l'envoyait pas bouler, la tête la première, dans une hélice d'avion tournant à plein régime.

Il le méritait.

Trent posa une main sur l'épaule de Gage.

— Mon jet est l'appareil le plus rapide de notre flotte. Il est à ta disposition.

— Pourquoi pas tout de suite ?

Interloqué, Trent consulta sa montre.

— Il me faudra bien deux heures pour trouver un pilote.

— Et Phil ? demanda Gage en désignant l'homme qui venait de le ramener de Seattle.

— Il a atteint son quota d'heures pour la semaine.

— Pourquoi ne prendrais-tu pas les commandes du jet ?

— Tu n'y songes pas ! se récria Trent. Ça fait douze ans que je n'ai pas piloté un appareil. Je refuse de risquer ta vie et la mienne.

— Voyons, Trent. D'après Lauren, ton jet se conduit les doigts dans le nez.

— Même si les automatismes reviennent vite, c'est loin d'être suffisant. De nos jours, tout est informatisé. En outre, Lauren vient de perdre son père dans un accident d'avion ; elle n'a pas besoin de revivre un autre cauchemar. Et puis, mon avion est bien trop beau pour finir en miettes.

Et Trent qui faisait de l'humour en un moment pareil !

— Bon, finit par dire Gage. Trouve-moi un pilote pour me conduire à Daytona.

— Entendu. Mais auparavant, rentre chez toi et fais un brin de toilette. Tu as l'air d'un chien galeux. Si elle te voit dans cet état, Lauren risque de te chasser de chez elle à coups de balai !

- 11 -

Tous ses sens en alerte, Lauren contemplait l'avion qui roulait sur la piste en provenance de Daytona International Airport et se dirigeait vers l'aire de stationnement, en face des hangars de Falcon Air.

Elle eut un coup au cœur en identifiant la marque et le modèle de l'appareil, un Sino Swearingen SJ30-2. L'avion de son demi-frère.

Non. Ce n'était pas possible !

Elle chercha du regard le numéro d'immatriculation peint sur l'empennage, espérant de tout cœur s'être trompée. Hélas, il n'y avait pas de doute possible. Elle sentit une colère sourde monter en elle.

Comment Trent Hightower osait-il envahir son territoire ?

Que lui voulait-il encore ? Il avait reçu son chèque quatre jours auparavant. Elle le savait parce qu'elle l'avait envoyé en courrier recommandé avec accusé de réception et qu'il avait signé le reçu.

Le jet finit par s'immobiliser. Dieu sait si elle n'avait aucune envie de discuter avec Trent. Pourtant, à la réflexion, s'il était venu jusqu'ici pour lui présenter ses excuses les plus plates, elle le laisserait s'aplatir avec grand plaisir.

A moins qu'il ne s'agisse de sa mère. A elle non plus, elle ne souhaitait pas parler. Pour lui dire quoi ?

— Il est drôlement chouette, ce zinc ! s'exclama son élève. Il fait partie de votre flotte ?

Elle se força à reporter son attention sur Joey.

— Non. Regarde l'indicatif d'appel. Tous les nôtres se terminent en *FA* pour Falcon Air. Or, celui-ci se finit par *HA* pour Hightower Aviation. Où en étions-nous restés avec ton inspection postatterrissage ?

A regret, son élève poursuivit les vérifications d'usage, mais il était distrait par la présence du jet, tout comme Lauren. Le regard rivé sur son cher Cirrus, elle ne pouvait s'empêcher d'enregistrer chaque étape de la procédure d'arrêt moteur qui se déroulait derrière elle.

Quand la porte du jet s'ouvrit, elle se raidit involontairement mais ne se retourna pas. Si Trent voulait lui parler, elle se ferait un plaisir de le faire poireauter — comme il l'avait fait si souvent avec elle. Le mufle !

Après avoir différé le plus possible le départ de Joey, elle finit par émarger son carnet de bord.

— C'est tout pour aujourd'hui. Tu t'en es très bien sorti. Prends le temps de réviser pour ton vol en solo la semaine prochaine, et n'oublie pas de mettre un T-shirt usagé pour que j'en découpe un bout, comme le veut la coutume. Ta mère risque de pousser les hauts cris si je saccage ta plus belle chemise !

Cette cérémonie, qui avait lieu après le premier vol en solo d'un apprenti pilote, était un événement marquant dans la vie de ses élèves. Dans la sienne aussi, comme en témoignaient tous les pans de chemise suspendus sur les murs du hangar.

— Super ! J'ai hâte d'être à la semaine prochaine.

Elle regarda le gamin de dix-sept ans filer à toutes jambes, insouciant et heureux comme on peut l'être à cet âge, songea-t-elle avec un brin de nostalgie.

S'armant de courage, elle pivota sur ses talons pour faire face à l'intrus. Gage se tenait debout au bas de la passerelle. Gage et non Trent ! Elle se figea sur place, le souffle coupé par la surprise.

Des lunettes de soleil masquaient ses yeux. Mais comment aurait-elle pu oublier ces cheveux bruns, épais et brillants, ce corps bien proportionné et cette démarche assurée ? Le cœur battant la chamade, elle ne pouvait pas s'empêcher de le dévorer des yeux. Curieusement, il portait sa veste et ses bottes de motard, un T-shirt noir et un jean.

Pourquoi diable était-il ici, dans cette tenue ? Et où était passé Trent ? Elle jeta un coup d'œil derrière Gage, en direction de l'avion, mais aperçut uniquement un des pilotes de la HAMC qui procédait à son inspection postatterrissage. Pas de Trent en vue.

Elle reporta son regard sur Gage qui se rapprochait d'elle, ses talons martelant le sol en béton. La bouche sèche et les mains moites, elle avait l'impression d'être changée en statue de sel. Elle fit un effort surhumain pour se ressaisir. Mais qu'attendait-elle pour le flanquer à la porte ? C'était le traitement qu'il méritait pour l'avoir humiliée de la pire des façons.

Serrant son écritoire sur sa poitrine, elle cherchait désespérément une insulte blessante, mais son esprit refusait de fonctionner.

Gage finit par s'arrêter à un mètre d'elle.

— Bonjour Lauren.

Sa voix profonde et chaude éveilla en elle des sentiments qu'elle avait refoulés au plus profond d'elle-même.

Elle fit un signe de tête en guise de salut.

— Il faut qu'on parle.

Pour l'humilier un peu plus ? Pour finir de lui arracher le cœur et le piétiner sous ses bottes ?

— Je suis occupée.

— Dis-moi l'heure qui te convient. Je repasserai.

Voilà qui ne lui ressemblait pas du tout. Où était donc passée son arrogance habituelle ?

— Inutile. Je ne serai jamais disponible.

Il tressaillit imperceptiblement. Puis il ôta ses lunettes de soleil. La douleur et le regret qu'elle perçut dans son regard sombre l'émurent malgré elle.

— Je suis prêt à camper devant chez toi jusqu'à ce que tu m'accordes un entretien.

— Va-t'en Gage. Tu perds ton temps.

Elle devait s'éloigner à tout prix avant que ce maudit pollen ne la fasse pleurer. Elle s'apprêtait à se diriger vers son bureau quand il l'interpella.

— J'ai quelque chose pour toi.

Il lui tendit une enveloppe, mais elle se contenta de serrer son écritoire sur sa poitrine.

— C'est de la part de Trent.

Sans doute son dernier bulletin de salaire. Elle s'était attendue à ce que son frère refuse de la payer puisqu'elle avait quitté la HAMC sans faire ses deux semaines de préavis. Une fois à Daytona, elle avait bien essayé de se culpabiliser un peu, mais elle n'y était pas parvenue. Après tout, Trent avait remué ciel et terre pour l'obliger à partir. Elle considérait donc qu'elle lui avait fait une faveur en accédant à son vœu le plus cher.

Mais s'il voulait lui donner son dû, ne serait-ce que pour apaiser sa conscience, elle ne ferait pas la fine bouche et remettrait cet argent à une œuvre caritative. Elle s'empara donc de l'enveloppe, l'ouvrit et en retira le chèque.

Un chèque de 200 000 dollars. Son propre chèque. Non encaissé. Les mains tremblantes, elle le remit dans l'enveloppe qu'elle tendit à Gage.

— Je n'en veux pas.

Il ne fit pas un geste pour la reprendre.

— Selon Trent, cet argent t'appartient. Soit tu l'utilises pour rembourser ton nouveau prêt, soit je déchire le chèque devant toi. De toute façon, Trent refuse de l'encaisser.

— Il ne peut pas faire ça !

Un mince sourire se dessina sur les lèvres de Gage. Ces lèvres si délectables.

— Trent fait ce qu'il veut. Tout comme tes autres demi-frères et sœurs. Autant t'habituer à cette idée, maintenant que tu fais partie intégrante de la famille Hightower.

— Sûrement pas… Ainsi, tu es leur garçon de course.

Il pinça les lèvres et elle fut secrètement ravie d'avoir touché juste.

— J'ai proposé à Trent de te rendre ce chèque puisque je venais en Floride.

Elle examina sa tenue.

— Tu comptes participer à la semaine de la moto à Daytona ? Je te signale qu'elle n'aura lieu qu'en mars.

— Je suis ici pour toi.

Elle en fut toute chavirée, comme lorsqu'il posait ses mains sur elle.

— Encore une fois, je ne suis pas disponible.

Elle le planta là et se dirigea vers le hangar. Nullement découragé, il la suivit.

— Lauren, j'ai commis une erreur.

— Quel scoop ! ironisa-t-elle par-dessus son épaule.

— Je suis ici pour t'aider à remettre Falcon Air sur les rails. Et si je ne parviens pas à élaborer une stratégie efficace, j'investirai dans le capital de ta compagnie en tant que simple commanditaire.

Cette fois, elle se retourna lentement vers lui. Parlait-il sérieusement ? Dans le doute, elle jugea plus prudent de rester sur ses positions.

— Merci, mais je n'ai plus besoin de ton aide. L'assurance-vie de papa m'a permis de rembourser toutes les dettes de la compagnie. Falcon Air a désormais la tête hors de l'eau. De toute façon, tu devrais savoir que je ne demande pas l'aumône. Je paie toujours mes dettes.

— Alors, je te propose un échange de bons procédés.

Se moquait-il d'elle ?

— Que veux-tu dire ? demanda-t-elle, soupçonneuse.

— Je recherche une propriété dans la région, et

comme tu es du coin, tu pourrais m'aider à prospecter le marché.

— Tu comptes acquérir une résidence secondaire ?

— En fait, j'envisage de transférer le siège de Faulkner Consulting à Daytona. J'ai donc besoin d'un local commercial et d'une maison d'habitation puisque la mienne est en vente.

A ces mots, elle sentit son cœur s'emballer et sa bouche devenir sèche. Quel que soit le petit jeu auquel il se livrait, elle refusait d'y prendre part. Elle fit volte-face et pressa le pas, mais il ne la lâcha pas d'une semelle.

— L'air de Knoxville serait-il devenu irrespirable ? ironisa-t-elle.

Un mince sourire étira les lèvres de Gage, et les paillettes d'or se mirent à danser dans son regard.

— Non. Je suis tombé amoureux fou d'une passionnée de moto. Elle vit ici.

En proie à la plus vive émotion, elle trébucha sur la marche à l'entrée de son bureau. Elle se serait étalée de tout son long s'il ne l'avait pas retenue par le bras. Il en profita pour l'obliger à lui faire face.

— Je suis malheureux comme les pierres depuis son départ. C'est bien simple, je ne mange plus, je ne dors plus et je n'arrive plus à me concentrer sur mon travail. Si je ne veux pas devenir fou, j'en suis réduit à la poursuivre jusqu'à ce qu'elle se laisse attraper.

La panique faisait battre son cœur à coups redoublés. Elle baignait dans une atmosphère d'irréalité. Tout cela était si incroyable — trop incroyable pour être vrai. Et le retour sur terre risquait d'être douloureux.

— Tu as un curieux sens de l'humour, Faulkner, riposta-t-elle d'une voix mal assurée.

— Je n'ai jamais été aussi sérieux de ma vie. Et je m'en veux terriblement d'avoir fait preuve d'aveuglement et d'avoir blessé la femme que j'aime ; tout ça parce que j'avais trop peur de voir la réalité en face.

A ces mots, elle fut prise de vertige et dut s'agripper au chambranle de la porte.

— C'est déloyal de ta part, protesta-t-elle faiblement.

Le sourire de Gage s'élargit, et une lueur espiègle brilla dans son regard.

— Tu n'as encore rien vu ! Donne-moi une chance de regagner ta confiance, Lauren. Laisse-moi te prouver que je t'aime.

Une sensation soudaine de légèreté s'empara d'elle. Non. Il ne fallait surtout pas qu'elle se mette à espérer...

— Comment comptes-tu t'y prendre ? ne put-elle s'empêcher de demander.

— Je pense que je vais tenter diverses stratégies au cours des cinquante prochaines années. Ce serait incroyable s'il n'y en avait pas une qui réussissait !

Il posa sa main sur sa joue, un geste si tendre qu'elle en eut les larmes aux yeux.

— Je t'aime, Lauren. J'aime ton authenticité et ton honnêteté. Tu es plus vraie que nature, et tu apprécies les choses simples de la vie. J'aime que tu sois fière d'avoir gagné haut la main tout ce que tu possèdes, et que tu t'entêtes à camper sur tes positions quand tu es sûre de ton bon droit. Mais ce que j'aime par-dessus tout, c'est cette générosité qui te pousse à partager tous ces dons du ciel avec moi.

Ses joues la brûlaient. Elle passa une main sur sa pommette pour atténuer cette sensation de feu et eut la surprise d'y découvrir une larme.

« Bon sang, les pilotes ne pleurent pas ! »

Gage prit sa main dans la sienne.

— Nous ne nous connaissons pas depuis longtemps. Mais je te promets que nous ferons les choses à ton rythme. Je veux tout apprendre de toi, même si je connais déjà l'essentiel : mon amour pour toi, et mon désir de passer tout le reste de ma vie à tes côtés. Je t'en prie, donne-moi cette chance.

La gorge serrée par l'émotion, elle avait envie de rire, de pleurer... et de lui flanquer une raclée pour l'avoir fait autant souffrir.

Elle libéra sa main et lui donna une petite tape sur l'avant bras pour lui montrer sa frustration.

— Si tu t'en étais aperçu plus tôt, je n'aurais pas vécu l'enfer pendant près d'un mois.

Il partit d'un grand rire qui se répercuta sur les murs métalliques du hangar.

— J'espère que nos enfants hériteront de ta spontanéité.

— Des enfants ? Tu plaisantes ?

Mais elle ne put se retenir de sourire.

— Combien ?

— Un plein hangar.

Il la prit dans ses bras et l'embrassa avidement. Au comble du bonheur, elle lui ouvrit sa bouche, son cœur, sa vie. Il avait un goût si délicieux, si familier et si tentant qu'elle ne parvenait pas à se rassasier de lui.

Elle laissa choir son écritoire et noua ses bras autour du cou de Gage, mettant toute son âme dans ce baiser.

Manquant défaillir de bonheur, elle interrompit leur étreinte et le regarda droit dans les yeux.

— Moi aussi, je t'aime, et je veux passer le reste de ma vie à tes côtés.

Retrouvez la famille Hightower dès le mois prochain dans la collection *Passions*.

KATHIE DeNOSKY

Jusqu'au bout de la passion

éditions Harlequin

Titre original : ONE NIGHT, TWO BABIES

Traduction française de SYLVETTE GUIRAUD

© 2009, Kathie DeNosky. © 2010, Harlequin S.A.
83/85 boulevard Vincent-Auriol 75646 PARIS CEDEX 13.
Service Lectrices — Tél. : 01 45 82 47 47
www.harlequin.fr

- 1 -

— Madame Montrose ? prononça une voix mâle. Je sais que Derek s'est mal conduit, mais vous devez lui donner une chance de se rattraper.

Les yeux sur l'écran de son ordinateur, Arielle Garnier eut l'impression que son cœur dérapait.

N'était-ce pas la voix de Tom Zacharias ?

Elle pivota précipitamment sur son fauteuil.

L'homme qui se tenait sur le seuil du bureau était bien la dernière personne qu'elle s'attendait à y voir !

Durant quelques secondes, Tom la fixa, ses yeux d'un vert vif la clouant sur place. D'après l'expression effarée plaquée sur son beau visage, il semblait tout aussi surpris de se retrouver en face d'elle.

— Je dois avoir un entretien avec Mme Montrose, l'administratrice du jardin d'enfants, au sujet d'un incident concernant Derek Forsythe, reprit-il avec autorité. Pourriez-vous, je vous prie, me dire où je pourrai la trouver ?

Elle prit une profonde inspiration, s'adjurant de garder une attitude sereine.

Même si la réapparition de cet homme dans sa vie la bouleversait totalement, ceci était son territoire *à elle*, et lui l'intrus. En outre, elle aurait préféré marcher pieds nus sur des charbons ardents plutôt que de le laisser s'imaginer qu'il lui faisait toujours de l'effet.

— Helen Montrose n'est plus la responsable ici, répondit-elle d'un ton uni en dépit de la tension de ses nerfs. Elle a vendu l'école et pris sa retraite il y a deux semaines. Je suis la nouvelle propriétaire de l'académie Premier et l'administratrice de ce jardin d'enfants en particulier.

Comme Tom continuait de la fixer, elle se força à demander :

— Désirez-vous me parler de ce qui vous préoccupe ?

Il secoua la tête.

— Je n'ai pas le temps de faire joujou, Arielle. J'ai besoin de parler à Helen Montrose le plus tôt possible.

Il ne la croyait pas lorsqu'elle affirmait être la nouvelle directrice !

Le choc de le revoir laissa place à de la colère. Elle laissa tomber le masque et, à son exemple, reprit le tutoiement qu'ils avaient utilisé par le passé.

— Je te l'ai dit : Mme Montrose a pris sa retraite. Et si tu dois t'adresser à quelqu'un ici, c'est à moi que tu auras affaire.

Son visiteur ne paraissait guère satisfait de la situation, elle le voyait bien, mais tant pis pour lui. Elle non plus n'était pas ravie de se retrouver en face de l'homme qui, quatre mois plus tôt, avait passé une semaine à l'aimer comme si elle était la femme la plus désirable au monde, avant de disparaître sans un regard en arrière.

— Très bien, déclara enfin Tom.

Au lieu de pousser la question plus avant, il respira profondément.

— Je suppose que c'est le bon moment pour refaire les présentations. Mon véritable nom est Zach Forsythe.

Elle eut l'impression que son cœur allait tomber en miettes à ses pieds.

Parmi bien d'autres transgressions, il lui avait donc aussi menti sur son identité !

Il était vraiment Zachary Forsythe, le propriétaire de l'empire des complexes hôteliers Forsythe ? Et s'il était ici pour s'entretenir à propos de Derek Forsythe, cela signifiait qu'il était le père du petit garçon — et donc marié ?

Un goût de bile lui remonta dans la gorge, et elle s'efforça désespérément de se rappeler si elle avait récemment entendu parler ou lu quelque chose au sujet de Zach Forsythe.

Elle se rappelait juste que celui-ci était connu pour privilégier un style de vie calme, loin des projecteurs, et qu'il protégeait son intimité comme s'il s'agissait de l'or de la réserve fédérale de Fort Knox. Malheureusement, elle ignorait tout de son statut conjugal.

La seule pensée d'avoir passé une semaine dans les bras d'un homme peut-être marié lui fit passer dans le dos un frisson glacé.

— Corrigez-moi si je me trompe, mais il y a quelques mois, je vous ai bien connu sous le nom de Tom Zacharias, n'est-ce pas ?

Son interlocuteur passa une main impatiente dans son épaisse chevelure noire.

— A propos de ça...

— Laissez tomber, l'interrompit-elle en levant une main. Je ne me soucie pas particulièrement d'entendre une quelconque explication de votre invention. Je crois que vous désiriez parler de Derek Forsythe ?

Le voyant hocher la tête, elle poursuivit.

— Et je suppose que vous souhaitez discuter de sa suspension actuelle pour avoir mordu un autre petit garçon ?

La bouche de Zach Forsythe se serra, devint une mince ligne, puis il eut un bref hochement de tête.

— En effet. On doit lui accorder une autre chance.

— Je ne suis pas ici depuis assez longtemps pour bien connaître ses modes de comportement. Mais l'institutrice de votre fils a dit qu'il…

— De mon *neveu*.

Sourcils froncés, il lui décocha ce même sourire qui l'avait séduite quatre mois auparavant.

— Derek est le petit garçon de ma sœur, corrigea-t-il. Je ne suis pas marié ni ne l'ai jamais été.

Elle était soulagée de l'entendre dire qu'elle n'avait pas commis l'irréparable. Mais son sourire dévastateur et le ton intime avec lequel il avait prononcé ces derniers mots lui brouillèrent un peu les idées.

— Il n'est pas nécessaire d'être marié pour avoir un enfant, rétorqua-t-elle, faisant de son mieux pour retrouver un certain aplomb.

— C'est sans doute un choix personnel, observa-t-il en haussant les épaules. Mais moi, je ne désire pas avoir un enfant hors mariage.

— La question n'est pas là, monsieur Forsythe.

— Appelle-moi Zach, Arielle.

— Je ne pense pas...

Sans lui laisser le temps de poursuivre, il fit un pas en avant.

— Et le mariage n'est peut-être pas la question, mais je ne peux pas te laisser penser...

— Ce que je pense est hors de propos, coupa-t-elle.

Désespérément, elle tenta de se concentrer sur le sujet présent.

— C'est la troisième fois cette semaine, m'a dit l'institutrice de Derek, qu'il a mordu un autre enfant.

Elle jeta un coup d'œil sur la proposition de renvoi posée sur son bureau, en haut d'une pile de papiers.

— Et l'école a une stricte politique des trois fois lorsqu'il s'agit du comportement d'un enfant.

— Je le comprends. Mais il n'a que quatre ans et demi. Ne peut-on faire une exception pour cette seule fois ?

Cette fois encore, Zach Forsythe eut recours à la puissance de son sourire enjôleur.

— Si tu n'as pas été mise au courant de l'accident de ma sœur, je ne vais pas t'ennuyer avec les détails, mais Derek a connu une expérience très déstabilisante au cours des derniers mois, et c'est la raison pour laquelle il se conduit mal, j'en suis certain. Maintenant, les choses sont en train de revenir à la normale, et je suis sûre qu'il va s'assagir. Crois-moi, c'est vraiment un bon gamin.

Elle se rembrunit.

Zach — ou Tom, ou quel que puisse être son nom

ces jours-ci — la mettait dans une position très embarrassante.

D'un côté, le règlement était le règlement, et il avait été mis en place pour décourager les comportements indésirables des enfants. Si elle faisait une exception pour un seul gamin, elle devrait l'appliquer à tous les autres. Mais, d'un autre côté, si elle n'accordait pas au neveu de son visiteur une nouvelle chance, elle aurait l'air de le punir pour les actes commis par son abominable oncle.

— Est-ce que cela t'aiderait si je te promettais d'avoir une conversation avec Derek pour lui faire comprendre qu'il est inacceptable de mordre un autre enfant ? demanda Zach.

Devinant son hésitation, il s'avança vers le bureau et, appuyant les poings sur le meuble, il se pencha vers elle jusqu'à ce que quelques centimètres seulement séparent leurs deux visages.

— Allons, chérie, tout le monde a droit à une seconde chance !

Après la manière dont il lui avait menti sur son nom avant de disparaître sans un mot d'explication, elle était prête à en discuter. Mais cette proximité et cette façon de l'appeler « chérie » avec son riche accent traînant du Texas firent passer en elle un frisson.

— D... D'accord, répondit-elle enfin avec nervosité, en s'obligeant à ne pas se pencher vers lui en retour.

Elle était prête à dire à peu près n'importe quoi pour l'inciter à remballer son charme et à sortir de son bureau, afin qu'elle puisse de nouveau respirer à peu près normalement.

En outre, plus longtemps il resterait, plus grande serait la possibilité qu'il découvre la raison pour laquelle elle avait passé plusieurs semaines à le chercher désespérément.

C'était un sujet qu'elle n'était pas prête à aborder pour l'instant, et son bureau n'était pas non plus le lieu pour le faire.

— Si tu expliques à Derek qu'il est mal de se conduire ainsi avec les autres enfants, je le laisserai s'en tirer cette fois-ci avec un simple avertissement, décida-t-elle d'une voix ferme. Mais si cela se reproduit, il devra être renvoyé.

Zach se redressa de toute sa taille. Puis, enfonçant les mains dans les poches de son pantalon, il se balança sur ses talons.

— Ça me paraît assez juste. Maintenant que nous avons réglé cette question, je vais te laisser à tes occupations.

Comme il se dirigeait vers la porte, il s'arrêta et se retourna pour lui décocher un de ses sourires ravageurs.

— A propos, c'était une très agréable surprise de te revoir, Arielle.

Oui. Et sa grand-mère, elle faisait du vélo ? ironisa-t-elle, résistant difficilement à l'envie de lui jeter tout haut le sarcasme à la figure.

Mais, sans lui laisser le temps de commenter son flagrant mensonge, Zach sortit du bureau aussi vite qu'il y était entré.

Se laissant retomber contre le dossier de son luxueux fauteuil de cuir, elle s'efforça de réfléchir.

Au nom du ciel, qu'allait-elle bien pouvoir faire maintenant ?

Il y avait des semaines qu'elle avait renoncé à ses efforts pour retrouver Tom Zacharias, car chacun d'eux avait abouti à une impasse. Bien sûr, elle comprenait désormais pourquoi : l'homme qu'elle avait recherché n'existait pas. C'était Zachary Forsythe, le magnat des hôtels et complexes hôteliers qui l'avait tenue contre lui, lui avait fait l'amour... et lui avait menti.

Elle déglutit avec peine et, rouvrant les yeux, saisit un mouchoir en papier afin de tamponner les larmes qui menaçaient de ruisseler le long de ses joues.

Son déménagement à Dallas avait paru être une bonne chose — une manière symbolique de laisser le passé derrière elle et de prendre un nouveau départ.

Et voilà qu'il vivait ici, dans la ville où elle venait de s'installer, avec un neveu qui fréquentait son école !

Enfouissant sa tête entre ses mains, elle fit de son mieux pour rassembler ses pensées en déroute.

Comment sa vie avait-elle pu lui échapper à ce point ?

Elle n'avait aucune idée de ce qu'elle devait faire, si même elle devait faire quelque chose. Zach Forsythe ne s'était pas attendu à la revoir, c'était clair, et il n'en était guère ravi. De même qu'elle n'était pas enthousiasmée par la situation.

A cet instant, son estomac se manifesta.

Posant dessus une main apaisante, elle ferma les paupières et s'efforça de mettre un frein à ses émotions.

D'abord et avant toute chose, elle avait commis une énorme erreur en cédant au charme charismatique de

Jusqu'au bout de la passion

Zach Fosythe. Et ensuite, elle avait gâché d'innombrables heures à essayer de retrouver un homme qui venait à l'instant de lui administrer la preuve que cela n'en valait pas la peine.

Dire qu'elle avait sottement conservé l'espoir qu'il aurait une explication plausible pour l'avoir laissée se réveiller seule, quelques mois auparavant...

Au fond d'elle-même, elle savait qu'elle s'illusionnait, mais ce n'était pas facile de reconnaître à quel point elle avait été crédule et totalement idiote. Désormais, elle ne pouvait nier qu'il était en tout point le salaud qu'elle n'avait pas voulu imaginer.

En reniflant, elle prit un autre mouchoir.

Elle détestait larmoyer ainsi tout le temps, mais après tout, c'était aussi sa faute à lui.

De nouveau, son estomac la tiraffla.

D'un geste automatique, elle ouvrit le tiroir de son bureau pour y prendre le sac de biscuits qu'elle gardait pour de telles occasions.

Oui, Zachary Forsythe était la cause du désarroi émotionnel dans lequel la plongeaient ses hormones autant que de ses autres problèmes actuels. Et le plus pressant de tous était de savoir comment et quand dire au type le plus immonde de tout l'Etat du Texas — même s'il prétendait ne pas être marié — que d'ici cinq mois, il allait bel et bien être papa.

Zach pénétra dans le bureau directorial du siège de la chaîne hôtelière Forsythe, songeant toujours à sa rencontre inattendue avec Arielle Garnier.

Il avait beaucoup pensé à cette femme depuis le

séjour à Aspen, mais sans jamais s'attendre à la revoir. Et certainement pas à la direction du jardin d'enfants fréquenté par son neveu…

Mais voilà. A cause des dernières bêtises de Derek, il s'était retrouvé dans l'embarrassante situation de devoir plaider la cause du petit garçon auprès de la femme qu'il avait, faute d'un mot plus approprié, *dupée* quelques mois auparavant.

Il se dirigea vers son bureau et se laissa tomber dans son fauteuil à haut dossier. Puis, le faisant pivoter, il posa un regard aveugle sur la photo aérienne du luxueux complexe d'Aspen encadrée sur le mur.

Il se rappelait vaguement d'Arielle lui racontant qu'elle était institutrice dans une quelconque école maternelle de San Francisco. Alors, pourquoi était-elle venue s'installer au Texas ? Et où avait-elle bien pu dénicher l'argent suffisant pour acheter le plus prestigieux jardin d'enfants de tout le secteur de Dallas ?

Sans doute ses deux frères aînés y étaient-ils pour quelque chose. S'il se souvenait bien de ce qu'elle lui avait dit, le premier était un brillant avocat de Los Angeles, et l'autre possédait une grande entreprise de construction et de développement dans le Sud. Ils avaient certainement les moyens de lui avancer l'argent pour acheter l'école.

En fait, c'étaient eux qui lui avaient offert pour son vingt-sixième anniversaire ce séjour de ski à Aspen ainsi que l'hébergement dans les luxueuses installations de l'hôtel-spa.

Concentrant son attention sur la photo du somptueux

complexe montagnard, il eut un sourire en coin en songeant à sa rencontre avec Arielle Garnier.

Ce soir-là, c'étaient le sourire engageant et la beauté sans défaut de la jeune femme qui l'avaient d'abord attiré. Ses cheveux de soie d'un auburn foncé allaient parfaitement de pair avec sa peau de porcelaine, et elle avait les plus magnifiques yeux noisette qu'il ait jamais vus. Mais au fil de la soirée, c'étaient son sens de l'humour et son évidente intelligence qui l'avaient tout à fait captivé.

Le matin suivant, ils étaient devenus amants.

Comme il restait assis là, à revoir en pensée la semaine la plus excitante et la plus mémorable de son existence, la porte de son bureau s'ouvrit.

Sa sœur traversa lentement la pièce. Elle s'installa avec précaution dans le fauteuil en face de son bureau et posa sa canne contre le bord du bureau.

— As-tu parlé de Derek avec Mme Montrose ? demanda-t-elle.

Il secoua la tête.

— Helen Monrose n'a plus la direction de l'académie Premier, Lana, répondit Zach en scrutant le joli visage de sa sœur cadette.

Pour une personne extérieure, Lana était l'image même de la santé. Mais il y avait encore des jours où l'épuisement d'avoir à surmonter l'horrible accident qu'elle avait subi prenait le dessus sur elle.

— Ah bon ?

Il y avait une note d'appréhension dans la voix de sa sœur, car Mme Montrose s'était toujours montrée très compréhensive concernant les anomalies de comportement de son fils depuis l'accident.

— Qui l'a remplacée ? Est-ce qu'il va falloir observer la décision de suspension ? As-tu expliqué à la personne qui a pris la direction que Derek est en temps normal un petit garçon très bien élevé ?

— La nouvelle propriétaire et administratrice se nomme Arielle Garnier. Je ne veux pas que tu te fasses de souci à ce propos. Je me suis occupé de tout et j'ai promis d'avoir une petite conversation avec Derek au sujet de ce qui est acceptable et ce qui ne l'est pas. Il n'aura pas à subir un renvoi, à moins qu'il ne morde un autre enfant.

— Quel soulagement ! répondit Lana, souriant enfin en se renfonçant dans son fauteuil. Il s'est pas mal assagi depuis que je n'ai plus mes plâtres et que nous avons réintégré l'appartement. Et au fur et à mesure que notre vie va reprendre un cours normal, je suis sûre que son comportement continuera à s'améliorer.

Lana avait eu les deux jambes fracturées, des contusions internes et deux côtes fêlées. Après sa sortie de l'hôpital, elle ne pouvait prendre soin d'elle et encore moins veiller aux besoins d'un petit garçon hyperactif de quatre ans. Zach avait insisté pour qu'elle s'installe chez lui avec son fils pendant sa convalescence. Et c'était une rudement bonne chose de l'avoir fait.

— Comment se passe ta kinésithérapie ? Tu sembles avoir quelques problèmes, ajouta-t-il, notant que Lana frémissait en recherchant une position plus confortable.

— J'ai pris de l'avance sur ce qu'espérait mon thérapeute à ce stade, mais ce ne sont pas mes exercices qui me font souffrir aujourd'hui.

Elle désigna l'immense baie vitrée derrière le bureau.

— C'est ce temps pourri. Depuis l'accident, je prévois une averse mieux qu'un baromètre.

Par-dessus son épaule, Zach jeta un coup d'œil en direction de l'éclatant ciel bleu de l'autre côté de la fenêtre.

— Moi, je trouve qu'il fait très beau.

— Peu importe, objecta Lana en secouant la tête. Mes genoux me disent qu'il va pleuvoir à seaux à un moment ou un autre de la journée, alors prends un parapluie si tu sors.

— J'y penserai.

Puis, la voyant s'agiter de nouveau, il proposa :

— Si tu as envie de rentrer te reposer à la maison, vas-y. Je peux demander à Mike d'aller chercher Derek à l'école avec la limousine.

Lana hocha la tête. Elle se souleva de son fauteuil avant d'empoigner sa canne, lui faisant signe de rester assis.

— Ce ne serait peut-être pas une mauvaise idée. Je lui ai promis de lui faire des cookies aux pépites de chocolat pour son goûter. Et une petite sieste avant de m'y mettre serait appréciable.

— Ne te surmène pas.

Lana se mit à rire en se dirigeant vers la porte.

— Pas de danger.

— A propos, je vais aller au ranch ce week-end.

Aimeriez-vous m'y accompagner, toi et Derek ? demanda-t-il.

Situé au nord de Dallas, le ranch où Lana et lui avaient grandi était devenu un paisible lieu d'escapade pour le week-end. Lana et le petit garçon apprécieraient peut-être de quitter la ville un moment ?

Lana se retourna en secouant la tête.

— Merci, mais maintenant que je vais mieux, je pense que Derek a besoin de passer des instants un peu plus prolongés avec sa maman. En outre, tu sais à quel point c'est inondé quand il pleut. Je ne veux pas être bloquée là-bas pendant ces prochains jours à attendre la baisse des eaux. Mais, s'il te plaît, fais part de ma tendresse à Mattie et dis-lui que Derek et moi viendrons lui rendre visite dans une quinzaine de jours.

— Je vais prendre le volant et laisser Mike ici, il pourra t'emmener là où tu auras envie d'aller. Si tu changes d'avis, demande-lui de vous amener au ranch.

— Très bien, je le ferai, acquiesça Lana en souriant. Mais ne compte pas trop sur nous.

Après le départ de sa sœur, Zach se mit au travail, mais ses pensées s'égarèrent très vite vers Arielle Garnier et l'impression extraordinaire que celle-ci lui avait faite ce matin.

Il y avait en elle une sorte d'éclat qu'il avait trouvé totalement fascinant. Aussi incroyable que cela puisse paraître, elle lui avait semblé encore plus jolie que lors de leur première rencontre.

Il fronça les sourcils.

Qu'est-ce qui avait bien pu amener la jeune femme à Dallas ?

Lors de leur rencontre, elle lui avait dit qu'elle était née et avait grandi à San Francisco, en insistant sur le fait qu'elle adorait y vivre. S'était-il passé quelque chose pour la faire changer d'idée ? Et pourquoi ne s'était-elle pas installée à Los Angeles ou à Nashville pour être plus proche de l'un de ses frères ?

Quelque chose ne collait tout simplement pas.

Au moment de quitter le bureau, sa journée terminée, il débordait davantage de questions que de réponses. Alors, même si l'endroit où vivait Arielle ou ce qu'elle y faisait ne le regardait pas, il décida de s'arrêter à l'école sur son chemin pour quitter la ville.

Il avait la nette intention de découvrir pourquoi une femme qui s'était parfaitement satisfaite de la vie qu'elle menait quelques mois auparavant avait eu envie de procéder à un changement aussi drastique.

Dieu merci, c'était vendredi, pensa Arielle après avoir boutonné son imperméable, en pataugeant jusqu'aux chevilles dans l'eau pour rejoindre sa Mustang qui l'attendait sur le parking de l'école.

Toute cette journée avait été parfaitement insupportable.

La douce pluie d'été qui avait commencé à tomber avant le déjeuner s'était rapidement muée en averse torrentielle, et cela avait continué durant tout l'après-midi, l'obligeant à annuler la visite au zoo des trente bouts de chou de quatre ans. Puis, comme si cela n'avait pas suffi, l'une des fillettes de la classe des trois ans s'était enfoncé un haricot dans le nez pendant l'activité de travaux manuels, et il avait fallu l'emmener vers l'unité de soins la plus proche pour qu'on l'en débarrasse.

Ouvrant la portière du véhicule, Arielle referma son parapluie, le jeta sur le siège arrière et se glissa derrière le volant.

Depuis qu'elle était tombée enceinte, elle avait commencé à faire la sieste en même temps que les enfants. Ayant manqué celle de l'après-midi, elle était non seulement fatiguée mais également à cran. Elle avait hâte de se retrouver chez elle, dans son nouvel appartement, pour enfiler un ensemble de jogging confortable et oublier que toute cette journée avait existé.

Mais son plan de passer un week-end paisible s'évanouit lorsque, en faisant reculer la longue voiture basse de son emplacement réservé, elle parcourut la moitié du parking avant d'entendre le moteur cracher deux fois et s'éteindre.

Quand toutes ses tentatives pour faire redémarrer la voiture eurent échoué, elle ferma les yeux, résistant difficilement à l'envie de se mettre à hurler.

Elle aurait dû savoir, lorsque Zach Forsythe avait fait son apparition à la première heure ce matin, que cette journée allait être un de ces abominables moments.

Poussant un lourd soupir, elle s'empara de son portable et tapa le numéro de son assistance-auto pour qu'on lui envoie une dépanneuse.

Son moral déjà à la baisse plongea définitivement quand, au bout d'une dizaine de minutes d'attente au bout du fil, un assistant vint en ligne pour l'informer que, en raison du nombre élevé d'appels de conducteurs en panne, il faudrait compter plusieurs heures avant qu'un de leurs chauffeurs puisse venir à son secours.

A la fin de la conversation, elle jeta un regard sur l'eau qui recouvrait le parking, puis sur l'entrée principale de l'école. Elle n'allait quand même pas rester dans la voiture jusqu'à ce qu'ils arrivent, mais patauger dans plusieurs dizaines de centimètres d'eau pour retourner à l'intérieur de l'école n'était guère plus engageant…

Son humeur s'allégea un peu alors que son attention était attirée par le reflet des phares d'une voiture dans son rétroviseur.

Enfin quelqu'un !

Une Lincoln Navigator s'arrêta à côté d'elle sur le parking.

Allait-elle pécher par prudence et refuser toute offre d'aide de la part d'un inconnu ? Pas question. Ils se trouvaient dans un secteur résidentiel et très fréquenté de la ville, il faisait grand jour, et combien de criminels conduisaient de luxueux SUV comme celui-ci ?

Mais quand le conducteur en descendit, ouvrit la portière côté passager de sa voiture et que Zach Forsythe sauta dedans, toute velléité de gratitude mourut au fond de la gorge d'Arielle.

— Que crois-tu donc être en train de faire ? demanda-t-elle, furieuse.

Le sourire entendu qu'arborait Zach fit palpiter furieusement son cœur comme les ailes d'un papillon piégé.

— Il semblerait que je sois en train de venir à ton secours.

Elle secoua la tête.

— Je n'ai pas besoin d'aide.

Et surtout pas de la sienne !

— Alors, pourquoi restes-tu assise dans cette voiture au beau milieu d'un parking inondé ?

— Peut-être que j'en ai envie.

— Démarre, Arielle.

— Non.

Pourquoi ne pouvait-il pas juste s'en aller et la laisser tranquille ?

Le sourire de Zach s'élargit.

— Est-ce parce que tu ne veux pas ou parce que tu ne peux pas démarrer ?

Elle le foudroya du regard.

— Je ne peux pas, concéda-t-elle.

Zach hocha la tête.

— C'est bien ce que je pensais. Elle a calé, n'est-ce pas ?

— Oui.

— Eh bien, voilà qui me fait comprendre que tu as besoin de mon aide.

— Merci pour ton offre, mais je suis certaine que tu comprendras pourquoi je dois refuser, répondit-elle d'un ton obstiné.

Si elle n'avait pas d'alternative, elle se dépatouillerait aussi bien toute seule.

— Ne sois pas ridicule, Arielle.

— Pas du tout. J'ai déjà appelé mon assistance auto, qui m'envoie un dépanneur.

Zach ne parut guère convaincu.

— Vraiment ? Et à quel moment exactement est-il censé arriver ?

— Je suis sûre qu'il sera ici d'une minute à l'autre, mentit-elle, le regard fixé sur la rue.

Peut-être que si elle le souhaitait assez fort et assez longtemps, une dépanneuse arriverait miraculeusement, et Zach disparaîtrait ?

— Bien essayé, chérie. Mais je ne suis pas preneur.

Il se pencha tout près d'elle, comme s'il allait lui confier un secret.

— Rappelle-toi, je suis de Dallas. Je sais comment c'est ici, au printemps, et combien de temps l'auto-club va mettre pour te rejoindre à cette heure de la journée. Je sais aussi qu'appeler un taxi prendrait tout autant de temps.

— Ça m'est égal d'attendre, répéta-t-elle.

Pourquoi, mais pourquoi, était-il aussi sacrément séduisant ?

Au bout d'une longue minute pendant laquelle ils se mesurèrent du regard, Zach finit par lui mettre les points sur les i.

— Laisse-moi t'expliquer clairement les choses, chérie. Soit tu montes dans mon SUV et je te ramène chez toi, soit je vais rester ici avec toi aussi longtemps qu'il le faudra pour que ta voiture soit dépannée.

— Tu ne vas pas faire ça !

Zach croisa les bras sur sa large poitrine et se carra dans le siège-baquet.

— Regarde-moi bien.

Elle leva les yeux au ciel, horripilée par son sourire trop confiant et ses manières arrogantes.

— Tu as sûrement des choses bien plus intéressantes

à faire de ton temps que de rester assis ici avec moi toute la soirée. Alors, je te suggère d'aller t'en occuper.

— Je ne peux pas, c'est tout.

— Oh, pourquoi ne te mets-tu pas en quête d'autre chose à faire et ne me laisses-tu pas tranquille ? gémit-elle, alors qu'un léger tiraillement se manifestait au creux de son estomac.

Ses nausées matinales avaient presque complètement disparu quelques semaines auparavant, mais elle avait encore envie de vomir quand son estomac demeurait trop longtemps vide.

Pourvu que cet homme parte vite, qu'elle puisse enfin rentrer à l'intérieur de l'école et trouver quelque chose à grignoter dans la cafétéria avant d'être malade !

En outre, plus longtemps elle resterait en compagnie de Zach Forsythe et plus grandes seraient les possibilités qu'il découvre sa grossesse. Et même si elle avait l'intention de lui annoncer un de ces jours qu'il allait être père, elle n'était pas prête à le faire.

Du moins, pas pour l'instant.

Haussant les épaules, Zach secoua la tête.

— Je ne partirai pas tant que je ne serai pas certain que tu es tirée d'affaire. D'accord ?

— Et pourquoi donc ? Si je m'en souviens bien, tu ne paraissais pas avoir ce scrupule il y a quatre mois, rétorqua-t-elle sans pouvoir se retenir.

Le sourire de Zach s'effaça. Il décroisa les bras et tendit la main pour suivre du bout de son index la ligne de sa joue.

— Les circonstances étaient entièrement différentes

de maintenant. Alors, si tu ne sors pas de cette voiture pour monter dans la mienne de ton plein gré, je vais te soulever et t'y mettre moi-même.

Quand il la toucha, un frisson aigu remonta dans le dos d'Arielle.

— Est-ce une menace, monsieur Forsythe ?
— Non, chérie. C'est une promesse.

- 2 -

Zach extirpa son SUV du parking de l'école et s'engagea dans la rue.

Après lui avoir donné son adresse, sa jolie passagère s'était plaquée contre la portière côté passager, serrant très fort contre elle son imperméable trop grand comme une couverture de survie.

Il avait alors remarqué son extrême pâleur.

Du coup, son irritation de tout à l'heure face à l'obstination d'Arielle se transforma en inquiétude.

La jeune femme qu'il avait connue à Aspen était vibrante, extravertie et débordait de santé. Son comportement d'aujourd'hui et la pâleur troublante de son teint lui donnaient toutes les raisons de croire qu'elle couvait quelque chose.

— Tu vas bien ? demanda-t-il en lui jetant un autre coup d'œil.

— Je vais très bien.

S'arrêtant au croisement à un feu rouge, il se tourna vers elle.

— Je ne te crois pas. A côté de toi, un fantôme aurait plus de couleur.

Arielle secoua la tête.

— J'irai beaucoup mieux si tu te contentes de me

ramener chez moi. Une fois que j'aurai quelque chose à manger, j'irai très bien.

Quand le feu changea, il reconsidérait sérieusement sa décision de la ramener à son appartement, de lui dire adieu et de quitter ensuite la ville comme il l'avait prévu.

Sa conscience le harcelait.

Arielle était nouvelle en ville, elle n'avait pas de famille dans le secteur, autant qu'il le sache, et il était prêt à parier son dernier sou que ses seules connaissances locales étaient les personnes avec lesquelles elle travaillait. Comment, dans ce cas, la laisser se débrouiller toute seule alors qu'elle était de toute évidence malade ?

Il ne pouvait tout simplement pas agir ainsi.

Prenant une rapide décision, il piqua droit vers l'autoroute.

Cela n'allait peut-être pas lui plaire, mais elle avait besoin de quelqu'un à ses côtés jusqu'à ce que son malaise se soit dissipé. Et à la manière dont il envisageait les choses, il représentait à peu près la seule option qu'il lui restait.

— Que fais-tu ? demanda-t-elle en redressant la tête de la vitre contre laquelle elle était posée. Pourquoi as-tu dépassé ma rue ?

— Tu es malade, c'est évident. A mon avis, tu ne dois pas rester seule.

— Je vais bien, je te l'ai dit, répéta-t-elle. Maintenant, fais demi-tour et emmène-moi chez moi.

— Non.

Il changea de voie pour éviter une énorme flaque d'eau devant eux.

— Je t'emmène dans ma maison de week-end, au nord de la ville.

— Je... Je n'irai nulle part avec toi !

La voix d'Arielle tremblait un peu, et son teint pâle avait pris une coloration maladive, légèrement verdâtre.

— Tout ce dont j'ai besoin, c'est de quelque chose à manger, et je... serai comme neuve.

— Je vais laisser à Mattie, ma gouvernante, le soin d'en juger.

Il se sentirait beaucoup mieux si celle-ci surveillait l'état d'Arielle.

Mattie avait été comme une grand-mère pour Lana et lui, elle avait pris soin d'eux à chaque maladie infantile, un flacon de pommade respiratoire dans une main et du bouillon de poule maison dans l'autre.

— Ses remèdes de bonne femme sont aussi efficaces que n'importe quelle prescription médicale, ajouta-t-il.

— J'en suis certaine. Mais mon appartement est bien plus proche. Je te l'ai dit, je me sentirai très bien dès que je...

Elle s'interrompit brusquement.

— Arrête-toi. Je crois que je vais être... malade.

Avant même qu'elle ait fini sa phrase, il arrêta le SUV sur le côté de la route. Ouvrant la portière de son côté, il contourna le véhicule à la hâte pour aider la jeune femme à en sortir. Un bras passé autour de ses épaules, il la soutint pendant qu'elle vomissait.

Jusqu'au bout de la passion

S'il n'avait pas été certain auparavant d'avoir pris la bonne décision, désormais il l'était. La dernière chose dont elle avait besoin était de rester seule pour se colleter avec un mauvais cas de grippe intestinale.

— Je crois que... je vais... aller très bien maintenant, dit enfin Arielle en relevant la tête.

Après l'avoir aidée à réintégrer la voiture, il grimpa derrière le volant et mit le chauffage.

— Et si nous te débarrassions de cet imperméable ? proposa-t-il en tendant la main pour l'aider à retirer le vêtement complètement trempé. Je suis sûr que tu es gelée et mal à l'aise dans ce truc.

— Je préfère le garder sur moi, objecta-t-elle en secouant la tête et en s'accrochant aux plis du vêtement. Il est imperméable, l'intérieur est chaud et sec.

N'était-ce pas un éclair de terreur qu'il venait de voir passer dans les yeux noisette si expressifs ?

Pourquoi diable aurait-elle peur d'ôter son manteau mouillé ?

— Je ne suis pas absolument certain que ce soit une bonne idée, chérie.

— Moi si.

Comme elle reposait sa tête contre l'appui-tête, il la vit fermer les yeux comme si c'était pour elle un trop gros effort de les garder ouverts.

— Maintenant, dit-elle, veux-tu cesser de me dicter ce que je dois faire et m'écouter ? Je veux rentrer chez moi, dans *mon* appartement.

— Désolé, Arielle, mais je ne peux vraiment pas faire ça. Essaie de te reposer. Nous serons arrivés à mon ranch avant même que tu ne t'en aperçoives.

— Cela pourrait facilement passer pour un kidnapping, marmonna-t-elle, d'une voix qui lui parut extrêmement lasse.

— Pas si le prétendu kidnappeur essaie seulement de faire ce qu'il considère le mieux pour la soi-disant kidnappée, releva-t-il en remettant le moteur en marche et en se mêlant de nouveau au trafic intense de l'heure de pointe.

— Le mieux... de ton point de vue, protesta-t-elle en dissimulant avec délicatesse un bâillement derrière sa main.

— La seule chose qui compte pour l'instant, c'est le mien.

Devant l'expression d'infinie patience qu'exprimait le joli visage, il sourit.

— Maintenant, fais un petit somme, et je te réveillerai dès que nous arriverons au ranch.

Se sentant soudain soulevée entre des bras adroits et puissants, Arielle ouvrit les yeux.

— Que... Que diable es-tu en train de faire, Zach ?

La haussant vers lui, celui-ci lui adressa un immense sourire, qui lui donna l'impression que ses doigts de pieds se recroquevillaient dans ses chaussures détrempées.

— Tu n'es pas bien, donc je viens à ton aide.

Et s'il s'apercevait de la rondeur de son ventre ?

— Ce n'est pas parce que je ne suis pas à cent pour cent de ma forme que je suis incapable de descendre toute seule d'une voiture, l'interrompit-elle, cherchant désespérément à mettre un peu de distance entre eux.

— Tu as besoin de toute ton énergie pour combattre le virus dont tu es atteinte, quel qu'il soit, expliqua-t-il en la mettant debout.

Ayant fermé la portière du SUV, il lui passa un bras autour de la taille, l'attira contre lui et, sortant du garage, l'entraîna vers la maison le long d'une allée dallée.

— De plus, je ne veux pas courir le risque que tu t'évanouisses et que tu ajoutes un traumatisme physique à tes autres malaises.

Son étreinte si solide, si sécurisante, fit battre un peu plus fort le cœur d'Arielle.

— Combien de fois dois-je te le répéter ? Tout ce dont j'ai besoin, c'est un petit quelque chose à manger, et ensuite j'irai très bien.

Au moment d'entrer dans la cuisine, Zach cessa de la tenir.

— Mattie ?

— Cesse donc de hurler, Zachary. Je suis vieille, mais pas sourde.

Une femme aux cheveux gris qui avait l'air d'avoir largement dépassé la soixantaine sortit de l'office. A leur vue, elle s'arrêta net.

— Ai-je oublié que tu amenais de la compagnie pour le week-end ?

Zach secoua la tête.

— Non, mais Arielle est malade et ne peut pas rester seule. Sans doute une sorte de grippe. Et elle a besoin de tes soins les plus éclairés.

Arielle tenta de le repousser.

— Je n'ai pas la...

— Chut, chérie, dit-il tout contre son oreille, ce qui la fit frissonner. Mattie Carnahan, je te présente Arielle Garnier. Elle a besoin de vêtements secs. Vois si tu peux trouver dans les affaires de Lana quelque chose qu'elle puisse enfiler, pendant que je l'emmène dans la chambre d'amis.

L'entraînant le long d'un corridor, il ouvrit la porte d'une chambre élégamment décorée. Comme il tendait le bras pour l'aider à se débarrasser de son imperméable, elle secoua la tête et recula d'un pas.

— Je n'ai pas besoin de ton aide.

— Tu dois enlever ce vêtement, insista-t-il en avançant vers elle. Il est trempé.

De nouveau, elle fit quelques pas en arrière.

— La seule chose que je te demande, c'est de me laisser seule. Mais si tu ressens le besoin de faire quelque chose, trouve-moi quelque chose à manger, et ensuite ramène-moi à mon appartement. Y a-t-il là-dedans quelque chose qui t'empêche de comprendre ? Comment exactement puis-je te rendre les choses plus claires ?

Comme ils restaient là à échanger des regards furibonds, Mattie pénétra dans la pièce pour déposer sur le lit un pantalon et une veste de jogging et une grosse paire de chaussettes.

— Mon petit, déclara-t-elle, quand cet homme-là se met quelque chose en tête, il peut être aussi borné qu'un âne.

Elle fit signe à Zach de disparaître.

— Va sortir tes affaires de la voiture. Le souper sera sur la table le temps que tu les aies déballées.

Zach ne parut guère satisfait de voir la gouvernante prendre la situation en main.

— Je pourrai le faire plus tard. Je dois m'assurer qu'Arielle est…

— Va-t'en, crièrent-elles toutes deux d'une seule voix.

Marmonnant un juron, il finit par se détourner et quitter la pièce.

— Si vous avez besoin de quoi que ce soit d'autre, dit Mattie au moment de le suivre, faites-le moi savoir.

— Merci, dit Arielle, pleine de gratitude.

Au moins, la gouvernante lui avait donné un sursis face à l'oppressante virilité de Zach.

— Et je vous signale que je n'ai pas la grippe, ajouta-t-elle.

Mattie hocha la tête, fit un pas en arrière et ferma la porte.

— Zachary veut bien faire. Il ne se doute pas du tout que vous êtes enceinte, n'est-ce pas ?

Une peur glacée envahit Arielle.

— Je… Euh, non, en effet.

— Cela fait combien de temps, mon petit ? demanda Mattie, d'une voix si gentille et si compréhensive que cela dissipa toute appréhension chez Arielle.

Il était inutile de nier ce que la gouvernante avait deviné, même si elle n'avait aucune idée de la manière dont celle-ci avait pu s'en douter.

— Je ne suis enceinte que de quatre mois, mais je commence déjà à avoir un joli petit ventre rond.

Mattie hocha la tête.

— J'ai pensé que cela devait s'apercevoir un peu en

vous voyant si déterminée à garder votre vêtement et à bien le serrer. C'est pourquoi je vous ai apporté un jogging de Zachary plutôt que de sa sœur. Il faudra que vous rouliez les jambes et remontiez les manches, mais j'ai pensé que vous y seriez plus au large.

— Mais comment avez-vous su ? s'exclama Arielle, totalement stupéfaite de l'intuition de la gouvernante.

— Certaines femmes ont quelque chose de spécial en elles lorsqu'elles sont enceintes, et si j'ai jamais vu cet éclat chez une femme, c'est bien chez vous, révéla Mattie.

Elle haussa les épaules.

— Et, comme si ça ne suffisait pas, voilà Zachary qui me raconte que vous avez été malade sur la route en venant ici et que vous n'avez pas cessé de réclamer quelque chose à manger... Lorsque je portais mes deux garçons, il fallait que j'aie toujours quelque chose dans l'estomac.

Elle sourit.

— Maintenant, changez-vous et venez dans la cuisine. Je vais m'assurer que vous ayez quelque chose à manger avant d'avoir encore des nausées. Ensuite, je retournerai chez moi pour que Zachary et vous puissiez discuter de tout ça en privé.

Seigneur, cette femme était extralucide ?

Quand Mattie eut fermé la porte derrière elle, Arielle se débarrassa enfin de son imperméable trempé et se laissa choir sur le lit.

Il n'y avait pas eu la plus petite trace de condamnation dans la voix de la gouvernante, mais celle-ci suspectait visiblement que Zach était le père du bébé. Autrement, pourquoi les aurait-elle laissés seuls ?

Tout en enlevant ses vêtements mouillés pour les remplacer par le molleton douillet, Arielle poussa un profond soupir.

Apparemment, le moment était venu de parler du bébé à Zach et de discuter avec lui de la manière de gérer les questions de droit de garde et de visite.

Elle n'était pas pressée de le faire, mais ce serait presque un soulagement de révéler enfin sa grossesse au grand jour. En dehors de sa belle-sœur Hayley et de sa grand-mère récemment retrouvée, personne — même pas ses deux frères — n'avait la moindre idée qu'elle allait avoir un bébé.

Même si elle aimait Jake et Luke de tout son cœur, la seule pensée de les mettre au courant de sa grossesse lui donnait envie de s'enfuir vers des contrées aussi éloignées que possible.

Elle n'était plus désormais la petite fille de dix ans qu'ils avaient élevée après le décès de leur mère, mais ils continuaient encore à se mêler de sa vie. S'ils apprenaient la nouvelle, ils lui feraient part de ce qu'ils considéreraient comme le mieux à faire pour elle et pour son bébé. Et, bien qu'elle ait appris à leur résister, il ne faisait aucun doute qu'ils la convaincraient même de déménager et de se rapprocher de l'un d'eux.

Mais, finalement, ils n'auraient pas l'occasion de jouer une fois encore les grands frères protecteurs. Maintenant qu'elle avait retrouvé Zach, elle avait l'intention bien arrêtée de mener les choses comme elle l'entendait. Le jour où elle parlerait de sa grossesse à

Jake et à Luke, Zach et elle aurait déjà pris les décisions les plus importantes.

Elle finit de se changer en enfilant les grosses chaussettes épaisses et se leva pour gagner la cuisine, non sans une certaine appréhension.

En théorie, son plan paraissait logique et devrait fonctionner. Mais quelque chose lui disait que si le fait d'avouer à Zach Forsythe qu'il allait être père se déroulait comme le reste de la journée, alors elle ferait bien de s'attendre à ce que sa vie devienne encore plus compliquée qu'elle ne l'était déjà.

Quand Zach pénétra dans la cuisine, Arielle était déjà attablée devant une assiette où s'empilaient de la purée, des petits légumes et un steak grillé, le tout nappé de sauce à la crème.

Il fronça les sourcils en la voyant enfourner une grosse bouchée de steak.

— Tu ne devrais pas manger quelque chose de plus léger ? Un bouillon de poule serait un meilleur choix pour quelqu'un qui a la grippe.

Il la regarda fermer un instant les yeux, se délectant visiblement du goût de la viande.

Pour quelqu'un qui avait l'estomac dérangé, elle avait sans aucun doute un sacré appétit !

— Nous parlerons de la raison pour laquelle j'ai été malade quand j'aurai fini de manger, répondit-elle en prenant une tranche de pain de campagne. Mais peut-être me crois-tu maintenant quand je dis que je n'ai pas la grippe ?

— Laisse-la tranquille et assieds-toi, Zachary.

Mattie lui avait toujours donné son prénom entier, et bien qu'il ait préféré la version courte, il avait depuis longtemps cessé de lui demander de changer.

— Mais si Arielle n'a pas la grippe, qu'est-ce qui ne va pas chez elle ? demanda-t-il, tout en ayant la nette impression que les deux femmes étaient au courant d'une chose qu'il ignorait.

Sans paraître prendre garde à sa question, Mattie posa une assiette pleine de nourriture à sa place habituelle autour de la grande table ronde en chêne.

— Je vais traverser la cour pour rentrer chez moi avant que le sol devienne si boueux que l'on finisse par s'y enfoncer jusqu'aux genoux, déclara-t-elle. Si vous avez besoin de moi pour une chose ou une autre, appelez-moi, mais je ne remettrai les pieds ici que si quelqu'un saigne ou se brûle.

— Pleut-il toujours autant ? demanda Arielle, juste avant de faire disparaître sous les yeux médusés de Zach une pleine fourchette de purée.

Il ne parvenait pas à se remettre du changement qui s'était effectué chez elle. Plus elle mangeait, et moins elle avait l'air malade !

— Il paraît qu'il va pleuvoir tout le week-end, l'informa Mattie. Et dans ce cas, vous devrez vous débrouiller tous seuls demain et dimanche, parce que je suis trop vieille pour sortir par un temps comme celui-ci.

— Oh, ne vous inquiétez pas pour moi, répondit Arielle en avalant une grande gorgée de lait. Je ne serai plus là. Après dîner, Zach va devoir me ramener en ville. Mais j'ai été heureuse de faire votre connaissance, Mattie.

Jusqu'au bout de la passion

Comme ni lui ni Mattie ne faisaient de commentaire, elle fronça les sourcils.

— Y a-t-il quelque chose que je devrais savoir ?

— Veux-tu le lui dire, ou c'est moi ? proposa Mattie en reportant son attention sur Zach.

— Je vais le faire, concéda-t-il en s'installant à table.

Arielle posa lentement sa fourchette sur le bord de son assiette et prit un air circonspect.

— Me dire quoi ?

— Nous ne retournerons sans doute pas à Dallas avant, au mieux, le milieu de la semaine prochaine.

Elle le regarda, incrédule.

— Tu plaisantes, n'est-ce pas ?

— Je vous laisse discuter de tout ça, intervint Mattie. Je rentre chez moi avant que tout ne se déchaîne.

Elle décrocha sa veste du portemanteau près de la porte et sortit vivement.

Il entendit la porte se fermer tandis qu'Arielle restait assise en face de lui, à le regarder fixement par-dessus la table.

— Quand il pleut comme ceci, un des bras de la Trinity River remonte dans les affluents, lui expliqua-t-il. Le ruisseau d'ici déborde sur la grand-route. Tu dormais quand nous avons franchi le pont, mais c'était juste. En cet instant, je te parie que le pont et la route sont déjà sous plusieurs dizaines de centimètres d'eau.

— En d'autres termes, tu es en train de me dire que nous sommes coincés ici ?

Dans la bouche d'Arielle, la phrase sonnait plus comme une accusation qu'une question.

— Tu pourrais considérer cela comme de petites vacances, suggéra-t-il, reportant son attention sur sa propre assiette.

— Mais il y a un tas de choses dont je dois m'occuper à l'école, et j'ai un important rendez-vous !

Il hocha la tête.

— Moi aussi, j'ai des choses à faire. Mais cela ne change rien au fait que je ne peux pas repartir en voiture pour Dallas jusqu'à la décrue.

D'un seul coup, l'appétit d'ogre d'Arielle paraissait avoir disparu.

— N'y a-t-il pas une autre route qui ne soit pas inondée ? demanda-t-elle d'une voix faible.

Il s'agita malgré lui sur sa chaise.

— Pas vraiment. A la façon dont le ruisseau fait une courbe, il transforme cette partie du ranch en une sorte de péninsule. Puis, quand la pluie est trop intense comme maintenant, le raccourci qui traverse la propriété à sec prend l'eau, et cette partie se transforme en île.

— Voilà un plan de construction bien médiocre, tu ne trouves pas ? s'étonna Arielle, haussant ses sourcils au dessin parfait.

Il se mit à rire et haussa les épaules.

— Je suppose que cela peut le paraître maintenant, mais quand mon arrière-grand-père s'est installé ici il y a plus de cent ans, ça ne l'était pas. A cette époque, une source d'eau naturelle était essentielle à la survie du ranch. En outre, il y a plus de trois kilomètres entre le ruisseau et la partie sèche. Nous ne sommes pas menacés d'être inondés ici, sur la partie haute.

— Mais tu savais ce qui allait se passer, et tu t'es quand même entêté à m'amener ici ?

Vu son teint empourpré, Arielle était plus qu'un peu furieuse contre lui.

— Pourquoi, Zach ? Pourquoi as-tu fait cela, tout en sachant parfaitement bien à quel point je désirais rentrer chez moi ?

— Tu étais malade, et tu avais besoin de quelqu'un pour veiller sur toi, observa-t-il, exposant ce qu'il considérait comme une évidence. Et puisque tu n'as aucune famille à proximité, c'était le seul choix possible.

Arielle secoua la tête, remontée.

— Tu es… incroyable ! Si j'avais été malade et si j'avais eu besoin de quelqu'un pour s'occuper de moi, il aurait été plus logique de me ramener chez moi. C'était plus près de l'école. Et au moins, en ville, il y a des médecins et des hôpitaux à proximité. Et puis, rien de cela n'était nécessaire, puisque je *ne suis pas malade* !

En réalité, il n'était pas tout à fait certain de savoir pourquoi il l'avait amenée au ranch. Peut-être s'était-il agi pour lui de se racheter pour la façon dont il l'avait laissée en plan à Aspen sans même un simple au-revoir ?

Mais, quelle qu'en soit la raison, en s'apercevant qu'elle avait besoin d'aide, il n'avait tout simplement pas été capable de s'en aller.

— Si tu n'étais pas malade, alors pourquoi avais-tu l'air d'être aux portes de la mort ? Et pourquoi avons-nous été obligés de nous arrêter en chemin pour que tu puisses vomir ? observa-t-il, gagné à son tour par l'irritation.

Il vit la jeune femme respirer profondément. Puis, comme si elle était parvenue à prendre une décision, elle croisa résolument son regard interrogateur.

— Tu veux savoir pourquoi je suis malade quand je ne mange pas ? Ou, si je mange, pourquoi je dévore comme un bûcheron affamé ?

Plus le temps s'écoulait, et plus la nuque de Zach commençait à le picoter. Il eut la soudaine impression d'être sur le point d'apprendre quelque chose qu'il n'était pas prêt à entendre et qu'il n'apprécierait sans doute pas.

— Oui…

— Parce que c'est ce qui arrive à certaines femmes lorsqu'elles tombent enceintes, déclara Arielle d'un ton plein de défi.

Un silence s'abattit sur eux, tandis qu'il tentait de digérer ce qu'elle venait de lui révéler.

— Tu es enceinte ?

— Oui.

— Et de combien exactement ? demanda-t-il avec vivacité, tandis que son cœur martelait à l'intérieur de sa poitrine comme un marteau-piqueur fou.

Sans le quitter un seul instant du regard, Arielle répondit.

— Quatre mois.

Immédiatement, le regard de Zach se dirigea vers la veste de survêtement qu'elle portait.

Mais celle-ci était trop grande pour elle, et il était un petit peu trop tôt pour remarquer un quelconque signe révélateur d'épaississement au niveau de sa taille.

Incapable de rester assis, il se leva d'un bond et se mit à déambuler de long en large dans la cuisine.

Nul besoin d'être fort en maths pour imaginer que le bébé qu'elle portait était très probablement le sien.

— Et avant que tu le demandes, oui, déclara Arielle, confirmant ses soupçons. Je suis enceinte de ton bébé.

Un nœud douloureux se forma dans l'estomac de Zach au souvenir de cette autre fois où une femme avait porté son enfant.

— Mais nous avons utilisé des protections !

— Oui, mais un des préservatifs s'est déchiré, lui rappela Arielle.

C'était juste. A ce moment-là, il avait estimé que la probabilité pour qu'elle tombe enceinte de lui était extrêmement faible. A l'évidence, il s'était trompé...

Le désir de la jeune femme de rester seule à se sortir de sa voiture inondée et son refus d'enlever son immense imperméable prirent soudain dans son esprit toute leur importance.

Elle avait essayé de lui dissimuler sa grossesse !

Hochant la tête, il soulagea sa tension en se massant la nuque.

— Je m'en souviens, dit-il, les mâchoires serrées comme si elles étaient soudées. Mais pourquoi ne pas me l'avoir dit plus tôt ? Tu n'as pas pensé que j'avais le droit de le savoir ?

Il vit l'expression d'Arielle passer de la méfiance à une vertueuse indignation, et elle se dressa pour lui faire face.

— Je n'ai pas l'intention de te laisser t'en tirer en

jouant les victimes. Ah non, sûrement pas ! Tu m'as menti sur ton identité. Et jusqu'à ce matin compris, quand tu as fait irruption dans mon bureau et que tu m'as dit ton véritable nom, je m'imaginais mettre bientôt au monde le bébé de Tom Zacharias !

Sur le point de sortir de la cuisine, elle se retourna.

— Et note bien cela, Zach : j'ai désespérément recherché un homme qui n'existait même pas en me disant qu'il avait besoin de savoir qu'il allait être père.

Elle essuya les larmes qui jaillissaient soudain de ses yeux.

— Lorsque tous mes efforts se sont avérés vains... tu ne peux même pas commencer à imaginer à quel point je me suis considérée comme une idiote, le chagrin par lequel je suis passée. Alors ne... ne t'aventure pas de ce côté.

Longtemps après avoir vu Arielle se ruer dans le couloir en direction de la chambre d'amis, il resta planté au milieu de la cuisine.

Il avait un mal fou à croire que la vie avait pu si vite changer au cours des douze dernières heures.

En partant à l'école le matin, il n'avait rien d'autre en tête que d'avoir une conversation de bon aloi avec Helen Montrose pour l'amadouer en faveur de son coquin de neveu, et ensuite de regagner son bureau pour s'occuper de contrats et des plans de son tout dernier complexe hôtelier. Mais, en même temps qu'il découvrait que la vieille dame ne dirigeait plus l'académie Premier, une femme avait fait sa réapparition dans sa vie. Très précisément la seule avec laquelle il avait eu la tentation de nouer une relation depuis ses malheureuses fiançailles. Arielle Garnier.

Et Arielle était enceinte de son enfant.

La pensée d'être bientôt père faisait naître en lui une multitude de sentiments contradictoires.

S'il n'y avait pas eu son ex-fiancée, il aurait peut-être ressenti de la fierté et de l'excitation au sujet du bébé que portait Arielle. Mais à cause de Gretchen Hayden et de sa duplicité, un profond sentiment d'appréhension l'emplissait, dont il n'arrivait pas à se débarrasser.

Cinq ans plus tôt, il se félicitait de tout avoir : une affaire florissante, une future épouse et un bébé en route. Mais tout avait changé lorsque Gretchen, décidant que la maternité risquait de nuire à sa silhouette et que devenir l'épouse d'un entrepreneur de complexes hôteliers limitait par trop ses choix de vie, avait mis fin de sa propre initiative à la vie de leur bébé à naître.

Il prit une profonde inspiration afin de chasser l'horrible souvenir du jour où il avait découvert qu'elle avait commis l'irréparable.

Désormais, toute son attention allait devoir se concentrer sur la protection du bébé qu'Arielle et lui avaient conçu ensemble. Et cette fois-ci, les choses se termineraient d'une autre manière que cinq ans auparavant. Cette fois, il ne croirait pas aveuglément qu'Arielle désirait réellement son bébé. Il allait se charger *lui-même* de la protection de l'enfant.

Une partie de sa colère se dissipa — mais une partie seulement — lorsqu'il songea à la manière dont Arielle avait tenté de lui parler du bébé et à son chagrin de n'avoir pas pu le faire.

Il imaginait parfaitement l'incapacité dans laquelle s'était trouvée la jeune femme de le retrouver après leur séparation à Aspen. En effet, afin de préserver au maximum son anonymat, il se faisait toujours inscrire sous un faux nom lorsqu'il retenait une chambre dans l'un des hôtels qui lui appartenaient. C'était le seul moyen de se faire une idée précise de la qualité des services dont bénéficiait la clientèle et de l'efficacité et de la courtoisie de la direction de l'établissement. En outre, c'était une pratique courante de garder la plus stricte confidentialité concernant les clients. Si Arielle avait essayé de se renseigner à son sujet — et il avait toutes les raisons de croire qu'elle s'y était employée —, la direction du complexe ne lui avait fourni aucune information. Et même si le personnel avait fait une entorse au protocole en lui donnant le nom et l'adresse sous lesquels il s'était fait enregistrer, cela lui aurait été totalement inutile.

Mais cela n'expliquait en rien la raison pour laquelle elle ne lui avait pas parlé de sa grossesse dans son bureau le matin. Et elle avait eu également beaucoup d'occasions de le faire dans l'après-midi, quand il l'avait découverte assise dans sa voiture sur le parking de l'école. Et pourquoi ne lui avait-elle pas avoué la véritable raison de son malaise sur la route du ranch ?

Son appétit disparu, il débarrassa la table, jeta les restes et rangea les assiettes dans le lave-vaisselle.

Il laisserait à Arielle le temps de se calmer, mais ensuite il voulait des réponses. Et il n'irait pas se coucher sans les avoir obtenues.

Ayant enfin recouvré le contrôle de ses émotions, Arielle essuya les dernières traces de ses larmes et s'assit sur le bord du lit pour jeter un regard circulaire autour d'elle.

La chambre d'amis était décorée dans des teintes pêche et blanc cassé et, à un autre moment, elle aurait adoré y séjourner. Mais pour l'instant, elle lui faisait l'impression d'une cellule de prison, même si elle la trouvait très jolie.

Car elle avait échoué dans ce ranch lointain avec un homme qui lui avait menti sur son identité, l'avait abandonnée sans un mot et lui avait brisé le cœur.

Et, comme si tout cela ne suffisait pas, il lui en voulait de ne pas l'avoir prévenu de sa grossesse !

— C'est irréel, dit-elle à voix haute.

Mais ce qui était encore plus incroyable, c'était que sa vie suivait un cours parallèle à celui de la vie de sa mère.

Francesca Garnier était tombée amoureuse d'un homme qui lui avait donné deux garçons jumeaux avant de s'éclipser en toute simplicité. Puis, dix ans après, cet homme avait fait sa réapparition, restant juste assez longtemps pour renouer leur histoire amoureuse, avant de disparaître de nouveau — ce qui avait abouti cette fois à sa naissance à elle, Arielle. Enfin, quelques mois plus tôt seulement, lorsque ses frères et elle avaient fait la connaissance de leur grand-mère paternelle, ils avaient appris que leur père avait utilisé une fausse identité.

Au lieu de Neil Owens, l'artiste famélique qu'avait connu leur mère, leur père était l'abominable play-boy

Owen Larson, fils unique d'Emerald Larson, l'une des plus riches et des plus grandes réussites féminines du monde des affaires. Au cours des dix années qu'il avait passées loin de leur mère, Owen Larson avait eu trois autres enfants — tous des garçons, et tous avec des femmes différentes.

Cela paraissait si étrange qu'elle-même avait encore du mal à le croire. Mais quand Emerald s'était mise en rapport avec eux, ils y avaient gagné trois autres frères. Puis, considérant que les enfants Garnier étaient une partie de sa famille, Emerald leur avait offert à chacun une somme de plusieurs millions de dollars et la propriété d'une des sociétés qui faisaient partie de l'empire Emerald Inc. C'était ainsi qu'Arielle était devenue la nouvelle propriétaire de l'académie Premier et qu'elle s'était installée à Dallas.

Mais tout ceci était relativement concret. Autrement déroutant était le fait que, à l'instar de sa mère avec son père, elle soit tombée amoureuse d'un homme qu'elle avait cru aussi franc et droit qu'elle l'avait été avec lui. Puis que, tout comme son père avait agi avec sa mère, Zach lui ait délibérément menti afin de l'empêcher de le retrouver.

Secouant la tête pour dissiper ses pensées dérangeantes, elle se força à se concentrer sur son dilemme présent.

En dépit du stress et de la tension qu'elle avait ressentis ou parce qu'elle n'avait pas fini son repas, sa faim était revenue en force. Malheureusement, si elle allait chercher quelque chose à grignoter dans la cuisine, elle se heurterait sans doute à Zach. Et, bien qu'ils aient plusieurs points à discuter et des décisions à prendre, elle ne se sentait pas prête à le faire pour l'instant. Elle venait déjà de vivre une journée extrêmement perturbante.

Mais la décision lui échappa quand son estomac se mit à gargouiller.

Si elle attendait plus longtemps, elle allait encore avoir des nausées et, puisque Zach et elle étaient contraints de rester ensemble plusieurs jours en raison de l'inondation, elle n'avait guère le choix.

Avec un soupir, elle se leva, ouvrit la porte... et heurta de plein fouet la large poitrine de Zach.

— Oh, je... J'ignorais que tu étais là. Excuse-moi.

Il lui posa les mains sur les épaules comme pour la stabiliser, et son regard se posa aussitôt sur son ventre.

— Est-ce que tu vas bien ?

En dépit du contact de ses mains chaudes à travers le mince tissu et du timbre bas de sa voix qui lui faisait remonter des frissons le long du dos, elle se força à rester immobile.

— J'ai besoin de manger quelque chose, l'informa-t-elle sèchement.

— Oui, ce ne serait sans doute pas une mauvaise idée...

La relâchant, Zach passa la main dans son épaisse chevelure, ce qui lui laissa penser que la situation le mettait aussi mal à l'aise qu'elle.

— Aucun de nous deux n'a terminé son dîner, remarqua-t-il.

Il lui adressa un regard pensif, comme s'il réfléchissait à ce qu'il allait pouvoir dire ensuite, mais l'estomac d'Arielle gronda de nouveau.

— Je ferais bien de trouver quelque chose dans le réfrigérateur, le pressa-t-elle. Ou je vais le regretter.

— Oh, oui, bien sûr, admit-il en retournant pour la précéder.

Une fois dans la cuisine, il alla droit au frigo.

— Veux-tu un sandwich, ou préfères-tu autre chose ?

— Un sandwich et un verre de lait, ce serait parfait, répondit-elle, s'efforçant de ne pas penser à quel point son hôte était séduisant.

Il s'était changé et avait enfilé un jean usé et un T-shirt noir qui mettait en valeur chaque muscle de son torse bien dessiné.

C'était sans aucun doute possible le plus bel homme qu'elle avait jamais vu. Elle l'avait pensé à Aspen, et elle le pensait toujours maintenant.

Oui, mais c'était ce genre de chose qui l'avait fait atterrir tout droit dans son lit et l'avait menée en fin de compte à cette fâcheuse situation. Elle ferait bien de se le rappeler et de se concentrer sur la conversation qu'ils allaient avoir à propos du bébé.

Quel rôle — s'il devait en avoir un — Zach Forsythe avait-il l'intention de jouer en sa qualité de père du bébé ?

— Si tu veux bien me dire où se trouvent les verres, je servirai le lait, proposa-t-elle en se forçant à détourner le regard du jeu de ses biceps tandis qu'il tirait la bouteille de lait de la porte du réfrigérateur.

— Je vais m'en occuper.

Il se dirigea vers l'office.

— Pourquoi ne pas prendre une miche de pain et voir si tu peux trouver un sac de chips ?

Tandis qu'il remplissait de lait leurs deux verres, elle rapporta le pain et un sac de bretzels, et quand tout fut sur la table, ses nerfs étaient tendus à se rompre.

Tous deux se comportaient avec affabilité et politesse, mais il existait un courant sous-jacent de tension à couper au couteau.

— Il faut que nous en finissions, Zach, déclara-t-elle en s'asseyant à table.

Elle dut le reconnaître, Zach ne feignit pas l'ignorance et ne tenta pas de faire semblant ne pas comprendre à quoi elle faisait allusion.

— Je ne veux pas te bouleverser plus que tu ne l'es déjà ce soir, commença-t-il en posant deux assiettes sur la table. Je parierais le projet de mon prochain hôtel que cette discussion risque au mieux d'être tendue.

Si elle s'était imaginé que leur entretien allait être déplaisant, cette atmosphère tendue entre eux était encore pire maintenant, alors autant en finir au plus vite.

— J'en suis tout à fait consciente, admit-elle en tendant la main vers le paquet de dinde tranchée. Mais ne pas mettre les choses au clair ne va pas les rendre plus faciles.

Elle grignota un bretzel.

— Par où désires-tu commencer ?

Zach fit un geste de la main.

— Nous irons dans mon bureau après avoir mangé.

A mon avis, ce ne serait pas une bonne idée d'interrompre de nouveau un repas, n'est-ce pas ?

— Sans doute pas, avoua-t-elle en mordant dans un sandwich.

Ils gardèrent tous deux le silence en mangeant, et lorsqu'ils eurent débarrassé, elle découvrit qu'elle attendait avec impatience la confrontation qui allait suivre.

Ce serait un soulagement d'en finir afin qu'ils puissent avancer.

Zach était un homme d'affaires brillant, tout comme ses frères. Il allait commencer par poser des exigences et lui dire ce qu'il attendait d'elle, cela ne faisait aucun doute. Mais, grâce aux rapports qu'elle avait entretenus avec ses frères depuis des années, elle avait appris à défendre ses droits et savait exactement ce qu'elle était prête à accorder en retour.

Plus tôt il le comprendrait, mieux ce serait.

Quelques minutes plus tard, il la faisait entrer dans son bureau.

Elle regarda autour d'elle avant de s'asseoir dans l'un des luxueux fauteuils placés devant la cheminée.

Pas question pour elle de s'installer face au bureau. Car si Zach s'asseyait derrière, plutôt un patron s'adressant à son employée, cela lui donnerait un énorme avantage psychologique. Et elle n'était pas prête à lui laisser la moindre marge.

— Comment cette grossesse a-t-elle bien pu aller aussi loin ? demanda-t-il en venant se placer près de la cheminée.

Jusqu'au bout de la passion

Une fois de plus, son regard était posé sur le ventre d'Arielle.

— As-tu eu d'autres problèmes que d'être obligée de manger souvent ?

Elle haussa les épaules.

— Pas vraiment. En dehors d'une quinzaine de jours d'intenses nausées matinales, tout s'est très bien passé.

— Aussi longtemps que tu t'alimentes fréquemment ?

— Exact.

Lorsqu'elle avait découvert qu'elle était enceinte, elle avait espéré que, une fois retrouvé, l'homme qui lui avait fait l'amour avec tant de tendresse serait, sinon heureux, du moins intéressé par leur enfant. Et en fait, il semblait très intéressé. Mais elle ne pouvait ignorer à quel point il lui avait menti. Lui faire confiance maintenant, ce serait pure folie.

— Quand connaîtras-tu le sexe de l'enfant ? interrogea-t-il, croisant son regard.

— Je ne sais pas encore très bien. Lundi, mon médecin obstétricien a prévu une échographie pour s'assurer que tout va bien, mais je ne sais pas si on peut déterminer si tôt le sexe de l'enfant. Mais je vais être maintenant obligée de déplacer mon rendez-vous. Inutile de te rappeler pourquoi.

A sa surprise, Zach secoua la tête.

— Tu n'auras pas besoin de le déplacer. Je vais appeler mon pilote pour qu'il ramène l'hélicoptère de Dallas.

— Mais... tu n'avais pas dit que nous étions bloqués ici jusqu'à la décrue ?

De nouveau, il secoua négativement la tête.

— Je t'ai dit que je ne pourrais pas te ramener en ville « en voiture », je n'ai jamais prétendu que tu étais complètement bloquée ici. En outre, c'était avant que je sois au courant pour le bébé et l'échographie.

Il lui adressa un sourire plein de détermination.

— Ne t'inquiète pas. Je vais m'assurer que nous ne rations pas ce rendez-vous ni tous les autres jusqu'à ton accouchement.

— « Nous » ?

— Tu ne croyais quand même pas que je n'allais pas m'impliquer après avoir appris que j'avais un bébé en route, n'est-ce pas ?

Il y avait comme une sorte de défi sous-jacent dans sa voix. Ils approchaient manifestement d'une phase plus tendue de leur discussion.

Elle croisa résolument son regard.

— Pour être tout à fait honnête, j'ignorais si tu t'en soucierais ou pas. Si tu t'en souviens, l'homme que j'ai cru connaître n'existe pas...

L'intense lueur qui étincela soudain au fond des yeux verts de son interlocuteur lui coupa le souffle.

— Chérie, la seule différence entre moi et l'homme qui t'a fait l'amour à Aspen, c'est son nom.

— Vraiment ? le défia-t-elle, ignorant le tourbillon brûlant créé par le souvenir pour mieux se concentrer sur le chagrin et la déception qui l'avaient anéantie lorsqu'elle avait découvert qu'il l'avait abandonnée.

— Alors, quand tu n'utilises pas un pseudonyme, tu

as l'habitude de te servir des femmes et de les laisser derrière toi, sans même les réveiller pour leur dire au revoir ?

— Non, et ce n'est pas ce qui s'est passé, répliqua Zach. Ce matin-là, j'ai dû retourner à Dallas...

— A dire vrai, jeta-t-elle, cela n'a vraiment aucune importance.

Elle vit bien que Zach était en colère d'avoir été interrompu, mais c'était son problème, pas le sien. Elle avait sa fierté et ne souhaitait pas particulièrement l'entendre dire qu'il s'était éclipsé parce qu'il était fatigué d'elle ou que les choses entre eux avaient été trop vite et qu'il voulait éviter une scène désagréable.

— La seule chose dont nous ayons besoin de parler maintenant, c'est de savoir où nous allons à partir d'ici, déclara-t-elle d'une voix ferme. Je suis parfaitement capable de prendre en charge les besoins du bébé, aussi je ne veux pas ni n'ai besoin d'aide financière de ta part. Ce que je veux savoir, c'est de quelle manière tu souhaites t'impliquer dans la vie du bébé. Souhaites-tu avoir le droit de visite chaque week-end, une fois par mois ou pas du tout ?

Pupilles rétrécies, Zach fit un pas vers elle.

— Oh, mais j'ai bien l'intention de m'impliquer dans *chaque aspect* de la vie de mon enfant, Arielle. Et en ce qui concerne le droit de garde, les visites et le soutien matériel de l'enfant, il est inutile de conclure un quelconque accord.

— Que veux-tu dire ?

Il ne s'attendait tout de même pas à ce qu'elle lui laisse entièrement la garde de son bébé ? Si tel était le cas, il allait s'engager dans la bataille la plus longue et la plus nauséabonde de son existence.

— J'aime ce bébé, et je ne le donnerai ni à toi ni à personne d'autre, déclara-t-elle.

Réduisant la distance qui les séparait, Zach se posta devant elle, la dominant de toute sa taille, comme le faisaient ses frères quand elle était convoquée par eux pour quelque chose qu'ils désapprouvaient.

— Je ne suis pas en train de te dire que je veux la garde pleine et entière, chérie. Mais passer du temps avec mon bébé et le prendre en charge ne sera pas un problème, vois-tu. Parce que, dès que nous serons revenus à Dallas, toi et moi allons nous marier.

- 3 -

Zach regarda Arielle ouvrir et fermer la bouche à plusieurs reprises avant de s'exclamer enfin :

— Tu n'es pas sérieux ?

Si jamais une femme avait ressemblé à une biche prise dans les phares d'une voiture, c'était bien Arielle Garnier.

Maintenant qu'il avait obtenu toute son attention, peut-être allait-elle commencer à l'écouter ?

— Sois-en certaine, je suis très sérieux.

Il croisa les bras sur son torse et baissa les yeux sur la femme qu'il avait l'intention d'épouser.

— Je ne plaisante pas à propos de quelque chose d'aussi important que d'échanger des vœux, chérie. Si tu veux bien te le rappeler, je t'ai dit ce matin que je ne voudrais pas d'un enfant hors des liens du mariage. Et j'en pensais chaque mot.

Il vit la colère étinceler dans les yeux noisette de la jeune femme.

— Et comme *je* te l'ai dit ce matin, il n'est pas nécessaire d'être marié pour avoir un enfant.

— Cela fonctionne peut-être pour d'autres personnes, mais pas pour moi. Voilà mon opinion : lorsqu'un homme met une femme enceinte, il reste à ses côtés et fait ce qu'il doit faire. Nous serons mariés dès que possible.

— Oh non ! Pas question.

Arielle se dressa sur la pointe des pieds et lui tapa du bout de l'index au milieu de la poitrine.

— Laisse-moi te dire quelque chose, monsieur le Haut et Puissant Personnage : il va falloir t'habituer à l'idée d'être père célibataire, parce que je ne t'épouserai pas, même si tu te traînais à genoux pour me supplier.

Il n'était pas habitué à ce qu'on ose ainsi le défier ouvertement, ni dans le monde des affaires ni dans sa vie privée. Et si qui que ce soit avait l'audace de le contredire, celui-ci se retrouvait pris dans un conflit de volontés qu'il était plus que probablement certain de perdre.

Cependant, pour une raison sur laquelle il ne parvenait pas à mettre le doigt, il trouvait le défi d'Arielle assez amusant, pour ne pas dire très mignon.

Etait-ce dû à leur considérable différence de taille ?

Du haut de son mètre quatre-vingt-dix, il dominait la jeune femme. Même si cela ne paraissait pas l'intimider le moins du monde.

C'était peut-être aussi le fait qu'il ne s'était jamais trouvé face à une femme enceinte qui lui tapait sur la poitrine pour se faire entendre comme Arielle venait de le faire...

Il avait du mal à résister à une forte envie de sourire.

Leur mariage allait être tout sauf ennuyeux.

— Il ne faut jamais dire jamais, chérie.

— Je te le dis maintenant, cela n'arrivera pas, déclara-t-elle en secouant la tête. Etre marié n'est pas nécessaire pour avoir un bébé. On peut avoir recours à d'autres arrangements pour que tu puisses jouer un rôle égal dans la vie du bébé. Donc, tu ferais bien de commencer à réfléchir là-dessus et cesser d'exiger un mariage qui ne se produira jamais.

Il ne lui donna pas le temps de changer d'avis. Il la prit dans ses bras.

— D'abord et avant toute chose, calme-toi, Arielle. La contrariété n'est bonne ni pour toi ni pour le bébé.

L'attirant contre lui, il sourit.

— Et deuxièmement, que tu le veuilles ou non, cela *va se faire*. Aussi, je te suggère de t'habituer très vite à cette idée et de commencer à penser à la robe que tu vas porter et si tu veux ou non que tes frères viennent te conduire à l'autel. Si tu souhaites qu'ils soient présents, j'ai l'intention d'attendre jusqu'au prochain week-end, mais pas plus longtemps.

Encore une fois sans lui laisser le temps de protester, il inclina la tête et la fit taire d'un baiser.

Au moment où sa bouche se posa sur celle d'Arielle, le souvenir de ce qu'ils avaient partagé à Aspen revint le frapper par surprise.

Depuis l'instant où il avait aperçu Arielle, le matin, il s'était demandé si ses lèvres parfaites étaient toujours aussi douces et si sa réaction serait aussi passionnée et débridée que dans son souvenir.

D'abord, la jeune femme resta sans bouger entre ses bras. Mais tandis qu'il renouait avec sa douceur, il prit conscience que la tension qui l'habitait commençait à se dissiper.

Saisissant l'occasion, il approfondit le baiser.

Enfin, à son immense satisfaction, elle entrouvrit les lèvres avec un léger soupir et le laissa pénétrer dans les tendres profondeurs de sa bouche, tout en lui nouant les bras autour de la taille.

Ces signes de consentement l'encouragèrent à l'explorer avec une ardeur qui lui rappela bientôt que plusieurs longs mois s'étaient écoulés depuis qu'il l'avait tenue contre lui et lui avait fait l'amour.

Tout en lui caressant la langue à petits coups avec la sienne, il sentit le bas de son corps se contracter et son cœur galoper.

Sa mémoire défaillante avait oublié la griserie de ses baisers et à quel point elle était bien à sa place entre ses bras !

Incapable de résister, il laissa glisser ses mains sur les hanches d'Arielle. Lentement, il les fit passer sous son haut puis remonter le long de ses flancs vers l'arrondi de ses seins. Se rendant compte qu'elle ne portait pas de soutien-gorge, il prit sans un instant d'hésitation ceux-ci au creux de ses paumes.

Les douces éminences étaient plus pleines, sans doute en raison de sa grossesse, et lorsqu'il en effleura légèrement les pointes durcies avec ses pouces, le petit gémissement d'Arielle lui indiqua qu'elles étaient également d'une extrême sensibilité.

Tout en continuant à renouer connaissance avec son corps, il la serra davantage contre lui, et le léger renflement de son ventre lui remit à la mémoire leur situation actuelle et les sentiments cruels qui le tourmentaient encore.

Arielle disait qu'elle aimait et désirait le bébé dont il était le père, mais il avait déjà entendu cela dans la bouche d'une autre femme. Juste avant que celle-ci ne provoque volontairement une fausse-couche.

Soucieux soudain de mettre un peu de distance entre eux, il interrompit le baiser et, abandonnant les seins d'Arielle, il fit retomber son vêtement et s'écarta d'un pas.

Satisfait de constater son expression abasourdie, il devina qu'elle était aussi secouée que lui par leur baiser.

Cependant, si son expérience passée lui avait appris quelque chose, il ne permettrait plus que son jugement soit obscurci par la brume du désir. En outre, ils avaient pour l'instant un tas de choses à discuter sans y ajouter une nouvelle complication.

— Pourquoi as-tu fait cela ? demanda Arielle, délicieusement hors d'haleine, comme ils restaient debout à se fixer l'un l'autre.

Ses joues avaient pris une teinte rose foncé, et il ne savait pas trop si ce surcroît de couleur était dû à la passion ou à de l'embarras d'avoir réagi avec une telle précipitation.

Sans doute un mélange des deux.

— T'embrasser était le seul moyen à ma disposition de t'arrêter de te disputer avec moi, dit-il.

D'un revers de main, elle s'essuya les lèvres comme si elle voulait effacer le baiser.

— Oui, eh bien, ne recommence pas.

Il enfouit les mains dans ses poches de jean comme pour se retenir de les tendre de nouveau vers elle.

— Auparavant, tu aimais que je t'embrasse, lui rappela-t-il.

— C'était avant de découvrir à quel point tu peux être menteur.

Si les regards pouvaient tuer, celui d'Arielle l'aurait sans nul doute assassiné en deux petites secondes.

— A quelle heure, ton rendez-vous pour l'échographie ? demanda-t-il.

Elle lui jeta un regard indécis.

— Lundi après-midi à 15 heures. Pourquoi ?

— Je m'arrangerai avec mon pilote pour qu'il vienne nous prenne lundi avant midi.

Il calcula le temps de vol de l'hélicoptère pour les ramener à Dallas.

— J'ai des vêtements ici, mais cela devrait nous laisser un peu plus de temps pour aller chez toi afin que tu puisses te préparer et être à l'heure à ton rendez-vous.

Arielle fit non de la tête.

— Je suis certaine que tu dois avoir un complexe à construire ou toute autre affaire qui requiert toute ton attention. Tu n'es pas obligé de m'accompagner. Je me débrouillerai parfaitement sans toi.

Oh que si, il allait l'accompagner ! Mais il n'allait pas lui dire qu'il ressentait l'obligation de protéger son enfant encore à naître, même si elle ne lui avait pas donné de raison valable de s'inquiéter.

— Faire une croix sur mes rendez-vous de la journée ne sera pas une grande affaire, dit-il.

Il haussa les épaules.

— J'avais déjà prévu de passer ici quelques journées supplémentaires en raison de l'inondation. En outre, c'est la beauté d'être son propre patron. On peut faire ce que l'on veut quand on en a envie, et personne n'a son mot à dire à moins de ne pas se soucier d'être viré.

— Permets-moi de mettre les choses au point, Zach.

A sa manière de serrer les poings le long de ses flancs, il devina que la frustration d'Arielle approchait du point de rupture.

— Je ne *veux pas* que tu m'accompagnes chez le médecin.

— Pourquoi donc ? Tu as prétendu que tu avais passé plusieurs semaines à me chercher. Et maintenant, tu m'annonces que tu ne veux pas me voir auprès de toi ?

— Je t'ai recherché en pensant que tu voudrais sans doute savoir que tu allais avoir un enfant, dit-elle d'une voix compassée. Et non parce que je désirais ta présence à mes côtés quand j'ai des rendez-vous chez le médecin ou pour faire « ce qui est bien ».

Il se balança sur ses talons.

— C'est dommage, chérie. Parce que je vais aller chez le médecin avec toi, et il n'existe absolument rien qui puisse m'en empêcher.

Il ajouta avec un sourire :

— Et je ferai ce qui est bien et ferai de toi ma femme.

— Je ne comprends pas pourquoi tu t'obstines tellement sur ce point, grommela Arielle.

— Je pourrais en dire autant de toi.

Elle ferma les yeux une seconde comme si elle se retenait de se le gifler, et quand elle les ouvrit, ceux-ci étincelaient de colère.

— Je te donne ma parole que je te répéterai tout ce que dira le médecin. Je te ferai même tirer une autre copie de l'échographie.

Il aurait bien aimé croire qu'Arielle serait totalement honnête avec lui, mais il ne pouvait en être certain à cent pour cent. Après tout, il avait fait confiance à son ex-fiancée, et cela s'était terminé en tragédie.

— J'en suis certain, dit-il. Mais je suis du genre prudent, chérie. Je ne me fie jamais à une information de seconde main, et je veux entendre moi-même ce que cet homme a…

— Cette *femme*, corrigea-t-elle. Mon obstétricien est une femme.

— D'accord. Je veux entendre ce que cette femme a à dire.

Il sourit et s'avança avant de lui poser la main sur le ventre.

— Je suis le père. Je suis en droit de savoir ce qui se passe et également de découvrir en même temps que toi si nous allons avoir un garçon ou une fille.

Arielle secoua la tête et repoussa sa main.

— Je n'ai pas dit que tu ne le saurais pas. Mais ne t'est-il pas passé par la tête que je pourrais me sentir gênée de ta présence dans la pièce pendant la consultation ?

Il ne s'était pas attendu à cela.

Avant d'avoir pu se retenir, il tendit la main vers

la peau crémeuse de sa joue, qu'il caressa du bout de l'index.

— Pourquoi, Arielle ? Ce n'est pas comme si je n'avais pas eu une connaissance intime de ton corps avant.

— Il y a plusieurs mois de cela, et bien des choses ont changé depuis, dit-elle en détournant le regard.

— Lesquelles ? protesta-t-il, luttant contre une intense envie de la reprendre dans ses bras. Nous sommes toujours les deux mêmes personnes qui ont passé toute une semaine à Aspen.

Sous ses yeux, la coloration des joues d'Arielle s'accentua.

— Je ne voulais pas parler de cela.

— De quoi, alors ?

— Après m'être réveillée seule pour découvrir que je ne signifiais absolument rien pour toi, je n'ai pas exactement envie de t'avoir dans les parages, déclara-t-elle d'un ton catégorique. Et je ne veux pas non plus entendre parler de la raison pour laquelle tu es parti.

Il secoua la tête.

Le chagrin qu'il lui avait causé était regrettable. Mais c'était désormais une chose impossible à changer.

— Je suis désolé que tu le ressentes ainsi, chérie. Mais cela va devoir changer, et très vite.

Il lui prit le menton entre le pouce et l'index et, le haussant vers lui, la força à le regarder dans les yeux.

— Une fois mariés, nous serons tout le temps ensemble. Nous allons vivre ensemble, nous rendre ensemble à tes rendez-vous prénataux et… partager le même lit.

Un court moment, il entendit la jeune femme retenir son souffle, puis elle s'écarta de lui.

— Je ne le pense pas.

Et comme elle se détournait, prête à partir, elle ajouta :

— Cela n'arrivera pas, tu ferais aussi bien de t'y habituer rapidement.

Il la regarda se précipiter hors de la pièce.

Oh si, cela allait arriver. Ils seraient mariés dès qu'il aurait obtenu une licence de mariage.

Lorsqu'il désirait quelque chose, il faisait tout pour l'obtenir, avec une détermination qui ne lui manquait jamais pour obtenir le résultat escompté, Arielle allait devoir s'y habituer.

De tout ce qu'elle lui avait raconté et à la façon dont elle avait agi, il ressortait apparemment qu'elle était heureuse et impatiente d'avoir son enfant. Mais lui ne pouvait plus se fier aux apparences. C'était pour cette raison qu'il avait bel et bien l'intention de faire d'elle Mme Zach Forsythe et s'assurer ainsi le droit de superviser tout ce qui allait se passer pendant le reste de sa grossesse.

Abandonnant le bouquin qu'elle était en train de lire, Arielle se déplaça afin de trouver une meilleure position pour regarder tomber la pluie depuis son fauteuil.

Elle avait réussi à éviter Zach au petit déjeuner en se levant aux alentours de l'aube et en rapportant deux muffins et un verre de lait dans la chambre d'amis. Mais elle n'était pas assez naïve pour s'imaginer qu'elle pourrait en faire autant au déjeuner. En fait, elle était

Jusqu'au bout de la passion

étonnée que Zach ne l'ait pas cherchée alors qu'elle était restée toute la matinée dans sa chambre.

Poussant un soupir, elle posa sur son ventre une main chargée de tendresse.

Elle pouvait très bien comprendre le désir de Zach d'être proche de son enfant, mais cela ne devait pas se transformer en discussion de marchands de tapis. Ils pourraient certainement trouver quelque chose d'acceptable pour tous les deux, sans pour cela entrer dans une union immuable.

Lorsqu'elle se marierait, ce serait pour de bon. Elle voulait tout : un foyer, une famille et un mari qui l'aimerait. Et pas du tout ce genre de mariage sans amour qu'elle connaîtrait si elle acceptait le plan de Zach.

Perdue dans ses pensées, elle sursauta quand on frappa à la porte.

Sans lui laisser le loisir de répondre, Zach entra.

— Est-ce que tout va bien, Arielle ?

— Je vais très bien.

Du moins était-ce le cas avant qu'il ne pénètre dans la pièce.

Seigneur, si elle l'avait trouvé beau la veille au soir, cela ne pouvait être comparé avec aujourd'hui. Zach n'était pas seulement séduisant, il était absolument superbe !

Le jean délavé qu'il avait enfilé descendait bas sur ses hanches minces. Il ne s'était pas soucié de boutonner sa chemise de percale bleu clair, ce qui laissait un alléchant point de vue sur son torse et ses pectoraux saillants.

Soudain, elle se revit pressée contre sa poitrine

pendant qu'ils faisaient l'amour et qu'elle sentait contre elle chacun de ces muscles parfaitement dessinés.

Ce souvenir provoqua en elle quelques palpitations, et son souffle se creusa.

— Es-tu certaine que tout va bien, Arielle ? répéta Zach en fronçant les sourcils.

— Oh, hum… Oui, certaine.

Comme elle faisait mine de se lever, il secoua la tête.

— Je sais à quel point c'était difficile pour ma sœur de trouver une position confortable, même aux premières étapes de sa grossesse.

— Certaines collègues de l'école m'ont dit que me sentir à l'aise va devenir un problème au fil du temps, admit-elle.

Zach marcha vers le fauteuil près du sien et s'assit. Lui soulevant les jambes, il les posa sur ses genoux.

— Lana a eu un tas de difficultés car ses pieds et ses jambes se fatiguaient, dit-il en lui massant doucement un pied. Est-ce que cela te fait du bien ?

Elle aurait pu mentir et lui dire que non, mais à quoi bon ? Rien qu'à voir son visage, il pouvait deviner que c'était le cas.

— En fait, c'est paradisiaque, avoua-t-elle en fermant les yeux, tandis qu'il s'occupait adroitement de sa voûte plantaire.

Elle n'aurait jamais imaginé qu'un massage des pieds avait ainsi le pouvoir de chasser toute la tension du corps.

— As-tu des crampes musculaires ? demanda Zach tandis que ses mains poursuivaient leur magie.

— Pas trop. J'ai eu parfois quelques crampes dans les jambes quand je dormais, mais c'est à peu près tout.

Il repoussa la jambe de son pantalon, et ses mains commencèrent à remonter délicatement au-dessus de ses chevilles.

— Comment tes frères ont-ils accueilli la nouvelle pour le bébé? poursuivit-il sur le ton de la conversation.

Sur leur passage, ses doigts faisaient monter en elle une sensation d'euphorie, et il lui fallut un moment pour prendre conscience de la question posée.

Ouvrant les yeux, elle secoua la tête.

— Je ne leur ai encore rien dit.

Il changea de côté et passa à l'autre jambe.

— Et pourquoi ça? J'étais resté sur l'impression que tu avais de bonnes relations avec eux.

— Nous sommes très proches, oui...

Les mains de Zach se déplaçant sur sa jambe provoquaient dans la tête d'Arielle une certaine difficulté à se concentrer. Elle dut s'interrompre un instant pour rassembler ses idées.

— Mais je suis presque certaine qu'ils ne vont pas être très heureux de mes récentes décisions.

Zach cessa son tendre ministère, et une étincelle anxieuse apparut dans ses prunelles vertes.

— Ils ne te pousseraient pas à mettre fin à ta grossesse, n'est-ce pas?

— Oh non, pas ça.

Elle était absolument certaine que ses frères ne feraient rien d'approchant.

— Tous les deux seront absolument fous de leur neveu ou nièce.

— Alors, quel est le problème ? insista Zach en se remettant à lui masser les jambes avec soin.

— Au lieu de me laisser m'installer à Dallas, ils aimeraient que je vienne vivre auprès de l'un d'eux.

Elle poussa un soupir.

— Autant je les adore tous les deux, autant je préférerais avaler une affreuse grosse bête plutôt que ça.

Zach renversa la tête et se mit à rire.

— Je vois que tu t'exprimes toujours de manière à ne laisser aucun doute sur ce que tu penses.

Le son de son rire généreux fit passer le long des nerfs d'Arielle une sensation de picotement.

Le sens de l'humour de cet homme était l'une des nombreuses choses qu'elle avait trouvées irrésistibles en lui.

Elle haussa les épaules et lui sourit.

— Eh bien, c'est la vérité. Luke voudrait me prendre avec lui et sa nouvelle épouse Hayley à Nashville. Quant à Jake, il s'obstinerait pour que je m'installe dans son nouvel appartement de Los Angeles.

— En d'autres termes, tu devrais choisir entre les deux ? résuma Zach.

— Pas exactement. Mais qu'il s'agisse de l'un ou l'autre, je serais contente de vivre avec eux…

Elle s'efforçait de se concentrer sur ce qu'elle voulait dire, mais la sensation des mains de Zach caressant la peau sensible juste derrière son genou rendait la chose plutôt difficile.

— D'abord, Luke et Hayley ne sont mariés que depuis deux mois, et ils ont besoin d'être seuls, poursuivit-elle. En outre, ils ont un bébé en route, et je ne pense pas que Luke puisse survivre à la compagnie de deux femmes ayant en même temps des sautes d'humeur et des moments d'attendrissement émotionnel.

Zach fit semblant de frissonner.

— Oh, Dieu, non ! Une seule femme en plein déchaînement d'hormones, c'est bien suffisant à supporter. Mais deux ? Il y a de quoi pousser un homme à prendre ses jambes à son cou.

Il se pencha vers elle d'un air horrifié.

— Ma sœur est venue vivre chez moi pendant une brève période lorsqu'elle était enceinte et qu'elle faisait repeindre son appartement. Je ne savais jamais si ce que je disais allait la mettre en colère au point de vouloir me couper la tête ou si cela allait la faire sangloter comme si elle avait le cœur brisé.

Il baissa la tête.

— C'était comme de vivre avec le Dr Jekyll et Mme Hyde.

— Ta sœur est célibataire ?

Si sa sœur était mère célibataire, pourquoi Zach insistait-il autant pour qu'ils se marient ?

Elle le vit acquiescer de la tête.

— Lana désirait un enfant, mais après quelques relations ratées, elle a décidé que se rendre dans une banque du sperme était la réponse qu'il lui fallait.

Il cessa de lui masser les jambes mais les garda sur ses genoux.

— Et, avant que tu me poses la question, je n'ai pas eu le temps d'en discuter avec elle auparavant. Mais ensuite, j'ai soutenu sa décision, et maintenant je l'aide à s'en sortir avec Derek chaque fois qu'elle a besoin de moi.

— Jake et Luke en feront autant avec moi.

— Ils n'en auront pas besoin, dit Zach avec un regard chargé de signification. Je serai avec toi à chaque étape.

Et avant qu'elle puisse faire un commentaire, il poursuivit.

— Mais... et ton frère de Los Angeles ? Pourquoi ne voudrais-tu pas vivre avec lui ?

Cette seule pensée était risible, elle s'esclaffa malgré elle.

— Ne t'y trompe pas, Zach. Jake est un garçon merveilleux, et je l'aime de tout mon cœur. Mais vivre avec lui me rendrait folle. Je pratique un style de vie beaucoup plus calme. En outre, je ne pourrais tenir avec aucune des femmes qui se partagent la faveur du moment.

Zach parut surpris.

— Du moment ?

— La fascination de Jake pour une femme n'a jamais duré plus d'une quinzaine de jours, lui expliqua-t-elle.

— Cela pourrait poser un problème, en effet.

— Sans parler du fait que mes frères me voient toujours comme une enfant, ajouta-t-elle.

— Allons, ne les embête pas trop avec ça, chérie.

Zach lui adressa un grand sourire.

— Je suis plutôt du même avis qu'eux lorsqu'il s'agit de ma sœur.

Elle soupira.

— Ta sœur a droit à ma plus profonde sympathie.
— Alors, pourquoi as-tu décidé de t'installer au Texas ?

Fixant les yeux verts pleins d'interrogation de son interlocuteur, elle se demanda jusqu'à quel point elle pouvait le lui dire.

Elle avait été très prudente en ce qui concernait sa parenté avec Emerald Larson. Qui pourrait croire en effet qu'elle était passée du stade de maîtresse d'école maternelle vivotant péniblement et ayant du mal à joindre les deux bouts à celui d'héritière au compte en banque insondable, propriétaire d'une affaire florissante ? Elle n'avait jamais parlé ouvertement de ses affaires financières à personne, sauf à ses frères.

— On m'a offert une chance de diriger mon propre jardin d'enfants, et j'ai sauté dessus, répondit-elle, choisissant d'offrir une réponse véridique, bien qu'incomplète, à la question de Zach. Il se trouve qu'il s'agissait de l'académie Premier de Dallas.

Il la dévisagea, visiblement désireux d'en savoir un peu plus sur son acquisition, mais par chance, l'estomac d'Arielle se mit à gronder, leur rappelant à tous deux que l'heure du déjeuner était arrivée.

— Oh, nous ferions bien de te trouver quelque chose à manger avant que tu ne sois de nouveau malade, observa Zach en lui soulevant les jambes de son giron et en se levant.

Il lui tendit la main pour l'aider à s'extraire de son fauteuil.

— Qu'est-ce qui te dirait ? Pâtes ou hamburger ?
— Tu comptes faire la cuisine ?

— Je peux me débrouiller, acquiesça-t-il. Mattie a fait des provisions en vue de ma visite.

— Pourquoi ne pas faire quelque chose de simple ? suggéra Arielle.

Et comme son estomac manifestait de nouveau sa présence, elle ajouta :

— Un sandwich m'irait très bien.

— On dirait que tu as besoin de quelque chose de rapide, hein ?

— J'ai assez faim pour dévorer les pieds de la table, lança-t-elle.

A peine entrée dans la cuisine, elle fonça vers le réfrigérateur, d'où elle tira un sachet de rosbif et du fromage.

— Ma cuisinière de Dallas va t'adorer, dit Zach en riant et en lui tendant un morceau de pain. Rien ne la rend plus heureuse que d'avoir des gens à nourrir.

En train de glisser la viande entre deux tranches de pain, Arielle suspendit sa tâche.

— Elle n'aura pas besoin de me nourrir, puisque je ne serai pas là !

— Bien sûr que si, tu seras là. Quand nous serons mariés, tu vivras chez moi, tu te rappelles ?

Elle regarda Zach sortir le lait du réfrigérateur puis prendre des verres dans un placard, secouant la tête.

— Cela n'arrivera *jamais*, « tu te rappelles » ?

— Ainsi que je te l'ai dit hier soir, il ne faut jamais dire jamais, chérie.

Comme s'élevait le rire bas et si masculin de Zach, son cœur battit la chamade.

- 4 -

Le lundi après-midi, assis à côté d'Arielle dans la salle d'attente de l'obstétricienne, Zach feuilletait un magazine.

Il n'était pas le moins du monde intéressé par les articles ni par les photos de vêtements de maternité. Mais comme Arielle ne lui avait pas dit un mot depuis le vol en hélicoptère qui les avait ramenés à Dallas, cela lui donnait quelque chose à faire en attendant qu'elle soit appelée pour la consultation.

A la fin du week-end, ils semblaient avoir trouvé une sorte d'armistice. Au lieu de se disputer constamment à propos de leur mariage prochain, ils avaient — par un accord tacite — complètement cessé d'en parler. Mais il avait toujours l'intention de faire d'Arielle son épouse aussitôt que possible. Rien de ce qu'elle pourrait dire ou faire n'allait rien y changer.

— Arielle Garnier ?

Levant les yeux, il aperçut une infirmière debout devant la porte donnant sur les salles de consultation.

— Je crois que c'est notre tour, chérie, dit-il en se levant, avant d'offrir sa main à Arielle pour l'aider à se lever de sa chaise.

Sourcils froncés, elle posa sa main dans la sienne et se tourna vers lui.

— C'est *mon* tour, pas le tien. Et je préférerais que tu restes ici pendant que je serai avec le médecin.

Le langage corporel d'Arielle ainsi que son expression orageuse indiquaient clairement qu'elle entendait parler de tout ceci une fois qu'ils auraient quitté le cabinet du médecin.

Il lui sourit, imperturbable.

Si elle pensait que cela suffisait à l'intimider, elle se trompait lourdement. Rien n'allait l'empêcher de voir avec elle les premières images de son enfant.

L'infirmière les fit entrer dans une petite pièce au fond du cabinet. Là, elle pesa Arielle avant de prendre sa température et sa tension.

— Le médecin va venir tout de suite, indiqua-t-elle avec un sourire en se dirigeant vers la porte. Si cela vous fait plaisir, vous pouvez demander au papa de vous aider à monter sur la table d'examen. Ensuite remontez votre haut juste sous les seins et baissez votre pantalon au-dessous du ventre.

Comme la femme fermait la porte derrière elle, une sensation bizarre envahit Zach.

Bien qu'il n'ait pratiquement pensé à rien d'autre depuis qu'il avait appris qu'Arielle portait son enfant, le mot « papa » que venait de prononcer l'infirmière faisait de cela une réalité.

— Pour la dernière fois, je préférerais voir le médecin sans un public, protesta Arielle, d'une voix sourde mais qui exprimait amplement son indignation.

Il se tourna vers elle, prit les douces joues entre ses

mains et s'efforça de prendre une voix compréhensive, même s'il ne comprenait pas très bien ce qui pouvait la gêner.

— Tout va bien, chérie. Je devine ton petit problème de pudeur à propos de ton ventre. Mais il fallait s'y attendre : tu es enceinte. De plus, il n'y a rien dans ce que je vais voir maintenant que je n'aie déjà vu.

Il lui planta un baiser sur le bout du nez et lui sourit tout en attrapant le bas de son pull.

— Maintenant, monte sur la table, prête à entendre ce que nous allons avoir — un pétulant garçon ou une douce petite fille.

A sa surprise, elle lui donna une tape sur le dos de la main.

— Je vais attendre l'arrivée du médecin.
— Très bien, dit-il, lâchant le tricot.

Il désirait garder la tête entre les épaules, il était donc bien trop avisé pour insister.

— Mon infirmière m'a dit que vous aviez amené le père du bébé pour l'échographie, Arielle ? lança une femme vêtue d'une blouse blanche en fermant la porte derrière elle. Excellente idée.

Elle sourit et tendit la main.

— Bonjour, je suis le Dr Jensen.

Il lui serra la main.

— Zach Forsythe.
— Heureuse de faire votre connaissance.

Le médecin passa de l'autre côté de la table d'examen et, baissant les yeux sur le ventre rond d'Arielle, secoua la tête.

— Bon sang, je crois que vous vous êtes encore arrondie depuis votre visite de la semaine dernière !

Elle saisit un instrument ressemblant un peu à un microphone et s'empara d'un tube de gel.

— Si l'un de vous deux a des questions à poser pendant l'examen, n'hésitez pas, je vous en prie. J'aime bien que le papa s'implique au même titre que la maman tout au long de la grossesse et de l'accouchement.

Quelque chose chez le Dr Jensen inspirait confiance, et Zach pouvait comprendre pourquoi Arielle avait choisi cette femme pour mettre au monde leur bébé.

— Pour l'instant, je ne peux penser à rien. Mais je parie que les choses vont rapidement changer, dit-il en souriant.

Hochant la tête, le médecin tourna son attention vers Arielle.

— Comment ça se passe ? demanda-t-elle. Une question à poser avant de commencer ?

Il regarda Arielle secouer la tête en soulevant son pull puis se servir de ses pouces pour baisser la ceinture élastique de son pantalon un peu au-dessous de son ventre légèrement arrondi.

— Je suis toujours obligée d'avoir quelque chose à manger sous la main dès que j'ai l'estomac vide, mais en dehors de cela, je me sens très bien.

— Cela n'a rien d'inhabituel, la rassura le médecin en lui déposant une généreuse quantité de gel sur le ventre.

Elle souleva l'instrument au-dessus de la flaque de gel.

Jusqu'au bout de la passion

— Etes-vous prêts tous deux à voir votre petit bout pour la première fois ?

— Oui, répondit Arielle, dont la voix refléta une attente aussi forte que celle de Zach.

— Allons-nous découvrir si nous devons peindre la chambre d'enfant en rose ou en bleu ? demanda-t-il.

Le médecin sourit.

— Sans doute pas cette fois-ci, mais cela ne tardera pas beaucoup.

Hochant la tête, il prit la main d'Arielle dans la sienne. Lorsqu'elle s'y accrocha, il comprit qu'elle appréciait son soutien.

— Prêt, dit-il sans la lâcher des yeux.

Quand le docteur commença à manœuvrer le scope tout autour du ventre d'Arielle, une image tremblante et trouble sauta immédiatement sur l'écran du moniteur.

Qu'étaient-ils censés regarder ? Il n'y comprenait rien.

Mais au fur et à mesure que le Dr Jensen déplaçait le scope, il remarqua ce qui était peut-être un bras ou une jambe.

Le médecin désigna l'écran du doigt.

— Vous voyez ? Voici la tête et le dos de votre bébé.

Elle fit passer l'instrument de l'autre côté du ventre d'Arielle.

— Voyons sous cet angle si nous pouvons découvrir son sexe.

Comme elle fronçait les sourcils, il eut l'impression que son cœur était sur le point de cesser de battre.

— Qu'est-ce que c'est que ça ? marmonna-t-elle, renforçant son angoisse. Voilà qui explique certainement pourquoi vous avez forci plus que la normale.

— Quel… Quelque chose ne va pas ? murmura Arielle, qui semblait au bord des larmes.

Soucieux de lui communiquer sa force, il lui serra la main.

— Tout va bien, j'en suis certain, chérie.

— Oh, il n'y a rien de mal, confirma le Dr Jensen en se tournant vers eux avec un large sourire. Je me demande juste comment vous allez vous débrouiller avec ces deux bouts de chou quand ils commenceront à marcher.

— Deux ? répéta Arielle, les yeux écarquillés par le choc.

— Deux, fit-il en écho.

Le Dr Jensen se mit à rire et pressa le bouton de l'imprimante situé sur le côté du moniteur.

— A la manière dont le premier bébé était allongé, je ne pouvais pas voir le second jusqu'à ce que je change de côté. Mais oui, vous allez bien avoir des jumeaux.

A cet instant, sa vie aurait-elle dû en dépendre, il n'aurait pu forcer les mots à sortir de sa gorge nouée. Il lui semblait que sa poitrine se gonflait deux fois plus que la normale.

Non seulement il allait avoir un enfant, mais il en aurait même *deux*. C'était inouï !

Incapable d'exprimer par des paroles ce qu'il ressentait, il se pencha vers Arielle et il lui prit les lèvres pour un bref mais intense baiser.

— Y a-t-il des jumeaux dans vos familles ? s'enquit

le médecin tout en nettoyant l'excès de gel sur le ventre d'Arielle avec une poignée de mouchoirs en papier.

Elle ne fit en revanche aucun commentaire sur le fait qu'ils respiraient tous deux comme s'ils venaient de courir un marathon...

Après tout, la jeune femme devait être habituée aux manifestations d'émotion de ses patientes et de leurs compagnons lorsqu'ils prenaient connaissance des résultats d'une échographie.

Manifestement en état de choc, Arielle considéra Zach comme si elle le pressait de répondre à la question du médecin.

— Arielle a deux frères jumeaux, dit-il enfin quand il eut recouvré l'usage de ses cordes vocales. Mais, à ma connaissance, il n'y a pas de jumeaux dans ma famille.

Le docteur Jensen inclina la tête.

— Eh bien, il y en aura maintenant.

Elle saisit la feuille de soins d'Arielle et prit une note.

— Je vois qu'aucun de vous deux ne s'attendait à une naissance multiple.

Arielle secoua la tête.

— Je... Euh, je savais que c'était une possibilité, mais...

Sa voix s'érailla. Elle avait toujours l'air absolument stupéfaite lorsque, s'asseyant sur un côté de la table d'examen, elle commença à remettre de l'ordre dans ses vêtements.

— Les deux bébés vont-ils bien ? pensa à demander

Zach quand son cerveau se remit peu à peu à fonctionner.

Le Dr Jensen sourit.

— En fait, tout paraît très bien se passer. Les deux fœtus m'ont l'air d'avoir une bonne taille, et je dirais qu'ils ont un poids normal à ce stade de leur développement.

Aidant Arielle à descendre de la table, il demanda encore :

— Y a-t-il quelque chose de spécial que nous pourrions ou devrions faire ?

Le médecin fit un signe négatif.

— Aussi longtemps que cela vous fait plaisir, Arielle, il n'y a aucune raison pour que vous ne vaquiez pas à vos activités habituelles, y compris les relations sexuelles.

Zach surprit le regard d'avertissement de sa compagne et se retint avec sagesse de commenter l'approbation du médecin de poursuivre une activité amoureuse. Mais il ne réfréna pas un immense sourire.

Le Dr Jensen se dirigea vers la porte.

— Je vous verrai dans trois semaines pour votre rendez-vous normal. Bien entendu, si vous avez avant cela un problème quelconque ou des questions à me poser, n'hésitez pas à me passer un coup de fil.

Arielle et Zach suivirent en silence le couloir en direction de l'ascenseur.

Apparemment, Arielle parvenait à se faire à l'idée d'avoir des jumeaux, observa-t-il. Désormais, il était plus important que jamais qu'elle prenne grand soin d'elle...

Jusqu'au bout de la passion

— Combien de temps te faudra-t-il pour mettre quelques affaires dans un sac pour la nuit ? lui demanda-t-il impulsivement, en l'aidant à monter à l'arrière de la limousine.

— Pourquoi aurais-je besoin de prendre des affaires ? questionna-t-elle comme il se glissait sur le siège à côté d'elle.

— Parce que je vais t'installer chez moi.

Elle secoua la tête.

— Non, il n'en est pas question. Je vais aller chez moi, me changer et mettre quelque chose de plus large, style chapiteau de cirque, et téléphoner à mes frères pour leur apprendre la nouvelle à propos du bébé...

Elle s'interrompit soudain avec un petit rire nerveux.

— Oh, mon Dieu ! Je vais avoir des jumeaux !

— Oui, en effet, chérie.

Ordonnant au chauffeur de les conduire au domicile d'Arielle, il passa un bras autour des épaules de la jeune femme.

Il devinait qu'elle était encore sous le choc de la nouvelle, ce n'était pas le meilleur moment pour la presser d'emménager avec lui.

— Nous passerons la nuit à ton appartement, et tu viendras t'installer chez moi demain matin, proposa-t-il.

— Non. Tu vas me déposer chez moi et regagner ensuite tes pénates pendant que j'appellerai mes frères. Fin de la discussion.

Elle paraissait inflexible, mais, fait notable, elle ne

s'écarta pas de lui et le laissa même la garder contre lui.

— Désolée chérie, mais comme je te l'ai dit, je t'accompagnerai à chaque étape de la route.

Il lui donna un baiser sur le sommet de la tête.

— Et cela signifie que, à partir de maintenant, nous ferons ensemble tout ce qui aura besoin de l'être. Tout. Depuis tes rendez-vous chez le médecin jusqu'à la nouvelle que tu vas apprendre à tes frères que nous allons avoir des jumeaux.

Au moment d'arriver à son appartement, Arielle avait digéré le fait qu'elle allait être la mère de jumeaux et recommençait à envisager la suite des événements.

— Cela vaudrait mieux, je pense, si j'étais seule pour annoncer la nouvelle à mes frères, protesta-t-elle.

Otant sa veste, elle alla décrocher le téléphone suspendu dans l'entrée, espérant que Zach comprendrait l'allusion et la laisserait un petit moment seule.

— Pendant que je les appelle de ma chambre, fais comme chez toi. Je n'en ai que pour quelques minutes, dit-elle, abandonnant l'espoir de le voir rentrer chez lui.

D'un mouvement d'épaules, Zach se débarrassa de sa veste de costume, desserra sa cravate et lui sourit.

— Je préférerais que tu restes ici et que tu passes la communication sur le haut-parleur.

Il défit le premier bouton de sa chemise Oxford blanche avant de s'approcher d'elle et de lui poser les deux mains sur les épaules.

— Je te promets de rester tranquille aussi longtemps qu'ils ne feront pas de remarques désobligeantes.

De son index, il lui haussa le menton, l'obligeant à croiser son regard.

— Mais je me réserve le droit de rompre mon silence chaque fois que j'estimerai qu'ils te bouleversent.

La chaleur des mains de Zach s'infiltra à travers sa chemise, faisant monter en elle un petit frisson d'excitation.

Où était donc passé son désespoir d'il y avait quatre mois, lorsqu'elle avait découvert le départ de cet homme et pleuré pendant des jours comme une sotte ? Et sa rancœur contre lui lorsque, quelques semaines plus tard, elle s'était rendu compte qu'elle était enceinte, sans aucun moyen de prendre contact avec le père de son bébé ?

— Je suis une grande fille, Zach, affirma-t-elle, s'efforçant d'ignorer la sensation provoquée par son contact. Je peux très bien prendre soin de moi toute seule.

— C'est inutile, Arielle. Plus maintenant.

Quand il la prit dans ses bras, elle retint son souffle, mais ce fut surtout l'expression de son beau visage qui accéléra les battements de son cœur.

— A partir d'ici, ceci est mon job. Et, crois-moi, j'ai l'intention de le prendre très au sérieux. Je t'en donne ma parole, je ferai tout ce qui sera en mon pouvoir pour vous protéger, toi et nos bébés. Et si j'y suis obligé, je n'aurai aucun problème pour m'engager auprès de tes deux frères à tenir cette promesse.

Elle aurait bien voulu demander à Zach qui allait la

protéger de lui, mais il choisit ce moment pour poser sa bouche sur la sienne et lui donner un baiser si tendre qu'elle en eut les larmes aux yeux.

D'abord, ce fut juste le genre de baiser destiné à sceller sa promesse de prendre soin d'elle et de leurs bébés, mais au fur et à mesure que ses lèvres se mouvaient sur les siennes, cela se transforma en tout autre chose.

Tandis que Zach goûtait et lutinait ses lèvres, elle s'efforça héroïquement de ne pas réagir et tenta de le repousser. Mais, tout comme le premier soir au ranch, sa volonté de résister s'évapora comme une brume matinale par une brûlante journée d'été, et elle finit par fondre.

Après tout ce qui était arrivé, comment était-il possible qu'elle succombe ainsi à son charme ?

Mais quand la langue de Zach lui entrouvrit les lèvres et s'engagea dans une tendre exploration, elle oublia toutes ses interrogations et se perdit dans la maestria de la caresse.

Un feu courut en elle au fur et à mesure qu'il la provoquait et la câlinait, l'incitant à réagir pour l'attirer dans sa toile sensuelle. Une sensation de picotement traversa tout son corps tandis que, lentement, les mains de Zach descendaient le long de son dos vers le bas de son ample chemise.

Ses doigts se faufilèrent sous le tissu puis remontèrent le long de ses flancs jusqu'à ses seins, qu'il prit au creux de ses paumes.

Elle le savait, elle aurait dû mettre tout de suite fin à cet épisode et retrouver son bon sens. Car rien n'avait changé entre eux. Elle n'était toujours pas prête à accepter d'épouser Zach et de s'installer chez lui.

Mais quand il caressa ses mamelons hypersensibles à travers la dentelle de son soutien-gorge, toute pensée rationnelle la déserta, et elle s'abandonna contre lui.

— Je pense, murmura Zach, que nous ferions bien de passer ce coup de fil à tes frères avant que ceci n'aille plus loin. Sinon, je ne sais vraiment pas quand nous y parviendrons.

Mais il n'en continua pas moins à lui planter de tous petits baisers le long de la mâchoire vers le petit creux juste sous l'oreille et à l'exciter avec ses pouces.

Quand elle prit conscience de ce qu'il venait de dire, ses joues s'enflammèrent, et elle commença à s'écarter du contact qui l'électrisait. Mais, à son grand désarroi, les mains de Zach abandonnèrent ses seins pour passer dans son dos et la retenir.

— Après ce coup de fil, nous reprendrons là où nous nous sommes arrêtés, lui murmura-t-il à l'oreille.

Elle frissonna de haut en bas et fit non de la tête.

— Ce ne... Ce n'est pas une bonne idée.

— Bien sûr que si, chérie.

Passant une joue caressante contre sa chevelure, il fit un pas en arrière.

— Pourquoi ne pas passer maintenant ce coup de téléphone en triple appel et en profiter pour leur annoncer la bonne nouvelle ?

Après ce baiser grisant qui lui faisait encore tourner la tête, elle composa d'abord le numéro de Jake puis mit celui-ci en attente pendant qu'elle appelait également Luke. Lorsqu'elle eut ses deux frères en ligne, elle brancha le haut-parleur, se laissa choir sur le canapé à côté de Zach et prit une profonde inspiration.

— J'ai une nouvelle à vous annoncer à tous deux, et j'ai décidé de vous l'annoncer en même temps.

— Cela expliquera-t-il pourquoi tu as pleuré chaque fois que j'ai voulu te parler ces derniers mois ? demanda Jake d'un ton sérieux qui ne lui était pas habituel.

— Et la raison pour laquelle tu évitais de me parler ? ajouta Luke d'un ton morne.

— Je suis désolée, Luke, s'excusa-t-elle, envahie par un sentiment de culpabilité.

Elle savait à quel point ses frères s'inquiétaient pour elle, et elle n'était pas certaine d'avoir trouvé la manière de leur dire qu'elle se trouvait dans la même fâcheuse position que leur mère il y avait de cela tant d'années.

— Vous savez combien je vous adore tous les deux, n'est-ce pas ? Je devais seulement éclaircir certaines choses.

— Tu sais bien que nous ferions n'importe quoi en notre pouvoir pour te venir en aide, lui rappela Jake.

Du coin de l'œil, elle remarqua le hochement de tête approbateur de Zach, comme s'il ressentait la même chose pour sa propre sœur.

— Je savais que vous le feriez, mais c'était une chose que je devais régler toute seule.

— Donc, c'est ce que tu as fait, j'imagine. Et tu es prête maintenant à nous raconter ce qui se passe ?

Luke, le plus sérieux des deux, n'avait jamais perdu de temps pour aller au fond des choses.

Jusqu'au bout de la passion

— Oui, ne nous laisse pas sur notre faim, la pressa Jake.

Respirant encore un bon coup, elle se lança.

— Que diriez-vous de devenir les oncles de jumeaux dans environ cinq mois ?

Le silence qui suivit lui démontra que ce n'était pas ce à quoi s'étaient attendus ses frères.

— Je sais bien que cela arrive comme...

Le premier à rassembler ses idées, Jake l'interrompit.

— Tu es enceinte...

— De jumeaux, acheva Luke, de la voix la plus terrible qu'elle lui ait entendue depuis longtemps.

— Qui est le père ? interrogea Jake.

— Et comment pouvons-nous prendre contact avec lui ? compléta Luke, tout aussi déterminé que son jumeau.

— Oui, nous aimerions avoir rapidement une petite conversation avec ce salopard, lança Jake, avec sa meilleure intonation « grand frère ».

Sans laisser à Arielle le temps de répondre, Zach lui prit la main et la serra doucement en témoignage de son soutien.

— Je suis juste ici avec votre sœur. Je m'appelle Zach Forsythe. Arielle et moi allons nous marier dès que les dispositions seront prises.

— Non, ce n'est pas vrai, le contredit-elle en le foudroyant du regard. Je t'ai dit que se marier n'est pas obligatoire pour avoir un enfant.

Elle essaya de lui retirer sa main, mais Zach la retint fermement dans la sienne.

— Et comme je te l'ai dit, ça l'est pour *moi*, s'entêta-t-il.

— Et moi, j'ai l'impression que les choses ne sont pas encore complètement réglées, remarqua Luke.

— Ne fais rien jusqu'à notre arrivée, Arielle, conseilla Jake d'un ton sec. Et, pour l'amour du ciel, ne signe aucun document juridique avant que j'y jette un coup d'œil.

Le bruissement de pages que l'on feuillette se fit entendre sur la ligne, et elle comprit que son frère consultait son agenda.

— J'ai une ou deux recherches à faire et une séance au tribunal vendredi, mais je serai là à la première heure samedi matin.

— Bonne idée, approuva Luke. Hayley et moi y serons nous aussi. Et ce ne serait peut-être pas une mauvaise idée que tu rédiges un contrat de mariage et que tu l'apportes, Jake ?

— Je me disais la même chose, frérot, reconnut Jake.

— Rien de cela ne sera nécessaire ! s'entêta Arielle.

Comment, à partir d'un simple coup de téléphone pour prévenir ses frères qu'elle était enceinte, les choses lui avaient-elles ainsi échappé ?

— Je n'ai aucune intention de me marier, et même si je le souhaitais, je suis parfaitement capable de prendre mes décisions toute seule.

— Je trouve génial que vous veniez à Dallas, intervint Zach comme si elle n'avait rien dit. J'aimerais beaucoup faire la connaissance de mes futurs beaux-frères. Après tout, nous allons bientôt être une famille.

Il lui adressa un clin d'œil du style « je te l'avais bien dit » et ajouta :

— Et comme j'ai plus qu'assez de place, j'aimerais vous inviter tous chez moi.

Il donna son numéro de téléphone à Jake et Luke.

— Faites-moi connaître votre heure d'arrivée, et je vous ferai prendre par mon chauffeur à l'aéroport.

— Cela me paraît un excellent plan, affirma Luke comme si tout était réglé. Donne-lui une chance, Arielle. On dirait bien qu'il veut faire les choses comme il faut.

— On se voit samedi, petite sœur, ajouta Jake avant de raccrocher en même temps que son frère, mettant fin à la conversation.

— Ça s'est très bien passé, déclara Zach. Je crois que tes frères et moi allons parfaitement nous entendre.

Il avait l'air si satisfait de lui-même qu'elle eut envie de le gifler.

Elle se leva et le foudroya du regard.

— Pour l'instant, j'aimerais pouvoir vous attraper tous les trois et cogner vos têtes les unes contre les autres.

Zach parut interloqué.

— Pourquoi ? Qu'avons-nous fait ?

— Vous êtes tous pareils. Aucun de vous trois n'a prêté la moindre attention à ce que *moi*, je désire.

Elle secoua la tête, farouche.

— Je leur ai dit que j'avais la situation bien en mains. Je leur ai même dit que je n'avais pas l'intention de me marier avec toi. Mais m'ont-ils écoutée ? Non. Ils seront là samedi avec leur expression « grands frères », prêts à me dire ce qu'ils croient être le mieux pour moi et s'attendant à ce que je m'exécute.

Elle essuya les larmes de frustration qui menaçaient de ruisseler le long de ses joues.

— Et toi, tu es bien trop borné pour abandonner cette idée stupide que nous devons nous marier.

— Tout ceci te bouleverse trop, ma chérie, observa Zach en se levant.

Comme il tendait les bras vers elle, elle secoua la tête et recula tout en lui désignant le couloir.

— Je vais aller m'allonger dans ma chambre pour oublier l'existence de ce coup de téléphone. Quand je me lèverai, j'espère bien que tu ne seras plus là. Merci de fermer la porte en partant.

Sans attendre de réponse, elle pivota sur ses talons et se dirigea vers sa chambre, dont elle fit claquer la porte aussi fort que possible.

Elle aurait dû le savoir, qu'elle ne devait pas téléphoner tant que Zach était présent ! ragea-t-elle en envoyant promener ses chaussures avant de s'allonger sur son lit. Lui et ses frères, ils se ressemblaient tellement que c'en était inquiétant. Tous trois étaient des autodidactes qui avaient brillamment réussi... Dans le fond, elle n'aurait pas dû être aussi surprise qu'ils aient pris le contrôle de la conversation.

Pour Jake et Luke, elle pouvait comprendre.

Cela avait été une énorme responsabilité pour ces jeunes hommes de vingt-deux ans de finir d'élever leur sœur âgée de dix ans. Et après toutes ces années où ils avaient pris chaque décision pour elle, il était évidemment difficile pour eux d'admettre qu'elle avait grandi et qu'elle était capable de prendre sa vie en mains.

Mais pour Zach, c'était une tout autre histoire. Son insistance à propos du mariage était tout à fait risible. Il ne l'aimait pas, et étant donné la manière dont il l'avait abandonnée derrière lui à Aspen, il y avait gros à parier qu'il se lasserait d'elle exactement comme, longtemps auparavant, son père s'était lassé de sa mère.

Elle se tourna sur le côté et étreignit l'un des oreillers.

Trois mois plus tôt, elle aurait bien voulu que Zach lui demande d'être sa femme. Et si les circonstances étaient différentes maintenant, rien ne l'empêcherait personnellement de s'engager avec lui pour le restant de sa vie.

Mais c'était le désir de devenir père à plein temps qui motivait l'exigence de Zach, et non le fait qu'elle comptait pour lui !

Et pour elle, cela ne suffisait pas.

Comme un nouveau flot de larmes lui ruisselait sur les joues, elle ferma les yeux, se jurant de rester fidèle à elle-même.

Pour la première fois de sa vie, elle comprenait pourquoi sa mère était retombée dans la toile mensongère d'Owen Larson. Mais elle, elle allait se montrer plus intelligente et plus forte que celle-ci.

Par malheur, Zach Forsythe était un homme extrêmement fort, et elle trouvait presque impossible de lui résister. Chaque fois qu'il la touchait, chaque fois qu'il l'embrassait, elle perdait toute once de bon sens. Et il lui serait incroyablement difficile de ne pas retomber de nouveau désespérément amoureuse de lui.

En attendant qu'Arielle s'éveille de sa sieste, Zach alluma la télévision dont il baissa le son. Il posa les pieds sur la table basse et se carra sur le divan.

Le coup de téléphone avec les frères Garnier s'était très bien passé pour lui, mais elle s'était mise en colère contre eux trois...

Ça, ça n'allait pas. Et il avait l'intention d'y mettre tout de suite bon ordre.

Plus tôt, lorsqu'Arielle s'était précipitée dans sa chambre comme une petite furie, il avait compris qu'il devait revoir sa tactique avec elle.

A Aspen, les choses avaient progressé entre eux à la vitesse d'un éclair, et sur la base d'un quiproquo. Puis, avant d'avoir eu l'occasion de lui révéler sa véritable identité, il avait dû revenir d'urgence à Dallas à cause de l'accident de Lana, et dans les semaines qui avaient suivi, il avait été débordé par les événements. Il n'avait pas pris le temps de donner suite à leur rencontre et de s'expliquer avec la jeune femme. Et lorsqu'il en avait enfin trouvé le temps, cela faisait déjà si longtemps qu'il était trop tard pour mettre les choses au point avec elle.

Ça, c'était ce qu'il s'était dit alors. Mais il s'était trompé. Ils avaient une paire de jumeaux en route, et cela changeait tout.

Il songea aux obstacles qu'il allait devoir surmonter pour qu'Arielle accepte de l'épouser.

Il l'avait profondément blessée en disparaissant ainsi,

et l'utilisation de son pseudonyme professionnel avait détruit toute la confiance qu'elle avait pu avoir en lui. Vouloir la persuader de l'épouser avant de lui avoir expliqué la raison pour laquelle il l'avait abandonnée ce matin-là à Aspen était pure idiotie. Il devait à toute force redresser la barre.

Comment faire ?

Il parcourut des yeux l'appartement, le minuscule coin cuisine...

Mais oui, il avait un excellent moyen pour mettre Arielle d'humeur plus réceptive ! La recette était vieille comme le monde, mais elle fonctionnait toujours.

Et il allait tout de suite mettre l'idée en pratique.

Sortant son portable, il tapa le numéro de son domicile. Lorsque sa gouvernante répondit, il l'envoya dans la cuisine. Puis il expliqua à la cuisinière qu'il désirait un dîner particulièrement soigné, que son chauffeur devrait apporter à l'appartement d'Arielle dès qu'il serait prêt.

Etant donné l'appétit actuel de la jeune femme, un repas succulent allait lui permettre de marquer enfin des points avec elle. Il espérait bien la mettre d'humeur à écouter ses explications.

Satisfait de son plan, il se renversa confortablement contre le dossier du canapé pour attendre le réveil de la jeune femme.

Il était certain qu'ils allaient très vite faire un ou deux pas de plus vers ce mariage, qu'il prévoyait quant à lui pour la fin de semaine.

- 5 -

Ce fut une alléchante odeur de nourriture qui éveilla Arielle.

Apparemment, Zach n'avait pas porté la plus petite attention à sa demande de disparaître de sa vue !

Mais, étant donné sa terrible obstination, elle ne s'y était pas vraiment attendue. Et bien qu'elle soit frustrée au-delà de toute expression par sa détermination de tête de mule, elle ne l'enverrait pas promener avant d'avoir goûté un peu de ce qui sentait si merveilleusement bon.

Sautant du lit, elle passa dans la salle de bains pour effacer de son visage les traces de larmes.

Lorsqu'elle entra dans la salle à manger, Zach venait d'allumer deux longues bougies blanches piquées dans de magnifiques chandeliers d'argent.

— Bonsoir, belle endormie ! J'étais sur le point d'aller te réveiller, lança-t-il avec un sourire qui la réchauffa toute. Comment était cette sieste ? As-tu bien dormi ?

— Comme toutes les siestes, c'était bien, répondit-elle.

Normalement, elle aurait dû être en colère contre lui,

mais cette émotion-là semblait décroître de seconde en seconde.

Il était si diablement beau à la lueur des bougies ! Quant à la façon dont il avait roulé ses manches de chemise, elle la trouvait incroyablement sexy.

Elle déglutit avec application.

Ses hormones avaient sûrement perdu la boule, si la simple vue des bras tannés de cet individu suffisait à faire grimper sa température !

Décidant de se concentrer sur autre chose que sur la trop évidente séduction de Zach Forsythe, elle montra du doigt les deux élégants couverts emplis d'une nourriture à l'apparence délicieuse.

— Qu'est-ce que c'est ?

Zach lui tira une chaise.

— J'ai pensé que tu aurais besoin de grignoter quelque chose en te réveillant.

— J'apprécie l'attention. Mais pour moi, quelque chose à grignoter, cela signifie une soupe ou un sandwich, observa-t-elle en s'asseyant. Ceci est un festin.

Zach haussa les épaules et s'installa à son tour de l'autre côté de la table.

— Un repas léger, c'est bien de temps en temps, mais ça ne fournit pas assez de vitamines et de minéraux dont toi et les bébés avez besoin pour rester en bonne santé.

— Depuis quand es-tu devenu nutritionniste ? ironisa-t-elle en dépliant sa serviette

— En fait, je tablais davantage sur le bon sens que sur le savoir, reconnut Zach avec un large sourire. Mais cela sonnait bien, n'est-ce pas ?

Jusqu'au bout de la passion

Elle ne put se retenir de rire devant son expression suffisante.

— Oui, mais tu devrais faire attention. Ne te casse pas la cheville en tapant dessus pour te féliciter d'avoir été si malin.

Cette agréable camaraderie se poursuivit tout au long du repas le plus exquis qu'elle avait dégusté depuis très longtemps. Parvenue au dessert, elle était absolument repue.

— Cette mousse au chocolat était succulente, de loin la meilleure que j'aie jamais goûtée, observa-t-elle.

Zach acquiesça, l'air satisfait.

— Je suis convaincu que Maria Lopez, ma cuisinière, est sans conteste la meilleure de tout l'Etat du Texas.

— Après un tel repas, elle aura droit à ma voix, sans aucun doute, admit Arielle en se levant.

Comme elle commençait à débarrasser, Zach lui prit la main et l'attira sur ses genoux.

— Je vais m'occuper de la vaisselle dans quelques minutes, dit-il.

— Mais...

— Arielle, il faut que nous parlions d'Aspen.

— Zach, je...

— J'ai essayé de te le dire avant, et tu n'as rien voulu entendre, l'interrompit-il. Je ne prendrai pas un non pour une réponse.

Visiblement décidé à se faire entendre, il l'installa plus commodément sur ses genoux.

— Je vais te raconter exactement ce qui s'est passé, du moment où j'ai utilisé un autre nom jusqu'aux raisons pour lesquelles je suis parti ce matin-là.

Elle leva les yeux au ciel.

Bon, d'accord. Que ce qu'il avait à lui dire lui plaise ou non, le temps était venu de l'écouter. Si elle ne le faisait pas, ils ne parviendraient jamais à un accord amiable afin de se partager l'éducation de leurs enfants.

— Très bien, accepta-t-elle avec circonspection. Je t'écoute.

Elle sentit la poitrine de Zach se soulever et s'abaisser contre elle tandis qu'il prenait une profonde inspiration.

— Avant toute chose, il faut que tu saches une chose : j'ai pour habitude d'utiliser un autre nom lorsque je fais un contrôle dans l'un de mes hôtels afin d'observer les rapports entre mes employés et nos clients.

Elle s'étonna, incapable de croire qu'il pouvait garder l'anonymat dans ces conditions.

— Et personne ne se doute jamais de ton identité ? Il y a sûrement certaines personnes dans tes hôtels qui te reconnaissent ?

Zach hocha la tête.

— Bien sûr que oui. Mais outre le fait que je m'arrange pour faire mes visites quand le manager prend ses vacances ou assiste à un séminaire, mes hôtels sont assez vastes pour que je puisse éviter d'être reconnu en me faisant passer pour...

— Tom Zacharias, fan de ski, intervint-elle, commençant à comprendre.

— C'est tout à fait ça, chérie. Lorsque je m'inscris sous un autre nom, on me traite exactement comme n'importe quel autre client. Et tu serais étonnée de voir à quel point j'en apprends plus sur le service de la clientèle, la maintenance et la satisfaction du client que si je faisais une visite en me faisant annoncer.

— Je suppose que tout le monde se mettrait au garde-à-vous si on apprenait qui tu es.

— Et moi, je ne saurais fichtrement rien des secteurs qui ont besoin d'être améliorés.

Ce que Zach racontait était logique, mais cela n'expliquait pas pourquoi il ne lui avait pas dit qui il était.

— Mais... Et moi, Zach ? Pourquoi n'as-tu pas été franc avec moi sur ta véritable identité ? Ou peut-être as-tu l'habitude d'avoir une aventure avec l'une de tes clientes à chacune de tes visites dans un hôtel ?

— Non, Arielle, pas du tout.

Zach se pencha en arrière jusqu'à ce que leurs regards se croisent.

— Jusqu'à toi, je n'avais jamais invité une autre cliente à dîner.

A la lueur qui brillait dans ses yeux vert foncé, elle comprit qu'il disait la vérité.

— En quoi ai-je été différente ?

— Outre le fait d'être la femme la plus belle et la plus sexy sur cette montagne, tu étais drôle, intelligente, et lorsque tu t'es retrouvée sur la piste noire au lieu d'être sur celle des débutants, tu étais tellement décidée à te sortir de ce mauvais pas que je n'ai pas pu résister.

Son sourire rassurant la réchauffa.

— Lorsque je t'ai croisée en train de descendre cette partie de la piste, tu étais morte de peur, mais tu n'étais pas prête à jeter l'éponge et à attendre qu'on vienne te tirer de là. Tu as eu le courage de descendre toute seule. J'ai admiré cela, chérie.

Il ne s'en tirerait pas aussi facilement.

— Parfait. Mais cela n'explique pas pourquoi tu ne m'as pas dit un peu plus tard dans la semaine qui tu étais réellement, rétorqua-t-elle.

Zach lui toucha la joue du bout de son index.

— Tu as raison, Arielle. J'aurais dû te donner ma véritable identité. Mais tu m'as eu par surprise, chérie. Je ne t'attendais pas, ni à la vitesse avec laquelle les choses se sont développées entre nous.

Son expression se fit de nouveau grave.

— Et la raison pour laquelle je suis parti ce matin-là sans t'éveiller ou sans te laisser un mot était due à une urgence concernant ma sœur. Si j'avais eu les idées plus claires, je ne serais jamais parti sans te dire au revoir, Arielle.

Elle sursauta.

Elle n'avait jamais envisagé qu'il ait pu être appelé pour une urgence.

— Que s'était-il passé ?

— Lana avait failli être tuée dans un accident de voiture. Après avoir reçu le message, la seule chose à laquelle j'étais capable de penser, c'était de rentrer à Dallas pour la voir.

— Oh, mon Dieu, Zach ! Va-t-elle bien ?

Il avait mentionné l'existence de sa sœur à plusieurs reprises, mais elle ne parvenait pas à se souvenir s'il avait parlé d'elle au présent.

— Elle va bien maintenant, mais pendant plusieurs

jours après l'accident, les médecins n'étaient pas certains qu'elle s'en tirerait.

Zach respira profondément.

— Sa convalescence a été longue et difficile, et elle vient seulement de recommencer à marcher.

Sans une seconde d'hésitation, Arielle lui noua les bras autour des épaules.

Elle imaginait à quel point cette épreuve avait dû être effrayante pour lui. Si quelque chose de semblable arrivait à l'un de ses frères, et si elle pensait qu'il y avait une possibilité qu'elle le perde, elle n'aurait sûrement pas la présence d'esprit d'agir autrement.

— Bien sûr, reprit Zach, j'ai pensé à reprendre contact avec toi lorsque Lana a été hors de danger. Mais il s'était écoulé tant de temps… J'ai décidé qu'il valait mieux laisser les choses en l'état, parce que tu ne voudrais sans doute plus jamais entendre parler de moi.

Son bras ferme se resserra autour d'elle.

— Je sais que c'est une pauvre excuse, chérie. Peu importait le temps passé, je te devais de décrocher mon téléphone pour te dire ce qui était arrivé.

— Cet accident a joué comme un déclencheur dans la vie de ton neveu. C'est à cela que tu as fait allusion vendredi matin, n'est-ce pas ? devina-t-elle.

Zach hocha la tête.

— Derek est réellement un brave gosse. Mais il a eu un peu de difficulté à comprendre ce qu'il se passait, et pourquoi sa mère ne pouvait pas lui apporter toute l'attention à laquelle il était habitué de sa part.

— Ce qui est à l'origine de ses problèmes de comportement, conclut-elle, comprenant tout à présent.

On voyait souvent les enfants réagir ainsi lorsqu'un événement déroutant intervenait dans leur jeune vie.

Zach resserra légèrement son étreinte.

— Mais maintenant que Lana et lui ont réintégré leur appartement et que les choses se sont tassées, il va aller mieux.

Elle lui sourit.

— J'en suis certaine. Les enfants se portent toujours mieux dans un environnement familier. Cela leur donne la sensation de sécurité dont ils ont besoin.

— Et toi, te sens-tu un peu plus en sécurité avec moi, maintenant ? demanda Zach en lui câlinant le cou.

Elle comprenait parfaitement pourquoi il était parti. Et aussi, jusqu'à un certain point, pourquoi il ne lui avait pas fait signe. Plus le temps passait et plus il était tentant de laisser les choses en l'état. Mais même s'il l'avait appelée, cela n'aurait été que pour lui expliquer sa disparition, et non parce qu'il désirait reprendre la relation qu'ils avaient eue à Aspen.

— Réfléchis un peu à cela, chérie, murmura Zach en lui effleurant les lèvres. Pourquoi n'irais-tu pas dans le salon te mettre un peu les pieds en hauteur ?

Une onde de chaleur la traversa, et elle dut se rappeler de respirer.

— Tu as pris en charge le repas, dit-elle. Le moins que je puisse faire est de t'aider à débarrasser.

Il refusa d'un signe de tête.

— Je te l'ai dit, j'ai l'intention de prendre soin de toi et des bébés, et cela implique de m'assurer que tu ne te surmènes pas.

— A mon avis, il n'y a aucun danger pour que j'en

fasse plus que je ne le devrais, déclara-t-elle, de plus en plus oppressée. En fait, je devrais réellement faire quelque chose avant de me sentir surmenée !

Les lèvres de Zach lui frôlèrent le creux du cou, déclenchant en elle un monde de frissons.

— Allons, dans quelques mois, tu vas être mère de jumeaux. Prends la vie du bon côté pendant que tu le peux encore. De plus, *j'adore* te dorloter.

Une suave tiédeur parut s'instiller le long des veines d'Arielle, et elle dut s'obliger à se rappeler que, malgré les explications de Zach sur ce qui s'était passé, il n'était pas tout à fait certain qu'il ne s'éclipserait pas encore une fois.

Les événements présents étaient le résultat direct du fait qu'elle avait succombé une première fois au charme sensuel de cet homme. Alors, recommencer serait un véritable désastre.

Mais, Dieu, comme c'était tentant !

— Je crois que je vais accepter ta suggestion, décida-t-elle en se levant.

— Je te rejoins dans quelques minutes.

Zach disparut dans la cuisine.

Quand il revint, il tenait une boîte en carton. Sous son regard, il se mit en devoir d'y ranger les assiettes, l'argenterie et les verres.

— Tu ne vas pas les mettre dans le lave-vaisselle ? le réprimanda-t-elle, sourcils froncés.

Zach secoua la tête et, saisissant son portable, composa un numéro.

— Pas quand j'ai un chauffeur dehors qui attend pour emporter ces plats chez moi.

— Oh, Seigneur ! s'exclama-t-elle en se dirigeant vers le la fenêtre du salon, les yeux écarquillés. Ne me dis pas que tu vas expédier ce pauvre homme à ton domicile pour revenir plus tard te chercher ?

— Pas du tout...

Zach fit une pause, le temps de demander à son chauffeur de monter prendre livraison du carton. Puis, mettant fin au coup de fil, il sourit.

— Rappelle-toi, je t'ai dit que nous passerions la nuit ici et que nous irions ensuite chez moi demain.

Elle retint un soupir.

Pourquoi n'était-elle pas surprise qu'il n'ait pas abandonné la question ?

— Après ce merveilleux repas, je n'ai vraiment aucune envie de me disputer avec toi, Zach, concéda-t-elle en s'installant sur le canapé.

— Alors, ne le fais pas, conclut celui-ci.

Quand on sonna, il alla passer à son chauffeur le carton contenant les plats avant de verrouiller la porte et de regagner l'endroit où elle était assise.

— La journée a été riche en émotions, nous pourrions tous les deux faire un petit break, tu ne penses pas ? Regardons juste un film et détendons-nous.

— C'est à peu près la première chose que tu aies dite de toute la journée avec laquelle je sois vraiment d'accord.

Elle commença à se caler contre les coussins, mais Zach lui saisit la main et la remit debout.

— Eh bien, quoi ? s'étonna-t-elle.

Elle n'eut pas le temps de l'en empêcher que, s'asseyant dans le coin du canapé, il étendait une jambe interminable contre les coussins du fond, avant de l'attirer vers lui et de l'asseoir entre ses cuisses.

— Allonge-toi contre ma poitrine et détends-toi, chérie, ordonna-t-il en lui baisant la nuque.

Les sensations qu'il faisait remonter en elle lui coupèrent littéralement la parole. Sans une seule pensée pour le danger qu'il représentait pour elle, elle fit ce qu'il lui demandait.

Le contact de son torse solide et chaud contre son dos accéléra les battements de son cœur, et lorsqu'il l'enveloppa entre ses bras, les doigts déployés sur son estomac, elle eut l'impression que son cœur allait bondir hors de sa poitrine.

— Qu'essaies-tu de faire, Zach ?

Elle ne croyait pas une seule minute qu'il ne pensait qu'à la détendre.

Les mains de Zach glissèrent sur son ventre dans un geste apaisant.

— Je fais ce que je t'ai dit que je ferai : prendre soin de toi et m'assurer que tu aies du temps pour te détendre.

Elle secoua la tête.

— Tu sais très bien ce que je veux dire.

Zach égrena des baisers sur son épaule et tout le long de son cou.

— Oui. J'espère aussi te rappeler comme c'était bon d'être ensemble et combien ce serait bon de recommencer.

— Zach, cela ne me fera pas changer d'idée à propos de…

— Chut, chérie.

Il s'empara de la télécommande au bout de la table et actionna le lecteur de DVD.

— Nous reparlerons de cela plus tard. Regardons le film.

Comme le générique d'une comédie romantique apparaissait sur l'écran de télévision, elle tenta de se concentrer sur le spectacle et d'oublier l'homme qui la tenait d'une manière si agréable. Mais la sensation de la force de Zach l'environnait toute, et la fragrance boisée et sexy de son après-rasage assaillait ses sens, rendant difficile toute autre pensée.

A sa manière de lui masser le ventre avec douceur, elle pouvait presque croire qu'il s'efforçait d'apaiser la tension qui s'était accumulée en elle tout au long de la journée…

Mais elle avait durement appris à ne pas se laisser griser par les tendres contacts et les paroles charmeuses qui obscurcissaient le jugement. Et elle n'était pas assez naïve pour penser que les attentions de Zach avaient un quelconque rapport avec elle. Tout ce qu'il faisait, tout ce qu'il disait, c'était pour le bien-être des bébés. Même son insistance pour qu'ils se marient, cela n'avait de sens que parce qu'elle était enceinte, et certainement pas parce qu'il lui était attaché…

Sa décourageante introspection s'interrompit net quand elle sentit le corps de Zach se durcir et se presser avec insistance contre son dos, et elle ressentit immédiatement une flambée de désir en découvrant son excitation.

Atterrée, elle lutta pour se redresser.

— Je ferais bien de changer de position.

La maintenant avec fermeté contre lui, Zach lui embrassa le cou.

— Est-ce que tu es bien, Arielle ?

Qu'il était donc difficile, avec tous ces frissons qui la parcouraient, d'avoir une pensée rationnelle, et à plus forte raison de lui répondre !

— Oui… Je veux dire, non.

Le rire profond de Zach vibra contre son dos.

— Veux-tu savoir ce que je pense ?

— Pas vraiment.

Nul besoin de lui rappeler l'évidence.

— Je suis tout à fait certain que le fait que je me durcisse te rappelle combien c'était bon de m'avoir en toi, chuchota-t-il. Et je parie que tu es perturbée d'être aussi troublée que moi.

Son souffle chaud lui effleurait la nuque avec la légèreté d'une plume, et le souvenir de l'incandescente passion qui les avaient réunis à Aspen lui coupa le souffle.

— Loin de là, mentit-elle.

Zach eut l'impudence de rire tout haut.

— Dis ce que tu veux, chérie. Maintenant, rallonge-toi et profite du film.

C'était plus vite dit que fait, avec ce corps dur contre son dos. Mais finalement elle s'intéressa à l'histoire, et avant même qu'elle s'en rende compte, le film se termina.

— Le repas était absolument délicieux et le film très distrayant, mais je suis épuisée, conclut-elle en bâillant. Je pense qu'il est temps d'appeler ton chauffeur et lui demander de te ramener chez toi.

— J'ai donné à Mike le reste de sa soirée, déclara Zach en s'étirant.

— Alors, je te suggère d'appeler un taxi.

— Je n'utilise pas les transports publics.

— Il y a une première fois pour tout, monsieur Forsythe. Maintenant, retourne chez toi.

— Pourquoi voudrais-tu que je fasse cela ?

Il lui caressa nonchalamment les épaules.

— Nous restons ici cette nuit, et nous irons chez moi demain.

— Tu es… incroyable !

Elle le considéra pendant quelques secondes. Puis, soucieuse de mettre un peu de distance entre eux, elle se leva.

— Il n'y a qu'une seule chambre dans cet appartement, et je ne vais pas la partager, décréta-t-elle.

— Je serai parfaitement bien sur ce canapé, affirma Zach.

Puis il se leva à son tour et, avant qu'elle puisse l'en empêcher, il l'attira dans ses bras et pressa ses lèvres contre les siennes.

Un élan de désir nostalgique s'empara alors d'elle, si intense qu'il lui donna le vertige et qu'elle dut passer les bras autour de lui pour empêcher ses genoux soudain mous comme du caoutchouc de céder sous elle.

Comme la bouche de Zach caressait la sienne, elle céda à l'envie qui la tenaillait d'approfondir le baiser et se grisa du petit jeu de va-et-vient qui s'ensuivit.

Zach semblait la mettre au défi de l'explorer comme il le faisait avec elle…

Si elle n'avait pas été perdue dans la chaleur de l'instant, elle aurait pu être choquée par sa propre hardiesse. Mais, sans plus hésiter, elle obtempéra.

Elle fut ravie d'entendre le profond grondement qui sortit de sa gorge et de le sentir l'enlacer plus étroitement. La notion de son pouvoir de femme l'envahit. Un désir passionné commençait à la gagner, en même temps que l'intuition qu'elle était en train de tomber encore une fois dans le piège sensuel tendu par Zach.

Elle n'était pas stupide. Le délicieux dîner aux chandelles, le film romantique et le refus de son compagnon de rentrer chez lui, tout cela signifiait qu'il essayait une approche différente dans sa tentative pour la persuader de l'épouser. Mais malgré le délice d'être de nouveau dans ses bras et de savoir qu'il la désirait, elle ne pouvait en aucun cas baisser sa garde.

Une première fois, elle avait survécu de peu à son abandon. Elle ne supporterait pas qu'il la quitte une seconde fois.

Mettant brusquement fin au baiser, elle fit un pas en arrière sur des jambes en coton.

— Au revoir, Zach.

L'expression de celui-ci ne laissa rien paraître de ses sentiments quand, après une courte pause, il l'entraîna vers sa chambre en lui tenant la main.

— Bonne nuit, chérie, murmura-t-il en lui effleurant légèrement les lèvres. Si tu as besoin de moi, je serai là, sur le divan.

Qu'était-elle censée faire maintenant ? se demanda-t-elle en le regardant s'éloigner dans le couloir. Elle ne serait pas capable de fermer l'œil, le sachant endormi dans la pièce voisine.

Peut-être vêtu de son seul boxer, peut-être sans rien du tout...

— Oh, Seigneur !

Entrant à la hâte dans sa chambre, elle ferma la porte et s'appuya contre le panneau.

Elle était très, très profondément troublée, et la nuit allait être très, très longue si la seule évocation du corps nu de Zach allongé sur le canapé du salon lui faisait courir le feu dans les veines.

Longtemps après avoir entendu se refermer la porte de la chambre d'Arielle, Zach resta à contempler le plafond.

S'il n'avait pas été aussi mal à l'aise, la situation aurait été plutôt risible.

Comment ? Lui qui avait à lui seul créé et géré un véritable empire de somptueux complexes hôteliers, lui qui avait des milliards en banque et une demeure pourvue de huit chambres toutes équipées de lits king-size, il se retrouvait là, étendu sur un canapé trop court, la tête posée sur un coussin aussi dur que du béton et couvert d'un plaid trop petit de plusieurs dizaines de centimètres ?

Cependant, à part le fait que son dos allait le tuer au matin et qu'il se trouvait dans une pièce et Arielle dans une autre, la soirée s'était plutôt bien passée.

Après la sieste de la jeune femme, il s'était enfin expliqué à propos d'Aspen. Il n'avait pas mis en avant la question du mariage, et son corps avait exprimé à Arielle en termes non voilés qu'il la désirait tout autant maintenant qu'auparavant.

Désormais, il allait devoir la convaincre que se marier serait le mieux dans l'intérêt des bébés, et lorsque ses frères et sa sœur arriveraient le samedi, tout serait prêt pour qu'ils se marient pendant le week-end.

D'accord, ce ne serait qu'une petite cérémonie en famille, puisqu'ils n'avaient pas le temps de prendre de nombreuses dispositions. Mais si Arielle désirait quelque chose de plus important, ils pourraient organiser plus tard un mariage somptueux suivi d'une réception.

Extrêmement satisfait de la manière dont il avait tout géré, il était en train de glisser dans le sommeil lorsqu'un hurlement de femme lui fit dresser les cheveux sur la tête et sauter en un clin d'œil du canapé.

Le cœur cognant contre les côtes, il se fraya un chemin dans la pièce obscure et, s'étant cogné un orteil contre un fauteuil, marmotta un juron. Ignorant la douleur, il se rua le long du couloir et ouvrit d'une seule poussée la porte de la chambre d'Arielle.

S'étant assuré qu'il n'y avait personne dans la pièce en train de lui faire du mal, il la vit se tordre sous la couette et nota qu'elle essayait désespérément de se masser la cheville gauche.

— Arielle, qu'est-ce qui ne va pas ?
— J... Jambe... Crampe, gémit-elle.

La douleur contractait sa voix.

S'agenouillant sur le lit, il lui repoussa les mains et se mit aussitôt à masser sa cheville gauche afin de relâcher le muscle.

— Tiens bon, chérie. Ça devrait commencer à aller mieux d'ici une minute ou deux.

Au bout de quelques secondes seulement, l'expression d'Arielle lui fit comprendre que la douleur diminuait.

— Ça va un peu mieux, reconnut-elle. Merci.

Assis à côté d'elle, il continua de lui frotter doucement la cheville à la lumière de la lampe de chevet.

Pendant le supplice de la crampe musculaire, sa mince chemise de nuit était remontée bien au-dessus de ses genoux, et bien que son ventre se soit légèrement arrondi du fait de sa grossesse, le reste de son corps était en tous points aussi élégant que lorsqu'ils étaient à Aspen.

Au seul souvenir des jambes longues et sveltes d'Arielle s'enroulant autour de lui pendant l'amour, son corps se durcit si vite qu'il en resta étourdi.

Sans plus songer aux dégâts qu'il était capable de provoquer dans son plan bien établi pour ne pas pousser la jeune femme plus loin qu'il ne le fallait, il s'étendit à côté d'elle. Puis, la prenant contre lui, il tira le drap sur eux.

— Que t'imagines-tu être en train de faire ? interrogea-t-elle, les yeux écarquillés dans la pénombre.

Il n'était pas encore trop sûr de le savoir, mais il était tout à fait certain d'avoir raison.

— Le canapé est trop court, grommela-t-il. De plus, tu pourrais avoir une nouvelle crampe, et je préfère ne pas prendre le risque de me casser le cou en venant la prochaine fois à ton secours.

— Voilà l'excuse la plus tordue que j'aie jamais entendue ! protesta Arielle.

Au moins, elle continuait à lui parler et ne le mettait pas en demeure de quitter sa chambre.

Il lui décocha son plus beau sourire.

— Oui. Plutôt faiblard, non ?

Hochant la tête, elle insista.

— Sérieusement, que fais-tu dans mon lit, et pourquoi ?

— Je n'exagérais pas à propos du canapé, tu sais. Il est trop court d'au moins soixante centimètres pour qu'un homme de ma taille s'y trouve à son aise.

— Je suis sûre que ton propre lit est bien assez long pour te convenir. Tu pourrais rentrer chez toi.

— Non.

Il écarta de sa joue une soyeuse mèche de cheveux auburn.

— Je t'ai dit que je serais là pour toi, pour quoi que cela puisse être. Et je tiendrai cette promesse contre vents et marées.

Il marqua une pause avant de décider de jouer cartes sur table.

— Et la principale raison pour laquelle je me trouve dans ton lit, c'est parce que j'ai envie de te tenir contre moi quand tu dors et t'avoir dans mes bras quand tu te réveilles.

Il lui suffit de voir l'expression d'Arielle pour deviner qu'elle avait de sérieux doutes sur ses motivations.

— Zach, je...

— Je ne vais pas te mentir, chérie. Je désire te faire l'amour. Je veux m'enfoncer si loin en toi que tu oublieras où tu finis et où je commence.

Il lui embrassa le bout du nez.

— Mais je t'en donne ma parole, je n'ai pas l'intention d'exiger de toi davantage que tu n'es prête à donner. Quand ce sera le bon moment, nous le saurons, et rien ne m'empêchera de te donner tant de plaisir que nous en tomberons tous deux d'épuisement.

Enfin, Arielle acquiesça d'un mouvement de tête.

— J'apprécie ta délicatesse. Malheureusement, je n'ai pas plus confiance en moi qu'en toi.

— Je peux comprendre que tu aies un ou deux doutes à mon sujet, mais pourquoi ne pas avoir confiance en toi ? demanda-t-il, jouissant de la douceur de son corps contre le sien.

— Mon jugement n'est pas des meilleurs quand je suis près de toi.

Arielle ferma les yeux, et il se demanda jusqu'à quel point elle avait envie de se confier à lui. Lorsqu'elle les rouvrit, et s'aperçut qu'il scrutait son visage, elle fit un effort visible pour s'exprimer.

— Une fois déjà, avec toi, j'ai jeté toute prudence au vent. Bien que je désire et que j'adore ces bébés plus que la vie elle-même, j'aurais préféré que nous... Que les choses entre nous se passent d'une manière un peu plus conventionnelle.

Il savait exactement ce qu'elle voulait dire : elle avait dû souhaiter une relation qui se transforme peu à peu en engagement avant de tomber enceinte.

Mais ce n'était pas arrivé, et il n'y avait aucun moyen de retourner en arrière et de changer les choses. Cependant, à la façon dont il les voyait, elles devraient progresser et leur permettre de tirer le meilleur parti de la situation.

Jusqu'au bout de la passion

— Prenons chaque jour comme il vient, et voyons où cela nous mène, conclut-il.

Il fit glisser sa main le long du flanc d'Arielle puis l'enlaça pour la rapprocher de lui.

— Mais j'aimerais ta promesse que tu me donneras — que tu *nous* donneras — au moins une chance. Peux-tu faire cela, Arielle ?

Il devina l'incertitude au fond des yeux noisette avant qu'elle se décide à lui répondre.

— Je vais y réfléchir.

Il sentit un certain soulagement affluer en lui.

Si Arielle était d'accord pour consacrer quelques pensées à la question, il épuiserait peu à peu sa résistance, et c'était toute l'ouverture dont il avait besoin pour atteindre son but ultime.

Histoire d'encourager la jeune femme, il posa sa bouche sur la sienne, allumant dès le premier contact une étincelle au bas de son ventre.

Comme elle lui nouait les bras autour du cou, répondant à son baiser avec une sorte d'avidité, l'étincelle se transforma en flambée.

Il chercha le bas de la chemise de nuit et glissa la main dessous pour lui caresser le genou puis la cuisse. Au contact de la peau satinée sous sa paume et devant la réaction empressée d'Arielle lorsqu'il agaça sa langue de la sienne, le feu du désir se propagea au long de ses veines.

Sa main remonta vers le renflement de son sein avant de le soupeser au creux de sa paume. Du pouce, il en agaça la pointe, et il eut l'impression que sa tension faisait un bond en percevant le doux gémissement de la jeune femme. Mais ce fut la tiédeur de sa main lorsqu'elle la posa sur son torse nu, explorant, tâtonnant un peu, qui fit se contracter son corps presque douloureusement.

Il la désirait avec une férocité qui niait d'un seul coup toutes ses bonnes intentions d'attendre qu'elle soit prête. Et lorsqu'elle fit descendre sa main plus bas que son nombril, il fut certain qu'elle le désirait tout autant que lui.

Sauf qu'il devait en être *absolument* certain.

— Chérie, nous venons d'atteindre la limite, et quand nous l'aurons franchie, il n'y aura pas de retour possible, la prévint-il en égrenant des baisers jusqu'au creux de sa gorge. Tout au moins pas sans une douche froide et une grande souffrance de mon côté.

Levant la tête, il capta son regard.

— Donc, si ce n'est pas ce que tu désires, tu ferais bien de me le dire tout de suite et de me montrer où tu ranges tes serviettes de bain.

Juste au moment où il pensait qu'Arielle allait lui dire d'aller prendre cette douche froide et de regagner le canapé, elle prit une profonde aspiration.

— Il y a des tas de choses à notre propos sur lesquelles je n'ai aucune certitude. Mais une seule n'a pas changé. C'est mon désir pour toi.

Qu'il était difficile de respirer la bouffée d'air suivante !

— Es-tu sûre de toi ? s'obstina-t-il.

— Non, dit-elle. Mais pour ce qui te concerne, cela ne signifie pas grand-chose.

Le regard brûlant que ses yeux lui lancèrent lui déroba

tout son oxygène, et quand elle parla de nouveau, les flammes au fond de son ventre parurent échapper à tout contrôle.

— Fais-moi l'amour, s'il te plaît, Zach.

- 6 -

Quand la bouche de Zach se posa sur la sienne, Arielle se demanda si elle avait perdu toute trace de santé mentale.

Pas une seule fois, depuis leurs retrouvailles inattendues, il ne s'était excusé pour ce qui s'était passé à Aspen. Il lui avait expliqué les raisons pour lesquelles il avait utilisé un pseudonyme et s'était plus tard éclipsé sans un au revoir, mais il n'avait jamais dit qu'il était désolé.

Cela ne changeait rien au fait que, après un seul baiser, un seul contact de sa main sur son corps, elle était totalement perdue. Cela s'était passé quatre mois plus tôt, mais c'était toujours la même chose maintenant.

Entourant Zach de ses bras, elle se demanda brièvement comment elle survivrait si le lendemain matin — ou n'importe quel autre matin, pour l'importance que cela pouvait avoir — elle découvrait qu'il avait disparu. Mais, tandis qu'il l'embrassait et la cajolait avec une tendresse infinie, elle abandonna cette pensée dérangeante et se laissa aller à ses sensations.

Derrière ses yeux fermés, une chaleur ondoya, et une sensation de picotement parcourut chaque nerf de son corps lorsque Zach, à force de caresses, commença à se frayer un chemin vers son slip, le fit descendre et le lui enleva. Mais au moment de se débarrasser aussi de sa chemise, elle éprouva un soudain besoin d'obscurité.

— Zach, voudrais-tu... faire quelque chose pour moi, s'il te plaît ? demanda-t-elle en abandonnant ses lèvres.

— Quoi donc, chérie ?

Tout comme elle, Zach paraissait avoir du mal à respirer.

— Voudrais-tu éteindre la lumière ?

Il se rejeta en arrière et s'appuya sur un coude.

— Si tu te fais du souci pour ce que je pense de ta silhouette maintenant que tu es enceinte, inutile !

Il repoussa le drap au pied du lit et, empoignant la chemise de nuit et lui glissant les mains sous les aisselles, il l'obligea à les lever au-dessus de sa tête. Puis, la soulevant légèrement, il tira sur la chemise et l'en débarrassa d'un seul geste.

Sans jamais la quitter des yeux, il la rallongea sur le lit.

— Tu es toujours aussi belle, Arielle.

Ce ne fut qu'en voyant son regard errer lentement le long de son corps qu'elle crut vraiment à la sincérité de ses paroles. Et ce regard fut pour elle comme une caresse de chair.

Il s'inclina pour lui déposer un baiser juste au-dessus du nombril. Lorsqu'il leva la tête pour la regarder, la lueur qui brillait dans ses yeux vert foncé lui coupa le souffle, effaçant d'un seul coup toutes ses pudeurs.

— J'avais tort, corrigea-t-il en posant une main possessive sur son ventre. Tu es plus magnifique aujourd'hui que tu l'étais à Aspen. Et, je n'en doute pas, tu seras encore plus belle demain.

Puis, sans la lâcher du regard, il sortit du lit. Glissant les pouces dans la ceinture de son boxer, il le baissa lentement sur ses longues jambes musclées.

Son corps superbement ciselé avait gardé la même beauté à couper le souffle dont elle se souvenait.

Elle écarquilla les yeux à l'instant où se révélait à elle la puissante érection qui jaillissait orgueilleusement au bas de son ventre. Mais ce fut le regard empreint d'une brûlante passion qu'il lui adressa qui la rendit muette.

— Je t'ai désirée dès l'instant où je t'ai revue, avoua-t-il, la rejoignant dans le lit.

La sensation de cette ferme chair masculine pressée contre sa peau de femme, la senteur de l'eau de toilette boisée de Zach et le son précipité de sa respiration provoquèrent en elle comme une ruée d'étincelles le long de ses nerfs.

Lorsqu'il lui caressa le dos, faisant descendre ses mains le long de son épine dorsale jusqu'à ses fesses, qu'il prit au creux de ses paumes pour l'attirer vers lui, leurs deux gémissements se mêlèrent, et elle comprit que Zach éprouvait le même intense plaisir qu'elle.

La bouche de Zach se posa sur la sienne, activant un courant chaud le long de ses veines. Au fur et à mesure que son baiser se faisait plus profond, elle enfonça les doigts dans ses cheveux, et sa langue alla hardiment à la rencontre de celle de Zach. Elle sentait son corps brûlant palpiter de désir et le sien y répondre de même, dans une sorte de crispation naissant peu à peu au cœur de sa féminité.

Elle voulait de toutes ses forces lui faire connaître la force de la passion qu'il lui inspirait, l'intense fringale sensuelle que lui seul était capable de faire naître en elle et d'apaiser.

Il y avait si longtemps que Zach ne l'avait pas tenue ainsi contre lui !

Elle avait l'impression d'être enfin de retour chez elle. Jamais elle n'avait connu une telle intimité, un tel sentiment de sécurité.

Il mit fin au baiser pour se lancer dans une longue agacerie de petits baisers, descendant vers la base de sa gorge pour gagner l'arrondi de son sein.

Elle le serra violemment contre lui à la seconde où il prit entre ses dents la pointe durcie.

L'intensité des sensations qui la parcouraient au contact de ses lèvres faisait naître en elle un désir si puissant qu'il menaçait de la consumer tout entière.

— Je t'en prie, gémit-elle. Cela fait... si longtemps.

— Doucement, chérie, la prévint-il tandis que ses mains descendaient vers le lieu de son désir. Je te désire aussi. Mais je veux m'assurer que ce soit aussi bon pour toi que, j'en suis certain, ce le sera pour moi.

Puis il lui écarta les cuisses.

Au premier attouchement de ses doigts, des vagues d'un plaisir exquis déferlèrent sur Arielle. Sa caresse intime l'entraîna peu à peu vers une sorte de démence, déclenchant en elle un désir presque douloureux que seul Zach était capable d'apaiser.

— Je te veux maintenant, Zach, chuchota-t-elle, surprise de pouvoir former une pensée cohérente, et plus encore la traduire par des mots.

Alors, il la souleva pour qu'elle le chevauche, avant de la faire descendre vers lui lentement, délicatement, sans la quitter des yeux.

Pour la première fois depuis des mois, un sentiment de plénitude envahit Arielle. Tandis que son corps engloutissait celui de Zach, elle appliqua ses deux mains sur les larges épaules et se sentit fondre autour de lui, grisée par la sensation de ne plus faire qu'un seul être avec l'homme qui avait dérobé son cœur.

— Tu es si incroyablement bonne, dit Zach à travers ses dents serrées lorsqu'il fut complètement en elle, avant d'écraser ses lèvres contre les siennes.

Alors, en dépit des problèmes qu'il leur restait encore à résoudre, elle comprit avec certitude qu'elle était en grand danger de retomber amoureuse de lui.

— Nous allons le faire en douceur, dit-il en libérant sa bouche. Et si tu éprouves la plus petite sensation désagréable, je veux que tu me le dises.

Elle aurait pu lui répondre qu'être avec lui était la chose la plus agréable qu'il lui soit arrivée au cours des derniers mois, mais les mots moururent dans sa gorge tandis que, les mains sur ses hanches, il commençait à la guider vers lui avec un lent mouvement de balance.

Fermant les yeux, elle sentit une chaleur s'infiltrer au plus profond de son être et sut, aussi sûrement qu'elle connaissait son propre nom, qu'elle n'avait jamais ressenti, avec un autre homme, une seule petite fraction de l'émotion que lui inspirait Zach Forsythe.

Tout en bougeant en harmonie, les lèvres de son amant se déplaçaient sur la peau ultrasensible de sa gorge, légères, accélérant la délicieuse sensation de resserrement au plus intime d'elle-même.

Désespérément, elle tenta de prolonger le tourbillon de sensations qui naissaient en elle, mais la soif que Zach avait suscitée dans son corps devenait une force à laquelle il lui était impossible de résister.

Alors, l'esprit d'Arielle se ferma à tout ce qui n'était pas le besoin effréné d'assouvir son désir, et elle s'abandonna à la puissance de sa passion. Cramponnée à Zach, elle gémit en prononçant son nom quand le flux brûlant la submergea et qu'elle jouit. Elle entendit celui-ci pousser un grognement, puis son grand corps s'immobilisa complètement une seconde, juste avant le long frisson de plaisir que lui arracha l'orgasme.

Alors que l'intensité de leurs sensations avait diminué et qu'ils revenaient peu à peu à la réalité, Zach se dressa sur un coude.

— Est-ce que tu vas bien ?

Arielle poussa un soupir comblé.

— C'était merveilleux.

— Je ne pourrais pas être plus d'accord.

Il l'installa à côté de lui avant de se laisser retomber contre l'oreiller.

— Je sais bien que le médecin a dit que nous pouvions faire l'amour, mais…

La jeune femme s'étira et bâilla.

— Ne t'inquiète donc pas ! Je vais tout à fait bien.

Il se mit à rire et tira le drap sur leurs deux corps.

Puis il se tourna pour entourer Arielle de ses bras et l'attirer tout contre lui.

— Tu parais un peu plus détendue qu'au moment où je suis entré dans ta chambre, plaisanta-t-il.

— Où tu *as fait irruption*.

— Quoi ?

De nouveau, Arielle bâilla.

— Tu as forcé ma porte, je te rappelle.

— Peu importe. Je ne pense pas que tu aies encore des problèmes de crampe cette nuit.

Il embrassa sa joue si douce.

— Puis-je te demander encore une chose, chérie ?

— Quoi donc ?

— Pourrais-tu disposer de ta fin de semaine ?

Elle lui jeta un regard interrogateur.

— Pourquoi le ferais-je ?

— J'aimerais que nous passions ensemble quelques instants de qualité, au lieu de quelques heures par-ci par-là avant que tu ne partes à l'école et moi au bureau.

A Aspen, ils avaient eu une semaine ininterrompue pour apprendre à se connaître, et c'était exactement ce dont ils avaient besoin maintenant. Il avait besoin de regagner la confiance d'Arielle.

— Mais je viens juste de reprendre l'école, protesta-t-elle.

— C'est exact, mais tu en es aussi l'administratrice, lui rappela-t-il. Tu peux prendre un congé chaque fois que cela te chante.

— Et toi ? Prends-tu un congé chaque fois que tu en as envie ? demanda Arielle avec pertinence.

Il lui sourit.

— Mais bien sûr. Je suis le patron, tu te rappelles ?

Comme elle se mettait à se mordiller les lèvres, il comprit qu'elle réfléchissait à sa demande.

— Si je prenais vraiment un congé, il faudrait que tu me promettes quelque chose.

— De quoi s'agit-il, chérie ?

— Je veux que tu m'assures que tu n'aborderas pas une seule fois le sujet du mariage au cours des quatre prochains jours.

Elle haussa les sourcils.

— Penses-tu pouvoir y arriver ?

Il lui aurait promis n'importe quoi pour qu'elle accepte.

Il acquiesça avec un large sourire.

— Je pense en être capable — à condition que tu saches que je n'ai pas renoncé.

— Cette idée ne me serait jamais venue à l'esprit, monsieur Forsythe, commenta-t-elle en dissimulant un autre énorme bâillement derrière sa main.

— Bien. Maintenant que c'est réglé, tu as besoin de dormir un peu, chérie.

S'apercevant qu'Arielle s'était déjà endormie, il tendit la main vers la lampe de chevet pour éteindre.

Il sourit tout seul dans l'obscurité.

Avec Arielle, la difficulté n'était vraiment pas de dormir assez, et c'était un problème en moins à propos duquel s'inquiéter. Car, sauf erreur, elle pouvait s'endormir n'importe où et n'importe quand.

Tout en restant allongé là, à réfléchir aux moyens de

s'assurer qu'elle prenne bien soin d'elle, il la compara à son ex-fiancée.

Bien que Gretchen lui ait d'abord affirmé qu'elle était impatiente d'avoir un bébé, il ne lui avait pas fallu longtemps pour chanter un autre couplet.

Peu de jours après avoir appris qu'elle était enceinte, celle-ci avait commencé à se comporter comme si se nourrir était l'ultime péché, et elle était devenue obsédée à l'idée de prendre du poids. Et ce n'était que la partie visible de l'iceberg en ce qui concernait ses réactions irrationnelles au fait d'être enceinte ! Ensuite, elle s'était plainte, disant que ce n'était pas le bon moment pour avoir un bébé, qu'elle était trop fatiguée pour se lever... Puis, un matin, elle l'avait surprise en mettant en œuvre un épuisant programme d'exercices physiques — ce qui, il en avait pris conscience trop tard, était un effort désespéré pour mettre fin à sa grossesse.

Après moins de deux semaines d'efforts ininterrompus, à dormir très peu et manger moins qu'un oiseau, elle avait réussi à provoquer une fausse couche.

Un soupir profond, tremblant, échappa à Zach.

Il ressentait toujours une part de culpabilité de ne pas s'être rendu compte de ce que Gretchen avait eu en tête et de son échec à protéger ce bébé. Il aurait du être plus attentif.

Mais cela ne se reproduirait pas. Les bébés que portait Arielle avaient besoin de lui, et il n'était pas près de les abandonner.

Heureusement, Arielle paraissait envisager sa grossesse sous un angle entièrement différent que Gretchen. Elle avait un appétit d'ogre, trouvait le fait de grossir tout à fait normal et prenait beaucoup de repos. Et pas une seule fois depuis qu'ils s'étaient retrouvés, il ne l'avait entendue exprimer autre chose que de la joie à la perspective de devenir mère.

Il posa un baiser sur le sommet de la tête de la jeune femme et ferma les yeux.

Même s'il n'avait jamais eu l'intention de se marier ou de se fier à aucune femme pour porter un enfant de lui, il s'attendait à ce que tout se passe bien cette fois-ci. Tout indiquait qu'Arielle allait être non seulement une excellente mère, qui aimerait leurs jumeaux, mais elle était aussi la femme la plus excitante, la plus grisante qu'il ait jamais rencontrée. L'avoir dans son lit chaque nuit allait être à coup sûr un énorme atout pour leur mariage.

Oh, il savait bien qu'elle voulait tout — le mariage, les enfants, et un amour solide qui leur permettrait de surmonter tout ce que la vie mettrait sur leur chemin...

Mais prendre ce dernier vœu en compte lui faisait risquer d'oublier son optique de la vie et de se conduire comme un sot. Et c'était une option qu'il n'était pas prêt à prendre une fois de plus. Aussi longtemps qu'il ne permettrait pas à l'amour d'entrer dans le tableau, non seulement il aurait la capacité de protéger ses enfants, mais il n'aurait pas à s'inquiéter de perdre son amour-propre ou son cœur.

Même s'il ne pouvait donner à Arielle l'amour qu'elle désirait, leur mariage serait un bon mariage, fondé sur un respect mutuel et une sincère affection. De son point de vue, c'était bien suffisant pour qu'ils soient heureux tous les deux.

Satisfait de voir que tout fonctionnait selon ses vœux, il sombra dans le sommeil.

Après avoir pris sa douche et appelé le jardin d'enfants pour s'arranger avec l'administratrice adjointe afin de prendre le reste de sa semaine, Arielle attendit le moment où Zach utiliserait la salle de bains pour décrocher de nouveau le téléphone.

C'était décidément le seul moment dont elle disposait pour appeler sa toute nouvelle grand-mère sans qu'il entende leur conversation !

Quand elle entendit la douche fonctionner, elle s'assit au bout du canapé et composa le numéro du quartier général d'Emerald Inc. à Wichita.

Elle avait pas mal réfléchi à sa rencontre inattendue avec Zach au jardin d'enfants. Cela ne s'était-il pas passé d'une manière un peu trop opportune pour n'être qu'une simple coïncidence ?

Elle ne savait pas trop comment, mais elle aurait volontiers parié qu'Emerald Larson avait quelque chose à voir avec leurs retrouvailles. Elle ne serait pas surprise du tout s'il s'avérait que celle-ci avait découvert que Zach Forsythe était le père de ses bébés. Elle ne savait pas très bien comment sa grand-mère s'était débrouillée, mais lorsqu'elle avait pris contact avec Emerald pour lui dire qu'elle était enceinte, celle-ci avait avoué qu'elle était au courant de sa grossesse et de son incapacité à retrouver le père du bébé.

Comme d'habitude, ce fut Luther Freemont qui lui répondit de sa voix monotone et sèche.

— Bonjour, bureau de Mme Larson. Que puis-je pour vous ?

Au cours des derniers mois, elle s'était adressée à diverses reprises à l'assistant personnel d'Emerald, et si celui-ci mettait parfois une quelconque inflexion dans sa voix, il ne lui était jamais arrivé de l'entendre.

— Bonjour, Luther. C'est Arielle. J'aimerais parler quelques minutes avec Emerald. Est-elle disponible maintenant, ou dois-je appeler à un autre moment ?

— Bien entendu elle est là pour vous, mademoiselle Garnier. Ne quittez pas, je vous prie, je vais transférer votre appel sur sa ligne privée.

Quelques secondes après, Emerald vint en ligne.

— Arielle chérie, quelle agréable surprise ! s'exclama-t-elle, apparemment heureuse de l'entendre. A quoi dois-je le plaisir de ton appel ?

— Bonjour, Emerald, dit Arielle. J'espère que je n'interromps rien ?

Comme elle n'avait appris que récemment l'existence de son aïeule, elle ne se sentait pas à l'aise pour l'appeler « grand-mère ». Mais elles avaient noué une agréable et amicale relation, et Emerald lui avait fait clairement entendre qu'elle serait toujours à sa disposition chaque fois qu'Arielle aurait envie de lui parler.

— Non, ma chère. En fait, je pensais te donner un coup de fil pour savoir comment tu te débrouillais avec l'académie Premier. Le changement de propriétaire s'est-il passé en douceur ?

— Oh oui ! En fait, cela se passe bien mieux que je

ne l'avais prévu, confessa Arielle. L'équipe tout entière a été très accueillante et serviable.

— Parfait.

Emerald marqua une pause.

— Et toi, comment vas-tu, chérie ? Je pense que ta grossesse se passe bien, n'est-ce pas ?

— C'est une des raisons de mon appel. Hier, j'ai passé une échographie.

— Et que va être mon prochain petit-enfant ? Garçon ou fille ?

— Il est encore un peu tôt pour le dire. Mais que dirais-tu d'une autre paire de jumeaux dans la famille ?

Un silence stupéfait tomba, jusqu'au moment où Emeral put parler de nouveau.

— Des jumeaux ? Mais c'est merveilleux ! L'as-tu déjà dit à Luke et à Jake ? Je suis certaine qu'ils vont être fous de joie pour toi.

— Je les ai appelés hier, en revenant de chez le médecin.

— Comment ont-ils pris la nouvelle, chérie ?

— Dire qu'ils étaient en état de choc serait un euphémisme, avoua Arielle en riant.

Maintenant, elle trouvait très drôle d'avoir laissé ses frères sans voix, eux si bavards d'ordinaire.

— D'abord, dit-elle, ils étaient tous deux un peu vexés que j'aie attendu si longtemps pour les mettre au courant, mais ils ont vite oublié et préféré savoir qui était le père et comment ils allaient pouvoir le trouver.

— Oh, je suis bien sûre qu'ils étaient tout prêts

à « entreprendre » ce jeune homme. Que leur as-tu raconté, chérie ?

— Je n'ai pas eu besoin de leur dire quoi que ce soit...

Elle soupira.

— J'ai commis l'erreur de les appeler avec Zach assis juste à côté de moi. Il leur a parlé. Il a admis être le père des bébés et a annoncé que nous allions nous marier le week-end prochain.

— Tu vas épouser Zachary Forsythe, le magnat des complexes hôteliers ?

— Non, pas du tout.

— Je vois...

Emerald s'interrompit un instant, comme si elle prenait conscience de s'être un peu trop avancée.

— Mais de quelle façon l'as-tu trouvé, chérie ?

— A toi de me le dire, lança Arielle, ironique.

Maintenant, elle était sûre que sa grand-mère avait orchestré leur rencontre, car elle ne lui avait pas indiqué jusque-là le nom de famille de Zach.

— Moi ? Pourquoi donc ? Je n'ai aucune idée de ce que tu me racontes.

— Oh, je crois que si, Emerald. Tu savais que j'étais enceinte, et je devine que ton équipe de détectives privés a découvert qui était le père et où il vivait.

Elle poussa un soupir.

— Pourquoi ne m'en as-tu pas simplement parlé, au lieu d'acheter le jardin d'enfants que fréquente son neveu et d'attendre que nous tombions l'un sur l'autre ?

— Je ne voulais pas me mêler de vos affaires, chérie.

Emerald, il fallait lui en reconnaître le mérite, ne niait pas sa participation à ce scénario.

— Tu es absolument unique ! s'exclama Arielle. J'ai déjà entendu parler des histoires de mes demi-frères et de leurs épouses dont tu as organisé la rencontre grâce à tes talents de marieuse.

— Cela a très bien marché, rétorqua Emerald, apparemment pas du tout repentante. Caleb, Nick et Hunter sont tous très heureux désormais et m'ont remerciée depuis d'être intervenue.

— Est-ce ce que tu es en train de faire ? demanda Arielle. Crois-tu que, en nous réunissant Zach et moi, cela permettra à un autre de tes héritiers de trouver son âme sœur ?

— Cette possibilité existe, Arielle.

Comprenant qu'il serait futile de vouloir persuader sa grand-mère qu'elle commettait une erreur dans son cas, Arielle respira à fond.

— Je ne suis pas certaine d'être capable de lui faire confiance.

— Oh, chérie, je sais que ce doit être difficile après ce qui s'est passé à Aspen, reconnut Emerald d'une voix où passait une vraie compassion. Mais donne-lui une chance. Je suis certaine qu'il doit y avoir une explication logique à sa disparition.

Elle se tut un instant avant d'ajouter :

— Ta situation avec Zachary n'a rien à voir avec celle de ta mère et de ton père.

Arielle se mordilla les lèvres, nerveuse.

Elle était certaine qu'Emerald avait tout découvert

au sujet de Zach, y compris la raison pour laquelle celui-ci l'avait abandonnée.

— Tu savais aussi pourquoi il est parti ce matin-là, n'est-ce pas ? Pourquoi ne m'en as-tu rien dit ?

— Je dois y aller, maintenant, déclara soudain Emerald. Passe-moi un coup de fil, je t'en prie, pour me faire savoir que tout va bien entre toi et ton jeune homme.

Arielle n'eut pas le temps d'ajouter un mot. Sa grand-mère avait mis fin à la communication, la laissant frustrée et inquiète.

Jusqu'à quel point la vieille dame était-elle au courant de sa vie ? Et pourquoi tout le monde était-il si certain qu'elle allait donner une autre chance à Zach ?

D'abord ses frères, et maintenant c'était Emerald qui l'encourageait à lui offrir l'occasion de faire ses preuves.

Seulement, ils avaient tous oublié un très important facteur : ce n'étaient pas eux qui risquaient une fois encore d'avoir le cœur brisé.

— Quelque chose ne va pas, Arielle ? demanda Zach en entrant dans la chambre, la taille juste ceinte d'une serviette de toilette.

La vue de toute cette peau masculine dénudée lui coupa le souffle.

Zach Forsythe était sans l'ombre d'un doute l'homme le plus sexy qu'elle ait jamais eu le plaisir de rencontrer.

— R... Rien. Pourquoi cette question ?

— Ta manière de froncer les sourcils me dit le contraire, chérie.

— Oh, je réfléchissais simplement à quelque chose, dit-elle d'un ton pensif, espérant qu'il laisserait tomber le sujet.

Zach revint sur ses pas et se posta devant elle.

Sachant qu'il était nu sous la serviette, elle sentit un léger frisson d'excitation la parcourir.

— As-tu un problème pour trouver quelqu'un pour te remplacer à l'école ? demanda-t-il.

Elle secoua la tête, essayant de ne plus penser à la voluptueuse sensation de son corps contre le sien.

— Aucun problème. Marylou était tout à fait d'accord pour prendre la suite en mon absence.

— Bien.

Zach lui prit les mains et la tira pour la remettre debout.

— Il y a quelque chose que je voudrais que nous fassions aujourd'hui, et il ne faut pas qu'aucun de nous s'approche si peu que ce soit d'un travail.

Quand il l'entoura de ses bras et l'attira contre lui, elle se raidit.

— Qu'as-tu en tête, Zach ? l'interrogea-t-elle, les deux mains posées sur son torse

— Tu verras, promit-il.

Il lui mordilla un instant la lèvre inférieure avant d'en suivre le contour avec sa langue.

Rapidement, ses gestes la transformèrent en une chose proche d'une flaque, surtout lorsqu'il plongea la langue dans sa bouche.

Quand il s'interrompit et fit un pas en arrière, elle ne put retenir un gémissement de frustration.

Reprenant longuement sa respiration, Zach secoua la tête comme s'il tentait de s'éclaircir les idées.

— Va t'habiller pendant que j'appelle mon chauffeur pour lui demander de m'apporter des vêtements de rechange. Sinon, nous allons finir par faire l'amour toute la journée et manquer ce que j'ai prévu.

Pendant qu'il joignait le chauffeur, elle s'efforça de se rappeler pourquoi elle devait se montrer prudente.

Plus Zach la prenait entre ses bras, l'embrassait, la touchait, et plus il semblait facile de tout oublier du passé et du danger qu'il représentait toujours pour elle. Mais c'était une chose qu'elle ne pouvait pas se permettre. Peu importait le nombre de personnes de sa famille lui disant de donner une seconde chance à cet homme, elle n'avait aucune garantie que leur situation ne suivrait pas le même cours que celle de ses parents.

Quand le jet privé atterrit à l'aéroport de San Antonio, Zach déboucla sa ceinture avant d'en faire autant avec celle d'Arielle.

Il avait décidé de lui remettre à la mémoire à quel point ils s'étaient amusés tous les deux à Aspen et lui faire ainsi oublier tous les doutes qu'elle avait encore à son sujet.

Il se leva et lui tendit la main pour l'aider à se mettre debout.

— Es-tu prête à t'amuser ? lui demanda-t-il avec un grand sourire.

La jeune femme posa sa main dans la sienne, lui répondant par un sourire prudent.

— Je ne suis jamais allée à San Antonio.

Comme elle levait les yeux vers lui, il se dit qu'il n'avait jamais vu Arielle aussi radieuse.

Elle était vêtue d'une robe bain-de-soleil vert menthe qui mettait en valeur ses yeux noisette et son teint de pêche, et elle avait tiré ses cheveux en une luisante queue-de-cheval, exposant ses épaules graciles et son cou délicat.

La gorge sèche tout à coup, il avala difficilement sa salive.

Il allait devoir faire appel à tout ce qu'il y avait de force en lui pour ne pas être en état de perpétuelle érection.

Tout ce qu'il désirait, tout ce à quoi il pensait, c'était de pouvoir explorer chaque centimètre de sa peau satinée et passer la journée à lui faire l'amour.

— Je me suis dit que nous déjeunerions sur la promenade au bord de la rivière et visiterions quelques boutiques. Ensuite, peut-être pourrions-nous faire un tour en calèche, poursuivit-il, ramenant dans le droit chemin ses pensées vagabondes.

Il avait songé à louer un bateau pour emmener Arielle faire une balade sur la rivière, avant d'y renoncer.

Le bateau aurait pu tanguer et la faire tomber. C'était un risque qu'il se refusait à courir.

— Ça me semble génial, approuva Arielle.

Il la précéda vers la porte de l'avion puis la saisit par la taille pour la stabiliser en descendant les quelques marches du jet.

— Ensuite, annonça-t-il, nous retournerons à Dallas nous changer pour le dîner.

Arielle eut une petite moue.

— J'espérais visiter Alamo, on m'a dit qu'il fallait absolument voir ça, observa-t-elle en traversant le tarmac vers la limousine qui attendait.

Il hocha la tête.

— Je ne voudrais pas t'emmener à San Antonio sans te faire visiter Alamo. Ce serait un véritable sacrilège.

— Est-ce votre orgueil de Texan qui parle, monsieur Forsythe ? insinua-t-elle d'une voix qui lui parut presque parfaitement détendue.

— « Texan un jour, Texan, toujours ! », se rengorgea-t-il.

Il lui adressa un large sourire et lui vola un rapide baiser — qui le laissa sur sa faim.

Mais il n'allait tout de même pas la prendre ici, sur le siège arrière de la limousine, se raisonna-t-il. La journée était entièrement consacrée au divertissement et à maintenir entre eux une atmosphère de confiance.

Ils roulèrent dans un agréable silence vers la rivière Walk, et au moment d'arriver au pittoresque café qu'il avait choisi pour y déjeuner, il avait recouvré un semblant de maîtrise.

— C'est ravissant, remarqua Arielle en regardant autour d'elle.

Devant ses yeux arrondis par l'émerveillement, il se dit qu'il allait apprécier de voir la ville historique sous son angle à elle.

En chemin, elle lui désigna l'une des boutiques.

— Si nous n'allons nulle part ailleurs, il faudra absolument venir ici.

Il lui tint une des chaises autour d'une table surmontée

d'un éclatant parasol bleu et attendit qu'elle soit assise avant de s'installer en face d'elle. Comprenant soudain qu'elle lui parlait d'une visite chez le glacier, il sourit.

— Quel est ton parfum favori ?

— Menthe aux pépites de chocolat. Ou peut-être caramel au café, ou sauce au chocolat, ou...

— Je vois que tu aimes le chocolat.

Un point dont il lui faudrait se souvenir.

Dans son enthousiasme, sa compagne secoua sa queue-de-cheval dans tous les sens.

— Parfois, j'aime bien avoir deux parfums différents dans le même cornet. Comme ça, je n'ai pas à choisir. Et toi, lequel préfères-tu ?

— Vanille.

Arielle lui décocha un coup d'œil exprimant clairement qu'elle le considérait comme un peu fêlé.

— Tu dois plaisanter ! Parmi tous les délicieux parfums de crèmes glacées, tu en es resté à cette bonne vieille vanille toute simple ? Où est ton sens de l'aventure ?

— Il m'arrive de l'avoir de temps à autre, répondit-il, en évoquant intérieurement quelque chose d'encore plus délectable.

Il changea de position, soudain un peu à l'étroit dans ses vêtements.

Totalement inconsciente de la direction que prenaient ses pensées, Arielle lui rit au nez.

— N'as-tu pas peur que ce soit un peu trop hardi ?

Jusqu'au bout de la passion

S'obligeant à se détendre, il lui décocha un large sourire.

— Que puis-je te dire, chérie ? J'aime vivre dangereusement.

Un aimable serveur choisit cet instant pour venir placer des menus devant eux, mettant une fin provisoire à la discussion.

Après avoir passé la commande, Zach remarqua le sourire ravi d'Arielle à la vue d'un bateau qui remontait lentement le courant dans leur direction. Tendant la main par-dessus la table, il la referma sur ses doigts délicats.

— A notre prochain voyage, nous ferons un tour sur la rivière.

La jeune femme ne dit rien, mais elle lui adressa un sourire si doux qu'il en vint à supposer qu'elle commençait à baisser sa garde.

— Cela me plairait vraiment beaucoup, Zach. Merci de m'avoir amenée ici. Tout est si coloré, si plein de vie ! C'est fantastique.

Quand le serveur leur eut apporté leur commande, ils se régalèrent de quelques-unes des meilleures spécialités de la cuisine tex-mex de tout l'Etat du Texas.

Zach regarda Arielle liquider la dernière tortilla au fromage avant de demander la note.

— Pourquoi ne pas aller chercher notre crème glacée et nous balader ensuite au *mercado* avant de faire une promenade en calèche ? suggéra-t-il en tendant sa carte de crédit au serveur.

Il voulait emmener la jeune femme au marché le plus vite possible.

— Je suis absolument repue pour le moment, remarqua-t-elle, la main sur son estomac. Peut-être ferions-nous mieux de nous occuper de la crème glacée après le reste ?

Une fois le serveur revenu, Zach ajouta un généreux pourboire à la note avant de signer le reçu. Puis, glissant sa carte de crédit dans son portefeuille, il se leva pour tenir la chaise d'Arielle.

— Y a-t-il d'autres boutiques où tu aimerais aller après le *mercado* ? demanda-t-il.

— Je n'en vois vraiment aucune, dit-elle en secouant la tête. Rien que la boutique du glacier, cela me rendra très heureuse.

Elle enfouit sa main dans la sienne.

En un rien de temps, ils avaient parcouru le court trajet menant au marché en plein air où la première partie du plan de Zach était sur le point de se dérouler.

— Arielle, dit-il, j'aimerais t'acheter quelque chose en souvenir de cette journée. Que dirais-tu de ceci ?

En même temps, il s'arrêta devant un marchand proposant un choix de bijoux. Soulevant un anneau finement gravé dans lequel était enchâssé un beau solitaire, il remarqua :

— Cette bague est très jolie.

Arielle hocha la tête en souriant.

— Je l'adore. Elle est splendide. Mais tu n'as pas besoin de...

Il posa un doigt sur les lèvres au dessin parfait.

— Je le veux.

— C'est de l'argent le plus fin et du cristal, mentit le marchand, intervenant à propos.

Jusqu'au bout de la passion

Zach jeta un coup d'œil sur l'étiquette avant de faire à son ami Juan Gomez, propriétaire et designer de l'une des joailleries les plus en vue de Dallas, un clin d'œil de conspirateur.

— Quelle est la taille de ton doigt, Arielle ?
— Du cinq, mais...
— Il faudra la remettre à sa taille, mais ce ne devrait pas être un problème.

Se tournant vers Juan, il sortit son portefeuille.

— Nous la prenons. Et si vous pouvez la mettre à la bonne taille pour notre retour de la promenade en calèche, je vous donnerai le double du prix.
— *Si, señor*, approuva Juan, hochant joyeusement la tête.
— Zach, tu ne peux pas faire cela !

Arielle le regardait, incrédule, les yeux écarquillés, et Zach se dit qu'il ne l'avait jamais trouvée aussi désirable.

— Non seulement je peux, mais je le veux, déclara-t-il.

Et il donna à son vieil ami quelques billets de cent dollars, histoire de rendre la transaction plausible. Puis il consulta sa montre et posa la main au creux du dos de la jeune femme avant qu'elle puisse se rendre compte de ce qui se passait.

— Nous reviendrons dans à peu près une heure. Vous aurez le reste de l'argent quand la bague sera prête.

Son plan avait merveilleusement fonctionné, et Arielle n'avait rien soupçonné.

Elle n'avait aucun moyen de savoir que la bague était en réalité en or blanc et que la pierre n'était pas un cristal, mais un diamant blanc de l'eau la plus pure. Elle ne soupçonnait pas non plus que, lorsqu'ils reviendraient, le « marchand » aurait emballé ses affaires et serait parti depuis longtemps.

Juan serait déjà sur la route du retour vers Dallas pour mettre à la bonne taille un anneau de mariage unique en son genre, et Zach pourrait ôter quelque chose de plus de la liste des choses à faire avant le mariage du week-end suivant.

- 7 -

— Je n'arrive toujours pas à croire que ce marchand se soit sauvé avec ton argent et la bague ! se lamenta Arielle en secouant la tête.

Revenus cet après-midi-là sur le marché en plein air pour prendre livraison de la bague, ils avaient trouvé un emplacement vide là où l'homme et son étal de bijoux s'étaient trouvés auparavant. Et même si plusieurs heures s'étaient écoulées depuis qu'ils étaient revenus à Dallas, s'ils s'étaient changés, avaient eu un merveilleux dîner dans un restaurant huppé et se dirigeaient maintenant vers le premier complexe qu'avait bâti Zach au nord de Dallas, elle enrageait toujours.

Bien sûr, Zach était milliardaire, ce n'était pas aussi important pour lui que pour une personne ayant de plus faibles moyens. Et, en vérité, les quelques centaines de dollars avec lesquels l'homme s'était enfui n'auraient pas fait non plus un gros accroc à son propre compte en banque — pas depuis que le trust en fidéicommis d'Emerald lui avait donné toute latitude de faire ce qui lui plaisait. Mais les vieilles habitudes avaient du mal à mourir.

Depuis le moment où elle avait obtenu son diplôme de fin d'études, elle s'était débrouillée avec son salaire de jardinière d'enfants, ce qui signifiait parfois vivre au jour le jour. Elle avait appris à faire durer un dollar autant qu'il était possible de le faire, et jusqu'à quelques mois auparavant, la somme d'argent qu'avait perdue Zach aurait représenté pour elle le salaire d'un mois.

— Ces choses-là arrivent, observa celui-ci en haussant les épaules comme si l'incident le laissait froid. J'étais plus contrarié de voir que cela t'avait fait perdre l'appétit pour le cornet de glace que je t'avais promis.

Quand le chauffeur arrêta la voiture devant le complexe hôtelier Forsythe flanqué de son terrain de golf, elle attendit que Zach descende et vienne l'aider.

— J'étais trop en colère pour me soucier de manger une glace, répondit-elle tandis qu'il refermait la portière.

Comme ils se dirigeaient vers l'entrée, Zach s'arrêta devant la double porte monumentale du hall. Se retournant vers elle, il lui posa les deux mains sur les épaules.

— Je ne veux plus que tu penses à cette bague ni à cet argent, ni à l'homme qui est parti avec les deux, chérie. Je n'ai pas perdu tant que cela. Et si c'est la bague qui t'ennuie, je t'en achèterai une autre.

— Non, ce n'est ni la bague ni la somme d'argent, répondit-elle avec sincérité. C'est le principe.

Zach s'inclina et lui effleura brièvement les lèvres.

— Oublions ça, et entrons. Je désire te faire faire le tour du propriétaire et avoir ton opinion sur un point.

Et il lui prit la main pour la poser au creux de son bras.

A cette minute, elle résolut de faire ce qu'il lui suggérait et de laisser tomber le sujet.

S'il ne se souciait pas d'être dupé, autant l'imiter.

Le portier leur tint l'une des portes, et Zach l'escorta à l'intérieur. Devant l'opulence du hall, elle sentit le souffle lui manquer.

Depuis le sol dallé de marbre italien, la réception tout en marbre et le mobilier de prix jusqu'aux tableaux ornant les murs, tout était assorti à la perfection. Et malgré son luxe, l'endroit donnait une impression de confort et de chaleureux accueil.

— Zach, chuchota-t-elle, c'est absolument fabuleux ! Je n'arrive pas à croire qu'il s'agit de ton premier hôtel.

Zach parut extrêmement flatté du compliment.

— Je ne peux pas réellement en prendre tout le crédit à mon compte. Lana a été pour beaucoup dans le choix des couleurs et de la décoration.

— Eh bien, à vous deux, vous avez fait un splendide travail, commenta Arielle, sûre de son fait. Ta sœur t'aide-t-elle à décorer tous tes hôtels ?

Hochant la tête, il l'entraîna le long d'un grand couloir en direction d'une élégante porte-fenêtre.

— Je conçois le thème, pose les fondations et détermine les services que nous comptons offrir à l'intérieur du complexe. Ensuite, Lana commence à travailler sur l'organisation de l'espace et la décoration.

En atteignant la porte-fenêtre, Zach l'ouvrit et fit pénétrer Arielle dans une sorte de petit patio intérieur.

— Mais c'est ici que je vais avoir besoin de ton opinion. Que penses-tu de cet endroit ?

Parcourant du regard la fontaine qui babillait au centre de l'espace vitré, le vert luxuriant des plantes et des arbustes et le sol pavé d'une impressionnante marquèterie de marbre, elle se dit qu'elle n'avait jamais rien vu de plus joli.

— C'est ravissant, Zach !

— A l'origine, j'avais l'intention d'en faire une sorte de petit salon pour les clients du complexe.

Il la prit par le coude pour la soutenir en descendant les marches de la terrasse et se diriger vers la fontaine.

— Mais il est rare que quelqu'un s'aventure par ici, et je pense l'utiliser pour autre chose.

— Il me semble que la proximité du parcours de golf doit avoir quelque chose à voir avec le manque d'intérêt de tes clients, observa-t-elle en souriant. J'imagine très bien que quelques-uns oublient de s'arrêter ici pour aller taper quelques balles.

— Tu as sans doute raison.

Zach jeta un regard autour de lui.

— L'un de mes employés a récemment suggéré qu'on pourrait le louer pour y organiser de petites fêtes ou des réceptions. Qu'en penses-tu ? Bonne idée ou non ?

Elle se retourna vers la terrasse et sa rambarde en fer forgé finement ouvragée.

— Je pense que c'est une excellente idée, admit-elle. Le mobilier du patio est assez élégant pour n'importe quelle occasion. J'imagine très bien ici des réunions du garden club, aussi bien que des fêtes d'anniversaire en famille et des réceptions de mariage.

Zach fronça les sourcils, l'air d'y réfléchir sérieusement.

— C'est ce que tu penses ? Donc, cela pourrait servir à quelqu'un cherchant à organiser ce genre de réunion en famille et en petit comité avec des amis extrêmement proches ?

Comme son regard faisait le tour des lieux, il repoussa les pans de sa veste de costume sombre pour enfouir ses mains au fond de ses poches.

Elle l'observa, le trouvant plus séduisant que jamais.

Il ne s'était pas soucié de mettre une cravate, préférant laisser ouvert le col de sa chemise blanche. Certains magazines de mode auraient pu appeler cela un look chic, mais pour sa part, elle trouvait cela absolument sexy.

— Cela ne ferait aucun mal si nous tentions l'expérience, conclut Zach en la prenant dans ses bras. Qui sait ? Cela pourrait même faire un malheur.

— Je suis certaine que cet endroit va devenir très coté parmi l'élite de Dallas pour toutes les… réunions intimes, renchérit-elle, soudain oppressée.

Comme elle lui nouait les bras autour du cou, le sourire coquin de Zach fit monter sa tension.

L'enlaçant à son tour, il l'attira contre lui.

— J'ai toujours apprécié ce qui est d'ordre intime, mais je n'ai jamais associé ce mot à plus de deux personnes.

— V… Vraiment ?

Il acquiesça de la tête.

— Ma définition de l'intimité, Arielle, c'est toi…

Il lui effleura les lèvres.

— Et moi…

Il l'embrassa encore une fois.

— Seuls…

Il lui releva le menton jusqu'à ce que leurs regards se croisent.

— Pour faire l'amour.

Elle retint son souffle.

L'étincelle de désir qui palpitait dans les profondeurs des yeux verts de Zach et le ton rauque de son grave baryton enflammèrent soudain son désir.

Il prit sa bouche avec avidité, et elle lui rendit son baiser avec la même ardeur. La langue de Zach chercha la sienne, exigeant la pareille. Et comme elle lui rendait caresse pour caresse, le contact de son corps lui arracha un long frisson venu de la connaissance de son pouvoir de femme.

Peu importait le nombre de fois où elle s'était dit que céder à la tentation serait pure folie. Elle désirait toujours cet homme avec une férocité abolissant toute logique.

Mais lorsque Zach releva la tête et fit un pas en arrière, elle prit conscience de l'endroit où ils se trouvaient, elle comprit pourquoi.

Ils étaient dans un endroit de l'hôtel accessible au public, n'importe qui pouvait arriver et tomber sur eux !

Elle n'eut pas le temps de recouvrer ses esprits que Zach la prenait par la main et remontait vers la terrasse.

— Où… Où allons-nous ? demanda-t-elle, essouflée, comme il l'entraînait à la hâte à travers le hall, vers la sortie où attendait la limousine.

Il l'aida à s'installer sur la banquette arrière avant de lui adresser un sourire tel qu'elle eut l'impression que ses orteils se recroquevillaient au fond de ses chaussures.

— A la maison, Mike, dit-il au chauffeur, en la couvant du regard.

Le court trajet vers son domicile parut à Zach plus long qu'il ne l'avait jamais été, et quand la limousine franchit les grilles et remonta l'allée bordée d'arbres, ses nerfs étaient aussi tendus que les cordes d'un violon.

Il s'était attendu à ce qu'Arielle proteste à l'idée de venir chez lui, mais, à son grand soulagement, elle n'avait pas prononcé le plus petit mot pour s'y opposer.

Bien sûr, il ne lui en avait guère laissé l'occasion. Dans le patio de l'hôtel, il avait retrouvé au fond de ses yeux le même désir que celui qu'il ressentait, et il n'avait eu de cesse de l'entraîner chez lui le plus rapidement possible.

Dès que le chauffeur eut arrêté la voiture devant la maison, il ouvrit la portière et aida Arielle à descendre.

A leur arrivée à l'hôtel, il avait vu plusieurs personnes observer qui descendait de la limousine, et cela pouvait très bien jouer en sa défaveur, songeait-il avec anxiété. Voir une photo d'eux dans la colonne mondaine accompagnée de spéculations oiseuses sur leur relation était la dernière chose qu'il souhaitait. Cela ne plairait pas à Arielle et pourrait perturber ses plans si minutieusement établis.

Debout à côté de celle-ci, il donna ses ordres au chauffeur.

— Demain matin à la première heure, amenez au

ranch Ray Schaffer, le responsable de ma sécurité, et revenez avec mon SUV. Ensuite, vous irez chercher samedi les frères et la belle-sœur d'Arielle à l'aéroport. Puis je prendrai moi-même le volant pour emmener Mlle Garnier là où nous aurons envie d'aller.

Le chauffeur, en général impavide, hocha la tête et lui adressa un de ses rares sourires.

— Merci, monsieur Forsythe.

Zach claqua la portière et, un bras autour de la taille d'Arielle, l'entraîna vers la porte d'entrée.

Aucun d'eux ne dit mot pendant qu'il tapait le code de sécurité pour éteindre l'alarme.

La jeune femme était-elle consciente qu'elle allait passer la nuit chez lui ?

A la seule pensée de l'avoir dans son lit, son corps se durcissait. Pourtant, quand il se tourna vers elle, son cœur se brisa en même temps que ses espoirs de nuit passionnée.

Au lieu du halo de désir qu'il avait remarqué un peu plus tôt à l'hôtel, le visage de la jeune femme portait la marque de la fatigue, et elle paraissait sur le point de s'écrouler.

Même s'il l'aurait désiré, il ne pouvait ignorer la journée d'activités non-stop qu'ils venaient d'avoir et le fait qu'Arielle avait manqué sa sieste.

Enroulant un bras autour d'elle, il se pencha et lui baisa le front.

— Il est grand temps que tu ailles dormir, chérie. Tu sembles sur le point de t'endormir debout.

— J'aurais dû demander à ton chauffeur... de me

ramener... à mon appartement, murmura-t-elle dans un bâillement.

Secouant la tête, il lui enveloppa les épaules de son bras et l'entraîna vers l'étage.

— Cela aurait été une très mauvaise idée. Ton appartement est plus éloigné, et il aurait fallu bien plus longtemps pour que tu puisses enfin dormir.

— Je suppose que tu as raison, admit-elle tandis qu'ils grimpaient l'escalier. Je ne sais pas pourquoi, mais j'ai du mal à garder les yeux ouverts d'un seul coup.

En entrant dans la chambre principale, il alluma l'une des lampes du coin salon et entraîna ensuite sa compagne vers le lit.

— Tu n'as pas fait ta sieste cet après-midi. La journée vient de te rattraper.

De nouveau, Arielle bâilla et secoua la tête en regardant le lit.

— Je ne devrais vraiment pas être ici. Je n'ai ni chemise de nuit ni brosse à dents.

Il émit un petit rire en tirant le dessus-de-lit.

— Tu n'as pas besoin de chemise de nuit pour dormir, chérie. Et ne t'inquiète pas pour la brosse à dents, j'en ai d'autres.

Comme elle semblait sur le point de protester, il alla vers la commode et en tira une veste de pyjama.

— Si tu te sens mieux avec ça, tu peux la mettre, proposa-t-il, en lui tendant le vêtement soyeux.

Deux ans plus tôt, Lana lui avait offert ce pyjama en cadeau de Noël, et il ne l'avait jamais porté. Il préférait dormir sans la gêne occasionnée par des vêtements.

Lui ôtant la veste des mains, Arielle pénétra dans

Jusqu'au bout de la passion

la salle de bains et revint quelques minutes plus tard en slip et veste de pyjama.

Il y avait dans son expression quelque chose de si doux qu'il fallut à Zach toute sa volonté pour ne pas l'enlever entre ses bras. Mais il ne devait pas la tenir plus longtemps debout, et la toucher ne ferait que l'expédier, lui, dans la salle de bains pour prendre une douche froide.

Après l'avoir bordée dans le lit, il se pencha pour lui donner un bref baiser.

— Dors bien, Arielle.

— Tu ne… te couches pas maintenant ? demanda-t-elle, d'une voix incroyablement somnolente.

Il enfouit ses mains dans ses poches pour se retenir de la toucher.

— Non. Je vais descendre dans la salle de gym faire un peu d'exercice.

Puis il se détourna et se dirigea vers la porte.

— Je te rejoindrai dans un moment.

En descendant l'escalier, il poussa un soupir frustré.

Il allait devoir courir plusieurs kilomètres sur le tapis roulant et soulever de nombreux poids avant de pouvoir fermer l'œil.

Mais il ne pouvait pas se plaindre. Il avait réussi un autre important détail concernant leur mariage du week-end suivant. Quand ils avaient fait le tour du complexe hôtelier, Arielle avait sans le savoir apposé son sceau d'approbation sur le lieu où aurait lieu leur mariage.

Jusqu'au bout de la passion

*
* *

Quand Arielle ouvrit les yeux et que son regard fit le tour de la pièce inconnue, il lui fallut un instant avant de comprendre où elle était.

La veille au soir, Zach l'avait ramenée chez lui. A certains moments, pendant le trajet, la fatigue lui avait rappelé qu'elle avait passé l'heure de sa sieste et avait exigé d'elle qu'elle dorme un peu.

Tournant la tête, elle contempla l'homme qui dormait à côté d'elle, allongé sur le ventre.

Zach avait été si compréhensif lorsqu'il s'était rendu compte qu'elle n'était pas prête à faire l'amour ! Si elle n'avait pas déjà été amoureuse de lui, ce serait maintenant chose faite après cette dernière nuit.

Elle crut un instant que son cœur allait cesser de battre lorsqu'elle en prit conscience.

Elle *l'aimait*. Elle n'avait jamais cessé de l'aimer.

Maintenant, elle comprenait pourquoi sa mère avait été incapable de résister à son père la seconde fois qu'il s'était manifesté. Francesca était tombée follement amoureuse d'Owen Larson, exactement comme elle-même était tombée amoureuse de Zach Forsythe. D'un amour qui défiait toute raison.

Zach se déplaça dans le lit et étendit le bras vers elle.

— Que se passe-t-il, chérie ?

— R... Rien, mentit-elle. Il m'a juste fallu une minute pour me rappeler où j'étais.

— Tu es exactement là où tu dois être. Ici, avec moi.

Le sourire nonchalant de Zach fit naître en elle un langoureux désir.

— A quelle heure t'es-tu couché ? s'enquit-elle, le souffle un peu court.

— Peu après minuit, répondit-il en se soulevant pour poser les deux avant-bras de chaque côté d'elle.

Puis il s'inclina pour poser les lèvres sur les siennes.

Mais au lieu du baiser léger auquel elle s'attendait, sa bouche se plaqua sur la sienne, et il la serra très fort contre lui.

Ses lèvres fermes et chaudes écrasèrent les siennes, faisant naître des étincelles de lumière derrière ses paupières closes. Puis, à force de cajoleries, il fit en sorte qu'elle s'ouvre à lui, et la sensation de sa langue jouant avec la sienne ressuscita en elle l'ardent désir de la soirée précédente — mais plus fort encore, plus puissant, impossible à comparer avec tout ce qu'elle avait jamais ressenti auparavant.

Quand la main de Zach remonta le long de son flanc, du genou jusqu'à la taille, de tièdes picotements accompagnèrent la sensation du sang courant le long de ses veines. Et tandis que Zach caressait et agaçait son corps de ses mains et de ses lèvres, le désir monta encore en elle.

Elle agrippa le drap sous la brûlure qui l'envahissait.

Aussi longtemps qu'elle vivrait, elle ne se lasserait jamais de ses mains.

Zach écarta le pyjama de soie, et sa paume effleura son estomac avant de se faufiler sous ses seins.

Elle cessa de penser, préférant se concentrer sur les choses délicieuses qu'il lui faisait ressentir. A cet instant, elle le désirait farouchement, à en perdre le souffle. Un court instant, quand il prit un sein dans ses mains et en taquina du plat du pouce la pointe resserrée, elle se demanda à quel moment il avait déboutonné sa chemise. Mais cette pensée s'enfuit quand la caresse cessa et qu'il égrena de petits baisers mouillés le long de la courbe du sein jusqu'à la pointe durcie de celui-ci.

Le désir se concentra au fond d'elle tandis qu'il la prenait dans la tiédeur de sa bouche pour la câliner avec sa langue. En même temps qu'il tourmentait la pointe serrée, sa main descendait vers l'intérieur de sa cuisse, caressante.

L'intensité des sensations que Zach lui procurait la fit frissonner.

— Est-ce que c'est bon, Arielle ? demanda-t-il d'une voix oppressée.

Levant la tête, il la dévisagea tout en faisant glisser son slip le long de ses jambes avant de le jeter par terre.

— Depuis hier soir, il nous reste quelque chose à terminer dont nous devrions nous occuper, n'est-ce pas ?

Incapable de parler, elle hocha la tête.

Comme il posait la main sur les boucles de son pubis et que son doigt s'enfonçait peu à peu pour caresser la moiteur de sa chair intime, elle poussa un gémissement et se cambra sous sa main.

Le doigt de Zach la pénétra plus franchement, et

la spirale lovée dans son ventre se déroula, se transformant sous la caresse qui ne cessait pas en un désir douloureux parce qu'encore insatisfait.

— Zach, je t'en prie !
— Que veux-tu, chérie ?
— Toi… en moi.

Sans un mot de plus, Zach captura ses lèvres en même temps qu'il abandonnait la délicieuse torture. Son genou lui écarta les jambes, et il se déplaça pour la soulever au-dessus de lui. Elle sentit son énergique érection l'explorer, et au moment où il se poussa en elle, elle crut mourir de l'extase de ne faire plus qu'un seul être avec l'homme qu'elle aimait.

Les mains à plat sur chaque hanche, il la maintint au-dessus de lui, amenant le bas de son corps en contact plus étroit avec le sien. Sans que son regard brûlant quitte le sien, il repoussa lentement son corps puis le fit glisser de nouveau vers lui, avant de s'enfoncer avec douceur en elle.

Elle ne s'était jamais sentie aussi comblée, jamais davantage partie intégrante de lui.

Ils commencèrent à bouger ensemble dans une sorte de danse primitive, et chaque fois qu'ils se rencontraient puis s'écartaient, elle sentait monter un plaisir violent.

Vite, bien trop vite, proche maintenant de l'orgasme, elle sentit ses muscles internes se contracter autour de lui.

Zach avait dû deviner qu'elle était prête, car il la fouilla un peu plus vite, la pénétra un peu plus loin.

Soudain, dans un vertige, elle perdit tout contrôle,

emportée au cœur d'un doux tourbillon sans commencement ni fin. Derrière ses paupières closes, chaleur et lumière se succédèrent et l'aveuglèrent tandis que, vague après vague, un plaisir absolu l'inondait.

Cramponnée à Zach, elle cria de bonheur.

A l'instant où la tempête commençait à refluer en elle, elle sentit le corps de Zach garder une seconde une immobilité parfaite, puis, rejetant la tête en arrière, il poussa une plainte. Ses muscles tremblèrent sous l'effort qu'il faisait pour la garder éloignée de lui, et tout son corps frissonna quand la jouissance l'emporta.

Enfin, il l'attira contre lui, le souffle âpre.

— Tu vas bien ? parvint-il à lui demander.

Elle se coula dans sa puissante étreinte et hocha la tête.

— Je me sens merveilleusement bien. Merci.

Il la regarda.

— Pourquoi me remercies-tu ? C'est à moi de le faire.

Elle lui posa la main sur la joue et baisa ses lèvres fermes.

— Même si je suis enceinte et que je commence à me sentir un peu gênée, tu me donnes la sensation d'être sexy.

— C'est bien parce que tu l'es, chérie.

Le sourire de Zach lui fit gonfler le cœur d'un tel amour qu'elle se dit qu'il allait éclater.

— Il me suffit de te regarder, et je suis excité, acheva-t-il.

Plus détendue et épanouie qu'elle ne s'était sentie

depuis très longtemps, elle ne parvenait plus à garder les yeux ouverts.

— Je crois que... je vais me reposer une minute ou deux avant de me... lever.

— Il est encore tôt. Pourquoi ne pas dormir encore un peu plus ?

Comme Arielle gardait le silence, Zach sourit et remonta les couvertures sur eux.

Il avait eu raison : elle pouvait s'endormir sans le moindre effort.

Jetant un coup d'œil sur la pendulette de chevet, il décida que, quant à lui, il ne pouvait s'offrir le luxe de se rendormir. Il avait bien trop de projets en tête.

Il ne restait que trois jours avant l'arrivée de la famille Garnier. Il désirait convaincre Arielle que l'épouser était ce qu'il y avait de mieux pour eux deux, et il voulait qu'elle soit totalement acquise à l'idée de passer devant monsieur le maire avant l'arrivée de sa famille.

Il embrassa doucement la joue de la jeune femme et, après s'être dégagé de ses bras, il sortit du lit.

Il avait besoin d'une douche, d'une tasse de café noir et de deux ou trois coups de téléphone à certains de ses amis pour que tout fonctionne. Premièrement, il allait passer un coup de fil à Juan Gomez afin de savoir quand il pouvait passer chercher la bague d'Arielle.

Sifflotant un petit air, il décrocha ses vêtements de la penderie avant de prendre sa douche.

Tout se déroulait parfaitement bien. A la fin de la semaine, Arielle deviendrait Mme Zachary Forsythe. Exactement comme il lui en avait fait la promesse.

8.

Arielle trouva Zach dans le salon attenant à la chambre, lisant un journal devant une petite table.

Vêtu d'un jean et d'un polo vert forêt, il était d'une beauté dévastatrice.

— Pourquoi ne m'as-tu pas réveillée ? demanda-t-elle.

Levant les yeux, il lui sourit.

— J'ai préféré te laisser dormir.

Repliant le journal, il le mit de côté et se leva pour lui tirer une chaise.

— Peux-tu seulement imaginer à quel point tu es mignonne dans ce peignoir ?

Au contact furtif de ses lèvres sur sa nuque, un délicieux frisson la traversa.

— Je... Je n'ai rien trouvé d'autre à me mettre.

Zach se mit à rire et retourna s'asseoir en face d'elle.

— C'est la première fois que quelqu'un le porte, je crois bien.

— Tu plaisantes, dit-elle, baissant les yeux sur le peignoir de soie noire.

— Pas du tout, dit-il en haussant les épaules. A quoi sert d'enfiler un peignoir pour aller de la salle de bains à la penderie ? Je peux tout aussi bien me draper une serviette autour de la taille.

— Et si tu as des invités ?

Le regard qu'il lui jeta accéléra son pouls.

— Chérie, la seule personne à côté de moi, c'est toi. Et j'avais le sentiment que tu appréciais mon manque d'inhibition.

Avant qu'elle ait pu lui lancer qu'il était incorrigible, il s'empara d'un bipeur et appuya sur un bouton.

— Vous pouvez nous servir le petit déjeuner maintenant, Maria, dit-il.

— *Si, señor* Zach. Je monte tout de suite, répondit une voix de femme.

— Zach, nous aurions pu aller prendre le petit déjeuner en bas, suggéra Arielle.

— Non, non.

A travers la table, il posa sa main sur la sienne.

— Dès que tu sors du lit, il faut que tu manges pour éviter d'être malade.

— Mais je n'ai pas l'habitude de faire attendre quelqu'un, protesta-t-elle.

— Je comprends, chérie, acquiesça Zach. Moi aussi, j'aime bien la plupart du temps faire les choses moi-même. Mais, je te l'ai dit, j'ai l'intention de te dorloter. Et te faire apporter ton petit déjeuner dès ton réveil en fait partie.

Il lui adressa un grand sourire.

— En outre, tu va avoir besoin de toutes tes forces aujourd'hui.

— Pourquoi ?

— Parce que j'ai prévu quelque chose qui, je pense, te

plaira autant que notre petite excursion à San Antonio...
Entrez, Maria, ajouta-t-il à l'intention de la personne qui venait de frapper à la porte.

Une femme d'âge moyen à l'air aimable, avec de très beaux yeux marron, entra et posa un plateau sur la table.

Zach fit les présentations, et la femme sourit à Arielle.

— Je suis ravie de faire votre connaissance. Si vous désirez quelque chose de spécial demain pour le petit déjeuner, faites-le-moi savoir, s'il vous plaît.

— Je vous le dirai si c'est le cas, Maria, l'interrompit Zach.

La cuisinière hocha la tête.

— Alors, bon appétit.

Quand la porte se ferma derrière celle-ci, Arielle fronça les sourcils.

— Pourquoi pense-t-elle que je serai là demain matin ?

— Sans doute parce que je lui ai dit que tu viendrais souvent à partir de maintenant, avoua Zach.

Il souleva les couvercles d'argent.

— Et avant que tu ne sois contrariée, je n'ai pas dit que tu t'installerais complètement. Maintenant, mange. Nous avons une grande journée devant nous.

Elle l'aurait bien questionné davantage, mais le délicieux arôme de la nourriture était trop alléchant.

Elle prit sa fourchette pour attaquer l'omelette.

— Oh, Zach, murmura-t-elle les yeux fermés pour mieux savourer la première bouchée. C'est délectable.

— A mon avis, approuva-t-il, Maria possède une espèce de pouvoir magique.

Ils mangèrent en silence, et au moment de terminer la dernière miette de toast, elle était complètement rassasiée.

— Je ne devrais pas venir manger ici trop souvent, observa-t-elle en plaçant les couverts d'argent sur le rebord de l'assiette vide. Je prendrais tellement de poids que je me dandinerais comme un canard.

— Tu *dois* prendre du poids ! Tu attends des jumeaux.

Le ton crispé de son compagnon et le pli qui apparut sur son front la surprirent.

— J'en suis bien consciente et je m'attends à prendre quelques kilos, d'autant plus que je mange plutôt pour trois, répondit-elle.

Repoussant sa chaise, elle se leva.

— J'ai juste voulu dire que la cuisine de Maria est si bonne que je pourrais facilement prendre plus de poids que ce qu'a recommandé le médecin.

Espérant avoir dissipé l'inquiétude de Zach, elle commença à se diriger vers la salle de bains.

— Pendant que je m'habille, pourquoi ne porterais-tu pas le plateau en bas avant de me ramener chez moi ?

— Pourquoi ? protesta Zach.

Pour quelle raison paraissait-il soudain irritable ?

Elle se retourna et le dévisagea.

— Tu m'as dit que tu avais fait des projets pour nous. Ne crois-tu pas que ce serait une bonne chose si j'avais quelque chose de plus approprié que ce peignoir à me mettre ?

— Ah oui, tu as raison.

Zach parut un peu plus détendu et ramassa le plateau avec leurs assiettes vides.

— Va t'habiller. Je reviens dans quelques minutes.

— Très bien. Je serai prête.

En regardant Arielle se diriger vers la salle de bains, Zach se reprocha d'avoir sauté sur une conclusion hâtive.

Lorsqu'elle lui avait confié avoir pris trop de poids, le souvenir de son ex-fiancée et de sa volonté de s'affamer afin de faire une fausse couche était revenu en force dans sa mémoire...

En descendant l'escalier, il secoua la tête.

Ses suppositions n'étaient pas fondées. Arielle était tout à fait différente de Gretchen, elle n'avait exprimé que du bonheur et de l'excitation au sujet des bébés et attendait avec impatience la naissance de leurs jumeaux. Il était grand temps de cesser de comparer les deux femmes.

Il prit une profonde inspiration et se dirigea vers la cuisine.

Il se sentirait beaucoup mieux en ce qui concernait toute cette histoire une fois qu'ils seraient mariés. Il serait alors mieux placé pour tenir son serment d'être là pour elle et pour leurs bébés.

Et, si tout marchait comme prévu, il en aurait la certitude dès la fin de cette journée.

Jusqu'au bout de la passion

Après un arrêt à son appartement où elle se changea pour une robe bain-de-soleil et une paire de chaussures pratiques, Arielle s'assit sur le siège du passager dans le SUV de Zach, en se demandant où il allait bien pouvoir l'emmener cette fois.

En réalité, elle ne se souciait guère de l'endroit où ils allaient. Elle profitait à plein des quelques jours qu'il lui avait demandé de passer en sa compagnie et se réjouissait à l'avance de ce qu'il avait prévu.

C'était pure folie de se monter la tête aussi vite, elle le savait. Mais, s'agissant de Zach Forsythe, elle n'avait pas le choix : elle l'aimait et n'avait jamais cessé de l'aimer.

Elle comprenait pourquoi sa mère n'avait pas été capable de résister à son père. Et, tout comme pour celle-ci, il y avait de grands risques pour que cela finisse encore une fois par lui briser le cœur.

Mais elle abandonna toutes ses spéculations en découvrant que Zach l'emmenait à l'arboretum de Dallas.

— J'adore les jardins ! s'exclama-t-elle. Comment le savais-tu ?

Son rire profond la fit frissonner.

— Chérie, je voudrais bien pouvoir t'affirmer que j'ai un don de prescience, mais ce ne serait pas vrai. Je me suis juste dit que la plupart des femmes aiment les fleurs, et je ne me suis pas trompé en ce qui te concerne.

— Bien vu, répondit-elle en souriant.

Descendant du SUV, Zach passa de son côté pour lui venir en aide et saisit sur le siège arrière un sac à dos isolant qu'elle n'avait pas encore remarqué.

— Qu'est-ce que c'est ? demanda-t-elle.

— Il y a un très joli endroit pour pique-niquer dans un coin de l'arboretum, et j'ai prié Maria de nous préparer à déjeuner.

Zach jeta le sac sur son épaule et, la prenant par la main, se dirigea vers l'entrée.

— Quelle idée géniale ! s'enthousiasma-t-elle. Il y a des années que je ne suis pas allée à un pique-nique — tout au moins sans plusieurs dizaines de petits enfants à ne pas perdre de vue.

— Un point de plus pour moi, dit Zach avec un grand sourire.

— Oh, alors maintenant, tu essayes de compter les points avec moi ? le taquina-t-elle en riant.

Zach se pencha pour lui donner un rapide baiser.

— Chérie, c'est ce que je m'évertue à faire depuis que je suis entré dans ton bureau vendredi dernier pour plaider la cause de Derek.

Elle allait lui dire qu'il y réussissait très bien, mais au long des allées bordées d'arbres, son attention fut attirée par les immenses pelouses et les parterres de fleurs aux coloris éclatants. Des nuances rose vif, violet et rouge se mêlaient au vert somptueux des arbustes de nombreuses autres plantes non fleuries, faisait de ce parc un endroit à couper le souffle. Se gorger d'air frais et d'un splendide spectacle en compagnie de Zach était un vrai délice.

Avant même de s'en rendre compte, elle s'aperçut

qu'ils atteignaient une belle aire de pique-nique installée au centre d'un bosquet de pécaniers.

— Un dollar pour tes pensées, lança Zach en déposant le sac à dos sur une table ombragée et en commençant à descendre la fermeture Eclair.

— Un dollar ?

S'asseyant d'un côté de la table, elle sourit.

— Je pensais que, en général, on disait un sou ?

— L'inflation est passée par là, chérie, rétorqua Zach en riant.

Il tira d'un côté du sac une nappe à carreaux bleue.

— D'après Maria, nous avons de la dinde et du pain, une salade froide de petits légumes et du jus de fruit pétillant. J'espère que ça ira ?

— Je meurs de faim, et tout cela me paraît délicieux, approuva Arielle en l'aidant à étendre la nappe. Mais il est vrai que, ces jours-ci, j'ai toujours faim.

— Tout à fait exact, reconnut Zach.

Il lui tendit deux assiettes, deux paires de couverts et deux verres à vin.

— Mais c'est compréhensible, puisque tu vas avoir des jumeaux.

— Une fois, ma mère m'a raconté qu'elle mangeait tellement quand elle était enceinte de Jake et Luke qu'elle avait pris vingt-deux kilos.

Elle disposa les assiettes et les couverts et attendit que Zach verse le jus de fruit dans les verres.

— C'est bizarre, pensa-t-elle tout haut, j'arrive à me rappeler ce genre de chose, mais pas le son de sa voix.

— Tu ne m'as pas dit qu'elle s'est tuée dans un accident de voiture quand tu avais dix ans ? lui rappela-t-il d'une voix douce. Cela fait bien longtemps, et tu n'étais qu'une enfant, chérie. Le temps a sa manière à lui d'effacer ce genre d'événements.

— Je suppose que tu as raison.

Les yeux fixés sur l'assiette posée devant elle, elle songea aux détails de sa vie qu'elle lui avait racontés lors de leur séjour à Aspen.

Mais Zach, lui, ne lui avait rien révélé sur lui-même lors de leur première rencontre. Hormis son nom, sa profession et le fait qu'il avait une sœur et un neveu, elle ne savait toujours rien de lui.

— Et tes parents ? demanda-t-elle, levant les yeux et voyant qu'il l'observait. Sont-ils toujours vivants ?

Zach secoua la tête et plaça les sandwichs sur les assiettes avant d'ouvrir la boîte contenant les légumes.

— Ma mère est morte quand j'avais six ans. A la naissance de Lana, il y a eu des complications qui n'ont pu être surmontées.

— Oh, Zach, je suis désolée !

— Il y a près de trente ans de cela, et les seules choses dont je me souvienne à peu près à son sujet, c'est qu'elle adorait les cookies et me lisait des histoires le soir avant que je m'endorme.

Il s'accouda à la table.

— Après son décès, mon père a engagé Mattie pour prendre soin de Lana et de moi pendant qu'il travaillait au ranch. Puis il est mort d'une crise cardiaque quand j'étais en sixième.

Jusqu'au bout de la passion

Pleine de compassion pour lui, Arielle posa sa main sur la sienne.

— Cela a dû vous anéantir, ta sœur et toi.

— Lana n'était qu'un bébé à la mort de maman, elle n'a donc aucun souvenir d'elle. Mais nous étions proches de papa, et cela a été très dur pendant un certain temps, admit Zach, le regard perdu au loin.

Puis, tournant de nouveau son attention vers Arielle, il demanda :

— Et ton père ? Vit-il toujours ? Je ne me rappelle pas que tu m'en aies parlé.

Déposant dans son assiette une cuillérée de légumes frais, elle secoua la tête.

— Il n'y a vraiment rien à raconter. Je n'ai jamais eu l'occasion de le rencontrer et ne l'aurai jamais.

Et comme Zach haussait un sourcil interrogateur, elle expliqua :

— Mes frères et moi avons récemment découvert qu'il a été tué dans un accident de bateau il y a deux ans.

Zach parut étonné.

— Je suis navré de l'entendre, Arielle.

Elle but une gorgée de jus de fruit.

— Inutile de l'être. Ce que tu n'as pas eu ne te manque pas.

Comme Zach l'enveloppait d'un regard compréhensif, elle se mordilla la lèvre inférieure.

Ne sachant rien de son père et ne l'ayant jamais rencontré, elle avait passé sous silence sa non-existence au cours de leur séjour à Aspen. Jusqu'à quel point pouvait-elle poursuivre son histoire ?

Il était peut-être temps de dire à Zach qu'elle avait eu récemment des nouvelles de l'homme en question. Peut-être alors comprendrait-il pourquoi elle avait été tellement blessée par son comportement à Aspen. Et aussi pourquoi elle avait craint que ce qui était arrivé à sa mère — que l'homme aimé soit incapable de l'aimer, même s'il avait de la tendresse pour elle — ne lui arrive aussi à elle.

Elle fixa la pelouse verdoyante en poussant un soupir.

Il allait bien leur falloir commencer quelque part, sinon ils ne parviendraient jamais à bâtir la confiance mutuelle dont ils auraient besoin pour élever leurs jumeaux.

— La relation entre mon père et ma mère n'avait rien de conventionnel, commença-t-elle.

Elle respira profondément.

— Ils ont été ensemble à deux reprises, à dix années de distance, et seulement quelques mois chaque fois. Mais les deux fois ont débouché sur des grossesses non désirées.

Zach garda le silence, méditant ce qu'elle venait de lui confier.

— Dommage que les choses n'aient pas marché entre eux, dit-il enfin.

Il mordit dans un sandwich et, après avoir mastiqué sa bouchée d'un air pensif, demanda :

— Ta mère n'a jamais trouvé quelqu'un d'autre ?

Elle secoua la tête.

— Qu'il en vaille la peine ou non, mon père a été

son seul véritable amour, et elle n'aurait jamais désiré moins que cela.

Elle piqua sa fourchette dans ses légumes.

— Mais l'histoire ne s'arrête pas là.

Zach haussa les sourcils.

— Il y a une suite ?

Là commençait la partie qu'elle-même avait du mal à croire.

— Il y a deux mois, mes frères et moi avons été retrouvés par un chargé de mission de notre grand-mère paternelle. C'est seulement à ce moment-là que nous avons appris la véritable identité de notre père.

Zach posa lentement le sandwich dans son assiette.

— Il avait menti à votre mère sur son identité ?

A son expression atterrée, elle put constater que le parallèle étrange avec leur propre situation n'était pas perdu pour lui.

— Notre père utilisait un nom d'emprunt, et maman n'a jamais su que l'homme dont elle était tombée amoureuse n'était pas celui qu'elle croyait. Elle n'a pas appris non plus que, durant les dix années entre leurs deux épisodes amoureux, il avait engendré trois autres fils de trois différentes femmes. Et il ne s'était soucié de se marier avec aucune d'elles.

— A-t-il su pour ces enfants ?

— Pour chacun d'eux, confirma-t-elle.

L'expression chagrine du beau visage de Zach ne laissait aucun doute sur sa désapprobation devant ce comportement.

— A-t-il proposé à ces femmes de les aider à élever les enfants ?
— Non.
Zach secoua la tête d'un air de profond dégoût.
— A quoi diable pensait-il ? Comment un homme peut-il ainsi partir loin de ses enfants et n'être jamais là pour eux ou tout au moins pour veiller à ce que leurs besoins de base soient respectés ?
Elle prit une bouchée de légumes.
— Je l'ignore. Apparemment, être menteur, irresponsable et profiter de femmes assez malheureuses pour tomber amoureuses de lui étaient les traits les plus caractéristiques de mon père.
Abandonnant sa chaise, Zach contourna la table pour venir vers elle. Une fois à califourchon sur le banc, il la prit dans ses bras.
— Je te donne ma parole que je serai toujours là pour toi et nos enfants.
— Tu vas être un père génial, remarqua-t-elle.
Il hocha la tête.
— Ou je mourrai en essayant. Et je sais que toi, tu vas être la meilleure maman qu'un gamin pourrait avoir.
Son sourire plein de chaleur la fit frémir.
— Je ferai de mon mieux, prononça-t-elle en lui retournant son sourire.
Une soudaine bourrasque menaça tout à coup d'enlever la nappe et, levant les yeux, elle s'aperçut qu'il allait bientôt pleuvoir.
— Nous allons être trempés.

— Nous ferions mieux de remballer le pique-nique et regagner la voiture, dit Zach en se levant.

— Bonne idée. Je vais peut-être bientôt me dandiner comme un canard, mais je n'ai pas aussi envie qu'eux d'être mouillée !

Elle se hâta de l'aider à tout ranger dans le sac isolant, puis il lui prit la main et l'entraîna à la hâte vers le parking.

— Outre le fait que je ne veuille pas que tu sois mouillée, de toute manière, nous devons rentrer, dit Zach comme il l'aidait à grimper sur le siège passager.

— Pourquoi donc ?

— Tu as besoin de faire un somme. Et moi, je dois m'occuper d'une ou deux choses ce soir…

Son sourire fit courir en elle un frisson d'anticipation.

Apparemment, il lui préparait une surprise.

Elle attendit que Zach ait contourné l'avant du SUV et ait regagné son siège pour le taquiner.

— Que me réserves-tu, cette fois ?

Le sourire qu'il lui adressa contenait assez d'électricité pour éclairer toute la ville de Dallas.

— Fais-moi confiance, chérie. Tu vas adorer.

— Oh, Zach, j'adore littéralement celle-ci ! dit Arielle en fermant les yeux pour savourer la dernière cuillerée de sa crème glacée menthe-pépites de chocolat.

Assis en face d'elle dans le restaurant de son hôtel de Dallas, Zach hocha la tête.

— C'est bien ce que j'avais pensé, répondit-il avec un sourire dans la voix. C'est pourquoi je l'ai fait venir ici par avion depuis la boutique du glacier le long de la rivière Walk à San Antonio.

— Je n'arrive pas à le croire, balbutia-t-elle, les yeux écarquillés. Je n'aurais pas fait la différence si tu avais demandé à ton personnel de cuisine d'ouvrir une boîte en provenance du supermarché local.

— Mais moi, si. En outre, je t'avais promis de te trouver de cette crème glacée.

La main tendue par-dessus la table, il la posa sur la sienne, et le tendre regard qu'elle lut au fond de ses yeux verts lui ôta le souffle.

— Et à moins d'avoir une sacrée bonne raison, je tiens toujours mes promesses, chérie.

— Toujours ? demanda-t-elle, sachant qu'il faisait allusion à quelque chose de bien plus important que la crème glacée.

Il hocha la tête et se leva, lui tenant toujours la main.

— Viens avec moi, Arielle.

— Où allons-nous ? s'enquit-elle tandis qu'ils quittaient le restaurant pour le hall de l'hôtel.

— Dans un endroit un peu plus intime, expliqua-t-il dans un murmure tout contre son oreille.

Lorsqu'ils se retrouvèrent devant les portes-fenêtres menant à la cour intérieure, Zach sourit.

— Ferme les yeux.

— Je te trouve vraiment bien mystérieux, objecta-t-elle.

Il se pencha pour lui effleurer les lèvres.

— Rien qu'une petite surprise. Maintenant, ferme les yeux.

Comme elle obéissait, il ouvrit la porte-fenêtre donnant sur le patio et la guida à l'extérieur.

Malgré ses yeux clos, elle se rendait compte qu'ils se trouvaient dans l'obscurité.

Elle perçut ce qui pouvait être le bruit d'un interrupteur.

— Zach ?

— Tu peux regarder maintenant, chérie.

Ouvrant les yeux, elle retint son souffle.

Une multitude de toutes petites lumières blanches étaient artistement disséminées dans le feuillage qui entourait les lieux. Même la fontaine avait été parée d'un éclairage spécial qui donnait aux bulles d'eau l'apparence d'une cascade de diamants étincelants.

— Zach, c'est magnifique ! s'enthousiasma-t-elle en se dirigeant vers le bord de la terrasse. Comment es-tu parvenu à faire cela si vite ?

— Chérie, on peut arriver à faire presque n'importe quoi quand on est prêt à payer le prix.

Zach la prit par le coude, et ils descendirent ensemble les degrés de pierre. Puis il l'escorta vers l'une des tables du patio, couverte d'une nappe d'un blanc immaculé.

— J'ai pensé que tu aimerais peut-être voir à quoi ressemblera cet endroit pour ces réunions intimes dont nous avons parlé hier soir.

— C'est parfait, dit-elle d'une voix songeuse, en s'asseyant sur la chaise qu'il lui avançait. Cela pourrait être ce que Cendrillon a pu voir en arrivant au bal du prince charmant.

— Je suis heureux que cela te plaise, observa Zach en s'installant sur la chaise voisine.

L'intuition d'Arielle lui soufflait qu'ils étaient venus ici pour bien autre chose que son approbation pour la transformation de l'endroit. Tournée vers Zach, elle scruta ses traits impassibles.

— Zach, que se passe-t-il ?

Le sourire qu'il lui adressa fit courir une onde chaude le long de ses veines.

— M'aimes-tu, Arielle ?

— Zach, je croyais que nous étions d'accord pour…

— Réponds juste à ma question, chérie.

Ce fut comme si le cœur d'Arielle oubliait soudain de battre. Le temps parut s'immobiliser tandis qu'elle lui rendait son regard.

Elle pouvait répondre non, mais ils savaient tous deux que ce serait un mensonge.

— Oui, dit-elle enfin, surprise de découvrir le calme de sa voix, étant donné que son corps s'était mis à trembler d'une manière incontrôlable, tandis que son cœur cognait à l'intérieur de sa poitrine.

Souriant, Zach tira de sa veste une petite boîte de velours noir. Il la posa sur la table et en sortit la bague qu'elle croyait avoir été volée par le vendeur du *mercado*.

— Arielle Garnier, veux-tu me faire l'honneur de devenir ma femme ? demanda-t-il en s'emparant de sa main gauche.

— Tu étais d'accord pour ne plus continuer à parler de mariage, protesta-t-elle, tentant d'atermoyer.

Zach secoua la tête.

— Je n'insiste pas pour que nous nous mariions, chérie. Je te *demande* de m'épouser.

Tout en elle lui soufflait de dire oui, qu'elle n'aimerait rien tant que d'être sa femme pour bâtir une vie merveilleuse avec lui et leurs enfants. Cependant, bien que Zach lui ait demandé si elle l'aimait, il n'avait rien dit de ce qu'il ressentait pour elle.

— Est-ce que tu m'aimes ? demanda-t-elle quand ses cordes vocales se remirent à fonctionner.

Le regard de Zach retint le sien pendant ce qui lui parut une éternité avant qu'il ne lui réponde.

— Tu comptes beaucoup pour moi, Arielle.

Elle crut que son cœur tombait en poussière.

— Ce n'est pas ce que je t'ai demandé, Zach. Je veux savoir si tu m'aimes.

Il reposa la bague dans son écrin et lui prit le visage entre ses deux mains.

— Nous sommes bien, tous les deux ensemble, répondit-il. Nous pouvons avoir une belle vie.

— Vraiment ?

Des larmes montèrent aux yeux d'Arielle, et une douleur jusqu'alors inconnue d'elle lui serra le cœur. Mais elle refoula ses larmes.

— C'est ce que tu penses ?

— Je le sais, chérie.

Il lui adressa un sourire encourageant.

— J'aime beaucoup faire des choses pour toi et trouver des choses qui vont te plaire.

Sa poitrine était tellement serrée par ses émotions qu'elle n'était même pas certaine de pouvoir aspirer la bouffée d'air suivante.

Jusqu'au bout de la passion

— Tu... Tu penses que c'est ce que je désire ? insista-t-elle. Des choses matérielles ?

A son expression, elle vit que Zach était sur ses gardes.

— Je te promets que tu n'auras jamais rien à désirer, Arielle.

— Tu te trompes, Zach Forsythe. Il n'existe qu'une seule chose que je désire de toi. Et tu ne peux pas ou ne veux pas me la donner.

— Qu'est-ce que c'est ? demanda-t-il.

Mais tous deux savaient bien ce qu'elle désirait, et ils savaient aussi qu'elle ne l'obtiendrait pas de lui.

— Ton amour. C'est tout ce que j'ai jamais voulu de toi, déclara-t-elle en se levant.

— Tu dois comprendre..., balbutia Zach en se levant à son tour.

— Je t'en prie, pas ça, supplia-t-elle en reculant loin de lui.

Elle ne supporterait de l'entendre dire qu'il ne pourrait jamais l'aimer.

— Tout ira bien, Arielle. Et je te donne ma parole que je ne ferai jamais rien qui puisse te blesser ou qui ne soit pas au mieux de tes intérêts et de ceux de nos jumeaux.

— Trop tard, Zach. Tu viens juste de le faire, murmura-t-elle.

Et ce fut comme si son cœur se brisait en un million de morceaux.

- 9 -

— Que se passe-t-il donc, Zach ? demanda Lana le vendredi matin, en pénétrant d'une démarche lente dans le bureau. Et ne me dis pas qu'il n'y a rien. Je te connais mieux que cela.

Assis dans l'un des fauteuils face à la cheminée, Zach se leva pour l'aider à le rejoindre.

— Salut, sœurette. On dirait que la kinésithérapie fait des merveilles avec toi. Tu marches bien mieux que la semaine dernière.

— Ne te fatigue pas, insista-t-elle en s'installant dans le fauteuil à côté de lui. Tu ne me feras pas changer de sujet quand j'ai reporté ma séance pour venir jusque ici. Je veux savoir pourquoi tu n'es pas allé au bureau de toute la semaine et pourquoi tu as l'air d'avoir perdu ton dernier ami.

Elle fronça les sourcils.

— Et depuis combien de temps ne t'es-tu pas rasé ?

Il grattouilla la jeune barbe qui poussait sur ses joues et fixa sa tasse de café vide.

— Deux jours. Je me suis juste dit que je devais prendre quelques jours de congé loin de tout, voilà tout.

Lana renifla d'une manière peu féminine.

— Je ne suis pas née d'hier, alors inutile de me raconter des histoires. Tu n'as jamais manqué de te raser un seul jour depuis que, à treize ans, il t'est poussé trois ou quatre poils au menton. Et tu ne prends jamais de congés, sauf si tu vas inspecter l'un de nos hôtels, ce qui, nous le savons tous les deux, s'apparente à un voyage professionnel. Alors, *qu'est-ce qui ne va pas* ?

Il l'avait compris, il lui serait impossible d'éviter d'avouer la vérité à sa sœur. Même avant la mort de leur père, Lana et lui avaient été très proches. Elle le connaissait mieux que n'importe qui d'autre et se montrait aussi protectrice avec lui qu'il l'était avec elle. Il n'était donc pas question pour elle de repartir sans avoir obtenu de réponse.

— D'ici cinq mois et demi, je vais être père de jumeaux, jeta-t-il sans préambule.

Le silence de sa sœur lui démontra qu'elle ne s'était pas vraiment attendue à ce genre de nouvelle.

— Tu es sérieux ? finit-elle par demander d'une voix qui reflétait sa stupéfaction.

Il hocha la tête.

— Je ne plaisanterais pas sur ce genre de sujet.

Lana lui lança un regard incisif.

— Bonté divine, Zach ! Je sais que je n'ai pas été dans le circuit pendant un moment, mais comment ai-je pu manquer ça ? J'ai vécu ici avec toi pendant plusieurs mois après ma sortie de l'hôpital, et tu n'es sorti avec personne.

Après lui avoir raconté les événements intervenus à Aspen et ses récentes retrouvailles avec Arielle, il termina en lui expliquant ce qui s'était passé lorsqu'il avait fait sa demande à la jeune femme.

— Après l'avoir ramenée à son appartement, je suis venu ici, conclut-il. Fin de l'histoire.

Lana secoua lentement la tête de droite à gauche.

— Non, il s'en faut de beaucoup, petit frère.

Elle s'installa plus commodément et le regarda, pensive.

— Je ne la blâme pas de t'avoir envoyé promener, je l'aurais fait moi aussi. Si tu veux qu'elle revienne, il va te falloir sérieusement ramper à ses pieds.

— Je ne rampe pas, grommela-t-il, soudain furieux contre sa sœur.

En général, ils tombaient d'accord sur à peu près tout, et il était très irrité de constater qu'elle ne se rangeait pas à son avis.

— Eh bien, je dirais que si tu souhaites avoir un avenir avec cette femme et vos jumeaux, tu ferais bien de t'y mettre.

Lana lui posa une main sur le bras et sa voix prit une intonation pleine de douceur.

— J'imagine que ce qui est arrivé il y a cinq ans a une forte incidence sur ta manière de gérer ceci, Zach. Mais Arielle n'est pas Gretchen. D'après tout ce que tu m'as raconté, elle t'aime, et elle est ravie d'avoir ces bébés. Et au contraire de Gretchen, elle adore visiblement les enfants, sinon elle n'aurait pas choisi ce travail dans les jardins d'enfants.

— J'en suis bien conscient.

— Alors, cesse de tenir Arielle comptable de quelque chose qu'elle n'a pas fait et ne penserait pas à faire.

Il nia de la tête.

— C'est inexact.

— Vraiment ?

Lana lui adressa un coup d'œil entendu.

— Tu t'en veux de ne pas t'être aperçu de ce que faisait Gretchen, je le sais bien. Mais cela fait partie du passé, tu dois le laisser partir. Et si tu veux bien l'admettre, c'est ton orgueil qui a réagi le plus fortement à cette époque.

— Comment peux-tu penser cela ? s'exclama-t-il, de plus en plus irrité.

— Tu croyais que Gretchen t'aimait et désirait les mêmes choses que toi. Mais ce n'était pas le cas, et tu n'arrives pas à accepter de t'être trompé à ce sujet…

Lana poussa un soupir.

— Tu ne vois pas que c'est une simple question de mots, Zach ? Tu dis qu'Arielle compte beaucoup pour toi, mais tu n'arrives pas à utiliser le mot « amour » parce que tu pourrais encore te tromper à son sujet. Et cela te fait une peur bleue.

Il remua dans son fauteuil, mal à l'aise.

La perspicacité de sa sœur le touchait d'un peu trop près. Mais il n'était pas encore prêt à s'avouer vaincu.

— Tu ne sais fichtrement pas de quoi tu parles, Lana.

— Ah bon ?

L'intonation de sa sœur et son air entendu respiraient la confiance en elle quand elle saisit sa canne pour se relever. Puis elle se pencha pour l'embrasser sur la joue.

Jusqu'au bout de la passion

— Ne laisse pas ton orgueil et ton entêtement se mettre en travers du bonheur que tu pourrais connaître avec Arielle. Admets en toi-même les sentiments que tu éprouves à son égard et saute sur cette nouvelle chance, Zach. D'après tout ce que tu me dis à son sujet, Arielle vaut vraiment la peine de prendre ce risque.

Il fallut à Zach plusieurs minutes après que Lana eut refermé la porte derrière elle pour pouvoir réfléchir de manière rationnelle.

Au début, les observations de sa sœur l'avaient mis dans une telle colère qu'il aurait fait n'importe quoi. Mais plus il méditait ce qu'elle lui avait dit, plus il se demandait si elle n'avait pas raison.

Il resta un long moment assis, à envisager tous les aspects du problème.

Avait-il vraiment rendu Arielle comptable des péchés d'une autre femme ? Répugnait-il à tenter de nouveau sa chance d'aimer, simplement parce qu'il désirait protéger son ego ?

Il ne parvenait pas à cesser de penser à l'expression accablée du beau visage d'Arielle et aux larmes qui lui emplissaient les yeux. Le seul fait de savoir qu'il lui avait causé une telle souffrance lui étreignit la poitrine au point qu'il crut étouffer. Et, loin d'elle, ces sentiments s'intensifiaient à chaque minute de chaque jour...

Il aspira une profonde bouffée d'air, puis une autre.

Selon lui, il avait deux options. Il pouvait jouer la sécurité, en continuant à nier ses sentiments pour elle et devenir le plus abominable salopard du Mississippi.

Ou bien, il pouvait ravaler sa fierté égoïste, lui dire à quel point il l'aimait et prendre le risque de trouver le bonheur et l'épanouissement que, il le savait bien tout au fond de lui-même, elle seule pouvait lui apporter.

Et soudain, tout devint clair comme du cristal de roche.

Il se leva, quitta son bureau et se rua dans l'escalier.

Il avait besoin d'une douche, de se raser et… d'un pantalon aux genoux renforcés.

Car, s'il y était obligé, il allait passer le restant de sa vie à genoux pour supplier Arielle de lui pardonner d'avoir été un tel imbécile et lui demander de lui accorder une chance de rectifier les choses entre eux.

Assise sur le canapé, Arielle essayait de rassembler son courage pour appeler ses frères et leur dire de ne pas venir à Dallas pour le week-end.

La dernière chose dont elle avait besoin, c'était d'avoir sur le dos deux frères en plein syndrome « grands frères hyperprotecteurs » lui disant ce qu'elle devait faire, alors qu'elle essayait de se colleter avec son cœur brisé. Elle n'était donc guère pressée d'annoncer les dernières nouvelles à Jake et Luke, même si elle aurait aimé se reposer sur leur soutien affectif.

Par chance, elle avait déjà géré la situation en rompant tout contact avec Zach Forsythe au cours des derniers jours, et elle était décidée à replacer le jardin d'enfants sous la houlette des sociétés d'Emerald Inc. et à déménager à San Francisco.

Quand on sonna à la porte avec insistance, son cœur se mit à palpiter.

Elle ne connaissait qu'une seule personne à Dallas, en dehors de ses collègues du jardin d'enfants, tous au travail à ce moment de la journée.

En se dirigeant vers la porte, elle réfléchit à la nécessité d'enjoindre Zach de la laisser poursuivre tranquillement son existence.

Mais elle le connaissait, il n'écouterait pas.

— Arielle, il faut que nous parlions, déclara-t-il dès qu'elle lui eut ouvert.

Elle secoua la tête, autant pour refuser sa requête que dans un effort pour endiguer le nouveau flot de larmes que sa vue lui provoquait.

— Je crois que nous nous sommes dit tout ce qu'il y avait à dire, Zach.

— Non, pas du tout, rétorqua-t-il.

Et, avant qu'elle puisse l'arrêter, il lui posa les mains sur les épaules et la força à reculer vers l'intérieur de l'appartement, avant de refermer la porte derrière lui d'un coup de pied.

— Avant tout, est-ce que tu vas bien ?

Non, elle n'allait pas bien. Elle n'irait *jamais* bien. Mais il n'était pas question de le lui faire savoir.

— Je vais bien, dit-elle d'une voix circonspecte.
— Bien.

Comme Zach continuait à la fixer, elle s'écarta un peu pour s'éloigner de sa troublante présence.

— Pourquoi es-tu ici ? Que me veux-tu ?

— Je te l'ai dit, chérie.

Enfonçant les mains dans ses poches de jean, il se balança sur ses talons.

— Il y a quelque chose dont nous devons discuter.
— Non.

Elle pointa un doigt en direction de la porte.

— Maintenant, je te prie de t'en aller.
— Pas tant que tu ne m'auras pas entendu. Ensuite, si tu veux toujours que je parte, je le ferai.

Sachant combien il était futile de discuter avec lui, elle fit un geste en direction du divan.

— Veux-tu t'asseoir ?
— Ce ne serait pas une mauvaise idée, admit-il avec un hochement de tête. Parce que ça pourrait prendre un moment.

Elle s'assit en soupirant.

— Finissons-en.

Zach hocha la tête et, à sa grande surprise, se posa sur la table basse devant elle.

Elle se recula aussitôt contre les coussins, histoire de mettre un peu de distance entre eux.

Si elle ne le faisait pas, elle n'était pas absolument certaine de ne pas finir par lui nouer les bras autour du cou et d'y rester pendue jusqu'à la fin de ses jours.

Les avant-bras posés sur les genoux, les yeux baissés sur ses mains jointes, Zach commença.

— Il y a environ cinq ans, j'étais un type arrogant qui s'imaginait tout avoir.

— Et en quoi est-ce différent de ce que tu es maintenant ? ironisa-t-elle sans pouvoir se retenir.

Levant les yeux, Zach lui jeta un sourire contrit.

— Je suppose que je le mérite, n'est-ce pas ?

La concession la surprit. Mais il n'était pas dans sa nature d'être cruelle.

— Désolée. Je n'aurais pas dû dire ça.

— Tu en as tous les droits, et plus encore.

Mais pourquoi avait-il l'air aussi séduisant ? Et pourquoi ne pouvait-il s'asseoir ailleurs ? Ne comprenait-il pas combien c'était dur pour elle de l'aimer comme elle l'aimait, sachant que rien n'en sortirait jamais ?

— Comme je te le disais, reprit-il, il y a environ cinq ans, je croyais être au sommet du monde et totalement invincible. J'avais à peine trente ans, je venais de gagner mon premier milliard, j'étais fiancé à une femme qui m'aimait — du moins, je le pensais —, et il y avait un bébé en route.

— Pourquoi me racontes-tu cela, Zach ?

Dans son imagination la plus folle, elle n'aurait jamais songé que ce qu'il croyait avoir à lui confier comportait une fiancée et un bébé. Et elle ne voulait pas l'entendre dire qu'il avait été capable d'aimer une autre femme et qu'il ne pouvait pas l'aimer, *elle*.

— Parce que je veux que tu comprennes pourquoi j'ai tant de mal à m'aimer moi-même, dit-il.

Son regard vert croisa le sien sans flancher.

— Pourquoi j'ai été un tel lâche.

Sa dureté à propos de lui-même la choqua. Mais, sans lui laisser le temps de faire de commentaire, Zach se leva et se mit à marcher de long en large.

— Nous n'étions pas fiancés depuis longtemps lorsque nous avons découvert la grossesse de Gretchen, poursuivit-il d'un ton méditatif. Et j'ai alors pensé que tout était génial. J'étais ravi de la venue du bébé, et elle m'affirmait qu'elle aussi.

— Si je comprends bien, murmura Arielle, ce n'était pas le cas ?

Quand le rire de Zach s'éleva, plein d'amertume, elle tressaillit.

— Tu n'en approches même pas ! Dès qu'elle a entendu le mot « grossesse », elle s'est mise à faire tout ce qui lui venait à l'esprit pour perdre le bébé.

Pressentant ce qui allait suivre, Arielle plaça instinctivement une main protectrice sur son ventre.

— Au bout de quelques semaines pendant lesquelles elle s'est volontairement affamée et a refusé de prendre le repos dont elle avait besoin, elle y est parvenue, acheva Zach.

— Je suis désolée, Zach, compatit Arielle.

Etant donné toute l'excitation qu'elle lui avait vu manifester à propos de leurs bébés, il n'avait pu que se sentir anéanti par la fausse couche volontaire de cette femme.

Zach approuva de la tête et farfouilla dans son épaisse chevelure.

— A cette époque, j'étais très occupé par l'ouverture du complexe d'Aspen, et je n'ai pas accordé suffisamment d'attention à ce qui se passait.

L'air navré, il ajouta :

— Si je l'avais fait, j'aurais peut-être pu la convaincre de me laisser le bébé pour que je l'élève moi-même.

D'un seul coup, tout devenait clair ! La détermination de Zach à ce qu'elle mange bien, et toute cette irritabilité à propos de la prise de poids. Cela expliquait aussi pourquoi il s'assurait qu'elle fasse la sieste chaque jour…

Il ne lui faisait pas confiance lorsqu'elle affirmait combien l'idée d'avoir un enfant la ravissait, et il s'assurait que rien n'arrive qui puisse compromettre sa grossesse.

— Je ne suis pas elle, Zach.

— Je le sais, chérie. Et je suis désolé d'en avoir rejeté la responsabilité sur toi. C'est moi qui suis fautif de ne pas en avoir pris conscience plus tôt.

Il secoua la tête.

— Et c'est la même chose pour ne pas m'être rendu compte de ce qu'elle était en train de faire.

— Tu ne peux pas te blâmer de ce qui est arrivé, Zach, dit doucement Arielle. J'ai l'impression que, en dépit de toute l'attention que tu aurais pu lui porter, ta fiancée aurait trouvé un moyen de mettre fin à sa grossesse.

— Tu as sans doute raison, admit-il. Mais à cette époque, la seule chose que je voyais, c'était que mon rêve de fonder une famille s'effondrait.

Dans un éclair de compréhension, elle hocha la tête.

Comme chez elle, le fait de souffrir de l'absence d'une famille normale avait produit chez Zach le besoin de s'en créer une bien à lui, d'où l'extrême importance que cela avait revêtu à ses yeux.

— Je suis sûre que cela a dû être terriblement dur pour toi, dit-elle.

— Oh, j'ai survécu.

Il lui adressa un regard hésitant.

— Mais non sans avoir perdu une bonne part de mon amour-propre.

— Je crains de ne pas comprendre, observa-t-elle, se demandant ce que l'amour-propre venait faire dans cette affaire.

Zach revint s'asseoir en face d'elle sur le bord de la table basse.

— J'ai toujours éprouvé le besoin d'avoir raison. Et quand je pense que c'est le cas, qu'il pleuve ou qu'il vente, je ne reviens pas en arrière.

— Mattie m'a confié que lorsque tu es certain d'une chose, tu peux te montrer extrêmement têtu, confirma-t-elle.

Elle se rappelait à quel point il s'était obstiné à déclarer qu'elle avait la grippe…

— C'est exact, chérie. Et en découvrant que je m'étais trompé au sujet de ma fiancée, je suis tombé de haut.

Le torse de Zach se souleva tandis qu'il prenait une profonde inspiration.

— Cela a été très dur pour moi de reconnaître que je m'étais trompé sur elle et sur ses sentiments à mon égard. Mais cela l'a été encore davantage quand j'ai pris conscience de m'être aussi trompé sur ce que j'éprouvais pour elle.

— Personne n'apprécie d'accepter d'avoir commis une erreur, et surtout de ce genre, Zach, intervint Arielle.

Elle-même savait de source sûre à quel point il lui avait été difficile de reconnaître qu'elle s'était trompée en considérant que Zach était capable de l'aimer.

Celui-ci acquiesça d'un signe de tête.

— Mais c'est alors que j'ai commis une plus grosse

erreur encore : faire le choix conscient de ne plus me retrouver dans ce genre de situation ni de prendre le risque d'être une nouvelle fois blessé dans mon orgueil.

— En d'autres termes, tu as décidé de ne plus aimer qui que ce soit ni de croire que tu pouvais être aimé ? résuma-t-elle d'une voix faible.

Maintenant comme jamais auparavant, elle comprenait que la situation entre eux avait été sans espoir dès le début.

— Mais je me trompais, chuchota Zach.

Il resta un instant les yeux baissés sur ses mains avant de les relever vers elle.

— Seulement, je n'en ai pas pris conscience jusqu'à ce que tu fasses irruption dans ma vie. Pourquoi donc ne pas t'avoir dit que je suis tombé amoureux de toi à la minute où je t'ai vue sur cette piste de ski ?

Le cœur d'Arielle se serra douloureusement, et elle dut se forcer à respirer. Elle ne pouvait pas supporter de l'entendre lui faire une fausse déclaration d'amour, juste pour obtenir qu'elle l'épouse.

Elle lui prit la main et fit un signe de dénégation.

— Non, Zach, je t'en prie ! Tu ne peux pas faire ça.

Elle ne voulait pas, ne pouvait pas se permettre de le croire. Si elle le faisait et qu'il s'avérait qu'il lui mentait, elle n'y survivrait jamais.

— Je crois que... tu ferais mieux de partir.

Au lieu de cela, il vint s'asseoir à côté d'elle sur le canapé et la prit dans ses bras.

Tout le corps d'Arielle se mit à trembler d'une manière incontrôlable.

— Je ne peux pas faire ça, Zach.

— Tu ne me crois pas, je le sais, tu penses que je te dis ce que tu as envie d'entendre, observa-t-il d'une voix douce. Mais je te jure sur mon âme que je t'aime, Arielle. Et je suis désolé pour toute la souffrance que je nous ai infligée à tous deux.

— Je veux… Je pourrais croire…

Des larmes lui montaient aux yeux, elle s'obligea à se détourner de Zach.

L'obligeant à se tourner vers lui, il lui prit le visage entre ses deux mains pour la forcer à le regarder.

— Chérie, ne crois-tu pas que si je voulais te mentir sur les sentiments que je te porte, je t'aurais dit l'autre soir à l'hôtel ce que tu avais envie d'entendre ?

C'était la vérité. Il aurait facilement pu lui déclarer qu'il l'aimait. Mais il n'en avait rien fait. Il avait été d'une pénible franchise concernant ses sentiments à son égard.

— Mais pourquoi maintenant ? balbutia-t-elle en ravalant une nouvelle montée de larmes. Pour quelle raison aurais-tu changé d'idée ?

Il lui sourit avec tendresse.

— Je n'ai pas changé d'idée. Je me suis simplement rendu compte que tout l'orgueil du monde n'a aucune valeur sans ton amour. Sans toi, chérie, ma vie signifie moins que rien.

La sincérité qu'elle lisait dans ses yeux finissait par la convaincre que chacun des mots qu'il prononçait était vrai.

— Oh, Zach, je t'aime tellement ! Mais…

Il lui effleura les lèvres d'un baiser.

— Je sais que tu as peur, Arielle. Mais si tu me donnes une seconde chance, je passerai chaque jour de ma vie à m'assurer que tu ne doutes plus jamais de la profondeur de mon amour pour toi.

— Troisième, objecta-t-elle.

Il fonça les sourcils.

— Quoi ?

— Tu m'as réclamé une seconde chance. Mais tu l'as déjà eue. Celle-ci sera la troisième.

Elle lui adressa un sourire mouillé.

— Et, à mon avis, il est juste de t'avertir que ce sera la dernière. Tu ferais mieux cette fois de t'y tenir, car il n'y en aura pas d'autre.

Alors, Zach l'écrasa contre lui et lui administra un baiser qui les laissa tous deux haletants.

— Je t'aime, Arielle Garnier. Veux-tu m'épouser ?

Elle se mit à rire.

— Tu ne perds pas de temps, n'est-ce pas ?

— Nous en avons déjà assez perdu, approuva-t-il en souriant. Mais tu n'as pas répondu à ma question, chérie.

Sachant qu'elle n'avait pas d'autre choix en la matière, elle fit oui de la tête, les larmes qu'elle avait retenues jusque-là ruisselant à présent sur son visage.

— Dès l'instant où mes yeux se sont posés sur toi, je n'ai pas été capable de te résister, et cela n'a pas changé. Oui, Zach, je veux bien t'épouser.

Elle vit Zach enfoncer la main dans sa poche de jean et en tirer un écrin de velours noir. Il l'ouvrit, s'empara de sa main gauche et lui passa la bague à l'annulaire.

— Que dirais-tu de demain ?

— De quoi parles-tu ? demanda-t-elle en regardant avec admiration la bague à son doigt.

Zach se mit à rire.

— Si tu t'en souviens bien, je t'ai dit que j'aimerais me marier ce week-end.

— Mais il me sera impossible de tout organiser en un laps de temps aussi court ! se récria-t-elle.

— En fait, il n'y a plus grand-chose à organiser, objecta Zach avec un sourire penaud.

— Qu'est-ce que tu as fait ? dit-elle, l'aimant davantage à chaque seconde.

— Tu veux dire, en dehors d'avoir arrangé une rencontre à San Antonio avec Juan Gomez pour obtenir la taille de ton doigt, décorer le jardin intérieur et la fontaine, trouver un traiteur pour la réception et demander à mon vieil ami le juge Morrison de signer une licence nous permettant de procéder à la cérémonie sans attendre la période de latence habituelle ?

Il rit de bon cœur.

— En dehors de cela, je n'ai absolument rien fait, chérie.

Elle secoua la tête, estomaquée.

— Lorsque tu m'as fait visiter le patio de l'hôtel, tu essayais en réalité d'obtenir mon approbation en vue de notre mariage ? questionna-t-elle.

— Oui. J'étais dans le déni à ce moment-là, mais je me rends maintenant compte que tout ce que je faisais, chacun de mes projets, venait de mon amour pour toi, parce que je désirais faire en sorte que ce jour soit pour toi aussi extraordinaire que cela m'était possible.

— Je t'aime tant, Zach ! Et j'apprécie vraiment tout ce

que tu as fait. Mais tu n'étais pas censé avancer la date du mariage, lui rappela-t-elle en lui nouant tendrement les bras autour du cou.

— Moi aussi, je t'aime. Mais, techniquement, je ne t'ai pas harcelée pour t'épouser, objecta-t-il en lui embrassant le bout du nez. J'avais promis de ne pas t'en parler, mais je n'ai jamais promis de ne rien faire pour ça.

Comme ils étaient assis sur le divan, serrés l'un contre l'autre, elle se mordilla la lèvre inférieure.

Puisqu'ils allaient devenir mari et femme, il ne devait y avoir aucun secret entre eux. Et elle en avait toujours un — grand et étrange — qu'elle n'avait pas encore partagé avec Zach.

— Zach, demanda-t-elle, crois-tu aux contes de fées ?

— Si tu entends par là ceux du genre « ils furent heureux et eurent beaucoup d'enfants », pas jusqu'à ce jour, confessa-t-il en posant la joue contre sa tête.

Elle sourit.

— Alors, laisse-moi te parler de ma grand-mère la fée.

Épilogue

Le soir suivant, Zach se tenait près de la fontaine dans le jardin intérieur de son premier complexe hôtelier, en compagnie des frères d'Arielle — tous les cinq.

Il s'émerveillait de leur ressemblance. En dehors des jumeaux Jake et Luke, les autres étaient tous de mères différentes. Mais ils étaient parents, cela ne faisait aucun doute. Les cinq hommes dépassaient tous le mètre quatre-vingt. Ils étaient bâtis en athlètes, et leurs visages avaient beaucoup de traits communs.

Et, chacun à sa manière, ils acceptaient que Zach entre dans la famille.

— Tu sais que notre petite sœur va toujours vouloir avoir raison et que toi, tu auras toujours tort, n'est-ce pas ? demanda Luke avec un large sourire.

Zach lui rendit son sourire.

— Ouais.

— Et elle n'aura qu'un mot à dire pour que l'un de nous vienne te botter les fesses, lança Jake en riant.

Le sourire de Zach s'élargit.

— Je ne saurais en attendre moins.

Caleb Walker intervint à son tour.

— Je pense, les gars, que tout va bien se passer pour notre petite sœur.

— On dirait bien, approuva Nick Daniels.

— Bienvenue dans la famille, Forsythe, ajouta Hunter O-Banyon.

Lorsque Arielle avait parlé à Zach de la découverte de ses trois autres frères, il n'avait pas imaginé qu'ils aient pu forger un tel lien en si peu de temps. Mais si l'on considérait leur relation unique et mutuelle avec Emerald Larson, ils avaient en fait beaucoup de choses en commun.

Le regard de Zach se déplaça vers la femme aux cheveux blancs assise à l'une des tables avec son assistant personnel, Luther Freemont.

Pas étonnant qu'Arielle considère cette femme comme une véritable grand-mère-fée. Non seulement, celle-ci avait accompli le rêve de sa petite-fille de devenir propriétaire de son propre jardin d'enfants, mais Emerald les avait aussi tous réunis. Et cela seul était suffisant pour le convaincre qu'elle était une sorte de magicienne.

Consultant sa montre, il jeta un coup d'œil en direction de la porte-fenêtre.

Où étaient donc les épouses des frères d'Arielle ainsi que Lana ?

A peine les femmes s'étaient-elles retrouvées ensemble qu'elles avaient entraîné Arielle afin de lui trouver une tenue appropriée pour la cérémonie. Et depuis, il ne l'avait plus revue.

— On se sent un peu nerveux, Zach ? observa Jake tandis que les autres discutaient un peu plus loin. Tu as encore le temps de prendre tes jambes à ton cou, ajouta son futur beau-frère.

— Non, pas du tout, déclara Zach d'une voix solennelle. Toute ma vie, j'ai attendu de trouver ta sœur, ce n'est pas pour la perdre maintenant.

— Ça, mon garçon, tu l'as dans la peau, ça se voit, remarqua Jake en secouant la tête. Et moi qui pensais que Luke était perdu lorsqu'il s'est fourré dans la tête qu'il aimait Hayley !

Zach se mit à rire.

— Ton tour viendra. Quand cela arrivera, tu seras fait comme un rat.

Jake eut un reniflement de dédain.

— Pas moi. Pas quand on a le choix parmi une multitude de femmes.

— Il ne faut jamais dire jamais, lui conseilla Zach au moment précis où s'ouvrait la porte-fenêtre du jardin intérieur.

Au premier coup d'œil qu'il jeta à Arielle, vêtue d'une robe blanche qui s'arrêtait aux genoux, ses cheveux auburn foncé rassemblés en une cascade de boucles, il crut que son cœur s'arrêtait de battre.

Il devait être l'homme le plus chanceux du monde ! Et il avait bien l'intention de passer chaque instant de sa vie à lui faire savoir à quel point il l'aimait.

S'avançant vers les marches accédant à la terrasse, il lui offrit sa main.

— Tu m'as manqué aujourd'hui, chérie.

— Et toi aussi, tu m'as manqué.

— As-tu la moindre idée du désir que je ressens pour toi en ce moment même ? lui chuchota-t-il à l'oreille.

Le ravissant sourire qu'elle lui adressa l'atteignit en plein cœur.

— Sans doute autant que toi de celui que je ressens pour toi, dit-elle.

— Alors, que dirais-tu de commencer cette petite réunion pour que nous puissions ensuite monter dans la suite nuptiale et mettre en route le côté intime de la fête ? proposa-t-il d'un ton taquin.

— Excellente idée, monsieur Forsythe, admit Arielle en se dirigeant vers la fontaine où le juge les attendait afin de les déclarer mari et femme.

— N'est-ce pas la plus belle mariée que vous ayez jamais vue, Luther ? s'exclama fièrement Emerald en se tamponnant les yeux de son mouchoir de lin bordé de dentelle.

— Mlle Garnier est à l'évidence une extraordinaire mariée, approuva son assistant à sa manière habituelle, teintée de résignation.

Le regard d'Emerald parcourut l'assemblée.

Pratiquement chaque personne ici était un membre de sa famille — une famille qu'elle avait retrouvée à grands frais et en y mettant beaucoup de temps. Mais une famille dont elle était très fière.

Comme son regard se posait sur Jake, elle se rembrunit.

Il ressemblait beaucoup plus à son père qu'aucun de ses autres petits-fils, et il était sans le moindre doute celui pour lequel elle se faisait le plus de souci. Mais au contraire de son irresponsable de fils, Jake était profond, complexe, et plus sensible qu'il ne souhaitait en donner l'impression. Ainsi, à moins qu'elle ne se trompe, il avait été plus profondément blessé qu'aucun de ses autres frères par l'abandon de leur père.

Elle soupira derrière son mouchoir.

Le temps seul dirait si l'attitude insouciante de Jake n'était qu'un nuage de fumée qui dissimulait sa véritable nature aimante. Et lorsqu'il aurait déménagé dans le Kentucky et pris la responsabilité de l'entreprise qui lui avait été dévolue dans le cadre de son héritage, l'horloge commencerait à tourner.

— Je vous déclare maintenant mari et femme, déclara à ce moment le juge, ramenant l'attention d'Emerald vers sa petite-fille et son beau jeune époux désormais unis.

— Eh bien, Luther, une fois de plus nous avons réussi à remettre les choses en ordre, conclut-elle, souriante, en se levant de son siège.

— Oui, madame, cela a fonctionné exactement comme vous l'aviez prévu, admit-il.

Luther et elle formaient un bon tandem. Ils avaient brillamment réussi à aider cinq de ses six petits-enfants à trouver le bonheur.

Elle arbora un sourire satisfait et, flanquée de son assistant, s'en alla féliciter le joli couple.

Après avoir embrassé la mariée et son époux et leur avoir souhaité une longue et heureuse vie, elle posa une main dans le bras replié que lui offrait Luther, et tous deux se dirigèrent vers le buffet à l'autre bout de la pièce.

— Eh bien, Luther, conclut-elle, voilà encore une bonne chose de faite. Nous n'en avons donc plus qu'une seule en perspective. Est-ce que tout est en place pour le déménagement de Jake à Louisville ?

Luther lui répondit par un raide hochement de tête.

— Les documents ont été signés pour qu'il entre immédiatement en possession de la ferme d'élevage de chevaux de Hickory Hill dès le premier du mois prochain.

— Excellent. Maintenant, voyons ces fameux petits-fours.

— Le 1ᵉʳ septembre —

Passions n°221

Passion sur le rivage - Robyn Grady
Incapable de résister au désir qu'elle éprouve à l'égard du richissime homme d'affaires Gabriel Steele, Nina finit par s'abandonner entre ses bras, même si elle sait qu'elle ne peut rien espérer. Car Gabriel ne manquera pas de la mépriser lorsqu'il découvrira qu'elle n'est pas une jeune fille de bonne famille comme il semble le croire, mais une simple domestique...

Envoûtante séduction - Maureen Child
Afin d'éviter un terrible scandale, Donna n'a pas d'autre choix que d'épouser Jack Harris, l'homme avec lequel elle a dû, à la suite d'un malentendu, partager une chambre d'hôtel. Une situation qui l'effraie d'autant plus qu'elle ne sait presque rien de cet homme certes très séduisant mais aussi terriblement méprisant...

Passions n°222

Le secret d'une héritière - RaeAnne Thayne
Alors qu'elle se retrouve bloquée en pleine tempête, Mimi est obligée d'accepter l'hospitalité de Brant Western, même si la perspective de se retrouver en tête-à-tête avec cet homme arrogant et taciturne ne l'enchante guère. Mais seule et enceinte de quelques mois, elle n'a pas vraiment d'autre solution...

L'éclat de tes yeux bleus - Karen Templeton
Tony n'aurait jamais imaginé qu'un jour il reverrait Lili Szabo, son amie d'enfance, et pourtant, c'est bien elle qui se tient devant lui et le fixe de ses incroyables yeux bleus. Un choc d'autant plus grand que le sentiment brûlant qui soudain le submerge n'a plus rien à voir avec la camaraderie d'autrefois...

Passions n°223

L'homme du désert - Susan Stephens
Je suis le prince Razi al Maktabi... Il faut quelques instants à Lucy pour comprendre la terrible signification de ces quelques mots. Le merveilleux amant avec qui elle a passé les plus beaux moments de sa vie l'homme dont elle porte maintenant l'enfant n'est autre que Razi al Maktabi. Un prince célèbre et influent, sur le point d'en épouser une autre...

Un si troublant souvenir - Emily McKay
Evie est bien obligée de se rendre à l'évidence : Quinn McCain est le seul homme susceptible de l'aider à rembourser les dettes de son frère. Pourtant, Dieu sait qu'elle n'a aucune envie de le revoir et encore moins de devoir le supplier de venir à son secours... Pas après la manière dont ils se sont quittés, quelques années plus tôt...

Passions n°224

L'enfant de Donovan McCoy - Susan Crosby
Certaine que ce séducteur à la terrible réputation ne pourra que la faire souffrir, Laura s'est toujours tenue à distance de Donovan McCoy. Pourtant, quand celui-ci lui demande conseil pour élever le fils dont il vient seulement de découvrir l'existence, elle est incapable de lui fermer sa porte...

Les amants du lac - Michele Dunaway
Lorsque Chase McDaniel apprend que son grand-père a confié les rênes de l'entreprise familiale à une certaine Miranda Craig, il est incapable de cacher sa colère. N'était-ce pas à lui que devait revenir cette responsabilité ? Il est donc bien décidé à se mettre en travers du chemin de cette intrigante...

Passions n°225

Amoureuse d'un Hightower - Emilie Rose
Paige a tout fait pour oublier la nuit qu'elle a passée en compagnie de Trent Hightower. Aussi est-elle bouleversée lorsque, quelques mois plus tard, elle se retrouve face à lui dans un hôtel de Las Vegas. Un choc qui se transforme en rage froide lorsque celui-ci fait mine de ne pas la reconnaître...

A une seule condition - Nicola Marsh
De la part d'un homme tel que Nick Mancini, Brittany sait qu'il faut s'attendre à tout. Pourtant, elle n'aurait jamais imaginé qu'il n'accepterait de l'aider qu'à la seule et unique condition qu'elle devienne sa femme. Une proposition qui la révolte, mais à laquelle, hélas, elle va devoir se plier...

www.harlequin.fr

Recevez la NEWSLETTER
www.harlequin.fr

Vous souhaitez être tenue informée de toute l'actualité des Éditions Harlequin ?

C'est très simple !

Inscrivez-vous sur notre site internet.

Rendez-vous vite sur

www.harlequin.fr

A paraître le 1er septembre

Best-Sellers n° 434 • suspense
Pour te retrouver - Heather Gudenkauf
Calli a été enlevée. Lorsqu'elle découvre que sa fille de sept ans a disparu, Antonia Clark s'effondre dans la chaleur étouffante de l'été. Qui lui a pris sa fille, ce petit être doux et rêveur qu'elle aime de tout son cœur et qui s'est étrangement enfermé dans le mutisme trois ans auparavant ? Elle a pourtant tout fait pour être la meilleure des mères, pour offrir, à Calli et à son frère, un foyer chaleureux. Et pour les protéger. Mais elle a sans doute commis des erreurs. De graves erreurs même. Désespérée, Antonia ne sait plus aujourd'hui à qui faire confiance. Doit-elle continuer à taire les lourds secrets qui pèsent sur sa famille, ou au contraire sortir de l'isolement et accepter l'aide que lui propose un ami d'enfance, le shérif adjoint Louis ?

Best-Sellers n°435 • suspense
Mortelle confidence - Heather Graham
Indigo. C'est le dernier mot prononcé par un inconnu qui s'effondre brutalement sur Jessy Sparhawk, en pleine nuit, un poignard planté dans le dos. A peine remise de ce choc, Jessy est assaillie par de terrifiantes visions de cet homme, animé d'un profond désir de vengeance. Cauchemars éveillés ? Divagations ? Et quel peut bien être le sens de cette confidence mortelle ? Terrorisée, Jessy se confie à Dillon Wolf, le détective en charge de l'enquête qui, immédiatement sensible à son récit, lui offre sa protection. Une protection bien utile car déjà, Jessy aperçoit l'ombre effrayante d'une nouvelle victime.

Best-Sellers n°436 • suspense
Dissimulation - Carla Neggers
Quand elle découvre que Norman Estabrook, l'un de ses amis, est en réalité un véritable traitre, Lizzie Rush, fille d'un célèbre agent secret, se retrouve face à un terrible dilemme. Car malgré ses réticences, elle ne peut passer sous silence le terrible secret qu'elle a découvert. Elle se résout donc à transmettre toutes les informations dont elle dispose au FBI, afin que Norman soit arrêté. Pourtant, en agissant ainsi, elle sait bien qu'elle se met en danger. D'autant que la police souhaite profiter de sa situation privilégiée auprès de Norman pour en apprendre davantage. Et c'est ainsi que bien malgré elle, Lizzie se désigne comme la cible de la vengeance de cet ex-ami.

Best-Sellers n°437 • *thriller*
Le cercle du mal - Karen Rose

Brisée lors de son adolescence par la mort violente de sa sœur jumelle, ainsi que par le suicide de leur mère, Alexandra Fallon n'a jamais voulu revenir à Dutton, sa ville natale. Mais l'horreur refait brusquement surface treize ans plus tard, lorsqu'un appel pressant émanant de sa ville natale lui demande de revenir au plus vite en Georgie : Hope, sa petite nièce de quatre ans, a été retrouvée enfermée dans un placard, en état de choc… Prête à tout pour venir en aide à Hope, mais aussi pour retrouver la mère de la fillette, Alexandra accepte de coopérer avec Daniel Vartanian, l'agent du FBI chargé de l'enquête. Mais à peine l'enquête a-t-elle commencé qu'une série de meurtres rappelant celui dont a été victime la sœur d'Alexandra vient de nouveau frapper la tranquille communauté de Dutton…

Une nouvelle enquête de l'agent Daniel Vartanian

Best-Sellers n°438 • *roman*
L'héritage des Selby - Lynne Wilding

Orpheline et enfant unique, Vanessa Forsythe a tout quitté pour suivre Bren Selby, un séduisant Australien qui incarne ce qui lui a toujours manqué. Car en l'épousant, c'est un clan qu'elle intègre. Un clan dont elle perpétue le nom en donnant naissance à un fils. Loin de Londres, la voici désormais maîtresse d'Amaroo Downs, un ranch perdu au milieu des terres inhospitalières de l'ouest australien. Mais les proches de Bren ne voient pas d'un bon œil l'arrivée de cette étrangère sur leurs terres. Avec courage, Vanessa s'en accommode. Jusqu'au jour où un scandale, surgi du passé, menace de détruire son bonheur si fragile. Se peut-il que l'héritage des Selby auquel elle croyait tant ne soit finalement qu'une chimère ?

Best-Sellers n°439 • *thriller*
Coupable innocence - Nora Roberts
A peine s'est-elle installée dans la maison que sa grand-mère lui a léguée à Innocence, Mississippi, que la célèbre violoniste Caroline Waverly découvre le cadavre d'une jeune femme sauvagement assassinée. Edda Lou a été torturée avant de mourir, et son corps porte la signature barbare du meurtrier : entailles, scarifications. Mais il y a pire encore : ce meurtre, le troisième commis dans la petite ville, est sans doute l'œuvre d'un habitant d'Innocence. Les soupçons se portent sur Tucker Longstreet, le dernier amant en date de la victime, qui avait eu une dispute avec elle juste avant sa mort. Caroline, elle, ne veut pas croire à la culpabilité de Tucker. Mieux même : le personnage la fascine.

Best-Sellers n°440 • *historique*
Le prince du scandale - Nicola Cornick
Pour sauver l'honneur de sa famille, Catherine Fenton a accepté d'épouser un scélérat, un félon qui soumet son père à un ignoble chantage afin de s'approprier son héritage. Un sacrifice auquel elle se résigne sans hésitation. Jusqu'au jour où elle rencontre le baron Benjamin Hawksmoor, un homme totalement infréquentable dont les liaisons sulfureuses et les dettes de jeu font jaser tout Londres. Subjuguée bien malgré elle par celui que tous surnomment le « prince du scandale », Catherine n'a d'autre choix que de lui résister. Mais Benjamin semble décidé à la conquérir et met tout en œuvre pour lui faire rompre sa promesse…

www.harlequin.fr

GRATUITS !

2 romans
et 2 cadeaux surprise !

Pour vous remercier de votre fidélité, nous vous offrons 2 merveilleux romans **Passions** (réunis en 1 volume) entièrement GRATUITS et 2 cadeaux surprise ! Bénéficiez également de tous les avantages du Service Lectrices :

- **Vos romans en avant-première**
- **Livraison à domicile**
- **5% de réduction**
- **Cadeaux gratuits**

En acceptant cette offre GRATUITE, vous n'avez aucune obligation d'achat et vous pouvez retourner les romans, frais de port à votre charge, sans rien nous devoir, ou annuler tout envoi futur, à tout moment. Complétez le bulletin et retournez-le nous rapidement !

☐ **OUI !** Envoyez-moi mes 2 romans Passions (réunis en 1 volume) et mes 2 cadeaux surprise gratuitement. Les frais de port me sont offerts. Sauf contrordre de ma part, j'accepte ensuite de recevoir chaque mois 3 volumes doubles Passions inédits au prix exceptionnel de 5,99€ le volume (au lieu de 6,30€), auxquels viennent s'ajouter 2,80€ de participation aux frais de port. Dans tous les cas, je conserverai mes cadeaux.

N° d'abonnée (si vous en avez un) |_|_|_|_|_|_|_|_|_| **RZ0F09**

Nom : .... Prénom : ....

Adresse : ....

CP : |_|_|_|_|_| Ville : ....

Téléphone : |_|_|_|_|_|_|_|_|_|_|

E-mail : ....

☐ Oui, je souhaite être tenue informée par e-mail de l'actualité des éditions Harlequin.
☐ Oui, je souhaite bénéficier par e-mail des offres promotionnelles des partenaires des éditions Harlequin.

Renvoyez cette page à : Service Lectrices Harlequin – BP 20008 – 59718 Lille Cedex 9

Date limite : **31 décembre 2010**. Vous recevrez votre colis environ 20 jours après réception de ce bon. Offre soumise à acceptation et réservée aux personnes majeures, résidant en France métropolitaine. Offre limitée à 2 collections par foyer. Prix susceptibles de modification en cours d'année. Conformément à la loi Informatique et libertés du 6 janvier 1978, vous disposez d'un droit d'accès et de rectification aux données personnelles vous concernant. Il vous suffit de nous écrire en nous indiquant vos nom, prénom et adresse à : Service Lectrices Harlequin - BP 20008 - 59718 LILLE Cedex 9. Harlequin® est une marque déposée du groupe Harlequin. Harlequin SA – 83/85, Bd Vincent Auriol – 75646 Paris cedex 13. SA au capital de 1 120 000€ - R.C. Paris. Siret 31867159100069/APE5811Z

Composé et édité par les
*éditions*Harlequin

Achevé d'imprimer en France (Malesherbes)
par Maury-Imprimeur
en juillet 2010

Dépôt légal en août 2010
N° d'imprimeur : 156390 — N° d'éditeur : 15136